Le Mystère Fulcanelli

Du même auteur :

Aux éditions Flammarion et J'ai lu :

Sérum (en collaboration avec Fabrice Mazza), 2012
L'Apothicaire, 2011
Les Cathédrales du vide, 2009
Le Rasoir d'Ockham, 2008
Le Syndrome Copernic, 2007
Le Testament des siècles, 2003

Chez d'autres éditeurs :

La Moïra, édition intégrale (Bragelonne)
Gallica, édition intégrale (Bragelonne)

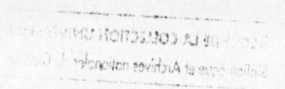

Site officiel de l'auteur :
www.henriloevenbruck.com
Henri Lœvenbruck est membre
de la Ligue de l'imaginaire (www.la-ldi.com)

Henri Lœvenbruck

Le Mystère Fulcanelli

roman

Flammarion

© Éditions Flammarion, 2013
ISBN : 978-2-0812-4629-4

Avant-propos

Ce livre est un roman. Une *fiction*, qui fait avant tout la part belle à l'imaginaire.

Toutefois…

D'abord, l'affaire Fulcanelli – comme on pourrait l'appeler – est bien réelle, et la plupart des événements et des protagonistes que vous rencontrerez dans cette aventure le sont donc aussi. Tout ce qui concerne l'identité de Fulcanelli est authentique et vérifiable. Si vous désirez en découvrir davantage sur ce passionnant sujet, vous pouvez vous rendre sur le site Internet que nous avons créé à cette occasion, et sur lequel se trouvent photos, films et copies de nombreux documents : www.mystere-fulcanelli.com

Ensuite, ce roman est le résultat d'une enquête longue de plusieurs années, qui a débouché sur des découvertes inédites et très étonnantes au sujet de ce qui reste la plus grande énigme de l'ésotérisme moderne. Nous espérons qu'il ouvrira la voie à de nouvelles recherches, afin de confirmer, ou non, ce qui est ici avancé…

« *Un savant qui se moque du possible est bien proche d'un idiot. Respectons le possible, dont personne ne connaît les limites, et soyons attentifs et sérieux devant le monde extra-humain d'où nous sortons et qui nous attend.* »

VICTOR HUGO

À la mémoire de Jacques Sadoul,
qui a eu l'idée saugrenue de nous quitter
pendant que j'écrivais ce livre, pour lequel
il m'avait donné de précieuses informations…

Livre premier

IN ICTU OCULI

1.

L'homme qui pénétra, à la nuit tombée, dans l'église de la Santa Caridad, à Séville, avait toutes les raisons de croire qu'il était seul dans ces murs.

Il se trompait.

À quelques pas des berges du Guadalquivir, l'édifice baroque, nappé du bleu royal que les nuits d'été déposent doucement sur cette partie du globe, se dressait comme un songe dans le silence ténébreux de la cité endormie. La courte nef, coiffée d'une voûte en berceau, était plongée dans une obscurité que seules quelques bougies allumées ici et là, et près de s'éteindre, venaient émailler de leurs dernières vacillations. L'air, à la fraîcheur saisissante, était saturé de l'odeur poudrée des jasmins, un parfum qui, par sa puissance, n'évoquait pas tant les plaines fleuries de Chine que les encens d'une chambre funéraire. Et d'ailleurs, l'homme frissonna.

Après une traversée périlleuse sur les toits, depuis la rue Tomás de Ibara, il avait cassé un carreau d'un coup de coude dans le bâtiment qui jouxtait l'église, avait attendu un instant pour s'assurer que le fracas n'avait attiré personne, puis était entré par la petite porte située à hauteur de l'autel. La manœuvre s'était avérée ardue, mais moins risquée que de fracturer l'entrée principale, à la vue d'éventuels noctambules. Le cœur battant, craignant de se faire prendre à chaque nouveau pas, il avait lentement descendu la nef pour rejoindre sans bruit le vestibule.

La Mort, dont les plus sinistres allégories occupaient la grande majorité des représentations de l'église, semblait s'être invitée à jamais entre ces hauts murs de pierre, prête à s'abattre sur l'imprudent profanateur.

En d'autres circonstances, sans doute eût-il aimé s'arrêter devant chaque peinture, chaque sculpture, devant le retable de Bernardo Simón de Pineda, flamboyant, les statues de Pedro Roldán, figurant une bouleversante mise au tombeau, les toiles lumineuses de Murillo, les moulures, les colonnes envahies de dorures, les splendeurs cachées dans les niches, et consacrer à chacune de ces œuvres d'art bien plus de temps que la nuit ne pouvait lui en prêter. Mais, ce soir-là, il n'était venu voir qu'une seule chose.

Un seul trésor, et le plus grand d'entre tous ; celui qui lui livrerait – il n'en doutait plus – la clef d'un mystère qui durait déjà depuis près d'un siècle.

Un tableau de Juan de Valdés Leal.

Les yeux brillants, la bouche entrouverte, il s'approcha, fébrile, de ce panneau haut de plus de deux mètres qui, accroché au-dessus de la porte latérale, semblait garder l'entrée de l'église tel Cerbère celle des enfers. Rapidement, son regard se perdit, envoûté, dans les détails tout droit sortis de l'imagination macabre du peintre espagnol.

Il était difficile de croire qu'une figuration si triomphante de l'horreur ait pu trouver sa place au cœur même d'un lieu saint : dans un sombre charnier, où s'amoncelaient crânes et ossements, on pouvait distinguer trois cercueils ouverts. Le plus éloigné accueillait, dans l'ombre, un squelette. Dans les deux autres, placés tête-bêche au premier plan, gisaient un évêque et un gentilhomme. Le prélat, grouillant de vers et de larves, portant encore la mitre sur son crâne putréfié, semblait s'agripper à sa crosse pastorale comme il n'avait su le faire à la vie. Le gentilhomme, enfin, dans un état de décomposition moins avancé, était drapé dans le manteau blanc de la Calatrava, cet ordre militaire et religieux hispanique, cousin de celui du Temple. En haut du tableau, comme descendue du firmament, une main gracile tenait suspendue au-dessus des cadavres une balance chargée de nombreux artefacts évocateurs.

L'homme fit quelques pas en avant pour franchir les derniers mètres qui le séparaient de la célèbre peinture.

Tendant la main droite, il voulut toucher la toile, mais elle était si haut perchée qu'il ne parvint qu'à effleurer les dorures de son cadre ouvragé. Quand bien même il voyait l'original pour la première fois, il aurait pu en décrire chaque détail les yeux fermés, tant il l'avait étudié. Mais pouvoir le voir de si près, en si grand, provoqua chez lui une émotion où se mêlaient euphorie et appréhension. C'était comme tenir, après un long périple, la dangereuse et magnifique coupe du Graal entre ses paumes.

Son regard remonta lentement vers la représentation du plateau qui pendait à gauche de la balance, et où se chevauchaient multiples symboles du péché. Puis, sur la droite, ils glissèrent vers le second plateau, où étaient représentés des objets pieux. Le tout était parfaitement équilibré. Le Bien ne l'emportait pas sur le Mal.

Reculant d'un pas, l'homme étudia la chouette, réfugiée au fond de l'ossuaire dans un rayon de lumière et qui dévisageait l'observateur d'un regard accusateur.

— Quoi ? lui lança-t-il d'un air dépité, comme si l'animal avait pu répondre.

Il poussa un soupir.

Quelque chose lui échappait. La révélation à laquelle il s'attendait semblait ne pas vouloir se faire. Pourtant, il était sûr que tout était là, devant ses yeux. La clef du mystère se cachait quelque part dans les arcanes de ce tableau. Et le seul moyen de la trouver était de venir le voir sur place, dans ce lieu pour lequel il avait été conçu en 1672, et dont il n'avait jamais été délogé depuis lors.

Mais pourquoi ? Qu'y avait-il ici qu'on ne pouvait voir sur les innombrables reproductions de ce chef-d'œuvre ?

15

L'homme plongea la main dans la poche intérieure de sa fine veste de lin et en sortit un carnet marron. Malgré la faible lumière, il parvint à relire – pour la millième fois peut-être – le court texte qui se trouvait sur les premières pages. Ses yeux faisaient des allers et retours entre le carnet et le tableau, comme s'il essayait d'établir un lien, de résoudre une énigme.

Après un long moment d'une silencieuse torpeur, il enfouit de nouveau le carnet dans sa poche et recula aussi loin qu'il put, de l'autre côté du vestibule. Peut-être fallait-il observer l'œuvre avec plus de distance, sous un autre angle. Une autre lumière. Mais, là encore, aucune évidence ne lui sauta aux yeux. Aucune épiphanie.

Avait-il fait tout ce chemin, avait-il pris tous ces risques pour rien ? Non. Le carnet était clair : il fallait venir *ici* pour comprendre. La réponse n'apparaîtrait peut-être pas si facilement, et la joie de la découverte était souvent proportionnelle à la pénibilité des recherches.

S'il le fallait, il resterait là toute la nuit. Et s'il ne trouvait pas, il reviendrait la nuit suivante, et la suivante encore. Car la quête qu'il s'apprêtait à terminer était celle de toute une vie. Depuis près d'un siècle, des milliers de chercheurs, aux quatre coins du monde, s'efforçaient, comme lui, de résoudre ce mystère, et le trésor promis était d'une valeur inestimable. Pas seulement d'un point de vue matériel, mais aussi – surtout – philosophique.

Lors, refusant de céder au découragement, l'homme retourna au pied du tableau et entreprit de l'inspecter une seconde fois, de plus près encore.

À la fièvre, à l'exaltation de l'explorateur s'ajoutait maintenant une grandissante angoisse. Chaque seconde qui passait multipliait ses chances de se faire prendre, ou de se faire doubler. Certes, il aurait pu pénétrer ici en plein jour, en toute légalité, mais l'attention qu'il devait porter aux détails aurait sans doute rapidement paru suspecte et, surtout, il préférait qu'on ne le voie pas en ces lieux.

Morceau par morceau, il scruta la toile, sa matière, ses couleurs, la marque du temps sur sa surface ; il analysa les multiples objets qui la composaient, la chouette incriminatrice, les insectes qui couraient sur le cadavre de l'évêque, sa mitre, ses vêtements, les inscriptions sur les plateaux de la balance et le phylactère à la base du tableau, ces quelques mots qu'il avait si longuement étudiés, les crânes, les ossements, le cœur, la croix, la Bible... Se hissant sur la pointe des pieds, il s'attarda sur la main qui tenait la balance. Était-ce la main du Christ, ou bien celle d'une femme, comme certains l'avaient prétendu ? La blessure sur sa paume, évoquant un clou de crucifixion, faisait pencher pour la première hypothèse... Et la couleur des cercueils, l'un rouge et l'autre noir, cachait-elle quelque chose ? La position du rat, du chien, la tête de chèvre ?

Il y avait forcément un élément qui lui avait échappé. Une image cachée, un texte encrypté, une anamorphose, invisible sur les reproductions ? Il chercha longtemps encore, de plus en plus fébrile, de plus en plus impatient, et puis, soudain, alors qu'il venait de prendre de nouveau du recul, la chose lui apparut.

Évidente. Inattendue.

Là. En hauteur.

Un sourire illumina son visage.

Oui. C'était ça ! C'était forcément ça ! Car ce qu'il venait de découvrir, il n'aurait pu le voir sur aucune copie de ce tableau. Comment n'y avait-il pas songé plus tôt ?

Dans un élan d'émotion incontrôlable, il sentit les larmes monter à ses paupières, comme une libération tant attendue, une délivrance. Soudain, tout prenait sens. Toutes ses recherches, toutes ses convictions, ses hypothèses... tout s'éclairait.

La main tremblante, il chercha le carnet dans sa poche. Ses doigts, trempés de sueur, glissèrent sur la surface de cuir.

Mais avant que de pouvoir s'en saisir, tout à coup, il entendit un bruit. Là, juste derrière lui. Un frottement, à quelques centimètres à peine. Et ce fut comme si les battements de son cœur s'étaient arrêtés.

L'homme eut tout juste le temps de se retourner.

La lame du couteau pénétra brusquement dans la chair de sa poitrine. Un souffle. Sa bouche se figea dans une grimace de stupeur. L'émotion dans son regard se mua en incompréhension, puis l'incompréhension en anéantissement. Retenu par la lame enfoncée dans son cœur, il était déjà tel un cadavre pendu au gibet.

— Toi ? marmonna-t-il d'une voix rauque, les yeux trempés de larmes.

À peine eut-il reconnu le visage de son bourreau que la vie le quitta.

Le couteau ressortit d'un coup sec. Le corps s'effondra lourdement sur le sol, alors que le sang, déjà, se répandait sur le tissu blanc de sa chemise, écho troublant à l'hémorragie du Christ qui, à quelques mètres de là, suffoquait sur sa croix pour l'éternité.

Le meurtrier, avec des gestes sûrs, sans émoi, essuya doucement la lame souillée, la rangea à sa ceinture, puis s'accroupit à côté du cadavre de sa victime et prit le carnet dans sa poche.

Quand il sortit de l'église de la Santa Caridad, le sourire sur son visage était celui de Judas. Mais celui-là n'éprouvait nul repentir et n'irait point se pendre.

2.

— Je suis désolé mademoiselle, ce n'est pas que vous soyez laide, mais je ne couche jamais avec des filles de plus de trente ans.

La blonde écarquilla les yeux, ne sachant si elle devait rire ou s'offusquer.

— Mais… Euh… J'ai vingt-cinq ans !

— Ah. Dans ce cas, c'est que vous êtes laide…

La gifle résonna dans toute l'arrière-salle du bistrot parisien. La jeune femme, rouge de colère et d'humiliation, se leva d'un bond, renversant sa chaise au passage, puis quitta le Sancerre d'un pas enragé, abandonnant derrière elle le visage goguenard d'Ari Mackenzie.

Le quadragénaire se frotta la joue en grimaçant, puis, sous le regard perplexe des autres clients du bar, termina d'un trait son verre de single malt comme s'il ne s'était rien passé. Il était ici chez lui, ou presque. Il faisait partie du décor.

— Qu'est-ce que tu lui as fait, à cette pauvre petite ? soupira la serveuse en s'approchant de la table d'un air las.

Ari haussa les épaules.

— Rien de spécial. Je lui ai juste dit qu'elle était moche.

Béné ne put retenir un sourire.

— T'es vraiment une crapule ! En plus, elle était mignonne comme tout !

— Oui, mais elle était tellement bête que ça la rendait laide. Tout le contraire de toi, en somme.

— Elle avait de très jolies jambes.

— Oh, tu sais, comme disait Casanova, dans l'examen de la beauté d'une femme, la première chose que j'écarte ce sont ses jambes.

— Charmant… Mackenzie, tu es un vilain personnage.

— Un vilain personnage qui a soif, répliqua-t-il en lui tendant son verre vide.

— Tu en es déjà au cinquième.

— Quatrième.

— Là, ça sera le cinquième.

— Dis, Béné, c'est un bar ou une clinique de remise en forme, ici ?

Quatre ans avaient passé depuis que le commandant Ari Mackenzie avait quitté la DCRI[1], mais il semblait en avoir pris dix. Et presque autant de kilos. Les traits tirés, des cernes

1. Direction centrale du renseignement intérieur, service de renseignements du ministère de l'Intérieur né de la fusion, en 2008, de la Direction de la surveillance du territoire (DST) et de la Direction centrale des renseignements généraux (RG).

sous les yeux, les joues légèrement bouffies, il n'était plus l'homme affûté qu'il avait été et, sur sa chevelure, le sel l'emportait maintenant nettement sur le poivre. La seule chose qui n'avait pas changé, au fond, c'était son humour odieux et la lumière espiègle de son regard chaque fois qu'il réussissait un mauvais coup. Mais aussi, étonnamment, le succès qu'il avait encore avec les jeunes femmes...

— De toute façon, j'ai terminé mon service, prétexta Béné en regardant sa montre.

— Alors bois un dernier verre avec moi. Tu seras certainement de bien meilleure compagnie que la cruche qui t'a précédée.

— C'est fou les efforts que tu déploies pour avoir l'air exécrable.

— Je ne suis pas exécrable, je t'offre un verre !

— Tu as toujours réponse à tout. Tu fais chier.

— Je me fais chier moi-même. Je ne vois pas pourquoi les autres ne pourraient pas en profiter.

La grande serveuse au corps de danseuse s'éloigna en secouant la tête, enleva son tablier, ébouriffa machinalement sa courte chevelure brune et fit signe au barman de lui servir un verre de whisky et une bière.

Quand elle revint s'asseoir à la table de Mackenzie, il était en train de lire un SMS.

— Il y a encore des gens qui t'écrivent ? ironisa-t-elle en lui tendant son verre.

— C'est mon entrepreneur. Ce coup-ci, je crois qu'il me lâche vraiment, le fourbe !

La maison qu'Ari avait dans l'Hérault – le seul bien matériel auquel il tenait vraiment, hormis ses guitares et son cabriolet anglais – avait pris feu l'année précédente. L'assurance, évidemment, ne couvrait qu'une partie des travaux et, n'ayant plus d'emploi fixe, Mackenzie n'avait pas un sou en poche. Ses rares boulots de consultant ou de détective privé ne lui laissaient pas de quoi achever la toiture, et cela faisait longtemps qu'il avait épuisé ses économies. En whisky, principalement.

— Il n'a pas fini les travaux ?

L'ancien flic poussa un soupir.

— Non. Et il ne les finira pas. Je me demande si je peux tomber plus bas.

— Si tu n'y arrives pas, ce ne sera pas faute d'avoir essayé. Tu y mets tout de même beaucoup de volonté.

— Je fais ce que je peux.

Béné leva son demi en souriant.

— À la tienne ! lui lança-t-elle d'un air mutin.

— Comment tu fais pour continuer à peser trente kilos avec toutes les bières que tu t'enfiles ? s'exaspéra Mackenzie alors que leurs deux verres s'entrechoquaient.

— Je fais beaucoup de sport.

— Je vois le genre…

— Ça, c'est sûr que si tu parles à toutes les filles comme tu as parlé à la petite blonde de tout à l'heure, tu ne dois pas en faire beaucoup, toi, du sport…

— Tu sais bien qu'il n'y a qu'une femme dans mon cœur.

— Lola ?

— Mais non. Toi, enfin ! Mademoiselle file le parfait amour avec son cameraman. Il paraît même qu'ils ont fait un mouflet, ces gros vicelards !

— Tu es allé le voir ?

— Ça va pas, non ? La seule chose au monde que je déteste encore plus que mes congénères, ce sont les enfants de mes congénères.

— C'est ça… La vérité, c'est que ça te rend malade qu'elle ait fait un gosse à un autre. Et, franchement, c'est bien fait pour toi. Si tu lui en avais fait un toi-même, vous seriez sûrement encore ensemble aujourd'hui, et quelque chose me dit que ta vie serait légèrement moins…

— Pitoyable ?

Béné ne corrigea pas.

— Tu es charmante, aujourd'hui, dis-moi !

— Je venge la blonde de tout à l'heure.

— Bon. Et toi ? Tu baises qui, en ce moment ? Ton prof de gym ?

— Tu ne sauras rien, sale pervers !

Soudain, le regard d'Ari se figea sur l'entrée du bar.

— Oh non... Pas lui !

Un homme d'une quarantaine d'années, solidement bâti, le genre joueur de rugby, avec une petite moustache, venait d'entrer dans le Sancerre et fouillait la salle du regard.

— Qui est-ce ? demanda Béné. Un type à qui tu dois de l'argent ?

— Non. C'est Radenac, murmura Mackenzie. Un pote flic.

— T'as encore des amis flics, toi ?

— Oui... Enfin, il est plus flic que pote, tu vois ?

— Ah. Alors je te laisse...

— Non ! Je t'en supplie, couvre-moi !

Mais la serveuse ne se laissa pas apitoyer. Elle embrassa affectueusement Ari sur le front et partit tout droit vers le nouvel arrivant.

— Si vous cherchez Mackenzie, il est là, dit-elle avec malice.

Le policier la remercia et se dirigea vers Ari d'un air satisfait.

— Salut, bonhomme.

— Mmmh, bredouilla Mackenzie. Qu'est-ce que tu fous là ?

Radenac prit place en face de son ami puis, d'un air préoccupé qui ne lui ressemblait guère, il dit à voix basse :

— Il faut que tu me parles de Fulcanelli.

3.

— Vous cherchez un livre en particulier ?

— Non, je voudrais juste une carte postale.

— Tout ce qu'on a est dehors, monsieur.

Lola, dépitée, regarda le client bedonnant repartir vers les présentoirs alignés sur le trottoir, lesquels prenaient tant de place à présent qu'ils cachaient presque toute la vitrine de la librairie.

Par les temps qui couraient, chaque apparition d'un client potentiel dans la librairie était une sorte de fête, mais les fausses joies s'accumulaient depuis que la vente de produits dérivés l'avait largement emporté sur celle d'authentiques bouquins. Lola vendait bien plus de plans de Paris, de posters, de bonbons et de tours Eiffel miniatures que de romans. La place de la Bastille avait beau être un emplacement de rêve, tenir une petite librairie indépendante dans la capitale relevait à présent du sacerdoce. Avec les conditions de plus en plus drastiques imposées par les distributeurs, la concurrence croissante de la vente par correspondance sur Internet, les cafouillis politiques sur le montant de la TVA et l'augmentation vertigineuse des loyers en centre-ville, les derniers libraires encore debout faisaient figure de survivants.

— Voilà, fit le bibendum en lui tendant un billet de cinq euros et une carte postale représentant le génie doré de la colonne de Juillet.

La jeune femme lui rendit la monnaie et poussa un soupir lorsque l'homme quitta, guilleret, la librairie. Son salaire, misérable, suffisait à peine à couvrir les frais de l'assistante maternelle qui – puisqu'il n'y avait pas de place en crèche – gardait Maxime tous les jours, et si son compagnon, Thomas, n'avait été propriétaire de l'appartement qu'ils occupaient tous les trois, sans doute aurait-elle été contrainte de se chercher un autre travail. Mais c'était évidemment hors de question. Lola, la trentaine fière, préférait largement rester libraire et marcher dans des chaussures à vingt euros la paire que travailler dans un cabinet d'avocats pour parader en Louboutin. De toute façon, pour arpenter les trottoirs de la capitale, rien ne valait ses baskets Draven à l'effigie des Sex Pistols, dix ans d'âge.

Elle referma la vieille caisse enregistreuse et partit déballer les cartons du premier office de juin.

Une demi-heure plus tard, aucun client n'était entré et elle en était encore à ranger les nouveautés quand la porte de la librairie s'ouvrit enfin dans un tintement de clochette.

Lola fronça les sourcils en voyant entrer Marcelo, son « patron ». D'ordinaire, il ne pointait jamais son nez le lundi. Ce vieil anarchiste bolivien, au cœur grand comme le Nevado Sajama et au sourire aussi doux que ses neiges éternelles, avait ouvert la librairie plus de quarante ans plus tôt, ayant fui la dictature du général Banzer en 1971. Propriétaire des lieux et gérant de la librairie, passionné par les livres, avec l'âge, il avait peu à peu laissé les rênes de la boutique à Lola, pour ne plus venir que le mercredi, jour de relève de sa petite protégée.

— *Hola*, Lolita !

— *Hola*, Marcelo.

Le septuagénaire referma la porte derrière lui, tira le verrou et tourna la pancarte qui pendait derrière la vitre afin qu'elle affiche « fermé » à l'extérieur.

— Qu'est-ce que tu fais ? demanda Lola, perplexe.

— Eh, *mi pequeñita*, il faut qu'on parle.

C'était mauvais signe. La jeune femme, inquiète, fit quelques pas en avant et dévisagea son patron, essayant de lire dans ses yeux tristes ce que cachait cette étrange entrée en matière. Mais il ne pouvait s'agir que d'une seule chose.

Cela faisait près de cinq ans, maintenant, que Marcelo, pressé de prendre sa retraite, essayait de revendre son pas-de-porte. Cependant, dans un quartier comme celui-là, les offres, nombreuses, n'émanaient jamais de libraires, mais plutôt d'investisseurs sans âme qui voulaient transformer le lieu en une boutique plus « rentable » : téléphonie, hi-tech, mode, banque... Or le Bolivien avait toujours juré que le Passe-Muraille resterait une librairie, même après son départ. Il y mettait un point d'honneur. Et Marcelo ne trahissait jamais sa parole. Cette librairie, c'était son bébé, c'était toute sa vie.

Avait-il donc enfin trouvé un acheteur digne de ce nom ? Et, si c'était le cas, Lola pourrait-elle garder son emploi au sein de la nouvelle enseigne ? À en juger par la mine grave de Marcelo, cela semblait mal parti.

La jeune femme sentit les battements de son cœur s'accélérer.

— Qu'est-ce qu'il se passe ? le pressa-t-elle.

Le Bolivien grimaça en se frottant le front, cherchant ses mots.

— Eh bien, *mi pequeñita*... Tu t'en doutes, n'est-ce pas ?

— Tu as trouvé un acheteur ?

Le vieil homme hocha honteusement la tête.

Lola s'appuya sur l'une des étagères de la librairie. Elle essaya de rester calme et de penser à Marcelo avant de penser à elle. Après des années de labeur, le vieil homme avait bien mérité une retraite digne de ce nom.

— Je... Je suis contente pour toi Marcelo, balbutia-t-elle, sans grande conviction malgré ses efforts.

Le vieil homme baissa la tête, accablé.

— Eh ! le rassura Lola en lui prenant le bras. Tout va bien se passer, Marcelo. On savait que ça allait arriver un jour ou l'autre, hein ? Je comprends que tu sois triste, mais tu vas enfin pouvoir en profiter ! Peut-être retourner en Bolivie ? Cela fait si longtemps que tu en rêves !

— Oh, tu es si gentille. Tu es si gentille... Mais c'est pour toi que ça m'embête, *Lolita*.

La jeune femme haussa les épaules.

— Tsss... Je vais me débrouiller, Marcelo. Et qui sait, le nouveau propriétaire voudra peut-être me garder ?

— C'est-à-dire que...

Il ne parvint pas à terminer sa phrase.

— Quoi ?

— Oh, *pequeñita*, je suis tellement désolé. Ce... Ce n'est pas un libraire.

Lola sentit sa gorge se nouer. Elle écarquilla ses grands yeux bleus pour s'empêcher de verser une larme qu'elle aurait elle-même trouvée ridicule.

— *Lolita*… Qu'est-ce que tu veux, ça n'intéresse plus personne, les livres…

La jeune femme hocha la tête sans rien dire.

— Tu le vois bien toi-même, hein ? On vend de moins en moins de bouquins. Les jeunes ne lisent plus…

Lola se mordit les lèvres. Elle aurait voulu lui dire que ce n'était pas vrai, que les « jeunes », comme il disait, lisaient bien plus qu'on ne voulait le faire croire, mais que le Passe-Muraille n'avait pas su s'adapter. Elle le lui avait dit mille fois, d'ailleurs : il aurait fallu réformer la librairie, réduire le fond politique, tous ces livres poussiéreux sur l'anarchie qui n'intéressaient malheureusement plus qu'une clientèle vieillissante se réduisant comme peau de chagrin, mettre un peu de gaieté entre ces murs, de la couleur, de l'animation, et se tourner, justement, vers les plus jeunes. Moderniser aussi son fonctionnement, s'équiper d'outils plus actuels pour avoir un meilleur suivi des ventes, créer de nouveaux rayons, les équilibrer en fonction des goûts de la clientèle, etc. Certes, faire vivre une librairie indépendante était devenu une chose de plus en plus difficile, pourtant, certains y parvenaient. Certains y parvenaient même très bien ! Mais Marcelo tenait sa boutique comme s'il vivait encore dans les années 1970. Il n'avait jamais voulu changer, et il n'avait plus aujourd'hui ni la force ni les moyens de le faire.

— À qui as-tu vendu ? demanda Lola, sans être sûre de vouloir entendre la réponse.

La gêne se lut aussitôt sur le visage du Bolivien. Les yeux fixés au sol, il resta muet.

— Allez, dis-moi…

— Oh, *Lolita*, j'ai tellement honte… Une chaîne de téléphonie mobile.

— Oh, putain !

— Je… Je suis désolé…

La jeune femme releva les yeux vers le vieil homme. Ils étaient véritablement humides, à présent.

— Merde, lâcha-t-elle d'un air dépité.

— Je suis criblé de dettes… Je n'avais plus le choix ! Tu comprends ? Tu comprends, n'est-ce pas ?

Lola hocha tristement la tête.

— Oui. Évidemment, Marcelo. Je comprends.

Bien sûr qu'elle comprenait. Mais c'était si pénible à entendre ! Pas seulement parce que cela signifiait qu'elle perdait son emploi, mais aussi parce que la fin du Passe-Muraille lui semblait une tragédie. Un symbole désolant. La boutique, après quarante ans de résistance, était devenue une figure emblématique du quartier. La dernière librairie indépendante de la Bastille. Ici, les clients pouvaient rester des heures à papoter, feuilleter des livres, échanger des avis, refaire le monde… Les quatre murs étaient tout entiers habités par l'âme du vieil anarchiste. Voir fermer le Passe-Muraille, c'était presque le voir mourir, lui. Une librairie qui meurt, ce n'est pas une page qui se tourne, c'est un livre qui se ferme, à jamais.

Après un long silence, Marcelo posa une main sur l'épaule de la jeune femme et, avec courage, lui annonça les modalités de la transaction :

— La vente sera effective en septembre, Lola. Cela te laisse l'été pour trouver du travail. Tu pars quand tu veux. Sans préavis. Je me débrouillerai. Et je te donnerai une très jolie prime, le jour de ton départ. Ça va de soi. Je te dois tellement…

Lola s'efforça de sourire.

— Ça ira, Marcelo, ça ira…

Le vieil homme s'approcha d'elle et la serra dans ses bras. Ils restèrent enlacés un long moment, parce que cette étreinte disait bien plus de choses que n'importe quel discours. Et puis Marcelo finit par s'en aller, les yeux embués de larmes, lui aussi. En franchissant la porte de la petite librairie, il semblait s'être affaissé. C'était comme s'il avait vieilli d'un seul coup.

Lola resta seule au milieu des livres pendant un quart d'heure, incapable de bouger, de se ressaisir. Les paroles de

Marcelo résonnaient dans sa tête pendant que, sous ses yeux ;
dansaient les images floues de son avenir.

L'idée d'affronter un nouveau client lui parut insupportable. Vers quinze heures, n'y tenant plus, elle ferma prématurément la boutique et partit chez elle en pleurant.

4.

Les deux hommes avaient quitté le Sancerre et marchaient
à présent côte à côte en direction de l'est, le long de la butte
Montmartre.

— Fulcanelli ? Depuis quand tu t'intéresses à l'alchimie, toi ?

— C'est pour une enquête...

— Une enquête sur Fulcanelli ? s'amusa Mackenzie. Tu
te fous de ma gueule ? Tu m'expliques comment un flic de
la BEI[1] peut se retrouver à enquêter sur Fulcanelli ?

Cédric Radenac était brigadier-chef au poste de police du
Palais-Royal, dans le Ier arrondissement de Paris. Il avait intégré ce service spécifique où l'on s'occupait d'affaires dans lesquelles l'auteur des faits n'avait pas encore été identifié. En
somme, son métier consistait à confondre essentiellement des
voleurs ou des agresseurs, puis à les localiser et les interpeller.
Bref, son intérêt soudain pour un alchimiste sorti du passé
semblait très éloigné de son train-train habituel...

— C'est l'un des plus grands mystères du siècle dernier,
non ?

— Justement... C'est pas vraiment d'actualité.

— Eh bien, il se pourrait que ça le devienne, mon canard.
Cette chère Ginhoux m'a confié une enquête qui sort un
peu de l'ordinaire. Et toi, l'alchimie, tous ces trucs-là, c'est
ton domaine !

---

1. Brigade des enquêtes d'initiative, brigade de l'unité d'investigation,
de recherche et d'enquêtes chargée des investigations longues ou complexes nécessitant un suivi particulier.

— *C'était* mon domaine, corrigea Mackenzie. Je suis hors jeu, mon pote.

— Arrête ! Personne ne connaît ces sujets aussi bien que toi.

— N'essaie pas de me cirer les pompes. Fulcanelli, c'est un sac de nœuds. Une prise de tête. Ça fait près d'un siècle que les gens essaient de démêler cette histoire, et personne n'a jamais réussi.

— Te fais pas supplier et dis-moi au moins ce que tu sais ! Ça pourrait être une belle opportunité pour moi, cette affaire. Pour une fois qu'on ne me demande pas d'aller emmerder une famille de Roms ou un SDF…

Radenac était un genre d'autodidacte. Son bac en poche, il était devenu policier auxiliaire pendant son service militaire, et c'était ainsi que cette force de la nature était entrée dans la « maison Poulaga ». Après avoir passé le concours de gardien de la paix près de Clermont-Ferrand, il avait effectué la quasi-totalité de sa carrière dans le Ier arrondissement de Paris, d'abord au dépôt du tribunal de grande instance (que les flics surnommaient joyeusement « la souricière »), puis à la BAC[1] et, enfin, dans les différents commissariats du quartier. Ce solide gaillard au franc-parler, qui venait d'un milieu modeste, s'était forgé tout seul une culture générale assez étonnante, ce qui n'était pas pour déplaire à Mackenzie. De plus, ces éternels révoltés partageaient une philosophie de la vie qui détonnait souvent avec le milieu dans lequel ils évoluaient l'un et l'autre. Ils s'étaient rencontrés trois ans auparavant, non pas pour des raisons professionnelles – Ari n'était déjà plus en service – mais dans un bar, tout simplement. Naturellement. Aussi éméchés l'un que l'autre, ils avaient commencé par s'insulter allègrement en regardant un débat politique diffusé sur le téléviseur du bistrot, puis ils étaient tombés dans les bras l'un de l'autre, avec la démesure caricaturale de deux ivrognes en fin de soirée. Depuis, ils avaient

---

1. Brigade anti-criminalité.

sympathisé, partageant beaucoup de choses, et notamment l'étiquette de *vilains petits canards* au sein de la Police nationale...

— Bon, céda Mackenzie. Avant de t'intéresser à Fulcanelli, est-ce que tu as au moins une idée de ce qu'est réellement l'alchimie ?

Radenac fit une moue d'écolier pris en défaut.

— Euh... Une espèce de vieille pratique médiévale qui essayait de démontrer qu'on peut transformer le plomb en or ?

Ari esquissa un sourire.

— C'est un peu plus compliqué que ça...

— Je m'en doute.

— Je ne vais pas te faire un exposé, rassure-toi, mais disons que l'alchimie repose sur l'idée que tout est perfectible. L'esprit, la matière, l'homme. C'est donc une quête de purification, qui n'est pas seulement spirituelle, mais bien physique. En gros, pour la plupart des alchimistes, l'homme, la nature, la matière se sont abîmés au moment du péché originel. Par la recherche, par la connaissance, les alchimistes entendent redonner à la matière et à l'homme leur pureté première. Ainsi, c'est en effet une pratique dont l'objet n'est pas simplement de transformer le plomb en or, mais d'accomplir le Grand Œuvre, lequel, en effet, permettrait la transmutation des métaux mais aussi celle de l'homme, avec la découverte de ce qu'ils appellent la « médecine universelle ».

— C'est quoi ? L'ancêtre de la CMU[1] ?

— Encore mieux : c'est le secret, sinon de la vie éternelle, au moins d'une très longue vie.

— Ah ouais, quand même ! Et tu y crois, toi ?

Mackenzie sourit de nouveau.

— Si tu me demandes si je crois que des alchimistes sont réellement parvenus à transformer du plomb en or dans leurs

---

1. Couverture maladie universelle.

caves et à devenir éternels, je te répondrais que non – encore que la chimie actuelle a démontré que la transmutation était possible –, mais si la question est de savoir si l'alchimie a un sens, alors je te répondrais que oui.

— Comment ça, *la chimie a démontré que c'était possible* ?

— Avec un accélérateur de particules, on sait maintenant que c'est faisable. En théorie. Il « suffirait » de bombarder le plomb pour lui arracher quelques nucléons, ceux qui le différencient de l'or. Le problème, c'est que la probabilité pour y parvenir est si faible qu'il faudrait que le bombardement dure des mois, voire des années, pour obtenir quelques grammes d'or. Or, le coût de fonctionnement d'un accélérateur étant de plusieurs milliers d'euros par heure, d'un point de vue purement financier ce ne serait pas une opération très intéressante...

— Dommage.

— Au contraire ! Ça dévaluerait l'or, et ça foutrait un sacré bordel.

— Merde, heureusement que Gargamel n'a jamais réussi à attraper les Schtroumpfs, alors[1] ?

— Oui, heureusement ! De toute façon, l'intérêt de l'alchimie ne réside pas là, mon bon Cédric. Comme souvent, l'intérêt, ce n'est pas le but, c'est le chemin. Il n'en reste pas moins que l'alchimie a historiquement permis de mettre au point des procédés comme l'hydrolyse, la fermentation, la distillation et même de comprendre la photosynthèse, ou de découvrir l'acide sulfurique ou le phosphore... Il faudrait plutôt voir les alchimistes comme des chercheurs, et un chercheur n'est pas obligé de « trouver » pour que sa recherche ait de l'intérêt.

— C'est ce qui distingue le chercheur du flic.

---

1. Gargamel, personnage inventé par Peyo dans sa bande dessinée *Les Schtroumpfs*, était un alchimiste diabolique, convaincu que les Schtroumpfs étaient l'un des ingrédients clés de la pierre philosophale, permettant de fabriquer de l'or.

— Ouais… Ce qui est intéressant, c'est l'histoire de l'alchimie, ce qu'elle a produit. Pour que tu comprennes un peu le phénomène Fulcanelli, il faut que tu comprennes l'histoire de l'alchimie, afin de remettre ce personnage dans son contexte.

— J'ai jamais été très calé en histoire, mais je veux bien faire un effort…

— Il y a des tas de livres sur le sujet en librairie, démerde-toi.

— Te fais pas supplier. Étale ta science !

Mackenzie secoua la tête. Mais le ton de sa voix trahissait le plaisir qu'il éprouvait, en réalité, à partager son savoir. Il resterait, à jamais, cet intarissable et orgueilleux passeur de connaissance.

— L'alchimie a connu son âge d'or au Moyen Âge, époque où elle se confondait avec la chimie, d'abord sous l'impulsion des savants arabes, puis à travers les nombreuses traductions latines que fit l'Occident chrétien de ses textes fondateurs. Ensuite, au XVIIIe siècle, avec l'apparition de la chimie dite moderne, et principalement les théories de Lavoisier, elle a connu un déclin rapide. Ce n'est qu'au milieu du XIXe siècle qu'elle a bénéficié d'un regain d'intérêt, par le biais de groupes occultistes, en réaction, sans doute, au positivisme d'Auguste Comte.

— J'ai l'impression de retourner à l'école, Ari…

— Tais-toi et écoute. Au XIXe siècle, dans tous les domaines, la littérature, la philosophie, mais aussi la science, l'Europe, étouffée par le cartésianisme, a eu besoin de renouer des liens avec le merveilleux. Ça explique la naissance du fantastique et de la science-fiction en littérature, par exemple. Mais c'est aussi sous cet élan que sont apparus des gens comme le spirite Allan Kardec ou comme Papus et des mouvements comme le spiritisme, la théosophie, dont les acteurs surfaient entre science et occultisme. Faire tourner les tables et chercher les fantômes est devenu très à la mode à l'époque. De nombreux scientifiques de la fin du XIXe se sont intéressés aux sciences occultes, comme Pierre et Marie Curie, Édouard Branly ou l'astronome Camille Flammarion. Des artistes se sont mis à fréquenter les cercles hermétistes, comme Erik Satie, Claude Debussy ou la cantatrice Emma Calvé. Bref, et c'est là que je voulais en venir, Fulcanelli est un héritier de tout cela. Son œuvre est apparue au sein d'un groupe mondain d'occultistes parisiens du tout début du XXe siècle, qui se retrouvaient dans des salons, des librairies spécialisées, ou dans le célèbre cabaret du Chat noir, à quelques pas d'ici, boulevard de Clichy...

Ari s'arrêta soudain au milieu du trottoir, ouvrit un large sourire et désigna le square Louise-Michel qui s'élevait devant eux et au sommet duquel le Sacré-Cœur semblait dominer Paris de toute sa suffisance.

— Tu me crois si je te dis que c'est précisément dans ce square que j'ai entendu parler de Fulcanelli pour la première fois ?

Radenac sourit.

— C'est pour ça que tu m'as emmené ici ? Merde, tu sais vraiment ménager tes effets !

— J'avais dix-sept ans. Je n'avais plus ma mère, et mon père, qui faisait le même métier à la con que toi, rentrait tard le soir. Alors, quand je sortais du lycée Chaptal, au lieu de rentrer directement chez moi, je venais souvent me promener ici.

— Pour admirer le Sacré-Cœur ?

— Pour le conchier, au contraire ! Il est le symbole de l'écrasement du peuple parisien. Non, moi, tu vois, j'étais plutôt passionné par Louise Michel...

— Évidemment, suis-je bête !

— J'avais l'impression de lui rendre hommage en venant bouquiner dans le square qui portait son nom.

Ari sembla s'émouvoir en retrouvant dans chaque arbuste le théâtre de son adolescence.

— Eh bien... Tu as l'air triste tout à coup.

— Que veux-tu ? Je suis d'un naturel si nostalgique que, parfois, j'ai même la nostalgie d'époques que je n'ai pas connues.

— La vache, c'est beau comme du Didier Barbelivien ! Et le rapport avec Fulcanelli ?

— Eh bien, justement : un jour, j'étais là, sur un banc, en train de lire un bouquin de la collection « Aventure secrète ». Ça devait être *Les Templiers sont parmi nous* de Gérard de Sède, ou un truc du genre... Et là, le jardinier que je voyais souvent dans le square s'approche de moi, l'air intrigué. Il regarde mon bouquin et me demande si je m'intéresse à l'ésotérisme. À l'époque, je devais à peine savoir ce que ça voulait dire. J'étais tombé sur ce livre par hasard dans la bibliothèque de mon père, attiré sans doute par la couverture rouge et le titre racoleur. Bref, pour faire mon malin, je lui réponds que oui. Le type hoche la tête et s'éloigne. Le lendemain, je retrouve mon jardinier au même endroit, il me sort un vieux bouquin tout jauni de sa besace et me le tend en me conseillant de le lire plutôt que de perdre mon temps avec Gérard de Sède. C'était *Le Mystère des cathédrales*, de Fulcanelli.

— Et tu as accepté ?

Ari haussa les épaules.

— Bien sûr ! Pourquoi pas ? J'ai dévoré le bouquin en quelques jours, et puis je l'ai rendu, ébahi, à son propriétaire. Pendant les semaines qui ont suivi, je l'ai revu plusieurs fois ici même, fasciné par les histoires qu'il me racontait autour, entre autres, de la légende de Fulcanelli. Le bonhomme affirmait se livrer lui-même à des expériences alchimiques dans la cave de sa petite maison de banlieue. J'étais saisi par le contraste entre la modestie de son emploi municipal et l'étendue de ses connaissances historiques. À vrai dire, je me demandais ce que cet érudit qui semblait appartenir à un autre siècle foutait avec une bêche et un râteau dans les squares parisiens.

— Un jardinier n'a pas le droit d'être cultivé ?

— Au contraire ! Un jardinier, par définition, ça cultive. Mais il y avait quelque chose d'éminemment romanesque, là-dedans, et j'avais l'impression de recevoir l'enseignement secret d'un grand maître caché.

— Il ne t'a pas tripoté, au moins ?

Ari secoua la tête.

— T'es con ! Bref... Au mois de juin, les examens du bac ont commencé, et j'ai perdu mon jardinier alchimiste.

— Tu ne l'as jamais revu ?

— Non.

— C'est triste, ton histoire.

— Ouais. Je me demande ce qu'est devenu ce type. En tout cas, c'est lui qui m'a donné la passion que j'ai développée ensuite pour l'hermétisme, l'ésotérisme, l'occultisme, mais avec le regard critique que tu me connais...

— Bien sûr !

— Par chance, la bibliothèque de mon père – dont j'ai découvert des années plus tard qu'il avait appartenu à une loge compagnonnique[1] – regorgeait d'ouvrages sur ces sujets.

— Bref, tu connais parfaitement l'histoire de Fulcanelli, conclut Radenac, visiblement pressé d'en arriver au sujet qui l'intéressait.

— Disons que je la connais assez bien. Mais je te l'ai dit : c'est un vrai sac de nœuds.

— Raconte !

Ils étaient arrivés à mi-hauteur des grandes marches du square Louise-Michel et s'installèrent sur l'un des quatre bancs situés au milieu de la pelouse, depuis lesquels, dos à l'inélégante architecture pâtissière du Sacré-Cœur, on avait une vue imprenable sur la capitale.

— Par où commencer ? D'abord, il y a les faits. Ensuite, il y a la légende. Pour ce qui est des faits, ils sont simples : c'est la parution de deux livres sous le nom de Fulcanelli. *Le Mystère des cathédrales* en 1926 et *Les Demeures philosophales*

---

1. *Cf. Le Rasoir d'Ockham*, du même auteur.

en 1930, si je me souviens bien. En dehors de leur mystérieux auteur, tous les deux ont trois points communs : ils ont le même préfacier, Eugène Canseliet, le même illustrateur, Julien Champagne, et le même éditeur, Jean Schemit. Ça, ce sont les faits. Tangibles. Les textes sont là, avec leurs qualités et leurs défauts, mais au moins ils sont authentiques, même si on n'a jamais su qui était Fulcanelli. Après, il y a la légende, et là, cela devient beaucoup plus compliqué...

5.

Lola resta plusieurs minutes affalée sur son canapé, immobile, abasourdie, à fixer dans l'écran du téléviseur le reflet pathétique de son grand front et de ses joues maculées de mascara. Elle s'en voulait de ne pas savoir se montrer plus forte, plus digne. Elle avait l'impression que sa réaction était égoïste, eu égard à la situation de Marcelo. Mais chaque fois qu'elle pensait à ce que l'avenir lui réservait, les larmes lui montaient immanquablement aux paupières. Elle mesurait, mieux que jamais, la chance qu'elle avait eue, depuis huit ans, de pouvoir travailler dans cette petite librairie parisienne. Les probabilités de retrouver un poste comme celui-là étaient aujourd'hui quasi nulles, elle en avait parfaitement conscience. Mais alors ? Que ferait-elle ?

Avec un geste d'une lenteur apathique, Lola regarda sa montre. Seize heures trente-deux. Il lui restait plus d'une heure avant de devoir aller chercher Maxime chez l'assistante maternelle et une heure de plus, probablement, avant d'annoncer à Thomas la terrible nouvelle. Comment réagirait-il ? Dans les moments difficiles, il savait toujours trouver les mots pour la réconforter. Mais parviendrait-il à rester serein face à la perspective du chômage probable de Lola ? Ses cachets de cameraman, très irréguliers, ne suffiraient certainement pas à élever correctement leur enfant de quatorze mois, du moins pas à Paris. Quitter la capitale ? Lola ne voulait même pas y songer.

La jeune femme frissonna, se frotta les joues et se leva lentement en essayant de se ressaisir. Elle se dirigea tout droit vers la cuisine et ouvrit le réfrigérateur. Une bière. Une bonne bière fraîche. Rien de tel en un moment pareil. Nerveusement, elle écarta les quelques pauvres ingrédients qui remplissaient à peine un tiers du réfrigérateur, la plupart périmés, cherchant désespérément la dive bouteille. En vain.

Elle grogna en fronçant les sourcils. La veille, elle avait acheté un pack de six bières. Thomas et elle en avaient bu quatre dans la soirée – ce qui était déjà un bon score. Elle n'était pas folle : il aurait donc dû en rester deux.

Mesurant le ridicule de son interrogation, elle ne put toutefois s'empêcher de se demander comment deux bouteilles de bière avaient pu mystérieusement disparaître de son réfrigérateur.

Il n'y avait que deux explications possibles : soit Thomas s'était relevé dans la nuit et avait terminé le pack à lui tout seul – ce qui était fort improbable – soit ce matin, à l'aube, il avait emporté les deux dernières bières avec lui sur son tournage, ce qui ne lui ressemblait pas vraiment. D'autant plus qu'il y avait toujours de la bière à disposition pour les techniciens au *catering*.

Autre hypothèse, plus fantaisiste : un cambrioleur alcoolique était passé et n'avait emporté que deux bières.

Par acquit de conscience, Lola souleva le couvercle de la poubelle et découvrit, surprise, six cadavres de *1664*. Thomas s'était donc bien relevé dans la nuit, et elle n'avait rien entendu.

Elle secoua la tête, presque amusée. Voilà qu'elle jouait les détectives !

De fil en aiguille, ses pensées la conduisirent immanquablement vers le souvenir d'Ari. Cette idée de « détective » et l'omniprésence du Passe-Muraille dans ses pensées… tout se conjuguait pour faire resurgir cette figure du passé.

C'était à la librairie – dont Mackenzie avait été jadis l'un des plus fidèles clients – qu'ils s'étaient rencontrés. Combien de lectures avaient-ils partagées, combien de découvertes ! Cela faisait près de quatre ans, maintenant, qu'ils ne s'étaient pas revus. Du jour au lendemain – depuis qu'elle s'était mise en couple avec Thomas, en réalité – Ari était sorti de sa vie. De temps en temps, Krysztov Zalewski, le seul ami qu'ils avaient en commun, lui donnait des nouvelles, et elles étaient rarement bonnes. Visiblement, cet homme qu'elle avait tant aimé, et qui vivait toujours dans le quartier des Abbesses, s'enfonçait chaque jour un peu plus dans une spirale d'auto-destruction où l'alcool et l'oisiveté avaient la part belle. Et, quand bien même Ari était grandement responsable de ce qui lui arrivait, elle éprouvait encore quelque culpabilité.

Elle se surprit à penser qu'il lui manquait.

6.

— C'est quoi, alors, ce que tu appelles la « légende Fulcanelli » ? demanda Radenac d'un air amusé.

Le soleil de juin, au loin, scintillait sur les toits de tôle de la capitale, et l'alchimiste, ici, c'était bien cet astre qui, par la grâce de ses rayons, transformait le plomb en or. Sur leur droite, le funiculaire de Montmartre passa silencieuse-ment, pour la dixième fois au moins depuis qu'ils s'étaient assis là, au milieu des touristes photophiles.

— Eh bien, selon la légende, Fulcanelli aurait été un vieux monsieur, érudit, alchimiste, un authentique Adepte, c'est-à-dire un homme ayant découvert le secret de la pierre philo-sophale et de la vie éternelle. Fort respecté, il aurait été l'ami des plus grands de son temps, des Pierre Curie, des Anatole France, des Raymond Roussel, des Viollet-le-Duc, des Marcellin Berthelot, des Lesseps, j'en passe et des meilleurs. Julien Champagne, lui, aurait été son illustrateur attitré, avec lequel il aurait travaillé dans le plus grand secret. Et puis un jour, le vieux Fulcanelli, désirant rester anonyme, aurait confié à son jeune disciple, Eugène Canseliet, les ébauches non pas de deux, mais de trois livres, et lui aurait demandé de les mettre en forme et de les faire publier, avec les illustrations de Julien Champagne. Le mystérieux maître aurait validé la publication des deux premiers livres, puis se serait rétracté pour le troisième ouvrage et l'aurait récupéré. Ensuite, il aurait disparu, pour ne réapparaître qu'en 1952, à l'âge supposé de cent treize ans.

— C'est une belle histoire…

— Très romanesque, oui. Mais ce qu'il faut bien comprendre, Cédric, c'est que cette légende s'est mise en place progressivement et a explosé longtemps après la parution des deux livres en question, expliqua Mackenzie en allumant une Chesterfield.

— Comment ça ?

— Prends des notes, mon ami. Je te l'ai dit : c'est un sac de nœuds, cette histoire.

Le flic opina du chef et sortit sagement de sa poche un stylo et un carnet Moleskine, à l'ancienne. Radenac portait toujours sur lui l'un de ces carnets noirs de légende et, plutôt que de prendre des notes en style télégraphique comme la plupart de ses collègues, ce flic qui avait des rêves secrets de romancier écrivait dans un français tout à fait respectable et se plaisait à imaginer qu'il était une sorte d'Hemingway de la Police nationale… mais version rugbyman.

— Dans les préfaces originales, Eugène Canseliet ne raconte pas du tout cette histoire-là. Dans la toute première, celle du *Mystère des cathédrales*, il dit même que Fulcanelli a disparu « depuis longtemps déjà ». Toute la légende autour de la façon dont Fulcanelli lui aurait remis ses manuscrits et ne serait finalement pas mort, Canseliet ne la racontera que beaucoup plus tard, dans des revues spécialisées, ou dans les nouvelles préfaces qu'il rédigea pour des rééditions.

— Pourquoi ?

— Lors de leur première publication, les deux ouvrages n'ont pas suscité beaucoup d'intérêt, ni de la part des lecteurs ni de la part des critiques, même spécialisés. En revanche, dans les années 1960, le mystère qui entourait leur auteur a rencontré un soudain succès. Du coup, Canseliet a été beaucoup interviewé et a fait vivre le mythe.

— Pourquoi un succès si tardif ? demanda Radenac qui, à défaut de cigarette, tout en prenant des notes, descendait à une vitesse qui défiait l'entendement un paquet de bonbons colorés.

— Grâce notamment au *Matin des magiciens*, un livre de Louis Pauwels et Jacques Bergier, un énorme best-seller qui a lancé une véritable vogue pour l'ésotérisme, à l'époque.

— Ah oui ! Je me souviens de ce bouquin ! Je l'ai lu. Énorme !

— Majoritairement un tissu de conneries, corrigea Mackenzie, impartial. Mais quelques chapitres sont intéressants. Bref, pendant les trente années qui ont suivi leur publication, les deux livres de Fulcanelli n'avaient même pas atteint les trois cents exemplaires vendus. Et puis, tout à coup, grâce au *Matin des magiciens*, le grand public s'est passionné pour l'alchimie en général, et pour Fulcanelli en particulier. Les gens se sont arraché les derniers exemplaires de ses livres à des prix exorbitants, et ceux-ci ont donc commencé à être réédités, avec succès. Et voilà, la légende est née.

— C'est fou…

— Oui. Mais depuis lors, ce qui anime les milieux ésotéristes, à mon grand regret, ce n'est pas tant l'étude de l'œuvre de Fulcanelli que la résolution de son mystère : qui se cachait derrière ce pseudonyme ?

— Et donc, on ne le sait toujours pas…

— Non. Cela reste la plus grande énigme de l'alchimie moderne. Il y a souvent eu un manque de rigueur scientifique dans les recherches qui ont été menées jusqu'à présent. À ma connaissance, aucun historien officiel, rattaché à une université par exemple, ne s'est penché sur la question. Il y a néanmoins eu de nombreuses hypothèses, certaines intéressantes, d'autres fumeuses. On a évidemment envisagé que ce soit Canseliet et/ou Champagne, le préfacier et l'illustrateur, mais aussi des gens aussi divers que le libraire Pierre Dujols, l'écrivain Rosny aîné, l'égyptologue René Schwaller de Lubicz, l'un des fils de l'entrepreneur Ferdinand de Lesseps, le physicien Jules Violle, l'écrivain Raymond Roussel lui-même, l'astronome Camille Flammarion, et je ne sais combien d'autres encore... Régulièrement, il se trouve un petit malin pour sortir un nouveau nom comme on sort un lapin d'un chapeau de magicien. Mais aucune de ces hypothèses n'est historiquement étayée. Et, si tu veux mon avis, on ne le saura jamais.

— Pourquoi ?

Un sourire espiègle se dessina sur le visage de Mackenzie.

— Je ne vais pas te mâcher le travail, mon garçon. Après tout, l'enquêteur, c'est toi. Il va falloir que tu fasses ton chemin tout seul... comme un authentique petit apprenti.

— Maître ! ironisa le policier. Donnez-moi des pistes, au moins !

— Le problème, avec Fulcanelli, c'est que l'on n'a aucune trace directe de son existence. Le seul qui aurait pu en posséder, son disciple Eugène Canseliet, n'a jamais produit le moindre document émanant directement de Fulcanelli. Il s'est contenté d'évoquer ici et là l'existence de son maître.

— On n'a rien d'autre que la parole de Canseliet ?

— Rien. Les notes originales, censées être de la main de Fulcanelli, n'ont jamais été produites, pas plus qu'un quelconque mot écrit de sa part. Certains documents ont surgi ici et là, mais il s'agissait de faux, souvent grossiers. Un homme, Jean Laplace, rédacteur en chef de la revue *La Tourbe des philosophes*, a affirmé avoir trouvé chez la fille de Canseliet – après la mort de celui-ci – des notes originales de Fulcanelli, mais sans en donner la preuve : il s'est contenté de les décrire verbalement et ne les a jamais montrées au public.

— Et toi, tout saint Thomas que tu es, il te faut voir pour croire.

— Un type qui dit avoir vu des notes manuscrites de Fulcanelli, mais qui est incapable de les produire, oui, j'ai du mal à le croire... Que veux-tu ? On ne se refait pas ! Et j'aime, moi – contrairement à tous ces prétendus chercheurs –, appliquer des méthodes scientifiques, ou au moins journalistiques, à mes recherches : je n'affirme rien sans preuve, sans croisement de sources, sans documents authentifiés.

Le ballet incessant des touristes qui montaient vers le Sacré-Cœur ou en descendaient continuait autour d'eux.

— Eh bien ! fit Radenac avec une moue admirative. Je me doutais que tu serais renseigné sur le sujet, mais je ne m'attendais pas à ce que tu le sois à ce point !

— Je te l'ai dit : je me suis passionné pour cette histoire pendant toute la fin de mon adolescence. Et puis, tous les gens qui se sont intéressés de près ou de loin à l'hermétisme ont un jour essayé de percer le mystère Fulcanelli. C'est un marronnier de l'ésotérisme, si je puis dire. En attendant, tu ne m'as toujours pas dit pourquoi tu t'intéressais à lui, mon gaillard...

Radenac regarda longuement son ami, comme s'il voulait ménager son suspense à son tour. Et puis, avec un air de bravade :

— Imagine qu'un manuscrit de Fulcanelli existe. Authentique. Un texte écrit de sa main. Tu crois que quelqu'un serait prêt à tuer pour s'en emparer ?

Mackenzie ricana.

— Si vraiment il était authentique, alors oui, bien des gens ! Et moi le premier. Mais je n'y crois pas une seule seconde.

Radenac fit un large sourire.

— Alors suis-moi. À mon tour de te montrer quelque chose.

7.

Installé dans sa chaise haute, le petit Maxime avalait avec une concentration exemplaire les cuillerées de compote que

Lola lui tendait affectueusement. Les yeux encore rougis, la jeune femme essayait de trouver quelque réconfort dans les sourires béats de son fils de quatorze mois, et elle aurait donné n'importe quoi pour entrer avec lui dans sa bulle d'innocence, loin des problèmes matériels du monde des adultes.

Un peu après dix-neuf heures, Thomas rentra enfin, visiblement éreinté par sa journée de tournage. Malgré tout, avant même d'avoir enlevé sa veste, il se jeta sur son fils, le souleva de sa chaise haute et le fit tournoyer dans les airs avant de le couvrir de baisers.

— Attention, il vient de manger !

Thomas reposa Maxime et embrassa Lola du bout des lèvres. Puis, l'attrapant par les épaules, il la dévisagea d'un air inquiet.

— Tu as pleuré ?

La jeune femme poussa un soupir. Elle jeta un coup d'œil en direction du bébé, comme s'il avait pu comprendre et qu'elle rechignait à parler devant lui.

— Marcelo a vendu la librairie, lâcha-t-elle enfin.

Thomas écarquilla les yeux d'un air catastrophé.

— Merde ! Mais quand ?

— Là.

— Mais… et toi ?

Lola haussa les épaules.

— Moi, il faut que je me trouve un autre boulot, qu'est-ce que tu crois ? La librairie va fermer. Ce couillon a vendu à une putain de boutique de téléphonie mobile !

— Oh, merde ! répéta Thomas. Oh, ma puce ! Je suis désolé.

Il enlaça Lola et la serra longuement contre lui, provoquant aussitôt une nouvelle irruption de larmes aux paupières de sa compagne.

— T'en fais pas, ma puce ! T'en fais pas. Tu vas vite retrouver quelque chose. On va faire un CV. Je vais t'aider. Tu es une excellente libraire, tu vas trouver facilement !

— Tu sais bien que non ! Il n'y a pas de boulot dans ce secteur ! Même les grandes enseignes ferment les unes après les autres ! Tu imagines un peu, si je me retrouve au chômage ? On ne va jamais s'en sortir...

— Mais si ! Ne dis pas de bêtises. Il n'y a peut-être pas beaucoup d'offres, mais il y en a quand même, et tu as le profil idéal. Tu vas vite trouver. J'en suis sûr !

Lola hocha la tête, sans conviction.

Ils s'étreignirent de nouveau, puis Thomas enleva enfin sa veste et la jeta sur le fauteuil du salon.

— Tu veux boire quelque chose pour te remonter le moral ? demanda-t-il en se dirigeant vers la cuisine.

— Je veux bien. J'ai racheté des bières. C'est toi qui les as finies, cette nuit ?

La réponse de Thomas, depuis la cuisine, tarda à venir.

— Oui.

— Tu t'es enfilé deux bières dans la nuit ?

— Ouais. J'arrivais pas à dormir.

Le jeune homme réapparut dans le salon avec deux verres pleins.

— Allez, tiens ! Ça nous changera les idées.

Ils trinquèrent pendant que le bébé s'amusait à jeter par terre tous les objets qui étaient à sa portée et que Thomas ramassait sempiternellement pour les remettre près de lui, procurant ainsi au garçonnet une joie non feinte.

Lola s'affala sur le canapé, moralement épuisée.

— Ça t'arrive souvent de te relever en pleine nuit pour boire des bières ?

Elle ne pouvait s'empêcher de trouver la chose étrange.

— Roh ! soupira le cameraman. Non, ça ne m'arrive pas souvent... Mais j'ai le droit, non ?

— C'est pas le problème. Tu fais ce que tu veux. Mais te relever pour boire deux bières en pleine nuit... C'est un peu bizarre, quand même !

— Lola ! J'ai déjà bu bien plus que quatre bières en une soirée, et tu ne m'as jamais embêté avec ça !

— Oui mais pas tout seul, comme ça, au milieu de la nuit…

— Bon, on ne va pas s'étendre là-dessus toute la soirée ? T'as pas autre chose en tête ?

— T'es con ou quoi ? s'emporta la jeune femme. Bien sûr que si, j'ai autre chose en tête ! On vient de m'annoncer que j'allais perdre mon boulot !

Thomas reposa son verre sur la table d'un air désolé et prit la main de sa compagne.

— Écoute, je comprends que ça te fasse peur. Mais on ne va pas se laisser abattre. Je vais demander un peu autour de moi si quelqu'un connaît une librairie avec un poste à pourvoir. Et toi, t'en connais un paquet, des libraires ! Tu vas pouvoir faire tourner ton CV.

— Ouais, ouais.

— T'en fais pas. Tu vas trouver.

Il déposa un baiser dans le cou de Lola.

— Je t'aime, ma puce.

Le silence s'installa entre eux, à peine perturbé par les babillages occasionnels de Maxime, jusqu'à ce que Thomas se lève.

— Bon, ce soir, on se la joue cool. Je n'ai pas le courage de cuisiner et je suppose que toi non plus. Je vais aller acheter du japonais et une bonne bouteille de vin. On se fait une soirée peinards, devant une série. Tu couches le bébé ?

Lola se contenta de hocher la tête.

8.

Un peu avant vingt heures, Radenac et Mackenzie arrivèrent au pied d'un bel immeuble bourgeois de la rue Vivienne, à quelques pas du Grand Véfour et non loin du poste de police où travaillait le brigadier-chef.

— Tu veux bien m'expliquer ce qu'on fout là, maintenant ? demanda Ari, agacé par le mystère que cultivait son ami avec un plaisir sadique.

— Giacomo Mazzoleni, ça te dit quelque chose ?

— Non. On dirait un nom de dictateur.

Radenac secoua la tête.

— La galerie Mazzoleni, ça ne te dit vraiment rien ?

Ari haussa les épaules d'un air désabusé.

— Désolé. Les galeries d'art, ça m'intéresse à peu près autant que l'aqualabélophilie.

— La quoi ?

— L'aqualabélophilie. La collection des étiquettes de bouteilles d'eau.

— Ha, ha, t'es con ! La galerie Mazzoleni, c'est l'une des plus grandes galeries d'art du Marais, mon vieux !

— Fascinant. Et donc ?

— Le type qui l'avait ouverte, dans les années 1950, Giacomo Mazzoleni, est mort avant-hier d'une crise cardiaque. Ici. Dans son appartement.

— Ah. Et en dehors de la consonance, tu m'expliques le lien entre Mazzoleni et Fulcanelli ?

— Tu vas voir.

Radenac composa le code de l'entrée, puis ils gravirent ensemble les marches d'un escalier en colimaçon jusqu'au premier étage, où le policier sonna à l'unique porte. Une lourde porte blindée.

Un homme d'une trentaine d'années vint leur ouvrir.

Radenac lui présenta sa carte de police.

— Bonsoir, est-ce que Mme Mazzoleni est ici ?

L'homme fronça les sourcils, inspecta l'identité de son interlocuteur, puis, d'un air las, se tourna vers l'intérieur de l'appartement.

— Gabriella, c'est la police qui demande à te voir !

— Fais-les entrer, Jacob !

L'homme s'écarta pour les laisser passer, puis lança :

— J'y vais ! À ce soir !

Et il sortit de l'appartement.

Ari suivit Radenac jusque dans le salon, une grande pièce sombre et richement meublée, dans un style Napoléon III

46

des plus tapageurs. Nacres, marqueterie, bronzes dorés, toute la panoplie exubérante des ornementations y passait, et le foisonnement des bibelots offrait un spectacle presque fatiguant pour les yeux. Aux murs pendaient de nombreux tableaux de tailles et d'époques diverses, mais dont la valeur laissa peu de doute à Ari quant à la fortune du défunt.

Près de la fenêtre, assise sur un canapé capitonné en bois noirci, une femme était en train de trier une foule de documents sur une petite console recouverte d'un plateau de marbre. La figure grave, c'était une belle quadragénaire, gracile, aux traits délicats, et dont les cheveux d'un noir de jais, frisottants, trahissaient ses italiennes origines.

— Je suis à vous dans un instant, dit-elle sans quitter des yeux les papiers étalés devant elle.

— Je vous en prie, répliqua poliment Radenac, avec un ton emprunté qui ne lui ressemblait guère.

En un coup d'œil, Ari sut, à la mine crispée de son camarade, que ce grand nigaud en pinçait pour leur hôte. Il comprit aussi mieux pourquoi Radenac se passionnait pour cette nouvelle enquête.

Ils restèrent un moment immobiles, désœuvrés, au milieu de la pièce, comme deux garnements qui attendent de se faire remonter les bretelles par la directrice de l'école. Et puis, enfin, la brune se décida à relever la tête.

— Que puis-je pour vous, commissaire ?

— Brigadier-chef, corrigea Radenac, gêné.

— À mes yeux, c'est la même chose.

— Les commissaires sont nettement plus intelligents, intervint Ari d'un air parfaitement sérieux.

Radenac le foudroya du regard. Puis, après s'être raclé nerveusement la gorge :

— Si vous le voulez bien, madame Mazzoleni, j'aimerais que vous racontiez ce qu'il s'est passé au commandant Mackenzie, ici présent.

Ancien commandant se garda de rectifier Ari, agacé.

— Mon collègue a un profil un peu particulier… Disons pour faire court qu'il collabore avec les renseignements et que son domaine de prédilection est l'ésotérisme. Je pense donc que son avis pourrait nous éclairer, si vous n'y voyez pas d'inconvénient.

Gabriella Mazzoleni désigna les deux larges fauteuils crapaud qui faisaient face à son canapé.

— Je n'y vois aucun inconvénient, fit-elle, au contraire. Je vous en prie, asseyez-vous messieurs.

Les deux compères s'installèrent docilement.

— Le commissaire vous a expliqué les tenants et les aboutissants de mon histoire ? demanda-t-elle en dévisageant Mackenzie avec un regard intense.

Ari se retint de rire.

— Oui, mais c'est aussi bien que vous repreniez tout depuis le début, madame Mussolini.

— Mazzoleni.

— Ah, pardon.

La brune, sans se décontenancer, sortit une cigarette ridiculement fine d'un étui en argent qui portait les initiales GM, l'alluma et commença à raconter son histoire d'un air très théâtral. On eût dit une grande comédienne des années 1930 qui se confiait à un journaliste dans l'intimité de sa loge, après avoir joué une pièce de Sacha Guitry.

— Avant-hier, alors que je rentrais, fourbue, comme tous les soirs, de la galerie, j'ai trouvé papa inanimé, ici même.

— Ici même ?

— Oui, dans le fauteuil où vous êtes assis, pour tout vous dire.

Ari regarda son siège d'un air presque admiratif.

— Naturellement, j'ai aussitôt appelé les secours, mais papa était déjà mort, terrassé par une crise cardiaque, semblait-il.

— Mes condoléances, glissa Mackenzie, qui s'en tamponnait royalement le coquillard.

— Merci. Papa avait quatre-vingt-onze ans et le cœur fragile, et, même si la nouvelle m'a accablée, bien sûr, je n'ai pas trouvé sa mort… suspecte. Du moins, pas dans un premier temps. Pour tout dire, cela faisait plusieurs mois que je me préparais à cette triste éventualité.

Elle marqua une pause et détourna pudiquement les yeux. Puis, après avoir tiré une longue bouffée sur sa cigarette, elle enchaîna :

— Mais hier, alors que je m'étais décidée à mettre un peu d'ordre dans ses affaires, j'ai remarqué quelque chose dans sa bibliothèque qui m'a beaucoup troublée. Et qui me trouble encore. C'est pour cela que j'ai fait appel à la police.

— Peut-être faudrait-il que vous expliquiez au commandant Mackenzie quelle était la particularité de la bibliothèque de feu votre père, intervint Radenac d'une voix ridiculement fluette pour un homme de son gabarit.

— Bien sûr. Je vous la montrerai tout à l'heure, si vous le désirez. Papa était un grand collectionneur d'art, comme vous le savez certainement. Mais il avait aussi une passion secrète.

— L'aqualabélophilie ?

Radenac, catastrophé, lança vers Ari un regard chargé de colère.

— Non, répondit calmement Gabriella Mazzoleni. L'ésotérisme. C'était une lubie, dévorante, insensée. Il ne jurait que par ça ! Une grande partie de l'argent que lui rapportait la galerie y est passée, et cela rendait maman complètement folle.

— On peut la comprendre…

— Oui. Pauvre maman ! Mais voilà, c'était la seule chose qui rendait papa heureux. Toute sa vie, il s'est attaché à rassembler l'une des plus belles bibliothèques du monde consacrées à tout ce qui touche à l'hermétisme, l'occultisme, l'alchimie… Plus de trois mille volumes, des éditions originales, des incunables, certaines pièces véritablement uniques. Il passait un temps fou à essayer de dégotter la perle rare.

Je n'y connais pas grand-chose, mais il semblerait qu'il y ait dans sa bibliothèque des volumes d'une valeur inestimable.

— Dont vous allez hériter ? glissa malicieusement Mackenzie.

— Oh non ! Dieu merci ! Je ne saurais pas quoi en faire, et je serais bien incapable d'en apprécier la juste valeur. Je me ferais certainement abuser par les nombreux bibliophiles peu scrupuleux qui tournaient autour de lui comme des vautours. Non : papa m'a légué sa galerie et ses biens immobiliers, c'est déjà beaucoup, mais sa bibliothèque, il a toujours été entendu qu'il en faisait don aux Archives nationales, et c'est bien mieux ainsi ! Au moins, là-bas, ses livres seront en sécurité.

— Sans doute.

— Hier, donc, alors que je faisais du tri dans ses affaires, j'ai remarqué quelque chose d'étrange dans la bibliothèque. Voyez-vous, papa aimait tous ses livres, il avait avec eux une relation qui dépassait la simple bibliophilie ; ce qui alimentait l'agacement de maman, d'ailleurs. Mais il y en avait deux ou trois en particulier qui avaient, si je puis dire, sa préférence. Deux ou trois dont il était particulièrement fier. Quand j'étais petite, il me les montrait régulièrement, comme des trésors, des reliques. Je n'étais pas en mesure de comprendre la valeur réelle de ces ouvrages, mais ces manuscrits me fascinaient tout de même, par procuration, et je les ai bien évidemment mémorisés, comme des souvenirs chéris de mon enfance. Il y avait, par exemple, la première traduction latine de la *Table d'émeraude*, datée de la fin du XIIe siècle, si je ne m'abuse.

— 1140, pour être exact, précisa Ari. C'est Johannes Hispalensis qui l'a traduite, sous le titre de *Secretum secretorum*.

La brune hocha la tête d'un air admiratif.

— Tout à fait. Vous semblez en effet être un grand connaisseur ! Oh, vous auriez adoré papa !

— Si vous le dites.

— Il y avait aussi l'une des deux seules copies connues de l'édition en couleur du *Mutus Liber*, imprimée...

— ... en 1702 ! Magnifique ! s'exclama Mackenzie. Et cette fois, il était sincère. Ces livres sont *vraiment* dans la bibliothèque de votre père ?

Il peinait à y croire. Ces ouvrages étaient si précieux qu'il aurait été difficile de fixer leur prix. En général, ce genre de livres ne se trouvait pas dans des collections privées, mais était précieusement gardé dans des bibliothèques nationales.

— Oui. Dans la pièce à côté. Je vous les montrerai tout à l'heure.

— Avec un immense plaisir, avoua Mackenzie.

— Mais celui auquel il tenait le plus, celui qu'il vénérait par-dessus tout les autres, ce n'était pas vraiment un livre, mais plutôt un carnet.

Nous y voilà, pensa Ari, amusé, qui devinait déjà la suite.

— Un petit carnet relié et recouvert de cuir marron, de seize pages seulement, lesquelles n'étaient pas toutes remplies, loin de là, et dont papa affirmait qu'elles étaient de la main même d'un certain Fulcanelli.

Ari hocha lentement la tête, feignant d'être tout aussi émerveillé que pour les deux ouvrages précédemment cités.

— Or, voyez-vous, ce carnet n'est plus dans la bibliothèque.

Un long silence suivit la révélation de Gabriella Mazzoleni, point d'orgue de son récit.

Radenac, certain qu'Ari était réellement impressionné, lui adressa un regard plein de satisfaction. Celui-ci se contenta de tapoter du bout des doigts sur les accoudoirs de son fauteuil crapaud, puis dit :

— Et donc, madame Mazzoleni, vous pensez qu'on vous a volé ce carnet ?

— Je ne le pense pas, inspecteur, j'en suis sûre ! J'ai bien regardé : c'est le seul qui manque. Il y a un trou à l'endroit précis où il était encore quelques jours plus tôt !

Appelle-moi encore une fois inspecteur, gourgandine, et je te pète les incisives, songea Ari.

— Excusez-moi, madame, je ne voudrais pas vous heurter, surtout dans un moment pareil, mais si un cambrioleur était entré dans la bibliothèque de votre père et n'était reparti qu'avec ce seul carnet, nous aurions alors affaire au cambrioleur le plus stupide de l'histoire du cambriolage. Un candidat de choix pour le livre *Guinness des records* de la bêtise humaine.

— Et pourquoi donc ? s'offusqua l'Italienne.

— Certains des ouvrages que semble comporter la bibliothèque de votre défunt papa ont à eux seuls une valeur de plusieurs centaines de milliers d'euros. L'édition en couleur du *Mutus Liber* pourrait même dépasser, selon moi, le million d'euros dans une vente aux enchères. En revanche, un manuscrit de Fulcanelli – à l'authenticité fort peu probable, soit dit en passant –, qui ne peut pas être antérieur au début du XXᵉ siècle, aurait une valeur à peine supérieure à celle d'une édition de poche d'un roman de Paulo Coelho.

— Si vous le dites… Il n'empêche qu'il était, aux yeux de mon père, celui qui avait le plus de valeur dans sa bibliothèque.

— Une valeur affective, certainement. Mais pour un cambrioleur, ça vaut peau d'zob.

— Ari ! lâcha Radenac, rouge de honte. Excusez-le, madame… Le commandant Mackenzie a son franc-parler, mais…

La brune fit un geste de la main en souriant.

— J'aime les gens qui parlent franchement, et je ne suis pas indifférente à l'humour de l'inspecteur !

— Merci, madame, je vous trouve très drôle vous aussi. Cela dit, je suis désolé, mais franchement, j'ai du mal à croire à la théorie du cambriolage.

— J'entends bien, j'entends bien. Mais alors, comment expliquez-vous que ce livre ait disparu, comme par hasard, au moment où mon père s'est éteint ?

Ari haussa les épaules.

— Il l'aura peut-être sorti lui-même de sa bibliothèque…

— Jamais de la vie ! Dans cette bibliothèque, les livres entraient, monsieur, mais ils ne sortaient jamais ! Papa refusait même les visiteurs. Croyez-moi, il y a un grand nombre de collectionneurs et de journalistes qui s'y sont cassé les dents. Maman et moi étions les seules à avoir le droit d'entrer, et encore : sous sa supervision ! Reconnaissez qu'il y a quelque chose d'étrange : l'appartement et la bibliothèque en particulier sont protégés par un système d'alarme dernier cri. Je rentre chez moi, je trouve mon père mort, et un livre manque dans sa bibliothèque. Celui auquel il tenait le plus. Pour moi, il n'y a pas de doute possible.

— Une fois de plus, madame, je ne voudrais pas vous blesser, mais vu d'ici, si l'alarme ne s'est pas déclenchée, le scénario vous désigne comme le coupable idéal. Votre père vous a tout légué sauf sa bibliothèque…

L'Italienne éclata de rire.

— C'est vrai que vous ne manquez pas de franc-parler ! s'amusa-t-elle. À en croire ce que vous disiez tout à l'heure, je serais donc le cambrioleur le plus stupide de l'histoire du cambriolage ! Poussant même la stupidité jusqu'à alerter la police moi-même de cette disparition, qui serait passée inaperçue puisque personne ne connaissait le contenu exact de la bibliothèque de papa.

Ari lui retourna son sourire.

— Une chose est sûre : si c'est vous, j'ai bien peur que vous ne soyez déçue si vous espériez tirer un bon prix de ce fameux carnet.

Radenac, à côté de son ami, s'enfonçait de plus en plus dans son fauteuil, écrasé par le poids d'une honte interplanétaire, regrettant maintenant d'avoir amené l'odieux Mackenzie dans cet appartement.

— Bon, écoutez, inspecteur…

— Commandant. Commandant Ari. L'inspecteur Harry, c'est Clint Eastwood.

— Écoutez, commandant Ari, je veux bien que vous me mettiez dans la liste des suspects, si cela vous amuse, mais, par pitié, dites-moi si mon père a été assassiné et où se trouve ce carnet auquel il tenait tant ! C'est tout ce que je vous demande !

— Votre père est mort d'une crise cardiaque, madame.

— On l'a peut-être empoisonné ! Ou alors il a été terrassé en découvrant la disparition de son Fulcanelli !

Ari poussa un soupir et se tourna vers Radenac.

Celui-ci avait tellement de colère dans les yeux qu'on eût dit qu'il avait attrapé une conjonctivite.

— Bon... Je suppose qu'on peut déjà commencer par jeter un coup d'œil à cette fameuse bibliothèque, marmonna Mackenzie.

9.

Le bâtiment de pierre dans lequel entrèrent les trois hommes, aux environs de vingt heures, est sans doute l'une des curiosités les moins connues de la ville de Paris, mais son histoire, pourtant, ne manque point de piquant...

Baptisé temple de l'Amitié, cet édifice se cache parmi les arbres, au fond d'une parcelle privée de la rue Jacob, dans le VIᵉ arrondissement de la capitale. Classé à l'Inventaire supplémentaire des monuments historiques, il ne se visite pourtant pas, et très peu de gens, même parmi les habitants du quartier, connaissent son existence, car là où il est niché, il se soustrait au regard des curieux.

Construit au tout début du XIXᵉ siècle, cet insolite bâtiment, dont la surface dépasse à peine les trente mètres carrés, imite, à petite échelle, un temple de l'Antiquité. Quatre colonnes doriques quadrillent sa façade, dont le tympan est orné de moulures en couronnes de fleurs, et sur son fronton sont gravés en lettres capitales les mots *À l'Amitié*.

Bien qu'on ignore pourquoi et par qui il fut construit à l'origine, l'hypothèse la plus probable serait qu'il fût édifié par un membre de la loge maçonnique L'Amitié, à ce jour la plus ancienne loge parisienne du Grand Orient de France, puisqu'elle fut constituée en 1773. L'exiguïté de ce temple, toutefois, laisse penser qu'il fut plutôt un hommage dressé à cette prestigieuse loge qu'un véritable lieu de réunion.

Mais le temple de l'Amitié fut surtout rendu célèbre, pendant toute la première moitié du XXe siècle, par l'une de ses locataires, la sulfureuse Natalie Clifford Barney, femme de lettres, égérie du Paris lesbien, maîtresse, entre autres, de la poétesse Renée Vivien ou de la romancière Colette. Pendant près de soixante ans, cette femme peu ordinaire tint à l'intérieur du temple un véritable salon littéraire, fréquenté tous les vendredis par des personnalités aussi illustres qu'Auguste Rodin, James Joyce, Paul Valéry, Anatole France, T. S. Eliot, Jean Cocteau, André Gide, Paul Claudel, Scott Fitzgerald, Truman Capote, Françoise Sagan ou Marguerite Yourcenar…

Après son décès, le lieu sombra dans l'oubli, faillit plusieurs fois être détruit, et les trois hommes qui, donc, y pénétrèrent ce soir-là – et qui appartenaient à une association louant les lieux à son propriétaire le premier vendredi de chaque mois – ressuscitaient en secret les origines occultes du temple de l'Amitié.

Cette association, toutefois, n'avait rien d'un salon littéraire mondain, et si, dans ses statuts de loi 1901, elle se faisait appeler Association des amis de la Cité du soleil, entre eux, ses membres très discrets se désignaient comme frères chevaliers d'Héliopolis et s'intéressaient bien plus aux traités d'alchimie qu'à la poésie libertine.

Ici, leur patronyme civil n'était jamais prononcé, et chacun portait un nom de plume évocateur, sous lequel – y apposant alors l'acronyme F. C. H. – ils publiaient aussi la plupart de leurs travaux, car tous étaient d'éminents auteurs hermétistes.

Quand ils eurent cérémonieusement allumé les bougies qui éclairaient chacune de leurs réunions et qu'ils se furent installés sur les fauteuils confortables disposés en cercle au centre même du temple, le plus âgé des trois, approchant les soixante-dix ans, et qui se faisait appeler Epistemon, prit la parole, usant de ce style ampoulé qui caractérisait les membres de cette confrérie.

— Mes très chers frères, puis-je savoir lequel de vous deux a appelé à notre réunion un lundi soir, cinq jours avant la date solaire qui était entre nous convenue ?

— C'est moi, répondit d'une voix caverneuse celui qui se faisait appeler Orthon, et dont la calvitie naissante laissait briller le haut de son crâne à la lumière des bougies.

— Vous, Orthon ? Et voudriez-vous nous dire, mon frère archiviste, quelle obscure raison a pu vous pousser à nous rassembler sous les auspices d'Hélios de façon si abrupte et, si je puis me permettre, si peu conforme à notre coutume ?

Orthon fit un signe de tête en direction du siège à sa gauche, qui était vide.

— L'absence de notre président, il me semble, parle d'elle-même, ou plutôt le silence qu'elle nous impose justifie fort malheureusement que j'aie pris cette licence, peu ordinaire j'en conviens. Car, voyez-vous, mes frères, hélas, mille fois hélas, j'ai appris, tantôt, que notre bien-aimé Archo avait rejoint l'au-delà, et l'heure fatidique sonna hélas pour lui bien avant que le Signe ne fût accompli.

Le visage des deux autres frères d'Héliopolis blanchit d'un coup.

— Co... comment ?

— Notre président a été sauvagement assassiné hier, alors qu'il était en l'église de la Santa Caridad, à Séville.

— Vous... Vous en êtes certain ? balbutia Epistemon après un long silence.

— Bien plus certain que je n'aurais souhaité l'être. L'annonce en a été faite dans la matinée par la police espagnole. Archo a été poignardé.

Il y eut une série d'échanges de regards, où l'on peinait à distinguer la peur de la surprise, l'horreur de la suspicion.

— C'est odieux ! lâcha soudain celui qui n'avait encore rien dit, qui se faisait appeler Sophronos, et à qui sa barbe et ses cheveux roux donnaient des airs de Viking.

Orthon poussa un long soupir, puis, le regard grave, il dévisagea les deux autres.

— Certes, c'est odieux, Sophronos, c'est horrible, même, c'est criminel ! C'est Hiram occis par les mauvais compagnons, c'est Œdipe tuant Laïos, c'est Caïn assassinant Abel ! Mais voilà, mes frères, si je vous ai réunis ici, c'est que nous étions les trois seules personnes au courant de son voyage à Séville et de la raison qui, sans doute, le poussa à partir pour l'Andalousie. Aussi, et même si cette pensée me terrifie, je refuse de croire... je refuse de croire qu'aucun de vous ne fût déjà au courant !

Dans un élan d'indignation, Epistemon plaqua ses mains sur les accoudoirs de son fauteuil et se redressa brutalement.

— Mon frère ! Vous ne pensez tout de même pas que...

— Comme l'eût fait Archo à ma place, je me fie à la raison pure, qui est mère de connaissance, et la raison pure me dit que l'un de nous trois pourrait bien être responsable. Et, par Hélios, je n'en démordrai pas tant que l'on ne m'aura pas convaincu du contraire !

— C'est ridicule ! Nous sommes des fils de science, des chercheurs de lumière dans l'art d'Hermès ! Pas des assassins ! Ressaisissez-vous, mon frère ! La peine vous aveugle tout autant qu'elle m'accable, moi ! Comment pouvez-vous affirmer une chose pareille ? Tuer notre propre président ! Ne serait-il pas plus sensé de penser que l'un de nos ennemis ait pu être mis au courant du départ d'Archo pour Séville ? Peut-être notre président aura-t-il commis quelque imprudence ?

Lentement, Orthon fit non de la tête.

— Notre président était la prudence même. Où étiez-vous hier, tous les deux ?

— Et vous donc ? rétorqua Epistemon, outré.

— Moi, répondit Orthon très calmement, j'étais chez moi, à La Varenne Saint-Hilaire, où plusieurs commerçants m'ont vu et pourront témoigner. Aussi, je me répète : vous deux, donc, où étiez-vous ?

— Nous n'allons tout de même pas transformer notre réunion solaire en un vulgaire interrogatoire de police ! Vos questions, Orthon, sont indignes d'Héliopolis, elles profanent un espace sacré !

— En ce qui me concerne, intervint Sophronos, je ne vois pas d'inconvénient à ce que nous y répondions. J'étais dans mes bureaux, rue François-Villon.

— Un dimanche ?

— Quand on dirige seul une petite maison d'édition, mon cher, on travaille aussi le dimanche, répliqua Sophronos en lissant les poils de sa longue barbe rousse. Si vous voulez que votre *Miroir de la pierre* paraisse à la date prévue, vous devriez être heureux de savoir que je m'y emploie même le jour du Seigneur !

Orthon hocha la tête.

— Soit. Il ne reste plus que vous, Epistemon. Où étiez-vous hier ?

Le vieil homme, sans quitter son regard scandalisé, se résolut enfin à répondre, mais d'un ton méprisant :

— Je vais vous le dire, Orthon, mais sachez que je trouve cette question insultante et que vos méthodes, indignes de notre fraternelle société, ne seront pas sans conséquence. Pour ma part, je vous fais confiance à tous les deux.

— Nous vous écoutons.

— Hier, j'étais, comme tous les week-ends, dans mon château des Yvelines, où j'ai continué mon étude sur l'*Azoth* de Basile Valentin, dont je vous ai fait une première lecture lors de notre précédente réunion.

Orthon hocha lentement la tête, mais son scepticisme apparaissait de manière évidente.

— Très bien, mes frères. Je vous remercie l'un et l'autre de m'avoir répondu, et il va de soi que, avec l'opiniâtreté nécessaire aux travaux du grand œuvre, je vérifierai dûment tout cela.

— C'est cela ! Vérifiez, Orthon, vérifiez ! Quant à moi, j'ai mieux à faire ! Notre président avait de la famille, il est de notre devoir de présenter à celle-ci nos condoléances et de lui offrir notre soutien. C'est ce que je ferai, moi, pendant que vous jouerez à Sherlock Holmes !

Epistemon se leva d'un bond, adressa un dernier regard courroucé à son cadet, puis se dirigea vers la sortie.

— Mieux vaut être Holmes que Moriarty ! lui envoya Orthon, qui n'avait pas quitté sa place.

Le vieil homme ne répliqua pas et quitta le temple dans la fureur.

Un long silence suivit cette sortie théâtrale, puis Orthon se tourna vers Sophronos.

— Alors ? Qu'en pensez-vous, mon frère ?

Le grand roux fit une grimace accablée.

— Vous aviez raison, Orthon. C'est lui.

10.

C'était une pièce sans fenêtre, à laquelle on accédait par une nouvelle porte blindée, elle-même gardée par un code. En pénétrant dans ce temple-ci, voué au livre ancien, Ari peina à masquer son émerveillement et perdit quelques instants, bien malgré lui, sa superbe arrogance, ce qui ne manqua pas de réjouir le brigadier-chef Radenac.

C'était, sans conteste, l'une des plus belles bibliothèques privées qu'il lui ait été donné de voir d'aussi près, et il en avait pourtant visité plus qu'il n'aurait su en compter. Les étagères en bois naturel, sur mesure, couraient du sol au plafond, et il n'était pas un seul pan de mur qui ne fût couvert de livres, pour la plupart reliés de cuir. L'un des rayonnages, près de l'entrée, était protégé par une vitrine ; celui, sans doute, où Giacomo Mazzoleni conservait ses ouvrages les plus précieux. Un escabeau roulant, taillé dans le même bois, permettait d'atteindre les étagères les plus hautes. Quant à la lumière et à la température de la pièce, elles étaient savamment contrôlées pour assurer la meilleure conservation possible à ce trésor de papier.

— Somptueux, murmura Mackenzie en se promenant au milieu des éditions originales, des manuscrits, des incunables, des reliures ouvragées et des parchemins qu'abritait ce petit paradis de bois.

Ses doigts glissaient timidement le long des planches, s'arrêtant ici et là sans oser toucher.

— N'est-ce pas ? glissa Gabriella Mazzoleni en croisant fièrement les bras sur la poitrine.

Ari, perplexe, continua de déambuler devant les alignements de livres, s'extasiant comme un enfant chaque fois qu'il repérait certaines des plus belles pièces de cette fabuleuse collection alchimique ; une édition originale du *Traité sur l'or* de Johannes Agricola, imprimée en 1638, un incunable de *L'Elixir des philosophes*, signé de la main même du pape Jean XXII, une copie du *Compositum de compositis*, faussement attribué à Albert le Grand en 1331, une édition datée de 1280 des commentaires de Roger Bacon sur le *Secretum secretorum*, une copie illustrée du *Lumière des mercures*, de Raymond Lulle, de 1621, mais aussi une foule d'éditions originales moins prestigieuses quoique tout à fait remarquables, comme le *Tyrocinium chymicum* de Jean Béguin, le *Traité de la médecine métallique* de Josef du Chesne, l'*Hermès dévoilé* de Cyliani, *Le Grand Œuvre alchimique* de François Jollivet-Castelot, des traités d'Albert Poisson, René Alleau, Georges Descormiers, André Savoret, René Guénon… et, bien sûr, l'intégrale des ouvrages publiés par les auteurs « fulcanellistes », les Eugène Canseliet, les Julien Champagne, les Pierre Dujols, les René Schwaller de Lubicz…

C'est quand Ari passa devant ces derniers que la fille du bibliophile l'interpella, depuis l'autre côté de la pièce.

— Papa a consacré tout ce rayon à son fameux Fulcanelli.

— Je vois ça.

Il y avait, bien sûr, trônant au-dessus de tous les auteurs héritiers de l'Adepte, l'intégralité des éditions connues du *Mystère des cathédrales* et des *Demeures philosophales* : celles, fort rares, de 1926 et 1930, chez Jean Schemit, celles des années 1950 chez L'Omnium littéraire, et les dernières, enfin, chez Jean-Jacques Pauvert.

Ari, avec la délicatesse d'un amoureux des livres, ouvrit la plus vieille édition du *Mystère* et sourit en découvrant en page de garde une dédicace du préfacier, Eugène Canseliet.

> « *À Giacomo Mazzoleni,*
> *en témoignage d'indéfectible amitié*
> *et d'admiration pour sa prodigieuse bibliothèque,*
> *Rue Vivienne, ce 11 janvier 1957,*
> *E. Canseliet F. C. H.* »

La brune s'approcha de lui, l'air sincèrement affligé.

— C'est ici, tout au bout de la rangée, qu'il y avait le carnet.

Un relâchement dans l'alignement des livres témoignait en effet d'une possible disparition. Ari glissa sa main dans l'espace vacant. Pas de poussière.

— Vous avez une photo ou une copie de ce carnet ? demanda-t-il sans quitter des yeux la bibliothèque.

— Non. À ma connaissance, papa ne faisait jamais de copie et n'autorisait pas que l'on photographie sa collection. Il était même l'un des rares bibliophiles à ne pas tenir de catalogue.

— Quelle drôle d'idée !

— Papa avait une mémoire prodigieuse. Il prétendait connaître par cœur la position exacte et l'origine de chacun de ses « bébés » sur ces rayonnages. Selon lui, la compréhension d'une bibliothèque ésotérique devait être, par définition, réservée aux initiés…

Ari hocha lentement la tête, puis il se tourna vers son interlocutrice, sous le regard anxieux de Radenac, resté en retrait.

— Je connais assez bien le sujet, madame, sans vouloir me vanter, je le connais même très bien, et je n'ai pourtant jamais entendu parler de ce carnet. Son existence était-elle seulement connue des spécialistes ? Y a-t-il des gens auprès de qui votre père s'était vanté de sa présence dans sa bibliothèque ?

— Je ne saurais vous le certifier, mais je ne crois pas.

— Sa bibliothèque était forcément assurée ! rétorqua Ari, incrédule. Un expert en a obligatoirement dressé l'inventaire à un moment ou un autre.

— Non. Et d'ailleurs cela devrait vous convaincre que ce n'est pas moi qui l'ai volé, si vous le pensez toujours. Mon vol serait passé inaperçu, puisque personne, pas même le conservateur des Archives nationales, ne sait ce qu'il y a précisément dans cette bibliothèque.

— Mais si quelqu'un lui a effectivement volé le carnet, ça prouve aussi que sa présence ici était connue au moins d'une personne extérieure !

— Je serais très étonnée que papa ait montré le carnet à qui que ce soit. Il disait que cela aurait été contraire au principe de la « tradition alchimique » et aurait trahi les dernières volontés de Fulcanelli.

— Pourquoi ?

La brune haussa les épaules d'un air un peu désabusé.

— Papa était un original, vous savez… D'après lui, ce carnet aurait pu permettre d'identifier formellement Fulcanelli.

— Ah oui ? Et l'avait-il identifié lui-même ?

— Pas que je sache. Il s'y refusait, par respect, toujours, des dernières volontés du maître.

Mackenzie fit une grimace sceptique.

— Oui, reprit la galeriste. Je sais ce que vous pensez. C'est un peu ridicule, je vous l'accorde. Mais papa était comme ça. Le mystère Fulcanelli, pour lui, était sacré. À défaut de trouver l'attitude de papa rationnelle, au moins pouvons-nous la trouver poétique…

— C'est joliment dit. Est-ce qu'il vous avait dit où et quand il avait acquis ce carnet ?

— Non. Mais je sais qu'il était déjà là avant ma naissance.

— Dans ce cas, me permettrez-vous l'inélégance de vous demander votre année de naissance ?

L'Italienne sourit de nouveau.

— 1970.

— Et vous disiez tout à l'heure que votre papa vous avait montré plusieurs fois ce carnet ?

— Oui, lorsque j'étais enfant.

— Vous pouvez nous le décrire plus précisément ?

— Que vous dire de plus… c'était un carnet relié de cuir marron. Il comportait seize pages, mais les premières seulement étaient remplies. Trois ou quatre, pas plus. Les autres étaient vides.

— Et que racontaient les pages remplies ?

— Eh bien… Je n'ai jamais pris la peine de les mémoriser, mais c'était un texte en trois parties, cela, je m'en souviens, et que Fulcanelli adressait à la postérité. Il y parlait notamment de son disciple…

— Eugène Canseliet ?

— Oui ! Exactement ! Enfin, il me semble qu'il l'appelait simplement « Eugène ».

— Et qu'en disait-il ?

— Ce n'est pas très clair dans mon souvenir. Cela ressemblait à un testament, un ultime don de Fulcanelli. J'avais quinze ans la dernière fois que mon père l'a ouvert devant moi, vous savez… Je vous avoue que je ne m'en souviens plus vraiment, d'autant que c'était écrit dans ce style alambiqué qui semble être propre aux alchimistes. Tout ce que je peux vous dire, c'est que le texte était signé et daté. Ça, je m'en souviens parfaitement bien. « A. H. S. Fulcanelli, 1923, Paris, sous les auspices de Galilée. »

— De Galilée ?

— Oui.

— Je vois. Bon…

Ari fit un signe de tête en direction de Radenac.

— Tu as ouvert une enquête pour cambriolage ?

— Oui, bien sûr, répondit le brigadier-chef. Nous avons fait un relevé d'empreintes, mais rien de concluant à ce jour.

— Il faut que vous trouviez qui a volé ce carnet ! supplia Gabriella en les regardant tous les deux d'un air implorant. Ce vol est une insulte à la mémoire de mon père ! C'était le livre auquel il tenait le plus ! Il ne me pardonnerait jamais d'avoir laissé faire cela !

— Le problème, répondit Radenac, c'est que nous n'avons pas pu constater d'effraction, madame, que votre alarme ne s'est pas déclenchée, qu'il n'y a pas de caméra de surveillance, et qu'en outre rien ne prouve formellement qu'il y ait bien eu disparition. Non pas que je mette votre parole en doute, mais que voulez-vous que je dise au procureur ? Vous n'avez aucune trace de ce carnet, ni de preuve d'achat ni de mention sur un catalogue... C'est très délicat, vous comprenez ?

— Oui. Mais *vous*, vous me croyez, n'est-ce pas ?

— Bien sûr que je vous crois ! la rassura Radenac en lui prenant la main. Sinon je n'aurais pas fait venir le commandant Mackenzie.

Ari se retint une nouvelle fois de rire.

— Je suis sûr que notre moustachu brigadier va déployer des moyens extraordinaires pour résoudre cette singulière énigme, madame Mazzoleni, fit Mackenzie d'un air moqueur. C'est un fin limier, vous savez !

— Je ferai de mon mieux, affirma Radenac, comme s'il n'avait pas relevé l'ironie. Je vous promets, madame, de vous tenir au courant dès qu'il y aura du neuf...

11.

Il était à peine vingt-deux heures et Thomas, expliquant qu'il avait été épuisé par sa journée de tournage, était déjà parti se coucher. Affalés devant la télévision, ils avaient mangé leurs sushis sans vraiment parler, l'un et l'autre visiblement rassurés que les épisodes de la série qu'ils avaient choisie leur aient épargné une conversation nécessairement morose.

Mais Lola, à présent seule dans le salon, ne pouvait s'empêcher de penser encore aux conséquences de la fermeture du Passe-Muraille. Les vacances d'été approchaient, et le séjour qu'ils avaient envisagé de faire tous les trois en Espagne risquait de leur coûter très cher. Beaucoup trop cher pour quelqu'un qui se retrouverait probablement au chômage.

Elle poussa soudain un gloussement cynique en constatant qu'elle venait de terminer sa quatrième bière. C'était bien la peine de harceler Thomas sur ses libations nocturnes : elle ne valait guère mieux !

Mais elle avait une excuse, elle.

Lola éteignit la télévision en soupirant, se leva péniblement et s'installa devant l'ordinateur. Ce n'était certainement pas une bonne idée, mais c'était plus fort qu'elle : elle se rendit sur la page Internet de sa banque, où elle pouvait consulter ses comptes en direct.

Le constat fut aussi dramatique qu'elle l'avait craint. Il lui restait cent deux misérables euros sur son compte d'épargne, et son compte courant, lui, était à découvert.

Voilà. À trente et un ans, avec un enfant à charge, le patrimoine de la libraire se résumait tout simplement à ça : cent deux euros et un découvert. L'appartement où elle habitait appartenait à son compagnon, avec lequel elle n'était pas mariée, et, en dehors de ses livres et peut-être d'un ou deux meubles, Lola n'avait pas de biens propres. Rien. Près de dix ans à travailler au Passe-Muraille pour, au final, se retrouver au chômage sans avoir pu construire quoi que ce soit.

Elle allait devoir repartir à la case départ. Et quel avenir pourrait-elle assurer à son fils ? La jeune femme essuya une larme sur sa joue quand une fenêtre s'ouvrit dans le coin en bas à droite de l'écran.

Un message s'afficha dans une boîte de dialogue.

> *T'es là ?*

Lola fronça les sourcils.

Elle comprit rapidement : Thomas avait oublié de se déconnecter de son service de messagerie instantanée.

Elle regarda le nom de la personne qui avait expédié le message. *Perrine.* Lola sentit son ventre se nouer. Perrine ? Elle ne connaissait pas de Perrine…

Les mains en suspension au-dessus du clavier, elle hésita, puis se décida à envoyer une réponse.

> *Si vous essayez de joindre Thomas, il n'est pas là, désolée…*
> *Oh, pardon.*

Un bip retentit et un message apparut aussitôt en haut de la boîte de dialogue : « Perrine s'est déconnectée. »

Lola resta un instant bouche bée devant l'écran de l'ordinateur.

Perrine.

Soudain, des dizaines de scénarios, presque aussi catastrophiques les uns que les autres, se bousculèrent dans sa tête. Immanquablement, elle arrivait toujours à la même conclusion.

C'est qui, cette pétasse ?

Lola, le cœur battant, se leva d'un bond, puis fit les cent pas dans le salon, tiraillée entre l'envie de réveiller Thomas et celle de laisser tomber. De ne pas se torturer avec cette histoire et de faire confiance à l'homme qu'elle aimait. Mais elle n'arrivait pas à s'y résoudre.

Et si elle se trompait ? Si cette Perrine n'était qu'une banale collègue de travail ? Ou tout simplement un membre de sa famille ? Une obscure cousine dont Thomas ne lui aurait jamais parlé…

Mais ce « T'es là ? », à cette heure tardive, avait quelque chose de bizarre. Il impliquait une proximité, une intimité. Il sous-entendait aussi que cette Perrine avait déjà dialogué avec Thomas sur le service de messagerie instantanée.

Lola, dont la nervosité ne cessait de croître, retourna s'asseoir devant l'ordinateur.

De l'autre côté du mur, elle pouvait entendre distinctement les ronflements de son compagnon.

Après un long, un très long moment immobile devant l'écran à tergiverser, à culpabiliser, à sonder sa propre conscience, d'un coup, sous l'influence de l'alcool, peut-être, elle craqua : ouvrant le menu de la messagerie, elle fit s'afficher l'historique des conversations.

Il ne lui fallut lire que quelques lignes pour que le monde s'écroule soudain autour d'elle.

12.

— Tu t'es vraiment comporté comme un con, Ari ! s'exclama Radenac quand ils furent enfin dehors.

La nuit était tombée à présent, et Paris s'endormait dans la couleur orangée de ses réverbères en enfilade.

— Je ne vois pas pourquoi tu dis ça.

— Tu as passé tout l'entretien à te foutre de la gueule de cette pauvre femme !

Ari esquissa un sourire narquois.

— *Pauvre femme ?* T'as vraiment envie de te la faire, toi !

— N'importe quoi ! Bon, alors, t'en penses quoi ?

— Jolie. Mais trop vieille pour moi, je te la laisse.

— Je te parle de l'affaire, ducon !

— L'affaire Ducon ? Connais pas.

Le brigadier-chef finit par se laisser aller au sourire.

— T'es chiant ! Moi qui espérais que tu pourrais m'aider ! Tu ne peux pas être sérieux deux minutes et filer un coup de main à un ami ?

Mackenzie s'arrêta au milieu du trottoir et attrapa le grand gaillard par les épaules.

— Cédric, je t'aime bien, tu sais ? Je suis sûr que tu es un excellent flic. Mais là, tu t'es monté la tête pour une histoire à la con. À ta place, je laisserais tomber, d'autant plus que ce carnet n'a aucune valeur. C'est très probablement un faux ! Un canular de plus, sans doute l'œuvre de ce gredin de Julien Champagne.

— L'illustrateur de Fulcanelli ?

Ari hocha la tête.

— Comment tu peux en être aussi sûr ?

Mackenzie soupira, puis regarda sa montre.

— Écoute, si tu nous achètes une bonne bouteille de single malt et si tu me ramènes chez moi, je te montrerai ce que j'ai sur Fulcanelli. Tout. Et tu comprendras. Si tu es sage, je te livrerai même son secret.

Radenac ne se le laissa pas dire deux fois.

Une demi-heure plus tard, ils entraient, une somptueuse bouteille de Glen Grant à la main, dans le deux-pièces de la place Émile-Goudeau, à quelques pas des Abbesses. Le policier, qui n'était jamais venu, constata que la bibliothèque de Mackenzie, si elle ne pouvait rivaliser avec celle de Giacomo Mazzoleni, était toutefois loin d'être ridicule. Elle était aussi à l'image du reste de l'appartement : dans un désordre indicible.

— Morrison ! appela Ari depuis la cuisine, tout en versant des croquettes dans la gamelle de son vieux chat de gouttière.

— Morrison ? s'étonna Radenac. Tu as appelé ton chat Morrison ?

— Oui. Il miaule faux, et de dos. Assieds-toi devant mon bureau et ne touche à rien.

Le flic, obéissant, se faufila entre les livres, les DVD et les guitares, puis prit place devant le bureau de Mackenzie, une sorte de tour de Babel de papier, menaçant de s'écrouler au moindre soubresaut.

Après quelques bruyantes recherches dans un placard, Ari déposa devant Radenac une somme de documents tout à fait prodigieuse. Il y avait là, pêle-mêle, une dizaine d'ouvrages consacrés à Fulcanelli, des extraits de presse anciens, des vieilles revues au papier jauni et un dossier complet de notes manuscrites, rédigées par Mackenzie lui-même pendant plusieurs années.

— Voilà ! fit Ari alors que son ami commençait déjà à feuilleter cet impressionnant corpus. Tout ce qui a été écrit d'intéressant au sujet de Fulcanelli se trouve ici.

Radenac émit un sifflement admiratif.

— Il y a là tous les bouquins qui ont voulu avancer telle ou telle identité possible de Fulcanelli, et ceux, rares, qui ont étudié son œuvre d'une manière un peu plus poussée. Le meilleur, affirma Mackenzie en soulevant un pavé qui avoisinait les quatre cents pages, c'est sans conteste celui-là : *Présence de Fulcanelli*, de Jean Artero. Le bonhomme possède une érudition admirable, il est moins farfelu que les autres, et c'est certainement l'un des types qui connaissent le mieux l'affaire Fulcanelli de nos jours. Mais, si tu veux mon avis, le mieux serait quand même que tu lises les deux livres originaux. Le reste, au fond, c'est de la masturbation intellectuelle.

Ari posa devant Radenac les deux livres de Fulcanelli édités chez L'Omnium littéraire. S'il n'avait jamais poussé sa fascination jusqu'à se procurer les éditions originales chez Jean Schemit, il avait toutefois tenu à s'acheter ces éditions déjà fort chères, car dans la réédition ultérieure chez Jean-Jacques Pauvert – dont il disposait aussi – les illustrations de Julien Champagne avaient été honteusement remplacées par des photographies. D'un air blasé, il s'assit sur le bord du bureau, écrasant au passage une pile de lettres qu'il n'avait pas encore pris la peine d'ouvrir. Il déboucha la bouteille de whisky et emplit généreusement deux larges verres.

— Fais attention avec tes grosses pattes, j'y tiens à ces deux bouquins.

— Pourquoi veux-tu que je les lise ? demanda Radenac en les feuilletant.

— Parce que c'est la source ! Mais aussi, tout simplement, parce qu'ils sont merveilleux. Parce qu'ils *sont* Fulcanelli. La seule chose authentique, dans cette histoire de faussaires – comme dirait Brassens –, ce sont ces livres ! Si vraiment tu as l'intention de t'intéresser au sujet, il faut que tu commences par ça ! De toute façon, ça ne te fera pas de mal.

Ils sont écrits avec un style tout à fait honorable, nourris d'une culture classique époustouflante, quoique vagabonde, et ils sont en tout cas un hommage très touchant à l'art des bâtisseurs.

— C'est tout ?

— C'est déjà pas mal !

Radenac commença à lire la préface du *Mystère des cathédrales*, puis il leva les yeux vers son ami.

— Si je lis ça, j'en saurai plus sur l'identité de Fulcanelli ?

Ari secoua la tête.

— Tu es désespérant ! On s'en fout de l'identité de Fulcanelli ! Et je te l'ai déjà dit : on ne la connaîtra sans doute jamais !

— Pourquoi ?

— Parce que, selon moi, les deux seules personnes qui auraient pu nous dire qui se cachait derrière ce pseudonyme, ce sont le préfacier Canseliet et l'illustrateur Champagne, et qu'ils n'avaient surtout pas intérêt à le faire.

— Pourquoi ? insista le policier.

— Parce que, mon cher Cédric, Fulcanelli n'existe pas.

13.

Thomas, qui ne dormait pas depuis plus d'une demi-heure, se redressa sur le lit d'un seul coup, hagard, et adressa à Lola un regard d'incompréhension.

— Qu'est-ce… Qu'est-ce que tu fous ?

La jeune femme, qui était entrée dans la chambre en donnant un violent coup de pied dans la porte, avait allumé la lumière et le dévisageait, les yeux rougis et exorbités. Elle semblait prête à l'égorger.

— Tu l'as sautée ici ? cracha-t-elle d'une voix pleine de haine et de mépris. Dans *notre* lit ?

Thomas écarquilla ses yeux encore nimbés de sommeil et se frotta le visage, médusé.

— Hein ?

— Ta pouffiasse ! hurla Lola. Perrine ! Tu l'as sautée dans notre lit, aujourd'hui, pendant que j'étais à la librairie ?

— Tu… Tu es folle ?

— Ne me prends pas pour une conne ! C'est avec cette pute que tu t'es enfilé les deux bières ! Je comprends mieux, maintenant ! Je me disais bien que ça tenait pas debout, cette histoire ! Et tu l'as sautée ici ? Dans notre lit ? Le lit dans lequel je dors toutes les nuits ?

— Mais qu'est-ce que tu racontes ?

Lola attrapa le premier objet à portée de ses mains – une lampe en fer posée sur la commode à l'entrée de la chambre – et le jeta en direction de Thomas, en hurlant :

— J'ai lu vos messages, connard !

La lampe vint se fracasser contre le mur, juste à côté du visage terrifié de Thomas.

S'il avait fallu à Lola une ultime preuve, le silence et le regard de son compagnon la lui apportèrent. Avec un calme aussi soudain que terrifiant, la jeune femme se tourna vers l'armoire qui jouxtait le lit et en tira un petit sac à dos.

— Je… Je peux tout t'expliquer, bredouilla minablement le cameraman en se levant du lit, blafard.

Lola fit aussitôt volte-face et tendit vers son compagnon un index qui aurait tout aussi bien pu être une arme automatique.

— Toi, tu bouges pas d'un centimètre. Tu restes dans le lit où tu m'as trompée et tu fermes ta gueule.

Il y avait tant de rage, tant de fureur dans la voix de Lola que le jeune homme fit marche arrière et obéit, convaincu – à raison – que s'il faisait un pas de plus, sa compagne déchaînée en viendrait aux mains. Piteux, il se remit sous les draps et regarda la jeune femme qui remplissait son sac à dos.

— Il… Il faut qu'on parle, Lola, tu ne vas quand même pas…

— Ta gueule ! hurla la libraire. Ta gueule !

Elle jeta le sac sur son épaule et sortit de la pièce sans ajouter un mot. Traversant le couloir, elle entra dans la chambre de Maxime, prit le petit dans ses bras en essayant de ne pas le réveiller et quitta l'appartement.

14.

— Comment ça, Fulcanelli n'existe pas ?

Ari prit un air désolé.

— Je vais te décevoir, mon pauvre Cédric. J'y ai longtemps cru, comme tu peux le voir. J'ai longtemps fait partie des « chercheurs », et puis, après des années, j'ai fini par comprendre que Fulcanelli n'était pas une véritable personne, mais un personnage fictif, inventé pour incarner symboliquement l'auteur de ces deux livres.

— Qu'est-ce qui te fait croire ça ?

— Principe du rasoir d'Ockham, mon pote : l'explication la plus simple est souvent la meilleure ! Et réflexe d'ancien flic : il faut suivre la piste de l'argent.

— Et donc ?

— Dès la première édition, celle chez Jean Schemit, les droits d'auteur sont versés à Eugène Canseliet – il l'affirmera lui-même par la suite. Malheureusement, on n'a jamais retrouvé copie du contrat original, qui pourrait nous en apprendre beaucoup, selon moi... En revanche, pour la seconde édition, qui n'arrive qu'à la fin des années 1950, on dispose du document. Champagne étant décédé, Canseliet s'attribue l'intégralité des droits, y compris, ce qui est très étrange, sur les planches du défunt illustrateur !

— En effet, c'est bizarre.

— Dans le contrat, qui est visible aux Archives nationales, Canseliet revendique même clairement le pseudonyme de Fulcanelli comme étant le sien ! Chose amusante : il se plaindra plus tard que l'éditeur ne lui aurait pas reversé un seul centime. Cocasse, de la part d'un simple préfacier, de se plaindre de ne pas toucher de droits d'auteur sur un livre qu'il prétend lui-même ne pas avoir écrit, non ?

— C'est vrai, concéda Radenac.

— Pour les rééditions suivantes, à partir des années 1960, c'est Canseliet qui touche toujours les droits... et alimente plus que jamais le mythe autour du personnage de Fulcanelli, distillant ici et là des anecdotes sur la vie du mystérieux alchimiste, en lui prêtant un passé glorieux, une date de naissance – 1839 –, mais refusant catégoriquement de révéler son identité, par respect, dit-il, de la volonté de Fulcanelli.

— Donc, pour toi, Fulcanelli, c'est Canseliet ?

— Non ! Pour moi, Fulcanelli, c'est un personnage imaginaire, inventé par Canseliet et Champagne, le préfacier et l'illustrateur. Ce n'est pas compliqué : le nom de Fulcanelli n'apparaît nulle part, dans aucun écrit antérieur au *Mystère des cathédrales*. Et pour cause : le personnage n'avait pas encore été inventé.

— Et qu'est-ce qui te permet de dire qu'ils l'ont inventé ensemble ?

— Détail biographique non négligeable : au moment de la publication du premier livre, Champagne et Canseliet sont, comme par hasard, voisins de palier. Ils habitent tous les deux au sixième étage d'un immeuble de la rue de Rochechouart, à Paris. Pratique, pour coécrire un livre, non ?

— Certes... Mais ça ne suffit pas...

— J'ai longuement comparé les livres de Fulcanelli à ceux que Canseliet a ensuite écrits tout seul et, n'en déplaise à certains analystes, il est fort probable que ce soit le même auteur. Évidemment, il y a quelques différences, mais elles s'expliquent. D'abord, en presque vingt ans – distance qui sépare les livres signés Fulcanelli de ceux signés Canseliet –, son style a évolué. Il s'est ampoulé, à vrai dire, et pas d'une manière très heureuse, à mon goût. Ensuite, en 1926, Canseliet était un peu jeune pour avoir conçu tout seul un ouvrage aussi érudit que *Le Mystère des cathédrales*. Il a sûrement bénéficié de l'aide de Champagne, de vingt-deux ans son aîné, et qui s'intéressait à l'alchimie depuis bien plus longtemps. Bref, pour moi, il s'agit bien d'une œuvre collective.

— Ça tient debout, concéda Radenac.

Ari désigna les ouvrages sur la table.

— D'ailleurs, regarde : les deux livres de Fulcanelli paraissent en 1926 et 1930. Ensuite, plus rien, mais Canseliet continue de publier, seul, sous son véritable nom. Pourquoi ? Champagne est mort en 1932. Sans Champagne, Canseliet ne pouvait plus écrire sous le nom de Fulcanelli ; le personnage, ils l'avaient créé ensemble. Mieux encore : cette histoire de troisième livre, que Fulcanelli aurait soudainement décidé de ne pas publier et repris à Canseliet... Il me semble assez évident qu'en réalité, ce troisième livre, Champagne étant décédé, ils ne purent jamais le terminer, même s'ils avaient déjà commencé à travailler dessus.

Radenac opina lentement du chef, puis, tout en ingurgitant une nouvelle gorgée de Glen Grant, feuilleta cette fois l'exemplaire des *Demeures philosophales* qu'il avait devant lui.

— En somme, pour toi, Fulcanelli, c'est un coup monté par deux voisins de palier pour donner un peu d'importance à leur bouquin ?

— On peut dire ça comme ça, oui. Ce qui n'enlève rien à la qualité de l'œuvre. Et, si tu veux mon avis, Canseliet nous en donne lui-même la clef. Dans des interviews plus tardives, il place sa « rencontre » avec Fulcanelli autour de 1915. Or, que se passe-t-il en 1915 ? La librairie Chacornac, spécialisée dans les sciences occultes, réédite un ouvrage alchimique alors introuvable, publié une première fois en 1831 : *Hermès dévoilé*.

Ari se leva et partit chercher dans sa bibliothèque un livre ancien, qu'il posa fièrement devant son ami ébahi.

— Tiens. Voilà, fais attention, c'est l'édition de 1915. Comme tu peux le voir, l'auteur signe du mystérieux pseudonyme Cyliani, autre nom de plume dont personne n'a jamais su qui il cachait vraiment. Canseliet racontera à maintes reprises que c'est ce livre qui lui fit découvrir l'alchimie, et il le citera toute sa vie, en long, en large, et en travers.

— Et donc ?

— Pour moi, sa « rencontre » avec Fulcanelli, aux alentours de 1915, c'est une allégorie de sa « rencontre » avec le texte de Cyliani, alors qu'il n'avait que seize ans.

— Un peu comme ta rencontre à toi avec ton étrange jardinier dans le square Louise-Michel ?

— Exactement ! Je pourrais dire, de la même manière, que j'ai « rencontré » Fulcanelli l'année de mon bac... De même, on a retrouvé des notes de Champagne, sur l'*Hermès dévoilé*, qui datent de la même année. Il est donc plus que probable que Canseliet et Champagne – qui disent s'être rencontrés vers 1915 – se soient retrouvés autour de leur fascination pour ce mystérieux livre pseudonyme qui venait d'être réédité. Bref, c'est ainsi, sans doute, que leur vint l'idée de publier à leur tour un livre sous pseudonyme... Fulcanelli était né.

15.

Quand elle arriva dans la rue avec son enfant dans les bras, Lola, les yeux embués de larmes, dut bien reconnaître qu'elle n'avait aucune idée de l'endroit où elle allait passer la nuit. Rester près de Thomas était inenvisageable, tout autant que lui laisser Maxime.

Alors, debout sur le trottoir, son fils de quatorze mois collé contre sa poitrine, elle se demandait tout simplement ce qu'elle allait pouvoir faire.

Sa première pensée, bien sûr, fut pour Ari. Mais ce n'était certainement pas le moment de rouvrir cette plaie-là, et le visage qu'elle avait à cet instant n'était pas celui qu'elle voulait offrir à Mackenzie, alors qu'ils ne s'étaient pas vus depuis presque quatre ans. Et puis, se réfugier chez un ex après avoir quitté brusquement son compagnon adultère, c'eût été pathétique.

Mais où aller, alors ?

Pas chez sa mère qui, moralisatrice à souhait, aurait été tout sauf de bonne compagnie en pareille circonstance. Et, de toute façon, Bordeaux, ça faisait un peu loin...

Chez Marcelo, son patron ? Il l'aurait sans doute accueillie le plus gentiment du monde, mais le vieux Bolivien était la dernière personne que Lola avait envie de voir.

Chez des amies ? Elles étaient toutes mariées, avec des enfants, elle ne pouvait pas se permettre de débarquer comme ça sans prévenir.

Non. Il n'y avait qu'une seule solution.

Krysztov. L'ami d'Ari qui était aussi devenu le sien.

Célibataire endurci, le garde du corps avait le cœur sur la main, et il avait une chambre d'amis dans son appartement.

Lola s'assit sur un banc et sortit son téléphone portable. Elle consulta l'application de la RATP. D'ici, elle pourrait rejoindre la station Saint-Philippe-du-Roule, dans le VIIIe arrondissement, en moins de vingt minutes, et être chez Krysztov, rue d'Artois, avant minuit.

Maxime, qui venait de se réveiller, ne sembla pas étonné de se retrouver dehors en pleine nuit, et adressa même un sourire à sa mère. Lola s'efforça de sourire à son tour et lui déposa un baiser sur le front. Puis elle composa le numéro du garde du corps.

— Lola ? s'étonna le Polonais au bout du fil.

La jeune femme sentit sa gorge se nouer. Parler s'avéra plus difficile qu'elle ne l'avait imaginé.

— Tout va bien ?

— Non, sanglota-t-elle enfin. Non... Je... Je peux venir chez toi ?

— Mais bien sûr ! Qu'est-ce qui se passe ? Tu veux que je vienne te chercher ?

Elle hésita.

— Non... Je... Je vais prendre le métro.

Maxime se mit à babiller.

— C'est ton fils ? demanda Zalewski en l'entendant dans l'écouteur.

— Oui. Il est avec moi.

— Bon. Je viens te chercher. Tu es où ?

Elle releva la tête.

— Je peux t'attendre dans un café ?

— Bien sûr.

Elle lui donna l'adresse d'une brasserie au bout de sa rue.

16.

— Mais pourquoi Canseliet n'aurait-il jamais admis la vérité, dans ce cas ? Après la mort de Champagne, par exemple ? Après tout, vu le succès de Fulcanelli, il aurait pu en tirer une certaine gloire, si on l'avait identifié au maître, non ?

— Pas si sûr... D'abord, je pense qu'il avait fait la promesse à Champagne de ne jamais révéler leur secret, et il s'est attaché, toute sa vie, à perpétuer le mythe.

— C'est une forme de modestie...

— Ou de prudence. Je ne suis pas sûr qu'il aurait été très bien reçu s'il avait soudain avoué que Champagne et lui avaient inventé le personnage de toutes pièces. La légende se serait aussitôt effondrée... et la vente des livres aussi, probablement. En outre, Canseliet a joui, à partir des années 1960, d'une belle réputation dans les milieux ésotéristes : il était celui qui avait « connu » Fulcanelli... Mieux : il était son unique disciple ! Cela lui donnait une aura non négligeable ! Et puis... sans mauvais jeu de mot, Canseliet ne roulait pas sur l'or. À la fin de sa vie, ses écrits étaient sa seule source de revenus. Avouer que sa renommée reposait sur une mystification l'aurait discrédité, et c'est pour ça, je pense, qu'il a continué d'entretenir le mythe.

Radenac hocha longuement la tête, mais il ne semblait pas tout à fait convaincu.

— C'est beaucoup moins sexy de penser que c'était plus ou moins un canular, soupira-t-il.

— « Canular » n'est pas le terme approprié, je pense. Il s'agissait plutôt d'un « coup éditorial ». C'est en tout cas l'hypothèse la plus crédible à mes yeux. Forcément, elle est bien moins romanesque et elle n'a donc pas la faveur des milieux hermétistes, qui veulent croire à l'existence du légendaire Fulcanelli. Mais il n'en reste pas moins que ces deux ouvrages sont empreints d'une érudition stupéfiante et véhiculent un merveilleux tout à fait jubilatoire. D'ailleurs, les gens feraient bien mieux de s'intéresser aux textes plutôt qu'à l'identité civile de leur auteur. Et puis, tu sais, cette affaire n'est pas unique en son genre. Au fond, c'est assez classique comme procédé.

— Comment ça ?

— Je ne peux pas m'empêcher de penser que cette histoire perpétue une vieille tradition littéraire. Celle du manuscrit retrouvé miraculeusement par un tiers, lequel se fait porte-parole du présumé auteur original et l'offre généreusement au public. L'auteur réel est à chaque fois… celui qui prétend avoir trouvé le manuscrit et signe la préface ! Le meilleur exemple est certainement celui du *Manuscrit trouvé à Saragosse*, que Jean Potocki a publié à la fin du XVIIIe siècle. Mais il y a aussi *La Vie de Marianne*, manuscrit que Marivaux prétendait avoir trouvé dans une cachette dans un mur, ou *Adolphe*, que Benjamin Constant affirmait avoir découvert à Naples, ou encore les célèbres *Cahiers de Le Golif, dit Borgnefesse, capitaine de la flibuste*, que Gustave Alaux avait fait publier en 1952 chez Grasset après avoir expliqué qu'il avait trouvé ce « manuscrit » du XVIIe siècle dans un vieux coffre de Saint-Malo ! Si certains de ces vrais-faux manuscrits s'avèrent savoureux, ils restent malgré tout des faux. Mais, au fond, ça n'a pas d'importance. Le fait que Fulcanelli n'ait jamais existé et que les véritables auteurs de ces livres soient Canseliet et Champagne ne les rend pas moins intéressants. Les gens, poussés par la fascination du mystère, ont mordu à l'hameçon. Ils sont allés chercher très loin l'identité de

Fulcanelli, alors qu'il suffisait de regarder les deux noms présents sur la couverture. Je le répète : principe du rasoir d'Ockham, *pluralitas non est ponenda sine necessitate*[1].

— Pitié ! Pas de latin entre nous !

— En français dans le texte : il ne faut pas chercher midi à quatorze heures. Fulcanelli, c'est Canseliet et Champagne réunis. Point final.

— Tu as l'air bien sûr de toi !

— Tu m'as demandé mon avis, je te le donne.

— OK, lâcha Radenac. Cela dit, tu n'as pas la preuve formelle que ce soient bien eux…

— Non, c'est vrai. J'en ai seulement l'intime conviction, par déduction logique. Mais que ça ne te prive pas de mener ta propre enquête, surtout !

17.

Une fois rentré chez lui, le brigadier-chef Radenac – qui était un garçon obéissant –, avant de se plonger dans la documentation pure, passa la première moitié de la nuit à lire intégralement *Le Mystère des cathédrales*, ce que, selon Ari, toute personne s'intéressant à Fulcanelli devait, au minimum, commencer par faire avant de gloser sur le sujet.

Mackenzie ne lui avait pas prêté sa précieuse édition Omnium, mais la suivante, de chez Pauvert, non pas parce qu'il ne faisait pas confiance à son ami – du moins celui-ci l'espérait –, mais parce que cette version contenait une troisième préface qui, peut-être, pourrait l'intéresser. Ce volume, daté de 1964, contenait également le chapitre supplémentaire – consacré au mystère de la Croix cyclique d'Hendaye[2] – qui avait été intégré dès la seconde édition.

---

1. « Les multiples ne doivent pas être utilisés sans nécessité. »
2. Croix qui se dresse sur le parvis de l'église Saint-Vincent, à Hendaye. Datant du XVIIe siècle, elle est inscrite aux Monuments historiques.

C'était un joli volume broché, très légèrement roussi, à la couverture blanche pelliculée, comprenant trente et un cahiers *in-quarto*, et où les sublimes gravures de Champagne avaient malheureusement été remplacées par quarante-huit photographies d'un certain Pierre Jahan. Des dessins originaux de l'illustrateur, seuls subsistaient le frontispice et la planche n° 31, qui était en couleur.

Carnet et stylo en main, Radenac prit des notes au fur et à mesure de son attentive lecture, et celle-ci, peu à peu, s'avéra plus intrigante encore qu'il ne l'avait imaginée !

Il essaya, d'abord, de tirer quelque enseignement des trois préfaces successives, lesquelles, remarqua-t-il, étaient de plus en plus longues.

Dans la première, datée d'octobre 1925, Eugène Canseliet affirmait d'emblée, comme l'avait dit Ari, que *« l'auteur de ce livre n'est plus, depuis longtemps déjà, parmi nous »*. Bien que la formulation pût laisser libre cours à plusieurs interprétations possibles, elle semblait bien catégorique.

À la fin de ce premier texte, Radenac entoura un passage étonnant, dans lequel une étrange utilisation des caractères italiques et romains semblait receler quelque indication cachée : « *La* clef de l'arcane majeur est donnée, *sans aucune fiction,* par l'une des figures *qui ornent le présent ouvrage. Et cette clef consiste tout uniment* en une couleur, *manifestée à l'artisan dès le premier travail. (…) En le révélant, j'obéis aux volontés dernières de Fulcanelli et me tiens en règle avec ma conscience.* » Ce paragraphe, qui se distinguait du reste de la préface, était pour Radenac parfaitement inintelligible. Le terme d'*arcane majeur* lui-même laissait le policier perplexe. Dans son souvenir, c'était une expression utilisée pour les cartes du tarot et donc pour l'art divinatoire… Mais ce n'était pas ce qui l'intéressait ici. Ce passage, en effet, avait ceci d'intéressant que sa présence à cet endroit ne semblait pas logique : pourquoi Fulcanelli aurait-il demandé à Canseliet de révéler quelque chose dans la préface, plutôt que de le faire lui-même dans le livre qui suivait, et dont il était l'auteur ? Il y avait là quelque curiosité...

Plus bas, le préfacier concluait qu'il laissait « *aux frères d'Héliopolis la joie de recueillir cette synthèse, si magistralement exposée par un des leurs* » et terminait par remercier « *au nom des frères d'Héliopolis et au mien, (...) l'artiste à qui mon maître confia l'illustration de son œuvre, (...) Julien Champagne* ». À la lecture de ces mots, on pouvait formuler deux suppositions qui allaient dans le sens de la théorie de Mackenzie. D'abord, en le citant ici, Canseliet accordait à Champagne plus d'importance qu'à un simple illustrateur. Ensuite, il le remerciait non pas en son seul nom, ni en celui de son maître, mais au nom du groupe dont il se réclamait, celui des frères d'Héliopolis. Était-ce l'aveu que cette œuvre n'était pas celle d'un seul homme, mais d'un collectif ?

Dans la deuxième préface, datée d'août 1957, le style, comme l'avait dit Ari, n'était plus le même. Des subjonctifs imparfaits désuets faisaient irruption dans presque tous les paragraphes, et la langue était devenue plus pompeuse, plus lourde.

De même, elle contenait plus d'informations sur le maître, sur son caractère, son physique même et, bien sûr, son désir d'anonymat, comme si, trente ans plus tard, le préfacier se décidait soudain à enrichir le mythe.

Mais ce qui attira surtout l'attention de Radenac, c'était la mention que Canseliet y faisait d'un carnet : « *quelques lignes écrites en un très vieux carnet après l'une de ces doctes causeries de Fulcanelli* » ! Se pouvait-il qu'il se fût agi du fameux carnet de Mazzoleni ? Un *très vieux* carnet ?

La troisième préface, enfin, datée de 1964, était moins intéressante. Après s'être maladroitement justifié de la suppression des planches de Champagne, remplacées par ces fameuses photos, Canseliet, visiblement agacé, se livrait à une sorte de règlement de compte de spécialistes au sujet d'une statue décrite par Fulcanelli dans son œuvre, celle de Marcel, évêque de Paris, et à propos de laquelle il semblait y avoir quelque guerre intestine dans les milieux ésotéristes...

Après ces trois préfaces venait donc la substantifique moelle : le *Mystère des cathédrales* lui-même, texte présumé de Fulcanelli.

Dans la longue introduction, homonyme, l'auteur exposait son intention : révéler le sens caché des œuvres de l'architecture gothique, de ces « livres de pierres », comme disait Hugo, qui n'étaient pas seulement dédiés à la gloire du christianisme, mais aussi à celle du peuple, de la foi populaire et de la philosophie.

S'ensuivait un laïus sur le sens occulte de l'expression « art gothique », dérivée selon l'auteur de *l'argotique*. Il expliquait alors que cette étymologie secrète des mots n'était intelligible que par ceux qui comprenaient le « langage des oiseaux », langage hermétique par excellence, celui qui donnait la connaissance, utilisé par l'Esprit saint et qui remontait avant la tour de Babel...

L'introduction de Fulcanelli s'attardait ensuite sur diverses considérations de symbolisme : celui de la croix, reproduite par le plan même de toutes les églises, celui des nombreux labyrinthes que l'on trouvait sur le sol des cathédrales, celui de l'orientation même de ces édifices, tournés immanquablement vers le sud-est, celui de la rose des vitraux, étoile à six pointes qui, selon lui, était « du plus haut intérêt pour l'alchimiste », et celui, enfin, de la crypte, ce lieu caché où se nichait la puissance des ténèbres...

Radenac ne put s'empêcher de penser que tout cela était sinon confus au moins désordonné, presque brouillon, et que l'auteur sautait d'une idée à une autre avec une apparente anarchie. Il s'amusa même en remarquant que Fulcanelli le confessait presque lui-même : « *Nous laisserons au lecteur le soin d'établir tous rapprochements utiles, de coordonner les versions, d'isoler la vérité positive combinée à l'allégorie légendaire dans ces fragments énigmatiques.* »

Le cœur de l'ouvrage – encore plus hermétique – était ensuite divisé en quatre parties.

La première, la plus longue, était consacrée à Notre-Dame de Paris. À lui tout seul, ce chapitre occupait plus d'un tiers du livre, et l'on voyait bien que c'était le sujet central du *Mystère*, ce qui pouvait laisser penser que Fulcanelli connaissait cette église mieux que toute autre, peut-être parce qu'il était parisien...

La deuxième partie, beaucoup plus courte, analysait la cathédrale d'Amiens, sur le même mode, et la troisième s'attardait non plus sur une cathédrale, mais sur deux bâtiments de la ville de Bourges : l'hôtel Lallemant et le célèbre palais Jacques-Cœur, tous deux empreints selon l'auteur de la même symbolique hermétique.

Enfin, la quatrième et dernière partie se résumait à ce chapitre ajouté ultérieurement par Canseliet, dès la seconde édition, et intitulé *La Croix cyclique d'Hendaye*.

Cette étude différait tellement du reste de l'ouvrage qu'il semblait évident que son addition tardive s'expliquait par le fait qu'elle n'appartenait probablement pas au projet originel... Au lieu d'y étudier une cathédrale, ou même une bâtisse, Fulcanelli y décrivait seulement une croix de pierre, qui se dressait à l'extérieur de l'église de cette petite ville des Pyrénées-Atlantiques.

En outre, le style ici était plus simple que dans le reste du livre, plus épuré, moins abouti, il comportait même des phrases nominales, bien éloignées du style baroque de Canseliet...

Fulcanelli évoquait là quelque prophétie apocalyptique, proche de la mythologie hindoue. Selon l'auteur, l'hermétiste devait trouver, quand l'heure de la fin du monde serait venue, une terre cachée où le cataclysme ne l'atteindrait pas, une terre *« où les élus assisteront au retour de l'âge d'or »*...

Radenac ne put s'empêcher de noter une analogie avec l'histoire du petit village de Bugarach, dans l'Aude, dont le pic, selon les superstitions de quelques illuminés, aurait dû les protéger contre la fin du monde annoncée pour décembre 2012, laquelle, fort heureusement, n'avait pas eu lieu…

Dans la conclusion du *Mystère des cathédrales*, Fulcanelli adressait un conseil à ses lecteurs, profanes ou initiés, les exhortant à se pencher sur les traités des Anciens, mais aussi à faire preuve d'humilité et de sagacité. Le dernier paragraphe était assez étonnant, tant par le fond que par la forme, puisque l'auteur y expliquait quatre mots d'une phrase qui ressemblait presque à un commandement : *SAVOIR, POUVOIR, OSER, SE TAIRE.*

Le dernier élément du livre, enfin, était un écusson dessiné par Julien Champagne, qui ressemblait à des armoiries, et dans lequel se lisait une phrase latine : *Uber campa agna*, où il était difficile de ne pas deviner, justement, le patronyme de l'illustrateur.

Sa lecture terminée, le policier, malgré l'heure tardive, se lança alors passionnément dans la documentation et, prenant frénétiquement des notes sur son carnet Moleskine, il ne vit point passer les heures, qui s'égrenaient telle une pincée de sel dans le creuset d'un alchimiste…

18.

Le lendemain matin, Cédric Radenac arriva au poste de police du Palais-Royal avec, sous les yeux, des cernes difficilement dissimulables. Il avait une bonne heure de retard. Ayant passé la nuit à consulter et annoter les documents qu'Ari avait accepté de lui prêter, il n'avait pas dormi une seule seconde, piqué à son tour – comme Mackenzie vingt ans plus tôt – par le mystère Fulcanelli. Le secret qui entourait l'identité du plus célèbre alchimiste du XXe siècle le hantait ; c'était comme s'il avait été intoxiqué par une nouvelle drogue et qu'il ne pourrait la lâcher que quand il aurait mis fin à cette insupportable énigme. Certes, des centaines de chercheurs s'y étaient cassé les dents depuis près d'un siècle, mais si un flic s'y mettait, avec de vraies méthodes policières, peut-être arriverait-on enfin à la résoudre une bonne fois pour toute ?

— Oh, la vache ! s'amusa le capitaine Ginhoux en le voyant passer timidement sa tête blafarde derrière la lourde porte capitonnée de son bureau. J'en connais un qui a fait la fête hier soir !

Florence Ginhoux, la quarantaine elle aussi, avait fait de ce vieux poste de police du Iᵉʳ arrondissement un endroit familial où, la plupart du temps, on travaillait sous ses ordres en bonne intelligence. Au premier étage de cet immeuble haussmannien désuet, prêté à la Police nationale par la Banque de France, la petite équipe de sept enquêteurs vivait dans une promiscuité où la courtoisie était de mise ; l'étage se résumait à quatre bureaux. Certes, il y avait parfois de légitimes tensions, mais le manque de moyens, comme souvent, avait tendance à resserrer les liens. Tout le monde se connaissait bien et, en l'absence d'un commissaire, l'ambiance était plus détendue ici que dans la plupart des antennes de police de la capitale. À quelques pas des Halles, il y avait néanmoins beaucoup de travail pour cette unité d'investigation et, si l'on savait se détendre en temps voulu, on résolvait ici suffisamment d'affaires pour que le ministère ne se décide pas – pour l'instant – à fermer cette succursale peu ordinaire.

— Figure-toi que j'ai bossé toute la nuit ! se défendit Radenac d'un air offensé.

— Bossé ? Sur quoi ?

— Mazzoleni, le galeriste.

Ce n'était qu'un demi-mensonge...

— Tu as bossé toute la nuit sur un cambriolage de livre non avéré ? s'étonna Ginhoux. Je ne suis pas forcément pour la politique du chiffre à tout prix, hein, tu me connais, mais là, tu ne crois pas que tu abuses un peu ?

— Attends ! Le livre qui a été volé... C'est pas n'importe quel livre, Florence ! C'est un truc de malade ! Un livre unique au monde ! Il se pourrait qu'il vaille une fortune !

Le capitaine secoua la tête en souriant. Avec les années, avec les épreuves que leur métier leur avait fait traverser ensemble, Radenac et elle étaient devenus très proches. Malgré leur différence hiérarchique, ils se parlaient sans ambages, mais derrière cette familiarité se cachait en réalité un profond respect. Ils savaient pouvoir compter l'un sur l'autre en toute circonstance.

— Cédric, sois gentil, ne passe pas trop de temps sur ce truc et clôture-moi ça rapidement... J'avais trois plaintes à te confier ce matin. Du coup, elles t'attendent sagement sur ton bureau.

— J'y vais, chef, dit-il en mimant le salut militaire.

Radenac traversa le couloir au parquet grinçant et s'installa dans la pièce qu'il partageait avec un autre enquêteur de la BEI.

— Bon Dieu de merde ! Un zombi ! s'exclama celui-ci d'un air moqueur.

— Ça va... Pas dormi.

Tout en bâillant, Radenac jeta un œil aux trois plaintes que le capitaine avait déposées sur son bureau.

Un touriste qui s'était fait voler sa carte bleue sans s'en apercevoir jusqu'à ce que son compte soit débité de trois mille euros ; un pervers qui, l'été approchant, s'amusait à filmer sous les jupes des filles avec son smartphone et publiait ensuite les vidéos sur le Net ; et un SDF qui s'était fait tabasser pendant la nuit, à quelques pas du jardin du Palais-Royal. Le sans-abri, que tout le monde connaissait et appréciait au poste de police, était hospitalisé à l'Hôtel-Dieu.

Radenac repoussa les plaintes en soupirant. Une triste et malheureuse routine.

Il hésita un instant, puis, faisant fi de sa surmontable culpabilité, reprit dans son tiroir le dossier Mazzoleni.

La veille, il avait déjà rapidement enquêté sur le galeriste. S'il n'avait pas pu trouver grand-chose dans les bases de données de la Police nationale, il avait en revanche assemblé une foule d'informations impressionnante grâce au Web.

Giacomo Mazzoleni était né en 1922 à Bologne, mais son père, qui était déjà un riche collectionneur d'art, avait quitté l'Italie dès 1924, quand le parti fasciste avait remporté les élections législatives. Proche du député socialiste Matteotti, craignant de subir le même sort après l'assassinat de celui-ci par les *squadristi* fascistes, l'homme avait emporté femme, enfant et tableaux pour s'installer à Paris, où il était mort en 1950, léguant à son fils unique de vingt-huit ans une belle fortune et une collection de peintures déjà fort conséquente. Tout naturellement, le jeune Giacomo Mazzoleni avait ouvert une galerie d'art deux ans plus tard, en 1952, dans la rue Vieille-du-Temple, où elle était encore aujourd'hui l'une des plus prestigieuses.

Le casier judiciaire du collectionneur était vierge, il n'avait visiblement jamais trempé dans le moindre trafic, n'avait jamais eu de démêlés avec l'administration fiscale, malgré sa fortune, avait été nommé chevalier de l'ordre des Arts et des Lettres en 1983, fait de nombreuses donations à de multiples œuvres caritatives au cours de son existence, bref, c'était un honnête homme, aisé, sans histoire, dont la seule bizarrerie, au fond, était d'avoir développé une collectionnite aiguë pour les livres se rapportant à l'alchimie. À en juger par la dédicace d'Eugène Canseliet sur l'édition originale du *Mystère des cathédrales*, Giacomo Mazzoleni disposait déjà en 1957, à trente-cinq ans, d'une belle bibliothèque hermétique.

Quant à sa fille, Gabriella Mazzoleni, elle semblait tout aussi irréprochable. Titulaire d'une maîtrise d'histoire de l'art effectuée à la Sorbonne, elle avait repris la direction de la galerie de son père dès sa vingt-cinquième année, en 1995. Célibataire, elle avait continué, après la mort de sa mère, de vivre avec son père dans leur bel appartement de la rue Vivienne. La mort de son paternel, en somme, ne changeait pas vraiment les choses pour elle – d'un point de vue de sa fortune comme de son métier en tout cas –, et on ne pouvait pas la soupçonner sérieusement d'avoir poussé le vieux vers la porte de sortie...

La famille n'avait pas d'ennemis connus, pas de vieux conflits, et les voisins semblaient les apprécier énormément. En somme, si ce fameux carnet avait vraiment été volé, il s'agissait sans doute d'un simple cambriolage.

Très ciblé, certes, mais un simple cambriolage.

Dans la bibliothèque, seules les empreintes du défunt et de sa fille avaient été relevées. Dans l'appartement, de nombreuses autres étaient apparues, mais il n'était pas rare que la famille ait des visiteurs, et cela ne permettait certainement pas d'identifier un éventuel voleur.

Pas d'effraction, pas de déclenchement d'alarme.

Bref, Radenac n'avait pas grand-chose pour mener son enquête, en dehors de la parole de cette femme. Pourtant, il refusait d'abandonner. Mackenzie avait sans doute raison : le brigadier-chef n'était pas insensible aux charmes de la riche héritière… Mais peu importaient ses motivations ! Si ce carnet était réellement un manuscrit original du mystérieux Fulcanelli, cela valait la peine de chercher encore, non ?

Radenac referma le dossier. Puisqu'il n'y avait pas de caméra de surveillance dans l'appartement, il pouvait élargir ses recherches et commencer par celles du quartier.

19.

Ari entra au Sancerre, comme à son habitude, un peu avant midi, avant que les gens qui avaient « un vrai métier » ne débarquent en hordes et envahissent d'un seul coup la terrasse ensoleillée pendant leur sacro-sainte pause-déjeuner. Après le départ de Radenac, la veille au soir, la bouteille de single malt qu'il avait finie tout seul lui avait laissé une solide gueule de bois dont il peinait encore à se remettre, malgré l'entraînement intensif qu'il suivait depuis de nombreux mois… Les lunettes de soleil ancrées sur son nez ne suffisaient même pas à rendre supportable la lumière de juin.

— Bien serré, le café ? demanda la grande Béné d'un air moqueur en le voyant prendre place à sa table habituelle.

— S'il te plaît. Et le journal, demanda Mackenzie sans même enlever ses lunettes.

Il sortit son portefeuille de sa veste en jean et chercha péniblement les deux euros qu'allait lui coûter sa boisson matinale. Il lui fallut, pour cela, assembler plusieurs pièces jaunes, et c'est alors qu'il prit conscience qu'il ne lui resterait même pas de quoi se payer à déjeuner.

Les temps étaient durs et, même s'il attendait encore deux ou trois virements pour des piges effectuées à droite ou à gauche, Ari voyait venir à grands pas le moment où il ne pourrait même plus honorer son loyer.

Iris Michotte, son ancienne collègue et amie des renseignements généraux, lui assurait régulièrement que la DCRI – à condition qu'il fasse amende honorable – serait disposée à le reprendre, mais revenir la queue basse au sein du vaisseau mère eût été pour lui la pire des humiliations. Il se demandait à présent s'il ne ferait pas mieux d'aller chercher un boulot de prof en fac ou dans une grande école. Son CV et ses relations le lui permettraient peut-être. Sinon, il lui restait encore la possibilité de travailler pour une société de sécurité privée, mais le domaine d'activité de ces entreprises peu scrupuleuses en matière de déontologie était presque toujours incompatible avec sa philosophie : espionnage de salariés dans des grandes sociétés, recherche de casseroles dans le passé d'un concurrent politique ou financier, maquillage de bavures écologiques ou économiques de larges multinationales ou, pire, participation à des opérations gouvernementales trop sales pour être effectuées par les services officiels...

— Un petit noir et un *Parisien* pour monsieur Mackenzie, annonça Béné en déposant le journal et le café sur la table de l'ancien analyste.

— Tiens, répliqua celui-ci en lui tendant sa petite monnaie. Désolé, le temps béni des pourboires mirobolants est révolu, ma belle.

— C'est la crise pour tout le monde, mon bon monsieur. Tu es dispensé de pourboire, en attendant la relance.

Ari se plongea alors dans la lecture des nouvelles du jour. Il survola rapidement un article consacré à un comédien dont la popularité, colossale, était à peu près équivalente à l'inélégance, et qui succombait, comme tant d'autres, aux sirènes poltronesques de l'exil fiscal, illustrant l'adage selon lequel les rats sont les premiers à quitter tout navire qui sombre... Puis il se consacra aux pages économiques, dont la morosité fut presque pour lui une sorte de consolation.

Soudain, alors qu'il parcourait distraitement la rubrique des faits divers, son regard s'arrêta sur un court papier dont le chapeau lui fit ouvrir la bouche dans une grimace de stupéfaction.

« *Jacques Caillol, entrepreneur parisien de 51 ans, a été retrouvé hier matin assassiné d'un coup de couteau dans l'église de la Santa Caridad, à Séville.* »

Mackenzie laissa retomber le journal sur la table, perplexe. Il y avait peu de chance que cela fût une simple coïncidence. Ce nom, Jacques Caillol, lui disait quelque chose. Quant au lieu du crime...

Sans tarder, il prit son téléphone portable et composa le numéro de Cédric Radenac.

20.

— Tu es sûre de vouloir monter là-haut ? demanda Krysztov en éteignant le moteur du 4x4.

— Oui, répondit Lola. À cette heure-là, ce connard est sûrement sur son maudit tournage. J'ose espérer qu'il n'aurait tout de même pas l'audace de faire revenir de sitôt sa pétasse dans l'appartement !

Le Polonais haussa les épaules.

— Tu sais, les hommes sont souvent encore plus crétins qu'on pourrait le penser… Je sais de quoi je parle.

— Eh bien s'il est là, tant pis ! Je compte sur toi pour lui coller la raclée du siècle.

Krysztov hocha la tête.

— Avec plaisir. Il le mérite.

Ils sortirent de la voiture et montèrent jusqu'à l'appartement. Quand elle constata que la serrure était fermée à double tour, Lola poussa un soupir de soulagement : *a priori*, Thomas n'était pas à l'intérieur. Elle ne put toutefois pas réprimer un frisson en pénétrant dans cet appartement où elle avait passé les quatre dernières années, où son fils était né et où, la veille encore, elle pensait rester, jusqu'à l'arrivée d'un deuxième enfant, par exemple…

— Tu as beaucoup de choses à prendre ? demanda Krysztov en lui posant amicalement la main sur l'épaule, comme pour l'obliger à ne pas trop réfléchir.

Lola peina à répondre. Les choses n'étaient pas claires dans sa tête, et elle ne savait pas vraiment ce qu'elle voulait.

— Pour l'instant, je veux juste prendre l'essentiel. Les affaires de Maxime, quelques habits, mes papiers… Ce genre de trucs.

— OK. Alors allons-y ! Ça ne sert à rien de traîner ici.

Le Polonais l'aida à rassembler ses affaires, à les fourrer dans des sacs, une valise… C'étaient des gestes douloureux, lourds de symboles, auxquels nul n'est jamais vraiment préparé. Lola éprouvait une sorte de vertige, l'impression de sauter dans le vide sans avoir eu le temps de vérifier son parachute. La fatigue ne l'aidait pas à se sentir plus forte. Elle avait si peu dormi chez Krysztov et tant pleuré que la peau de son visage tirait.

— Je suis vraiment stupide, hein, murmura-t-elle soudain alors qu'elle venait de s'arrêter devant l'ordinateur, comme pétrifiée. Je suis une conne.

L'écran, devant ses yeux, était éteint, mais c'était comme si elle y voyait toujours les échanges insoutenables que

Thomas avait eus avec cette satanée *Perrine*, comme si elle entendait la voix de cette succube chuchotant sans vergogne des mots d'amour à son compagnon.

— Je ne sais pas, répondit le garde du corps en s'approchant. Vu d'ici, le plus con des deux, c'est quand même lui… Te laisser toute seule avec un bébé de quatorze mois…

— C'est moi qui suis partie, Krysztov.

— C'est lui qui t'a trompée.

La jeune femme se tourna vers lui. Des larmes coulaient sur ses joues.

— Dire qu'Ari et moi nous sommes séparés parce que j'avais envie de *cette vie-là*. Et c'est *cette vie-là* qui me rend si malheureuse aujourd'hui…

Le Polonais la prit dans ses bras.

— Ce n'était pas de *cette vie-là* dont tu avais envie, Lola. Ce dont tu avais envie, c'était d'un enfant avec un type bien. Et Ari ne voulait pas te l'offrir. Ton fils est extraordinaire. C'est déjà ça. Pense à lui. Quant à ton mec… Eh bien, il s'est révélé, lui, finalement assez ordinaire.

— Tu crois que je devrais lui pardonner ?

Zalewski haussa les épaules.

— Dans un couple, l'opinion d'autrui n'a aucune valeur. La réponse à cette question, tu es la seule à la détenir. On ne peut pas juger un couple de l'extérieur, Lola. On ne *doit* pas. Jamais. L'intimité, par définition, c'est quelque chose qui ne se partage pas avec les autres. Méfie-toi des gens qui savent toujours mieux que toi ce que tu devrais faire dans ta vie amoureuse.

Il resserra son étreinte.

— Quelle que soit ta décision, les gens qui t'aiment vraiment te soutiendront, sans jugement. Le jugement, il y a des tribunaux, pour ça.

Lola resta un long moment dans les bras de son ami, émue par la pureté de ses sentiments, puis elle fit quelques pas en arrière et se laissa tomber sur le canapé.

— C'est idiot. J'ai… J'ai envie de voir Ari, dit-elle d'une voix monocorde, honteuse presque, mais sincère.

— Ça peut s'arranger.

La jeune femme se prit la tête dans les mains.

— C'est normal que j'aie envie de le voir ?

Krysztov vint s'asseoir auprès d'elle.

— Si tu veux *vraiment* mon avis, ce qui n'était pas normal, c'était de ne pas le voir pendant quatre ans, ma biche…

Elle hocha lentement la tête, puis elle tourna vers Krysztov ses grands yeux bleus brillants de larmes.

— Je n'oserai jamais…

21.

La rue Vivienne – à la hauteur où se situait l'appartement des Mazzoleni – ne comptait presque aucun commerce. La possibilité de trouver une caméra de surveillance ayant filmé les allées et venues autour de l'immeuble du bibliophile était donc quasi nulle.

Le service du dépôt légal de la Bibliothèque nationale, à l'angle de la rue des Petits-Champs, n'avait aucune caméra de surveillance braquée sur l'extérieur. Rien non plus au restaurant du Grand Colbert. En revanche, l'entrée du parking du 4 de la rue Vivienne était gardée, elle, par une caméra. À condition que l'éventuel voleur soit venu par le nord, et par le trottoir des numéros pairs, c'était donc la seule chance, infime, d'avoir une trace de son passage sur un enregistrement.

C'était mince, très mince, mais c'était déjà ça.

Radenac, bien conscient que son zèle et son entêtement confinaient au ridicule, appuya sur la sonnette du gardien, au numéro 4.

— Police nationale, dit-il en montrant sa carte au type hirsute qui venait d'apparaître derrière la porte.

— C'est pour quoi ? fit l'autre avec un terrible accent parisien désuet.

— Bonjour monsieur, j'enquête sur un cambriolage qui a eu lieu dans l'immeuble voisin. Nous avons besoin des enregistrements de la caméra qui est à l'entrée de votre parking.

Le gardien, qui n'avait pas l'air des plus aimables, inspecta son interlocuteur de bas en haut.

— Dans l'immeuble voisin ?

— Oui.

— Et ils n'ont pas de caméra, eux ?

— Ben non...

— Ah ouais ? Et vous pouvez me prendre les enregistrements, comme ça ? Vous n'avez pas besoin d'un mandat ?

— Dans les films américains, si. Mais là, on est en France.

Il montra l'ordinateur portable sous son bras.

— Je vais vous imprimer une réquisition judiciaire en bonne et due forme, puis rédiger un PV pour la saisie de vos enregistrements, que vous signerez, et on vous rendra tout ça une fois l'enquête terminée.

— Ah ouais ? répéta l'antipathique gardien.

— Ouais.

L'homme soupira. Puis, de mauvaise grâce :

— Bon. Ben entrez, alors...

Un quart d'heure plus tard, le brigadier-chef repartait avec un CD-Rom sous scellé, contenant les enregistrements effectués le samedi 1ᵉʳ juin dans l'après-midi, période pendant laquelle avait pu être commis le cambriolage, selon Gabriella Mazzoleni.

De retour à son bureau, il venait d'insérer le CD-Rom dans son ordinateur quand son téléphone sonna. Il reconnut aussitôt le numéro de Mackenzie.

— Bien dormi ?

— Il faut que tu demandes une autopsie.

Radenac écarquilla les yeux.

— Quoi ?

— Ton vieux galeriste, là... Il faut que tu demandes au procureur de faire pratiquer une autopsie.

— Pourquoi ?

— L'autre folle dingue… ta belle Italienne, il se pourrait qu'elle ait raison. Ce n'était peut-être pas une simple crise cardiaque.

— Tu m'expliques ?

— Un Français vient d'être assassiné d'un coup de couteau dans l'église de la Santa Caridad, à Séville.

— Et… ?

— Tu sais ce qu'il y a à l'entrée de cette église ?

— Euh, non… Une statue de la Vierge Marie ?

— Non. Un tableau de Juan de Valdés Leal.

— Je ne te suis pas, Ari…

— Ce tableau, très célèbre dans les milieux alchimistes, s'appelle *Finis Gloriae Mundi*. « La fin de la gloire du monde », en français. Tu ne vois toujours pas ?

— *Finis Gloriae Mundi* ? répéta Radenac, qui commençait en effet à comprendre. C'est le titre que devait porter le troisième livre de Fulcanelli, celui qui n'a jamais été publié !

— Bingo, inspecteur Columbo. Alors, tu la demandes cette autopsie ?

22.

— Tu peux rester ici avec ton adorable petit Maxime autant de temps que tu veux, affirma Krysztov en déposant les affaires de Lola dans la chambre d'amis. Et je vais te trouver une baby-sitter dans le quartier pour que tu puisses continuer de travailler à la librairie.

— C'est gentil, mais je n'ai plus les moyens de me payer une baby-sitter… Non, je vais garder Maxime avec moi. De toute façon, j'ai dit à Marcelo que je ne venais pas travailler pendant quelques jours.

Le Polonais posa sa main sur l'épaule de la jeune femme.

— Pour l'instant, tant que tu es sous mon toit, tu vis selon *mes* règles, poulette ! Tu vas te reposer, et je vais payer une baby-sitter pour ton fils, un point c'est tout.

— C'est hors de question ! Il n'y a pas de raison !

— Considère que c'est mon cadeau pour la naissance de Maxime. J'ai toujours été nul, en matière de cadeaux. Alors considère ça comme une séance de rattrapage. Et ne te prends pas la tête inutilement. Je gagne très bien ma vie. Tu en ferais autant pour moi, si les rôles étaient inversés. Pas de ça entre nous, OK ?

Lola lui adressa un sourire dans lequel se lisaient sa reconnaissance tout autant que sa détresse.

— Tu es adorable, Krysztov. Je suis tellement perdue.

— Je suis content de te recevoir, Lola.

Il la serra dans ses bras, comme il l'eût fait avec sa propre sœur, puis il la dévisagea d'un air soudain sérieux.

— Je ne te demande qu'une seule chose en échange.

— Quoi ?

Krysztov sourit.

— Va voir Ari.

La jeune femme secoua la tête.

— Je t'ai dit que je n'oserais jamais.

— Je crois que vous en avez autant besoin l'un que l'autre.

Lola se laissa tomber sur le lit de la chambre d'amis.

— Je ne suis pas sûre que ce soit le bon moment.

— Ce n'est *jamais* le bon moment ! répliqua le Polonais, qui semblait presque agacé. La vie est comme ça ! On n'a *jamais* l'impression que c'est le bon moment. Du coup, on passe à côté de toutes les portes qu'on aurait pu ouvrir. Vous m'emmerdez, tous les deux, à la fin ! Va voir Ari, et puis c'est tout !

— Qu'est-ce qui te prend ? s'étonna Lola, qui n'avait pas l'habitude de voir Zalewski parler ainsi.

— Ça fait quatre ans que je vous vois malheureux comme les pierres, l'un comme l'autre, chacun de votre côté.

— Je n'étais pas malheureuse, moi, jusqu'à ce que…

— Arrête ! la coupa Krysztov. Tu étais peut-être heureuse avec ton bébé, mais ne me fais pas croire qu'Ari ne te manquait pas ! Je vous connais par cœur, maintenant, toi et lui.

Vous êtes ridicules, aussi orgueilleux l'un que l'autre. C'est l'occasion ou jamais d'être la moins ridicule des deux, Lola ! Je ne sais pas si tu dois rester avec ton mec, je ne sais pas si tu dois te remettre avec Ari ; ni l'un ni l'autre, peut-être, ça ne me regarde pas, mais au moins vous devez parler !

Lola haussa les épaules, guère convaincue.

Le Polonais reprit :

— Ce type... Il tient à toi comme à la prunelle de ses yeux. Il n'y a personne qui saura t'écouter aussi bien que lui. Personne, même pas moi. Oh, c'est un odieux personnage, je te l'accorde : bourru, aigri, vaniteux, tout ce que tu veux... Mais il a le cœur sur la main et il serait prêt à tout pour que tu sois heureuse. Et là, tu es *vraiment* malheureuse. Alors va le voir !

— Je croyais qu'il ne fallait jamais écouter les conseils des autres, en matière de cœur ? se moqua gentiment Lola.

Krysztov sourit.

— Je ne te dis pas ce que tu dois faire pour ta vie amoureuse, je te dis d'aller voir Ari et de lui parler, c'est différent. Ça t'aidera peut-être à y voir plus clair.

— C'est pas si sûr. Et puis, ça risque de lui envoyer un message un peu confus, non ? Il va se demander si...

— Ari est un grand garçon, Lola. Votre absence de communication depuis quatre ans est une absurdité. Une anomalie. Je te demande juste de profiter de l'occasion pour réparer au moins ça. Tu veux bien le faire pour moi ?

La jeune femme poussa un long soupir et s'efforça de sourire.

— Je vais essayer.

23.

Ari quitta le Sancerre aux alentours de dix-huit heures, bien moins éméché qu'à l'accoutumée. Il avait passé l'après-midi dans le bistrot sans pouvoir boire d'autre verre que celui offert par un ami comédien de passage. Parmi le défilé de bobos m'as-tu-vu qui se succédaient dans ce café légendaire des Abbesses, Mackenzie avait tout de même ses têtes ; des privilégiés – scénaristes, écrivains, graphistes, acteurs – à qui leur métier permettait d'errer dans un débit de boissons au beau milieu de l'après-midi. La grande majorité irritait cet ours antisocial et quelque peu égocentrique, mais certains étaient parvenus, avec le temps, à s'accorder ses faveurs, pourvu qu'ils aient de l'humour, un peu de bon sens et beaucoup d'autodérision.

Quand il arriva sur la place Émile-Goudeau, il reconnut sans peine la silhouette de la femme qui attendait devant l'entrée de son immeuble. Une belle brune d'une quarantaine d'années, tailleur noir un peu trop chic pour le quartier, visage sombre et silhouette fine. Gabriella Mazzoleni en personne.

Il la rejoignit, intrigué.

— Qu'est-ce que vous faites là ?

La galeriste écarta la mèche de cheveux qui lui fendait le visage.

— Je vous attendais.

— Voyez-vous cela ! Et pourquoi donc ?

— J'aimerais vous proposer quelque chose, inspecteur.

— Vous le faites exprès ? Je ne suis pas inspecteur !

Elle sourit.

— Je sais. Je vous taquine, monsieur Mackenzie. Contrairement à ce que prétendait votre ami hier, je sais même que vous n'êtes plus commandant à la DCRI, si mes sources sont exactes...

— Ce sont ces mêmes sources qui vous ont donné mon adresse ?

Elle hocha la tête.

— L'argent facilite grandement certains aspects de la vie quotidienne. Les relations, par exemple.

— Les relations que l'argent permet ne sont pas forcément les plus précieuses. Aristote disait qu'avoir beaucoup d'amis c'était n'en avoir aucun.

— Vous citez souvent Aristote ?

— Moins que Pierre Desproges, mais ça m'arrive.

La quadragénaire fit un geste de lassitude.

— Bref. Je me suis laissé dire que vous n'étiez pas au mieux, financièrement. Alors je crois que ma proposition va vous intéresser.

— Vous voulez me faire don de la bibliothèque de papa ?

— Ne dites pas de bêtise. Vous savez bien qu'elle revient aux Archives nationales.

— Puisqu'il n'y a pas eu d'inventaire, vous pouvez bien en retirer un livre ou deux. Je m'en contenterais aisément. Je vous donnerai les titres…

— On peut monter ?

— Vous ne perdez pas de temps, vous, au moins !

— Ne vous méprenez pas. Je suis là pour parler affaires.

— Et cela nécessite de monter chez moi ?

— Nous aurions pu aller dans votre café, mais je préfère qu'on ne nous entende pas.

— Vous n'êtes pas allergique aux chats ?

— J'adore les bêtes.

— Vous aimez aussi la poussière ?

— Je n'ai pas l'intention de dormir chez vous.

— Elles disent toutes ça, et le matin c'est toujours moi qui vais chercher les croissants.

L'Italienne sourit, comme on sourit aux farces d'un enfant.

— Vous voulez entendre ma proposition, oui ou non ?

— Bah… Pourquoi pas.

Il ouvrit la porte de l'immeuble et laissa passer la brune devant lui.

En entrant dans l'appartement, Ari respecta son rituel d'usage en allant remplir la gamelle de Morrison, pendant que la riche héritière prenait place dans un salon bien éloigné du luxe auquel elle était habituée.

— C'est charmant, chez vous, dit-elle d'une voix ironique en inspectant, perplexe, le bazar indescriptible du vieux célibataire. Ça vous arrive de faire le ménage ?

— Uniquement dans mes relations. Je vous offre à boire ?

— Qu'est-ce que vous avez ?

— Du whisky ou de l'eau du robinet.

— Ah… Sans façon, merci.

Ari, amusé par la situation, se servit un verre et vint s'installer en face de l'Italienne.

— Alors ? Quelque chose me dit, madame Mazzoleni, que vous êtes bien plus attachée à ce carnet de Fulcanelli que vous ne voulez bien le dire.

— Ari, je vous arrête tout de suite…

— Tiens, on s'appelle par nos prénoms maintenant ?

— Ce carnet en lui-même ne m'intéresse pas. Si je le retrouve un jour, il ira aux Archives nationales, comme prévu. Ce n'est pas non plus une histoire d'argent. Croyez-moi, papa m'a mis à l'abri du besoin, et je n'aurais pas assez de toute une vie pour dépenser ce qu'il m'a légué.

— Je peux vous y aider, si vous insistez !

— Si je viens vous voir, c'est parce que je n'arriverai pas à dormir tranquille en sachant qu'un homme a dérobé le livre auquel mon père tenait le plus. Ça peut vous paraître ridicule, superficiel, tout ce que vous voulez, mais voilà : j'aimais terriblement papa, je lui dois tout, il a été un père extraordinaire, et je ne supporte pas l'idée que ce livre lui ait été volé, quelle que soit sa valeur. J'ai le sentiment de rester passive pendant qu'on déshonore sa mémoire.

— Quelle grandeur d'âme ! se moqua Ari en avalant une gorgée de whisky.

— Ne vous moquez pas ! Je n'ai jamais pu remercier papa de tout ce qu'il m'a offert – pas seulement d'un point de vue matériel – et je veux rendre ce carnet à ceux à qui mon père l'avait légué. Si papa était là, il mettrait toute sa fortune pour retrouver ce carnet.

Ari écarquilla bêtement les yeux.

— Vous voulez donc me proposer toute sa fortune ? Bon, c'est d'accord !

— Toute sa fortune, peut-être pas, mais je suis disposée à vous payer le prix fort, oui.

— La police est déjà sur le coup, madame Mazzoleni…

— Votre ami, le brigadier-chef Radenac, est adorable, je l'aime beaucoup, mais je ne crois pas qu'il soit en mesure de résoudre cette enquête.

— Vous n'êtes pas gentille.

— Je ne doute pas qu'il soit efficace, mais il a certainement d'autres chats à fouetter.

Ari mima un air choqué.

— Vous êtes folle ! Cette expression est interdite en présence de mon chat ! Morrison, n'écoute pas ! Cédric ne ferait jamais un truc pareil, je te jure !

La femme regarda son interlocuteur en se demandant si, finalement, il n'était pas authentiquement crétin. En tout cas, il jouait le rôle à merveille.

— Vous savez très bien ce que je veux dire. Je suis sûre que retrouver un carnet volé – dont vous dites vous-même qu'il n'a pas de grande valeur marchande – n'est pas une priorité pour la Police nationale.

— Mais vous pensez que moi j'ai que ça à foutre, et qu'en outre j'en serais capable, c'est ça ?

Gabriella Mazzoleni croisa les jambes avec une lenteur théâtrale et posa son bras gauche sur l'accoudoir du canapé, d'un air assuré.

— Je me suis renseignée sur vous, après votre passage hier…

— On dirait, en effet.

— Je pense que vous êtes l'homme de la situation, Ari. Vous êtes, m'a-t-on dit, un excellent enquêteur, vous avez été un homme de terrain par le passé, vous connaissez fort bien les milieux ésotéristes et vous avez désespérément besoin d'argent. Bref, tout colle. Aussi, je veux vous embaucher pour retrouver le carnet de papa.

— J'ai bien compris, mais quand vous dites que vous êtes prête à payer « le prix fort », vous pensez à combien de zéros, exactement ?

L'Italienne ouvrit son sac à main et en sortit une enveloppe qu'elle déposa avec tact sur la table basse qui la séparait de son interlocuteur.

— Voici une avance. Elle sera doublée si vous parvenez à retrouver le carnet. Et je couvrirai vos frais, bien entendu.

— Bien entendu.

Ari hésita un instant, un sourire au coin des lèvres. Il essaya de mieux cerner Gabriella Mazzoleni. L'Italienne aux allures de femme fatale désuète s'avérait bien moins légère qu'elle ne l'avait laissé paraître la veille. Après tout, cette femme dirigeait – visiblement avec talent – l'une des plus prestigieuses galeries d'art de la capitale. C'était forcément une personne réfléchie, rusée, et qui savait ce qu'elle voulait. Jouer les nigaudes au premier abord était probablement une technique pour mieux surprendre ses adversaires. Assez classique, mais souvent efficace. C'était même sa technique à lui, en général…

Il prit l'enveloppe sur la table et l'ouvrit sans la moindre délicatesse.

— Ah oui, tout de même ! fit-il en dodelinant de la tête d'un air ébahi.

Il s'était attendu à une jolie somme, mais bien en deçà des vingt mille euros inscrits sur le chèque.

— Quarante mille euros en tout, plus les frais, pour retrouver un manuscrit bidon… Vous avez de la suite dans les idées !

— Je vous l'ai dit : l'argent n'a aucune importance pour moi, dans cette affaire. Je veux réparer l'affront qui a été fait à la mémoire de mon père.

Ari agita le chèque au bout de ses doigts pendant un moment.

— Je ne vous cache pas que l'offre est alléchante. J'aurais bien besoin, en effet, d'un peu de répit dans mes finances. Mais j'ai roulé ma bosse, vous savez ? À mon âge, on ne croit plus au père Noël, et je sais bien que l'argent tombe rarement du ciel aussi facilement. Je ne peux pas m'empêcher de croire qu'il y a un loup, dans votre affaire…

— Vous êtes encore plus paranoïaque qu'on ne me l'avait dit.

— Vos sources ne sont peut-être pas aussi bonnes que vous l'aviez cru.

— Quel loup pourrait-il y avoir ? Si je ne restituais pas ensuite le carnet aux Archives nationales, vous pourriez aussitôt me dénoncer, il me semble ?

— Et si en réalité ce carnet n'appartenait plus à votre père depuis longtemps et que vous vouliez simplement que je remette la main dessus ?

— Alors le voleur vous apprendra sans doute comment il l'a acquis ! Auquel cas j'abandonnerais. Mais je doute fort que papa se soit volontairement séparé de ce bien auquel il tenait tant !

— Peut-être n'êtes-vous pas intéressée par le carnet mais par ce qu'il contient ? suggéra encore Mackenzie.

L'Italienne éclata de rire.

— Oui ! Bien sûr ! Je n'ai que ça à faire ! Je rêve de découvrir la véritable identité de Fulcanelli, c'est cela ! Je suis démasquée !

Ari grimaça, sa main toujours suspendue en l'air.

— Écoutez, je me moque de ce que vous pensez, insista la galeriste. Si vous ne voulez pas croire à l'authenticité de mes motivations, c'est votre problème, pas le mien. Tout le monde n'est pas aussi cynique que vous, vous savez…

— Nous n'avons sans doute pas la même vision de l'espèce humaine, Gabriella.

La femme, qui avait quitté toute forme de sourire, regarda sa montre, puis :

— Les choses sont simples : je vous propose une jolie somme pour mener une enquête. Soit vous acceptez, soit je m'adresse à un détective privé, qui sera sûrement moins cher, d'ailleurs. Mais j'ai besoin de votre réponse maintenant, car chaque seconde qui passe risque de rendre les recherches plus difficiles.

Ari fit mine d'hésiter encore un peu, par principe.

— Ne me faites pas croire que cette enquête ne vous intéresse pas, Mackenzie. Votre ami Radenac m'a dit que vous l'aviez convaincu de demander une autopsie sur le corps de papa.

— Les nouvelles vont vite.

Il poussa un soupir et glissa finalement le chèque dans sa poche.

— Bon. OK. Vous n'auriez pas des ticket-restaurant, aussi ?

24.

Lola, le cœur battant, se glissa à l'intérieur de l'immeuble d'Ari puis s'arrêta en bas des marches, paralysée par l'appréhension. Béné, la serveuse du Sancerre, lui avait affirmé que Mackenzie était rentré chez lui.

Qu'est-ce que je fous là ?

Elle n'avait pas mis les pieds ici depuis quatre ans. À part quelques SMS, elle n'avait pas eu le moindre contact avec Mackenzie. Qu'allait-elle lui dire ? Par où commencer ? « Salut, je viens de perdre mon boulot, mon mec me trompe, je suis à la rue avec un bébé sur les bras, et sinon toi, ça va ? ». Comment allait-il réagir ? Elle n'était même pas sûre de savoir ce qui la poussait vraiment à venir le voir. Quelle était, après tout ce temps, la nature de ses sentiments envers cet homme qu'elle avait tant aimé et tant haï à la fois ?

Ils avaient traversé tant de choses ensemble, vécu tant de moments forts, tristes et heureux ! Jamais aucun homme ne l'avait autant fait vibrer et, jusqu'à hier, jamais aucun homme ne l'avait autant fait souffrir.

Mais voilà : c'était *lui*, c'était Ari. Cette âme sœur évidente, incontestable. Ils s'étaient reconnus, dès les premiers instants.

Il y avait eu des mots et des regards merveilleusement impudiques – car quand on s'aime, on est vite nu. Malgré leur dix ans d'écart, ils avaient partagé plus vite que de raison une intimité, une complicité de corps et d'esprit dont la magie ne pouvait porter d'autre nom que celui de passion. Et puis, comme souvent, c'est en s'abandonnant aux flammes de celle-ci qu'ils s'étaient brûlés l'un et l'autre. La réalité, cette vieille garce, les avait rattrapés. Une réalité d'une pathétique banalité : elle voulait un enfant, il voulait être libre. Et leurs chemins s'étaient séparés, laissant des plaies ouvertes, et chacun avait fait semblant de croire que c'était la meilleure solution.

Et maintenant ?

L'enfant, elle l'avait eu. La liberté, il s'y était abîmé.

Lola rouvrit les yeux et s'agrippa à la rambarde. Elle avait besoin d'aide pour monter cet escalier.

Au premier étage, elle regarda le reflet de son visage dans un vieux miroir cassé. Pas seulement pour s'assurer qu'elle était présentable, mais aussi pour croiser un regard et savoir si elle était capable de le soutenir. À sa grande surprise, elle finit par se sourire à elle-même.

Je vais revoir Ari.

Elle gravit les marches suivantes avec bien plus de légèreté, une force nouvelle, et puis, soudain, alors qu'elle approchait du palier de Mackenzie, un bruit de porte la fit stopper.

Elle leva les yeux et, à travers les barreaux de la rambarde, elle vit cette belle femme brune, élégante, à la fine silhouette, qui sortait de l'appartement d'Ari.

Aussitôt, Lola sentit sa gorge se nouer et une boule se former dans son estomac. Elle éprouva une incontrôlable peur panique. La peur d'avoir l'air stupide. Des foules d'images lui revinrent. Ari, coureur de jupons. Ari, croqueur de femmes. Qu'avait-elle espéré ? Qu'il n'attendait qu'elle, sagement, dans son petit appartement ?

Comme une adolescente qui se décourage quelques secondes avant un premier rendez-vous, elle fit volte-face et dévala les marches en sens inverse.

25.

Florence Ginhoux passa la tête dans l'entrebâillement de la porte du bureau de Radenac. La nuit commençait à tomber et tout le reste de l'étage était plongé dans une douce pénombre.

— Je sais que tu es arrivé à la bourre ce matin, mais tu as le droit de rentrer chez toi, maintenant, tu sais ?

Le brigadier-chef sursauta, comme s'il avait été pris la main dans le sac.

— Euh… Oui. Je vais pas tarder.

— Ne me dis pas que tu es *encore* sur l'affaire Mazzoleni ?

Radenac eut un sourire gêné.

— Mais non, mais non… Tu as eu le procureur ?

— Oui. Tu l'auras ton autopsie, espèce de monomaniaque ! Il y a intérêt à ce que ça donne quelque chose, parce que j'ai été obligée de lui cirer les pompes, au proc'.

— Merci, chef !

— Je te préviens, si l'autopsie revient vide, tu clôtures sur-le-champ. On n'est pas là pour enfiler des perles, mon garçon.

— Promis !

La chef d'unité secoua la tête d'un air amusé et s'éloigna en lui lançant :

— Et tu fermeras la porte en repartant !

Radenac regarda sa montre. Il n'était pas si tard que ça. Et, de toute façon, ce n'était pas comme si quelqu'un l'attendait à la maison. Trois mois plus tôt, son ex-femme était partie s'installer sur la Côte d'Azur avec leurs trois enfants, sans lui demander son avis. La procédure qu'il avait aussitôt entamée allait prendre du temps. Depuis, le boulot était devenu la meilleure des thérapies, un moyen de ne pas trop penser à ses gamins. Il rouvrit sur son bureau le dossier qu'il avait piteusement fermé en voyant arriver sa supérieure.

Sans surprise, les enregistrements de la caméra de surveillance ne lui avaient pas appris grand-chose. Il y avait plusieurs dizaines d'hommes et de femmes qui étaient passées dans le champ de la caméra, durant le créneau horaire supposé du cambriolage – entre midi et dix-huit heures –, mais, évidemment, aucun visage familier, et il n'allait pas s'amuser à chercher l'identité de tous ces passants. Peut-être faudrait-il montrer ces images à Gabriella Mazzoleni afin de voir si elle reconnaissait quelqu'un. Mais pour l'instant, c'était une impasse.

Obsédé par l'histoire de Fulcanelli depuis qu'il avait eu la mauvaise idée de glisser un doigt dans cet hermétique engrenage, il décida donc de faire un nouveau point de ses connaissances sur le célèbre alchimiste. C'était sans doute le meilleur moyen de patienter en attendant le résultat de l'autopsie. Et puis, en réalité, il y prenait un authentique plaisir. Tous les ingrédients ludiques du mystère étaient là : c'était comme ouvrir un vieux coffre au trésor. Il y avait quelque chose d'excitant dans cette histoire de vieux manuscrits, de secrets bien gardés… Ces hermétistes interviewés à la radio, ces photos de vieux laboratoires alchimiques, bien réels, ces témoignages venus du passé, ces livres affirmant offrir des révélations sur les cathédrales qui jalonnaient le pays, c'était comme si le merveilleux s'invitait dans la réalité. Et une énigme irrésolue depuis près d'un siècle, c'était une confiserie géante pour un enquêteur.

En relisant à tête reposée les notes qu'il avait prises pendant sa folle nuit de lecture, il essaya de synthétiser ce qu'il avait appris sur le mystérieux personnage, sans essayer de savoir, pour l'instant, s'il était fictif ou non.

D'abord se posait la question du pseudonyme : *Fulcanelli*. Avait-il un sens caché ? *A priori*, il s'agissait – la plupart des spécialistes s'entendaient là-dessus – d'une combinaison des deux termes « Vulcain » et « Élie », ou « Vulcain » et « Hélios ».

Vulcain, comme son nom l'indiquait, c'était le dieu des volcans, le dieu du feu, des métaux et de la forge. Le lien symbolique avec l'alchimie opératoire – la transmutation des métaux – était assez évident, mais pourquoi avoir remplacé le V par un F ? Pourquoi *Fulcanelli* au lieu de *Vulcanelli* ? Était-ce un indice ? Les hermétistes – Radenac commençait à le comprendre – raffolaient des jeux de mots. Dans ce genre de labyrinthe littéraire, chaque détail avait son importance.

Élie, quant à lui, était l'un des principaux prophètes reconnus par les trois religions monothéistes. Il était un porte-parole de Yahvé mais, surtout, celui qui serait l'annonciateur du Messie quand viendrait la fin des temps. Or l'œuvre de Fulcanelli faisait souvent écho aux prophéties apocalyptiques. Le troisième ouvrage, jamais publié, n'était-il pas censé porter le même titre que le tableau de Séville mentionné par Mackenzie ? *Finis Gloriae Mundi* ? La fin de la gloire du monde. Fulcanelli s'était-il vu comme un prophète venu annoncer la fin des temps ? Était-ce, alors, parce que les hommes n'étaient pas prêts à affronter cette vision apocalyptique que le maître avait finalement décidé de ne pas laisser publier son troisième livre ?

À moins, seconde hypothèse, que le suffixe de *Fulcanelli* ne fût pas en rapport avec le prophète Élie, mais avec le grec Hélios, personnification du soleil. La thèse était intéressante, puisque Eugène Canseliet, le préfacier, se réclamait justement d'une société secrète intitulée « Fraternité d'Héliopolis » et signait en ajoutant à son patronyme l'acronyme « F. C. H. », qui signifiait visiblement « frère chevalier d'Héliopolis ». Dans ce cas, *Fulcanelli* aurait pu être traduit par « Volcan solaire » ou « Vulcain solaire »…

Radenac poussa un soupir. Au fond, cela ne permettait pas d'en déduire grand-chose. Cette histoire était une machiavélique pelote de laine, comme l'avait dit Ari. Chaque fois qu'on tirait sur un fil, un autre se déroulait en parallèle, comme pour vous détourner de votre route. Il entoura néanmoins plusieurs fois le nom de la société secrète, *Fraternité d'Héliopolis*. Était-elle authentique ? Il n'avait, pour l'instant, rien trouvé de concret sur cette mystérieuse confrérie revendiquée par Eugène Canseliet. Sans doute Ari en saurait-il plus à ce sujet…

Ensuite se posait la question de la vie – supposée ou non – du personnage. Il n'y avait, dans les préfaces originales et dans le corps des deux ouvrages, presque aucune indication biographique sur Fulcanelli. C'était seulement dans les préfaces des deuxième et troisième éditions, ainsi que dans les écrits postérieurs d'Eugène Canseliet, que se trouvaient des informations plus ou moins précises sur l'existence de l'Adepte.

Radenac, étalant sur toute la surface de son bureau les documents qu'il avait pris la peine d'amener, se mit à rédiger lui-même une chronologie de la vie supposée de ce mystérieux « Volcan solaire », dans l'espoir d'y voir un peu plus clair. Il sortit cérémonieusement son carnet Moleskine et commença à écrire.

26.

Un à un, les pois verts sortaient de leur gousse, sous la pression de ses doigts déjà déformés par une arthrose précoce et maculés de tâches brunes. Le bruit des graines qui tombaient dans le grand saladier était comme un pied de nez pathétique au terrible silence qui régnait dans cette vieille cuisine aux faïences fêlées.

Pour quitter son mari, il aurait fallu à cette femme de soixante-huit ans un courage qu'elle n'avait jamais eu et une force qu'elle n'aurait plus guère. Elle était de ces tristes âmes qui semblent passer leur vie à payer le prix d'un prétendu péché originel et se consacrent tout entières à un être odieux, infatué, dont la seule fierté consiste à contrôler les finances du foyer, en l'occurrence par le truchement d'un imposant héritage.

Elle écossait les petits pois.

Mille fois, Jeanne avait songé à partir, et mille fois elle y avait renoncé. Et cette faiblesse, qu'il fallait bien appeler lâcheté, la poussait même, par dépit, à en vouloir à celles de ses concitoyennes qui, de décennie en décennie, quittaient leurs maris avec une aisance grandissante. Elle cachait alors sa jalousie derrière quelque jugement moral, quelque prétexte judéo-chrétien, et vilipendait le « manque de courage » de toutes ces femmes quand, au fond d'elle, elle savait que le courage, justement, était la seule chose qui lui manquait.

Mais se libérer à soixante-huit ans, cela avait-il un sens ? Et qu'aurait-on pensé ? Qu'auraient dit ses irréprochables sœurs, ses irréprochables amies, si soudain elle était partie, abandonnant son mari comme « toutes ces femmes égoïstes qui ne pensent qu'à leur seul bonheur sans se soucier de leurs devoirs » ? Et le bonheur, d'ailleurs, qu'était-ce donc ? Qui était-elle pour en décider ?

Et puis… de quoi aurait-elle vécu, elle qui, à la demande de son époux, n'avait jamais « travaillé » ?

Alors elle était restée, et elle écossait les petits pois. Elle avait passé sa vie avec cet homme qui ne l'avait jamais satisfaite, ni dans son lit ni dans son âme. Et elle ne l'avait même jamais trompé. Elle avait tenu une maison dans laquelle elle ne pouvait même plus vivre aujourd'hui, car ses jambes, abîmées par le temps, ne lui permettaient plus de monter les marches de son escalier, l'obligeant à s'installer, depuis deux ans maintenant, dans cet appartement parisien qu'elle détestait tant et que son mari fuyait chaque week-end pour aller, lui, retrouver la douceur de leur belle ferme fortifiée des Yvelines.

Il n'y a de plus grande solitude que celle de vivre avec un être que l'on n'aime plus.

Jeanne sursauta si fort quand la sonnette de la porte d'entrée tinta de l'autre côté de l'appartement qu'elle en fit tomber les gousses vertes qu'elle tenait entre ses doigts.

Quelle idiote ! C'était sûrement le facteur. Le facteur qui apportait *encore* un livre pour son mari. Un livre de plus, commandé dans une obscure librairie. Un vieux livre mort, jauni, qui irait s'empiler sur ces montagnes d'autres livres morts derrière lesquelles se cachait cet être invisible qui ne faisait même plus l'effort de la regarder. Elle aurait voulu qu'il crève, étouffé par ses livres.

Quand elle ouvrit enfin la porte, elle ne put masquer sa surprise en découvrant le visage du grand roux sur le palier. Puis la surprise se mua en dédain.

— Ah, c'est vous ? Désolée… Mon mari n'est pas là.

L'homme qui se faisait appeler Sophronos – et au sujet duquel elle éprouvait autant de mépris qu'à l'égard des autres membres du club ridicule auquel appartenait son mari – ne sembla pas se satisfaire de la réponse.

— Où est-il ?

La sexagénaire, se gardant bien de relever le manque total de courtoisie de ce sinistre personnage, se contenta de hausser les épaules.

— Aucune idée. En général, vous savez mieux que moi ce qu'il fait de ses journées. Il n'est pas à une de vos… réunions ?

— Non.

— Eh bien, je lui dirai que vous êtes passé. Au revoir.

Le grand roux ne lui laissa pas le temps de refermer la porte.

D'un geste brusque, ce grand Viking à la barbe broussailleuse lui plaqua la main sur la bouche et la repoussa vers l'intérieur de l'appartement en claquant la porte derrière lui.

La pauvre femme, terrorisée, ne trouva même pas la force de crier. Quand elle tenta de se libérer, l'intrus lui adressa une gifle qui la projeta contre le mur, comme une vulgaire poupée de chiffon.

Davantage que la douleur, ce fut l'indignation qui déforma le visage de Jeanne. Bien qu'ayant très peu d'estime pour les « frères » de son mari, elle ne les avait jamais imaginés capables de la moindre violence, et l'excitation qui se lisait dans les yeux de son bourreau lui glaça le sang. Le fait que l'homme portât des gants de cuir ne fit qu'accroître son angoisse.

— Qu'est-ce que vous me voulez ? hoqueta-t-elle d'une voix terrifiée.

— Shhhh…

Sophronos la saisit de nouveau au visage, lui serrant les joues d'une seule main, et planta son regard dans le sien. Elle ne l'avait croisé que deux ou trois fois, mais jamais elle n'avait vu dans ses yeux la démence qui s'y lisait à présent.

— Vous aurez tout le loisir de parler dans un instant pour répondre à mes questions. Mais, pour le moment, je vous invite à respecter le plus parfait silence. Votre mari est un traître, madame. Il est entièrement responsable de ce qui va vous arriver.

Puis, l'attrapant par les épaules, il la conduisit vers le salon où il la força à s'asseoir.

— Si vous poussez le moindre cri, je serai obligé de vous tuer. Vous me comprenez, n'est-ce pas ?

Elle hocha la tête dans un tremblement. Et elle n'eut aucune peine à le croire. Il y avait dans son expression la froideur d'un authentique meurtrier.

L'homme déposa à ses pieds le sac qu'il avait sur le dos et en sortit une corde avec laquelle il attacha solidement la femme sur le fauteuil de bois. Puis il se redressa.

— Bien, dit-il d'une voix douce. Maintenant, vous allez pouvoir parler. Je vous le demande une nouvelle fois : où est Epistemon ?

— Je… Je ne sais pas, balbutia la sexagénaire, le front couvert de sueur. Je vous jure que je l'ignore !

Le grand roux soupira.

— Je sais parfaitement que vous surveillez les faits et gestes de votre mari comme une épouse soupçonneuse. Où était-il ce week-end ?

Elle lui offrit des pleurs pour toute réponse.

— Bien. Vous choisissez donc de défendre un traître. Je m'étais préparé à cette éventualité.

En réalité, elle ne défendait personne. Elle était tout simplement incapable de parler, tétanisée par la peur.

Il s'accroupit et farfouilla de nouveau dans son sac.

Quand elle le vit se redresser avec un foulard dans les mains, Jeanne poussa un cri, rapidement étouffé par le tissu que l'homme lui colla contre la bouche. Bâillonnée, elle ne put que geindre en le voyant se saisir ensuite d'un flacon opaque et d'une seringue. Une vieille seringue d'un autre temps, de verre et d'acier, avec une belle pompe arrondie en argent.

Tout allait si vite qu'elle n'arrivait pas à y croire, à comprendre ce qu'il se passait vraiment. Elle avait le sentiment de vivre un cauchemar éveillée.

Avec un calme déconcertant, Sophronos s'installa sur un fauteuil face à elle. Tout en faisant lentement tourner la petite fiole dans sa main, il entama d'une voix suave un discours dont l'apparente douceur était dans le plus parfait décalage avec les circonstances :

— Vous connaissez certainement assez le travail de votre mari pour savoir que, pendant longtemps, chimie et alchimie n'étaient qu'une seule et même science, et qu'il a fallu l'obscurantisme de la prétendue Renaissance pour les dissocier, n'est-ce pas ? Depuis lors, les chimistes ont perdu le contact avec la Tradition et, avec elle, un savoir ancestral qui se livrait dans le plus grand secret, par l'enseignement, par la lecture, et par l'opératoire.

Jeanne, respirant avec peine à travers le foulard, s'agitait de plus en plus dans son fauteuil. Mais que lui voulait ce psychopathe ? De quoi parlait-il ? À quoi rimait ce discours invraisemblable ?

— Nous vivons une bien triste époque, Jeanne. Je peux vous appeler Jeanne, n'est-ce pas ?

Pourquoi lui posait-il des questions auxquelles, ainsi bâillonnée, elle ne pouvait pas répondre ? Les larmes coulaient sur les joues de la sexagénaire, comme l'aveu impuissant d'une accusée qui ne connaît pas même la nature de son crime.

— Aujourd'hui, les chimistes ne connaissent plus rien à l'alchimie. La réciproque, heureusement, n'est pas tout à fait exacte. Les véritables alchimistes, les fils d'Hermès, dont je suis, continuent de s'instruire dans l'un et l'autre de ces deux inséparables domaines. Il n'est d'ailleurs pas un seul progrès de la chimie qui n'ait été étudié, discuté, expérimenté par les authentiques fils de science, voyez-vous ?

Il se leva, posa délicatement le flacon sur la table du salon, puis y plongea la longue aiguille, avec une sorte de détachement, comme s'il se fût agi d'un acte tout à fait approprié en la circonstance.

— Ainsi, tel que vous me voyez, je peux dire, moi, sans flagornerie, que je connais la chimie.

D'un geste doux et fluide, il remplit la seringue du liquide incolore.

— Si je vous dis *thiopental*, cela évoque-t-il quelque chose pour vous ou bien êtes-vous si peu intéressée par l'art qui anime votre odieux époux que vous n'y connaissez rien vous-même aux composés chimiques ?

La femme secoua la tête. Ce n'était pas une réponse, mais le refus de croire à la scène qui se jouait devant elle.

— La molécule est assez originale, pourtant : elle possède deux atomes de carbone asymétriques. Ce que vous voyez là est son sel de sodium. Sa forme soluble, injectable, en somme.

Sophronos, tenant la seringue dans sa main gantée, passa derrière la femme et baissa doucement le col de son chemisier sur sa nuque.

Derrière elle, elle pouvait deviner le visage du monstre. Son calme terrifiant, sa morbide détermination.

— Mais à quoi sert-il, me direz-vous ? Eh bien, essentiellement, il s'agit d'un anesthésique, assez léger. C'est un barbiturique, pour tout vous dire. On l'utilise souvent avant d'injecter un anesthésique plus puissant. Il a la faculté de mettre plus ou moins le cerveau en veille, d'entraîner une hypotonie musculaire et de ralentir les mouvements respiratoires. C'est finalement assez agréable, comme vous allez le voir. Mais vous vous doutez bien que ce n'est pas sa seule fonction d'anesthésiant qui nous intéresse aujourd'hui, vous et moi.

Soudain, Jeanne sentit l'aiguille s'enfoncer dans l'épiderme de son cou. Terrorisée, elle n'osa pas bouger, de peur que la longue tige métallique ne se casse et la blesse. Son corps tout entier se crispa.

— Le thiopental a deux autres utilisations. Et, justement, les deux vous concernent.

Elle entendit le bruit de la pression sur le bout de la seringue. La douleur, aussitôt, lui tordit le visage alors que le liquide s'écoulait. Elle aurait voulu hurler. Elle aurait voulu expliquer qu'elle était innocente, qu'elle ne comprenait pas ce qu'il lui voulait. Mais elle n'en avait déjà plus la force.

— En premier lieu, il est utilisé comme sérum de vérité, vous savez, comme dans les films ? Il agit sur les fonctions cognitives supérieures, ce qui a pour effet de délier les langues, en quelque sorte. On s'en est beaucoup servi pour conduire des interrogatoires pendant la guerre d'Algérie. Et enfin, injecté à plus haute dose, il fait partie des trois produits destinés aux condamnés à mort par injection létale, aux États-Unis.

27.

Carnet Moleskine du brigadier-chef Radenac
Note n° 1 : ce que l'on sait de Fulcanelli

Selon les principales sources (essentiellement le préfacier, Eugène Canseliet), Fulcanelli, s'il a vraiment existé, était un personnage peu ordinaire.

Physiquement, c'était un grand et bel homme, avec un regard clair et pénétrant ; plusieurs « témoins » l'ont décrit — lors de ses apparitions supposées dans les années 1920 — comme portant une barbe blanche...

C'était un homme du monde, mondain, apprécié, érudit, proche de nombreuses personnalités des sphères scientifique, culturelle et politique de son temps.

Visiblement, il fréquentait assidûment l'hôtel particulier de la famille de Lesseps, avenue Montaigne, où plusieurs affirment l'avoir rencontré, ce qui peut laisser supposer qu'il habitait le quartier, ou tout au moins qu'il était parisien.

Selon Canseliet, toutefois, il aurait habité dans une magnifique maison, non loin du temple de l'Amitié, à Paris, donc probablement dans les environs du VIe arrondissement.

Plusieurs spécialistes pensent aussi que celui qui se dissimulait derrière le pseudonyme de « Volcan solaire » était membre de l'Institut de France, ou tout au moins d'une ou plusieurs institutions prestigieuses. Il aurait en outre reçu plusieurs distinctions, dont la Légion d'honneur et la médaille militaire de la guerre de 1870.

Toujours selon Canseliet, Fulcanelli n'avait pas ou plus d'épouse à l'époque où il l'a rencontré et n'aurait pas eu de descendance. Attention, toutefois : Canseliet dira plusieurs fois qu'il ne connaissait pas lui-même la véritable identité de Fulcanelli (étonnant, mais possible). Il ignorait peut-être donc certains détails de sa vie privée.

Les spécialistes s'entendent sur plusieurs dates :

1839 : Naissance supposée de Fulcanelli, d'après les calculs de Canseliet, par rapport à l'âge de son maître (ce qui est étrange, c'est que Canseliet dira de nombreuses fois que derrière Fulcanelli se cachait un homme renommé et reconnu... Dans ce cas, pourquoi avait-il besoin de faire de savants calculs pour trouver sa date de naissance ? Elle était forcément connue ! À moins que Fulcanelli ne fût pas aussi célèbre que ça...).

1870-1871 : Fulcanelli aurait participé aux combats pour la défense de Paris contre les troupes prussiennes, avec ou sous les ordres de Viollet-le-Duc. Il aurait ensuite reçu la médaille militaire pour ces faits. Étant donné le parcours de Fulcanelli, on l'imagine mal simple soldat. Sans doute occupait-il un poste d'encadrement ?

1905 : Fulcanelli aurait rencontré le peintre Julien Champagne, alors âgé de vingt-huit ans, et aurait rapidement commencé à lui commander des illustrations.

1915 : Fulcanelli aurait rencontré Eugène Canseliet, alors âgé de seize ans, à Marseille…

1916 : Eugène Canseliet dit continuer à fréquenter Fulcanelli, mais à Paris cette fois, notamment dans l'hôtel particulier de la famille de Lesseps… où Champagne lui-même était alors embauché comme dessinateur industriel.

1922 : Célèbre scène de l'usine à gaz de Sarcelles. Canseliet dit y avoir opéré une transmutation alchimique sous la direction de Fulcanelli, en présence de Julien Champagne et d'un troisième témoin, un certain Gaston Sauvage, ingénieur chimiste chez Poulenc.

1922 : Date à laquelle Fulcanelli est supposé avoir confié à son jeune disciple Canseliet des notes (date confirmée dans la deuxième préface de celui-ci), avec mission de transformer ces brouillons en trois ouvrages distincts et de les publier. Plus tard, il lui aurait finalement demandé de ne pas publier le troisième, Finis Gloriae Mundi. *Pourquoi ?*

1924 : Canseliet dit avoir accompagné Fulcanelli, alors un vieil homme, aux obsèques de son ami Anatole France (ce serait l'une des dernières fois que Canseliet aurait vu Fulcanelli, jusqu'à sa mystérieuse réapparition à Séville, en 1952 ou 1954, selon les sources…).

1925 : Fulcanelli et Canseliet ne se voient plus directement (certains supposent que cela coïncide avec la mort réelle de Fulcanelli). Apparemment, Canseliet passe par le supposé secrétaire de Fulcanelli, un certain Gaston Devaux, qui n'est autre que… le beau-frère de Champagne ! Dans les années 1950, ce fameux Gaston Devaux soutiendra la thèse d'Ari : il dira que l'histoire Fulcanelli était un canular.

1926 : Publication en septembre chez Jean Schemit du Mystère des cathédrales, *alors que la préface est datée d'octobre 1925… Soit un an avant.*

1930 : Publication, toujours chez Jean Schemit, des Demeures philosophales.

1952 : Eugène Canseliet dit avoir effectué un voyage près de Séville, où il aurait revu Fulcanelli, qui aurait eu alors cent treize ans… Selon certaines sources, ce serait plutôt en 1954.

En somme, pour tenter d'identifier qui se cachait sous le pseudonyme de Fulcanelli, et à condition de porter un peu de crédit aux témoignages des principaux acteurs de cette affaire, on peut dresser une liste de critères auxquels doivent répondre les possibles « suspects », ceux que les spécialistes du sujet appellent les « fulcanellisables » :

— Naissance en 1839 ;

— Mort probable entre octobre 1924 et octobre 1925, car malgré l'affirmation de Canseliet selon laquelle Fulcanelli serait réapparu en 1952 ou 1954 (peu crédible), tout porte à croire qu'il est mort AVANT la rédaction de la préface au Mystère des cathédrales *(Canseliet, en octobre 1925, y affirme que Fulcanelli « n'est plus, depuis longtemps déjà, parmi nous ») et APRÈS l'enterrement d'Anatole France, auquel il aurait assisté ;*

— Résidant à Paris ;

— Personnage mondain, sans doute aisé vu ses fréquentations ;

— Bel et grand homme, peut-être avec barbe blanche, regard clair et pénétrant ;

— Décoré de la médaille militaire de 1870 et de la Légion d'honneur ;

— Érudit et, évidemment, épris d'ésotérisme… ;

— Pas de descendance.

28.

Krysztov déposa doucement une couverture sur le corps assoupi de Lola. La jeune femme était si fatiguée qu'après s'être longuement confiée elle avait fini par s'endormir sur le canapé, comme un enfant. Le garde du corps, attendri, n'osa pas la réveiller et alla vérifier que le petit Maxime, dans la chambre d'amis, dormait aussi profondément que sa mère. Quand il fut certain que toute la maisonnée était confortablement installée dans les bras de Morphée, il s'enferma dans son bureau et appela ce vieil imbécile de Mackenzie. Il était grand temps de mettre Ari au courant de la situation de Lola et de faire en sorte que ces deux nigauds se rencontrent, sans qu'une grande brune sortie de nulle part ne vienne s'interposer entre eux.

N'obtenant aucune réponse sur le téléphone portable, Zalewski essaya le fixe, mais en vain.

Il tenta de nouveau sa chance plusieurs fois dans la soirée, jusque très tard.

Mais Ari restait injoignable.

Ce que Krysztov ne pouvait pas savoir, c'était que Mackenzie avait, depuis quelques heures, non seulement quitté la capitale, mais le pays même.

29.

Quelques minutes avant de lui injecter la dernière dose, létale, Sophronos avait acquis la certitude que la femme avait dit tout ce qu'elle pouvait lui dire, et même bien plus qu'il n'en avait demandé.

En regardant à présent le corps sans vie de la sexagénaire, encore ligotée à sa chaise, il avait presque pitié d'elle et des confessions pathétiques qu'elle avait livrées sur son couple. Elle n'était au fond que le reflet pitoyable de ce siècle déshumanisé, désincarné, où les hommes et les femmes n'étaient plus que des marionnettes.

Pauvre femme, pensa-t-il en passant délicatement sa main gantée sur ce visage blafard pour en fermer les paupières.

Il la détacha et la hissa sans peine sur ses larges épaules. Il porta ce corps frêle, ramolli par sa mort récente, de l'autre côté de l'appartement et le déposa dans la baignoire de la salle de bain.

Allongée dans ce lit de céramique, Jeanne semblait s'être simplement endormie d'un sommeil apaisé. La mort lui conférait presque une apparence de sainteté. Sophronos soupira en adressant un regard empli de tendresse à cette pauvre martyre gisant dans une cuve baptismale, telle sainte Philomène noyée dans les eaux du Tibre.

Dans deux heures, il reviendrait avec vingt litres d'acide afin de dissoudre le corps. Non pas de l'acide sulfurique, comme dans ces stupides séries télévisées policières, mais avec de l'acide fluorhydrique, capable, sous l'action accélératrice d'un savant mélange avec l'eau, de faire disparaître les tissus organiques et les os en moins de vingt-quatre heures.

Solve ! Solve[1] *!* pensa-t-il en quittant le petit appartement parisien. La première étape spagyrique de tout disciple de Paracelse digne de ce nom.

---

1. « Dissous ! »

Livre deuxième

NIMAS NIMENOS

30.

— Depuis le XVe siècle, monsieur, notre confrérie continue, contre vents et marées, à remplir sa sainte mission auprès des habitants les plus démunis de Séville.

Mackenzie, les mains croisées derrière le dos, acquiesça poliment alors qu'il déambulait sous une douce chaleur avec le frère Ezcurra – frère majeur de la confrérie – dans le magnifique patio de l'hôpital de la Santa Caridad. Autour des deux fontaines octogonales qui diffusaient en écho une gracieuse mélodie aquatique, les colonnes de marbre soutenaient des galeries en arcades, peintes de blanc et de couleurs vives, fidèles à l'architecture baroque sévillane.

Ari, malgré la fatigue, éprouvait une véritable émotion en visitant pour la première fois ces lieux dont il avait tant entendu parler dans son adolescence. Il croyait même se souvenir d'une description qu'Eugène Canseliet avait livrée de l'endroit, ou tout au moins des œuvres de Valdés Leal, situées à quelques pas d'ici, et il lui tardait de les découvrir à son tour.

La nuit avait été courte. L'avion, pris à la dernière minute, s'était posé à l'aéroport San Pablo à vingt-deux heures dix. Il avait ensuite fallu trouver un hôtel encore ouvert, non loin de l'hôpital de la Santa Caridad. Au petit matin, avec son aplomb légendaire, Ari avait brandi son ancienne carte de la Police nationale – omettant de préciser qu'il n'était plus en fonction depuis quatre ans – et avait expliqué aux religieux qu'il enquêtait au nom des services français sur le meurtre de Jacques Caillol. Par chance, le frère majeur de la confrérie ne semblait pas trop au fait des questions de juridiction en matière criminelle, et sa maîtrise excellente du français témoignait de son amour pour le pays de Beaumarchais. Il semblait goûter en outre l'érudition inattendue de son interlocuteur et avait donc accepté de lui consacrer du temps. Il est vrai qu'en Espagne, par la grâce du soleil sans doute, le temps se prend avec bien plus de délicatesse…

— Depuis le XVe siècle ? Je croyais que votre hôpital datait du XVIIe siècle, s'étonna Mackenzie.

— Mais vous avez tout à fait raison, cher ami ! À l'origine, nos frères occupaient une modeste chapelle dans le cimetière de San Miguel, au centre de la ville. Là, ils recueillaient les corps des personnes noyées dans le Guadalquivir, mais aussi ceux des condamnés à mort et des miséreux, afin de leur offrir un enterrement religieux digne de ce nom. Malheureusement, si je puis dire, leur travail n'a fait que s'accroître au cours des âges, et leurs besoins sont devenus si grands qu'au XVIIe siècle il a fallu fonder un véritable hôpital, que vous voyez maintenant autour de vous.

— Et qui est somptueux. J'espère ne pas vous offenser en disant que, pour une confrérie de charité, vous disposez dans votre hôpital d'œuvres d'art d'une étonnante richesse…

Le frère Ezcurra opina du chef.

— Il n'y a là aucune offense, je vous en prie. Nous devons cela à don Miguel de Mañara, qui occupa mon poste à la fin du XVIIe siècle et consacra toute sa fortune à notre confrérie. Il était l'héritier d'une riche famille italienne, avait été fait chevalier de l'ordre de la Calatrava, et fit preuve d'une immense piété en rejoignant notre Charité. Il voulait qu'il y ait ici de la joie et du soleil pour les pauvres…

— J'ai cru comprendre que l'homme était aussi assez libertin… N'est-ce pas lui qui inspira le personnage de don Juan ? glissa malicieusement Ari.

— C'est une légende et une erreur chronologique. Quand Tirso de Molina créa le personnage de don Juan, notre bon Miguel avait à peine quatre ans !

— Certes, mais on raconte que le don Juan que Molière écrivit près de quarante ans plus tard, lui, en était bel et bien inspiré...

Le religieux ne put masquer un sourire. Ari était plus cultivé encore qu'il ne l'avait imaginé et décidemment bien espiègle.

— On le raconte... Il est vrai qu'à la fin de sa vie, don Miguel s'accusa lui-même d'avoir été un grand pêcheur, mais je crois que c'était justement le signe de son immense dévotion. La légende est née du fait que, dans sa grande humilité, don Miguel fit inscrire sur sa sépulture la phrase suivante : « Ici reposent les os et les cendres du plus méchant homme qui fut jamais. » Je pense qu'en réalité il voulait se repentir d'une jeunesse certes un peu volage, mais totalement effacée par la deuxième moitié de sa vie.

— N'ayez crainte, plaisanta Mackenzie, la chose me le rend plutôt sympathique...

— Quoi qu'il en soit, c'est lui qui a permis l'essor de notre confrérie, et c'est sous son impulsion que notre ordre ne s'est plus seulement contenté d'enterrer les malheureux, mais aussi de les secourir de leur vivant. C'est lui qui a fondé cet hospice de nuit, pour aider les malades, les vieillards, les enfants abandonnés et les sans-abris. Don Miguel de Mañara a fait de notre confrérie la plus grande institution caritative de Séville. Nous accueillons encore aujourd'hui plus de quatre-vingts résidents, parmi les plus démunis de la ville. Ici, ils sont pris intégralement en charge, comme vous pouvez le voir.

De fait, ils avaient croisé ici et là des hommes, visiblement éreintés, qui se promenaient paisiblement dans l'éclatante lumière du patio.

— C'est tout à votre honneur. Je ne suis pas un homme religieux, loin de là, mais je sais reconnaître certains bienfaits de l'Église...

— J'ai cru comprendre, sourit le frère majeur. C'était en tout cas le vœu de don Miguel de Mañara. Voyez l'inscription qu'il laissa sur la galerie qui sépare nos deux fontaines.

Le frère Ezcurra lui indiqua l'épigraphe gravé sur une plaque de marbre, sous les colonnades, et la traduisit :

— « Cette maison durera aussi longtemps que l'on y craindra Dieu et que l'on y servira les pauvres de Jésus-Christ ; en y entrant, il faut laisser à la porte l'avarice et la vanité. »

— J'espère avoir laissé les miennes à Paris, plaisanta Mackenzie.

Ils approchaient maintenant de l'église qui jouxtait l'hôpital.

— C'est également à don Miguel de Mañara que nous devons, en grande partie, la construction de notre église. Et si, comme vous le disiez tout à l'heure, nous y conservons de magnifiques œuvres d'art, c'est parce qu'il tenait à ce que ces lieux inspirent aux frères ses principes de charité. Les tableaux de Murillo et de Valdés Leal, auxquels vous pensiez sans doute, illustrent la brièveté de l'existence, la futilité des gloires et des richesses terrestres.

— C'est le sens du *Finis Gloriae Mundi*, à l'entrée de votre église, et au pied duquel a été assassiné Jacques Caillol, n'est-ce pas ?

— Absolument, confirma le frère majeur d'un air désolé. Les deux tableaux de Valdés Leal sont ce qu'on appelle en peinture des « vanités », à savoir des natures mortes dont la composition suggère que l'existence terrestre est vaine, que la vie humaine n'a que peu d'importance face à la mort. Ah… Mourir devant un tel tableau est, malheureusement, d'une force symbolique terrible !

Ari, habilement, venait d'obtenir la confirmation qu'il attendait : le Français avait bien été assassiné devant le tableau de Juan Valdés Leal, dont le titre, selon la légende, aurait dû être celui du troisième manuscrit inédit de Fulcanelli. Il peinait à croire que la proximité de cet événement avec la disparition du carnet de Giacomo Mazzoleni pût être une simple coïncidence. Mais, pour l'instant, ce n'était qu'une présomption. Une présomption qui lui avait fait prendre l'avion, certes, mais il lui manquait encore une preuve et un mobile.

— Vous pouvez m'y emmener ?

31.

Le rapport d'autopsie arriva en milieu de matinée sur le bureau de Florence Ginhoux, accompagné des premiers résultats d'analyses du laboratoire. L'envoi en urgence laissait songer qu'il y avait dedans quelque chose de concluant.

Le capitaine, incrédule, relut le rapport plusieurs fois, avant de se diriger, perplexe, vers le bureau de Radenac.

— Qu'est-ce qu'il y a ? dit celui-ci en découvrant le visage interloqué de sa supérieure sur le pas de la porte.

— Tu avais vu juste.

— Quoi ?

— Il semblerait que Giacomo Mazzoleni ait été empoisonné.

Le capitaine s'approcha et tendit le rapport au brigadier-chef.

— Regarde. Les premières analyses du labo révèlent une trace d'aconitine dans son sang.

— Qu'est-ce que c'est ? demanda Radenac en jetant un coup d'œil au rapport.

— Une neurotoxine extraite d'une plante. À faible dose, ça peut provoquer une paralysie. À forte dose, une crise cardiaque. Sans analyse, la mort semble parfaitement naturelle, surtout pour un homme de son âge…

— Merde ! lâcha Radenac, qui n'y croyait pas lui-même. Sa fille avait donc raison ! Il a été assassiné et on lui a donc sûrement bel et bien volé son carnet !

En réalité, c'était surtout Ari qui avait vu juste, mais vu la réputation de l'ancien analyste, Radenac s'était bien gardé de mentionner son intervention au sein de l'enquête.

— Aussi incroyable que ça puisse paraître, c'est en effet fort probable… Tuer un vieil homme pour un pauvre carnet ! soupira Ginhoux.

— Mme Mazzoleni semblait sûre d'elle. Elle affirme que le carnet qui a disparu avait une valeur inestimable.

— Tu te charges de l'informer ?

— Bien sûr. J'y vais.

— OK. J'appelle le parquet.

Radenac grimaça.

— Je vais me faire piquer le dossier par la crim'.

— Y a des chances… Les homicides, à la BEI, c'est pas vraiment notre truc, Cédric.

— Essaie de garder le bébé, Florence ! C'est *mon* affaire ! Je suis à fond dedans !

— J'ai remarqué. Je vais tenter le coup, mais ne te fais pas trop d'illusions.

32.

Carnet Moleskine du brigadier-chef Radenac
Note n° 2 : Fulcanellisable - Julien Champagne, l'illustrateur.

Julien Champagne est né en 1877. D'origine modeste – son père était cocher –, il semble s'être intéressé très tôt à l'ésotérisme et à l'alchimie en particulier. Selon plusieurs spécialistes, il aurait commencé à œuvrer dès son adolescence dans le sous-sol de sa maison familiale, dite Les Charmettes, à Villiers-le-Bel.

En 1893 – et donc à l'âge de seize ans –, il entre à l'École des beaux-arts de Paris, sous le numéro 5996. Élève du peintre académique Léon Gérôme, il en sort diplômé en 1900.

En 1905, il aurait rencontré Fulcanelli, soit dans une librairie parisienne (peut-être la fameuse Librairie du Merveilleux, spécialisée en ésotérisme, fondée par Lucien Chamuel en 1891 et reprise ensuite par Pierre Dujols, dont Champagne fut très proche), soit chez la famille de Lesseps. Ce qui est certain, c'est que Champagne fait dans cette librairie l'acquisition de nombreux ouvrages anciens d'alchimie, sur lesquels il prend des notes, avec une magnifique écriture calligraphiée.

En 1907, Julien Champagne est donc contracté comme dessinateur industriel par les fils de Lesseps, Paul et Bertrand (tous deux aviateurs et inventeurs). Il trace notamment pour eux les plans d'un véhicule à hélice, dont le prototype a été construit en 1910 (deux essais répertoriés en 1912 et 1914, photos de l'agence Meurisse, conservées à la Bibliothèque nationale).

En 1908, Julien Champagne rédige déjà un traité d'alchimie, La Vie minérale, *dont le manuscrit – où l'on peut voir encore sa belle calligraphie – a été reproduit en 2011 par les éditions Les trois R. Cela atteste définitivement de son intérêt, dès 1908, pour l'alchimie.*

Dans les années 1910, Champagne demeure au 20 de la rue Torricelli, à Paris XVIIe. À noter qu'à cinq cents mètres à peine se trouve la rue d'Héliopolis ! Coïncidence ? Champagne pourrait-il avoir créé de toute pièce la Fraternité d'Héliopolis ? Se serait-il inspiré du nom de cette rue ? Une lettre signée Julien Champagne, produite par Jean Artero dans Alchimie de Lesseps, *semble attester tant de la paternité du dessinateur sur la confrérie que de son intention de laisser plusieurs ouvrages à la postérité :* « Quant à jouer un rôle quelconque dans le monde, à moins que ce soit par les ouvrages que je laisserai, et la Fraternité d'Héliopolis dont je suis le chef inconnu, l'âge et la santé ne me le permettent pas… ». *Troublant.*

C'est en tout cas à cette époque que Julien Champagne aurait commencé sa collaboration avec Fulcanelli. En 1910, il dessine déjà le frontispice qui paraîtra dans Le Mystère des cathédrales *seize ans plus tard.*

Note : Champagne est un artiste remarquable, et s'il est surtout connu pour les gravures des deux livres de Fulcanelli, il est aussi l'auteur de plusieurs tableaux assez saisissants, qui lui valent de figurer au Bénézit, *dictionnaire de référence des peintres, sculpteurs, dessinateurs et graveurs du monde entier. Il a en outre réalisé plusieurs autoportraits très touchants.*

En 1915, Julien Champagne aurait rencontré Canseliet par l'entremise de Fulcanelli, selon le préfacier lui-même.

En 1916, le peintre – qui a, pour ses recherches, constamment besoin de liquidités – devient professeur de dessin du jeune Eugène Canseliet. Celui-ci lui fait rapidement part de sa propre fascination pour l'alchimie, et Champagne l'introduit progressivement dans le cercle de la famille de Lesseps.

Selon plusieurs spécialistes, entre 1916 et 1920, Champagne s'adonne aux travaux alchimiques opératifs dans un laboratoire, situé rue Vernier, Paris XVIIe, et prêté par un autre fils de Lesseps, Ferdinand-Ismaël (voir la photo de Champagne dans ce laboratoire, dédicacée au libraire Pierre Dujols : « À P. Dujols, hommage d'un jeune disciple »). On peut en déduire que Champagne considérait à cette époque le libraire Dujols comme son maître en alchimie. C'est aussi dans ce laboratoire que Canseliet vient le visiter presque quotidiennement.

Entre 1919 et 1925, Julien Champagne fait plusieurs séjours à l'abbaye de Loroy, dans le Cher, propriété de Paul de Lesseps, où il dessine notamment des plans pour la construction d'un réfrigérateur…

Note : dans cette abbaye cistercienne, construite en 1125, repose la dépouille d'Eudes de Sully, le constructeur de Notre-Dame de Paris ! Paul de Lesseps la revendit en 1926 à l'un de ses associés, Alphonse Thivrier. Beaucoup de sottises ont été dites par les prétendus historiens de l'affaire Fulcanelli au sujet de cette abbaye. Certains, comme Geneviève Dubois dans son Fulcanelli dévoilé, *l'ont confondue avec le château de Léré, dans le Berry (qui n'a jamais appartenu à un Lesseps et reste depuis plusieurs siècles propriété de la famille Lammerville), d'autres encore l'ont confondue avec le château de la Chesnaye, propriété de Ferdinand de Lesseps, ayant appartenu jadis à Agnès Sorel. Toutes ces inexactitudes incitent à la méfiance quant aux affirmations de ces pseudo-chercheurs.*

Au printemps de 1925, définitivement de retour à Paris, Champagne s'installe au 59 bis de la rue de Rochechouart, dans une petite mansarde, et invite son jeune disciple Eugène Canseliet à habiter la mansarde voisine, de l'autre côté du couloir. C'est visiblement là qu'ils peaufinent ensemble le texte et les illustrations du premier ouvrage de « Volcan solaire ».

Au service des Lesseps, Julien Champagne rencontre de nombreuses personnalités avenue Montaigne, dont le fantasque écrivain Raymond Roussel et l'ésotériste égyptologue René Schwaller de Lubicz.

Ainsi, en 1928, Champagne est engagé par ce fameux (et étrange) Schwaller comme directeur technique de la station scientifique de Suhalia, à Saint-Moritz, en Suisse, où défile un grand nombre de savants et d'érudits passionnés par l'hermétisme, tels Fernand Léger, Paul Fort, Pierre Loti, Henri Barbusse ou Camille Flammarion. Il y reste moins d'un an, la station étant un gouffre financier que la vente de médicaments prétendus miraculeux ne suffit pas à combler (voir les réclames dans les numéros de 1930 du journal L'Ouest éclair, *vantant les mérites du traitement « Suhalia »).*

Étonnant : quand, en 1930, Julien Champagne vient visiter Schwaller dans sa maison de Plan-de-Grasse, il lui dédicace un exemplaire du Mystère des cathédrales : « À mon grand ami et disciple R. Schwaller de Lubicz, en témoignage de fraternelle et profonde affection, A. H. S. Fulcanelli » ! *Cette même année, Schwaller de Lubicz, qui dessine un peu lui aussi, fait un portrait de Julien Champagne, qu'il intitule très explicitement « Fulcanelli ». Champagne se faisait-il passer pour Fulcanelli auprès de Schwaller ? Ou était-ce une farce entre eux ?*

À noter que Julien Champagne usa de la même signature, assumant son nom de Fulcanelli, dans une dédicace adressée à un autre de ses disciples, Jules Boucher, auteur de nombreux ouvrages sur la franc-maçonnerie.

L'acronyme A. H. S. signifiait « Apostolus hermeticae scientae », apôtre de la science hermétique, *titre que Champagne fit graver sur sa propre tombe, l'ayant explicitement demandé à sa sœur dans son testament.*

De nombreux témoins décrivent Champagne comme un bon vivant, un farceur (et potentiel auteur de canulars…), fantasque et parfois irrespectueux, mais aussi un alcoolique.

Très troublant aussi : le dépôt légal à la Bibliothèque nationale semble indiquer que Champagne était bel et bien Fulcanelli, mais on ne sait pas qui y a apporté cette affirmation :

– Le Mystère des cathédrales et l'interprétation ésotérique des symboles hermétiques du grand œuvre. *Auteur : Fulcanelli (pseudonyme de Jean-Julien Champagne) ; préface de E. Canseliet, F. C. H. Ouvrage illustré de trente-six planches, d'après les dessins de Julien Champagne. Publication : Nogent-le-Rotrou, impr. P. Daupeley-Gouverneur ; Paris, Jean Schemit, libraire, 52, rue Laffitte, le 25 septembre 1926. In-8, 150 p.*

– Les Demeures philosophales et le symbolisme hermétique dans ses rapports avec l'art sacré et l'ésotérisme du grand œuvre. *Auteur : Fulcanelli (pseudonyme de Jean-Julien Champagne) ; préface de E. Canseliet, F. C. H. Ouvrage illustré de quarante planches, d'après les dessins de Julien Champagne. Publication : Nogent-le-Rotrou, impr. P. Daupeley-Gouverneur ; Paris, Jean Schemit, libraire, le 22 novembre 1930. In-8, XI-351 p.*

Dernier élément qui pourrait laisser penser que Fulcanelli était en réalité Champagne : l'écusson (ou « cul de lampe ») figurant à la fin du Mystère des cathédrales *porte l'inscription* « Uber campa agna », *ce qui peut se lire comme la signature de l'ouvrage,* Hubert Champagne, *étant entendu que le prénom Hubert n'était pas seulement celui du père de Julien, mais le troisième prénom d'usage utilisé par le peintre.*

Julien Champagne est mort en 1932 à Paris, après une longue et pénible maladie, sans doute dans la misère et rongé par l'alcool. Sa tombe est visible dans le cimetière d'Arnouville-lès-Gonesse.

Après la mort de Champagne, afin d'obtenir un droit de reproduction sur certaines de ses illustrations, l'auteur Robert Ambelain alla trouver Jean Schemit, éditeur original du Mystère des cathédrales. Celui-ci lui affirma que, chaque fois qu'il les avait vus ensemble, le jeune Eugène Canseliet témoignait à Champagne « un respect et une admiration extraordinaires, l'appelant tantôt *maître*, tantôt *mon maître*. Ce fut toujours Champagne qui jugea, choisit, décida... ». *Selon Robert Ambelain, cela ne faisait donc aucun doute : Fulcanelli était Julien Champagne, et Canseliet le savait.*

Conclusion : *plusieurs éléments biographiques peuvent sérieusement laisser penser que Champagne aurait pu créer le personnage de Fulcanelli. Comme le dit Ari, on peut imaginer que Champagne, devenu alcoolique, ait eu besoin de l'aide de son voisin de palier et élève, Canseliet, pour rédiger cet ouvrage en inventant le personnage fictif de Fulcanelli.*

Toutefois, Canseliet passa sa vie à démentir cette possibilité et, si l'on prend au pied de la lettre les éléments biographiques supposés de Fulcanelli, Champagne répond à très peu des critères requis pour un « fulcanellisable ».

— Naissance en 1839 : non.

— Mort entre octobre 1924 et octobre 1925 : non.

— Résidant à Paris : oui.

— Personnage mondain : pas vraiment... même si sa fréquentation des Lesseps a pu lui permettre de rencontrer du beau monde.

— Bel et grand homme, peut-être avec barbe blanche : non. Il est petit, brun et moustachu.

— Décoré de la médaille militaire de 1870 et de la Légion d'honneur : non. Il n'était même pas né en 1870 !

— Érudit et épris d'ésotérisme : oui.

— Pas de descendance : oui.

En somme, si le personnage de Fulcanelli était un canular, Champagne en fut probablement l'auteur. Mais si « Volcan solaire » a réellement existé, cela ne peut pas être Champagne.

33.

La façade de l'église de la Santa Caridad était d'une étonnante et sobre horizontalité : elle était surmontée d'une haute corniche bordée de pinacles, en lieu et place – faute de moyen – du clocher à jour initialement prévu. Construite sur le modèle des retables baroques, elle était divisée en trois registres où les courbes se croisaient pour souligner les moulures, les colonnes et les frontons successifs. Des statues de saints se dressaient dans deux niches au pied de la façade, encadrant la porte étroite, au-dessus de laquelle étaient gravés les mots : *Casa de pobres y escala del cielo*[1]. Cinq panneaux, des azulejos, peints par Murillo, la dominaient, et Ari ne put s'empêcher de remarquer celle représentant saint Georges terrassant le dragon. En retrait sur la gauche, une tour abritait de belles cloches.

Mais c'était à l'intérieur de l'église, comme l'avait expliqué le frère Ezcurra, que se manifestaient vraiment les idéaux de foi et de charité de Miguel de Mañara. Toutes les peintures de Murillo et de Valdés Leal que le riche héritier avait fait réaliser pour cette grande chapelle étaient des odes à l'humilité et à la pauvreté. Ainsi, près de l'autel, le *Saint Jean de Dieu* portant un pauvre sur ses épaules ou encore, bien sûr, les terribles tableaux de Valdés Leal, ces deux scènes fameuses, évoquant la mort ou, plutôt, les vanités de l'existence, que les hôtes de ces lieux appelaient *Los Jeroglificos de nuestras postrimerias*[2].

C'était au pied de la première de ces deux toiles que les deux hommes s'étaient arrêtés, pour le plus grand plaisir de Mackenzie, car il s'agissait bien de celle qui l'intéressait en l'occurrence.

Émerveillé, il regarda longuement ce macabre tableau de légende. L'artiste y avait peint, dans deux cercueils, les corps pourrissants d'un évêque et d'un chevalier, qui n'était autre que Miguel de Mañara lui-même, drapé dans le manteau blanc et rouge de l'ordre de la Calatrava. Au-dessus de ce charnier où gisaient la puissance et la gloire, une main

1. « Maison des pauvres et échelle du ciel. »
2. « Hiéroglyphes de nos fins dernières. »

divinement délicate, christique sans doute, tenait une balance pour peser leurs âmes. Sur les plateaux de celle-ci se lisait l'inscription *Nimas nimenos*. « Ni plus, ni moins », rappelant l'égalité de tous les hommes dans la mort. Et, tout en bas, dans un phylactère, la phrase qui avait donné son titre au tableau : *Finis Gloriae Mundi*.

— La légende raconte que lorsque Murillo vit cette peinture de son confrère – avec qui les rapports étaient très tendus, car l'un jalousait le succès de l'autre –, il lui lança qu'il fallait se boucher le nez quand on passait devant…

Ari sourit.

— C'est, au fond, un bel éloge. Cela prouve que la peinture fait de l'effet…

— Certainement ! Si ce tableau de Valdés Leal est si connu de par le monde, et s'il nous est si cher à nous, c'est sans doute qu'il embrasse parfaitement les pensées qui occupaient don Miguel, et qui étaient tout entières à la mort et aux fins dernières de l'homme. Peu de penseurs dans l'histoire de la chrétienté ont creusé avec autant de courage et d'honnêteté ce si redoutable sujet, si bien qu'on lui prête encore aujourd'hui l'image d'un homme morbide. Mais c'est dans la pensée de la mort que notre maître trouva la force d'abandonner les illusions terrestres ; c'est dans la contemplation de notre fin qu'il saisit le sens même de la renaissance et de la passion de Jésus-Christ.

— Peut-être espérait-il trouver enfin dans la mort l'absolution pour des péchés de jeunesse qu'il n'arrivait pas à se pardonner lui-même ?

— Vous avez sans doute raison, monsieur ! Don Miguel haïssait son enveloppe corporelle. Il exigea même dans son testament que son corps fût enterré à même le sol, sur le parvis de l'église, afin que chacun marche sur lui et le foule aux pieds ! « C'est là que je veux que soit enseveli ce corps immonde, dit-il, indigne de reposer dans le temple de Dieu. »

— Il est enterré dehors ? demanda Ari, surpris.

— Plus maintenant. En vérité, il a été enterré deux fois. La première, selon ses désirs, à l'entrée de l'église. Mais sept mois plus tard, les membres de la confrérie ont décidé de lui offrir une véritable sépulture.

— Contre ses dernières volontés ?

— Eh oui... Son corps fut transporté dans la crypte qui est à côté de l'autel.

Ari s'approcha du terrible tableau et, levant la tête, en inspecta chaque détail, ébahi.

Dans les dernières pages des *Demeures philosophales*, Fulcanelli se livrait à une profonde et touchante méditation sur la fin de l'homme, et semblait prêt à embrasser sereinement sa propre mort, qu'il voyait davantage comme une nouvelle étape, une libération. Ces paragraphes faisaient étrangement écho au tableau de Juan Valdés Leal comme aux dernières paroles de Miguel de Mañara, à tel point que ce *Finis Gloriae Mundi*, titre présumé de son œuvre inédite, résonnait avec une indéniable pertinence.

— Je me suis toujours demandé ce que cette chouette faisait là, dit soudain Ari en désignant la partie gauche du tableau.

— Ah... Il y a deux interprétations retenues par les exégètes, si je puis dire. La première me semble erronée et associe la chouette à la sagesse. La chouette parvient à voir dans l'obscurité ; elle peut donc voir ce que les hommes, eux, ne voient pas. C'était, en effet, le symbolisme qu'on lui prêtait pendant l'Antiquité. Mais plus au Moyen Âge, et encore moins à la fin de la Renaissance.

— Et donc, selon vous ?

— À l'époque de Valdés Leal, la chouette est, au contraire, un symbole du mal, de la tromperie, qui préfère l'ombre à la lumière. Ici, sur le tableau, on voit qu'elle échappe à la pesée des âmes, et qu'elle nous défie du regard.

— C'est vrai. Elle parviendrait presque à nous mettre mal à l'aise, affirma Mackenzie.

— Mais je crois pouvoir aller plus loin et dire que la chouette est ici précisément un symbole de la vanité de la vie face à la mort. Il y a d'ailleurs au musée des Beaux-Arts de Dijon un tableau très étonnant, qui est anonyme, mais attribué à un peintre hollandais du début du XVIIe siècle, soit peu avant les tableaux de Valdès Leal. Cette peinture terrifiante a été intitulée *Vanité à la chouette*. On y voit un crâne humain que chevauche une mauvaise chouette, à côté d'une bougie éteinte. Au bas du tableau, l'inscription *Cogita mori*, « Songe à ta mort », que l'on retrouve aussi sur les phylactères de plusieurs statues dans des ossuaires… Étonnante coïncidence, n'est-ce pas ? La chouette est présente dans les deux tableaux, et *Cogita mori* aurait tout à fait pu être le titre de la peinture de Valdés Leal.

Ou celui du livre de Fulcanelli, pensa Ari.

Après un long moment de silence, il se retourna enfin vers le frère majeur, de peur d'éprouver sa patience. Il était temps d'en venir à la raison première de leur présence ici.

— C'est donc vous qui avez trouvé le corps de Jacques Caillol ?

— Oui, fit gravement le religieux en désignant le centre du vestibule. Il était allongé ici même, dans un bain de sang, une plaie au niveau du cœur. Assassiner un homme dans une église, vous vous rendez compte ? Je l'ai trouvé au petit matin, mais, d'après vos collègues, le meurtre aurait eu lieu plusieurs heures avant, pendant la nuit.

— On lui a volé ses affaires ?

— Il avait encore son portefeuille sur lui.

— Vous pensez qu'il a pu être poignardé alors qu'il regardait le *Finis Gloriae Mundi* ?

Le religieux haussa les épaules.

— Je ne sais pas. Celui-là, ou bien l'autre, *In Ictu Oculi*, juste en face. Rien ne prouve qu'il regardait un tableau à ce moment précis, d'ailleurs… Cela dit, il est vrai qu'on peut se demander ce qu'il faisait dans le vestibule, puisqu'il est entré par l'autre côté de l'église. La police a retrouvé une

fenêtre cassée dans le bâtiment qui jouxte l'arrière du bâtiment. S'il a traversé toute la nef, c'est sans doute que ce qui
l'intéressait se trouvait de ce côté-ci. Et donc, probablement,
l'un des deux tableaux de Valdés Leal, vous avez raison.

— Je vois qu'il y a une caméra de surveillance près du
tableau, a-t-elle enregistré le crime ?

— Non. Elle a été désactivée, tout comme le système
d'alarme de l'église.

Ari grimaça.

— Et le meurtrier ? Par où la police pense-t-elle qu'il est
entré ?

— Je n'ai pas été mis dans la confidence. Tout ce que je
peux vous dire, c'est qu'il n'y a pas eu d'effraction sur la
porte principale.

— Donc, soit le meurtrier avait les clefs, soit il est entré
lui aussi par la fenêtre cassée ?

— Oui. À moins qu'il soit entré dans l'église pendant la
journée et qu'il ait attendu en se cachant à l'intérieur.

Ari hocha lentement la tête.

— Mais, dites-moi, demanda le frère Ezcurra avec une
lueur soudaine de suspicion dans le regard, la police locale
ne vous a pas transmis les résultats de son enquête ?

Mackenzie hésita. Il ne pouvait pas prendre le risque de
dire la vérité maintenant. Peut-être pouvait-il toutefois donner un semblant de véracité…

— Écoutez, je vais être honnête avec vous : je ne travaille
pas vraiment dans le cadre de l'enquête criminelle. Ça, c'est
le travail de la police locale, en effet. Moi, je suis plutôt…
dans les renseignements.

Glisser un peu d'authenticité dans un mensonge, Ari le
savait, c'était souvent le meilleur moyen d'être crédible. Il
sortit de nouveau sa carte pour montrer le département
auquel il avait appartenu par le passé. Avec un peu de chance,
le religieux espagnol ignorait que la DCRG n'existait plus
depuis 2008.

— Aussi, frère majeur, je vous serais reconnaissant de rester discret sur notre rencontre.

L'Espagnol esquissa un sourire entendu.

— Je me disais bien que vous étiez étonnamment cultivé pour un simple policier.

Ari se garda de contredire ce lieu commun. Après tout, il aurait pu en être l'auteur...

— Mais en quoi cette histoire intéresse-t-elle les services de renseignements français ? insista le religieux.

— Eh bien... Je ne sais pas si vous êtes au courant, mais votre *Finis Gloriae Mundi* est un tableau qui a une signification particulière pour de nombreux hermétistes français.

— Oh ! C'est donc ça ! Fulcanelli, n'est-ce pas ?

— Vous connaissez la légende ? s'étonna Ari.

— Il ne se passe pas une semaine sans qu'un touriste vienne nous parler de ce sinistre Fulcanelli ! Et pas seulement des Français ! C'est profondément ridicule ! Il n'y a pas le moindre rapport entre cette œuvre religieuse de Valdés Leal et l'alchimie !

— En France, nous surveillons toujours les milieux hermétistes, afin de s'assurer qu'il n'y a aucune dérive sectaire. Alors, naturellement, un meurtre devant le *Finis*, cela mérite notre attention, vous comprenez ?

Le religieux hocha la tête, d'un air rassuré.

— Je comprends.

— Je peux compter sur votre discrétion ?

— Bien entendu !

Flatter son ego en lui faisant croire qu'il était mis dans la confidence... le tour était joué.

— Ça vous dérange que je fasse des photos ?

— Je vous en prie.

Ari mitrailla le tableau de Valdés Leal ainsi que le vestibule, et surtout l'endroit précis où avait été retrouvé le corps.

— Donc, selon vous, il se pourrait que le meurtrier soit entré *avant* la victime, quand l'église était encore ouverte, et qu'il se soit caché ici pendant la nuit ?

— Je préfère en effet cette explication. Car sinon, il aurait fallu qu'il ait la clef. Or, voyez-vous, je suis le seul à l'avoir, et cela ferait donc de moi un meurtrier, ce qui serait très fâcheux…

Mackenzie sourit. Le frère majeur n'était pas seulement un homme cultivé, il était aussi doté d'un certain humour.

— En effet… À moins qu'il ait suivi sa victime et qu'il soit entré lui aussi par la fenêtre cassée. D'ailleurs, comment est-on certain que ce n'est pas lui mais la victime qui a cassé la fenêtre ?

— La police a retrouvé des éclats de verre sur la chemise du défunt, au niveau du coude.

Ari se frotta la joue d'un air songeur.

— Si nous retenons, pour voir, l'hypothèse que le meurtrier s'est caché dans l'église pour attendre sa victime… D'abord, cela signifie que c'est probablement lui qui a désactivé l'alarme. Ensuite, à votre avis, où aurait-il pu se dérober aux regards ?

— Voilà une excellente question.

— Les policiers ne vous l'ont pas posée ?

— Non. Sans doute sont-ils moins zélés que s'il s'agissait de l'un de nos compatriotes, répondit le religieux en gratifiant son interlocuteur d'un clin d'œil.

Il se retourna et observa son église.

— Laissez-moi réfléchir… Il y a, bien sûr, le confessionnal. Mais il aurait pris le risque que je le voie en fermant l'église… Hmmm… Je ne sais pas. La nuit, il y a beaucoup de recoins de l'église qui sont dans l'ombre. C'est difficile à dire.

— Il y a une sacristie ? Des pièces où il aurait pu se cacher ?

— Elles sont restées fermées.

— Et la crypte où est enterré Miguel de Mañara ? suggéra Ari.

— Elle est fermée elle aussi. Traditionnellement, on ne l'ouvre que le 9 de chaque mois, jour où nous célébrons une messe en la mémoire de don Miguel. Nous prions pour sa béatification, et il est de coutume, à la fin de la cérémonie, d'embrasser sa pierre tombale, celle-là même où est inscrite la terrible phrase dont je vous ai parlé tout à l'heure.

— Où se situe la crypte ?

— Là-bas.

Le religieux pointa du doigt en direction du magnifique retable, le plus grand qu'abritait l'église, sculpté par Pedro Roldán et peint, lui aussi, par Valdés Leal. À la droite de cette splendide œuvre d'art baroque et dorée à souhait, entre deux grilles noires, on devinait les petites marches d'un escalier droit qui descendait vers ladite crypte.

— Mais je vous l'ai dit, elle était fermée ce jour-là.

— Vous pouvez me la montrer tout de même ?

— Ah. D'ordinaire, il faut payer, mais je peux bien faire une exception pour un ami français ! plaisanta le religieux.

Ils traversèrent l'église et descendirent l'escalier qui menait à la crypte. Au pied des marches, une grille noire, fermée par une chaîne.

Le frère Ezcurra chercha son trousseau de clef dans la poche de son aube blanche.

— Mon Dieu ! s'exclama-t-il soudain alors qu'il était en train de glisser sa clef dans le cadenas.

Il se retourna vers Ari, l'air blafard.

— Qu'y a-t-il ?

— La chaîne : elle est brisée.

Mackenzie s'approcha et constata par lui-même. Quelqu'un avait en effet ouvert l'un des maillons, puis, en repartant, avait probablement disposé la chaîne de manière à ce qu'on ne puisse voir du premier coup d'œil qu'il y avait bien eu effraction.

— Ni vous ni la police n'êtes venus ici ? s'étonna le Français, perplexe.

— Je vous l'ai dit : nous n'ouvrons la crypte que le 9 de chaque mois ! La grille semblait fermée, nous n'y avons pas prêté attention… Ah ! Nous aurions dû vérifier !

— En effet…

— Comme rien n'a été volé dans l'église, j'avoue que nous n'avons pas été assez méticuleux !

— Vous auriez fini par vous en rendre compte dans quelques jours, le consola Ari, voyant le rouge qui était monté aux joues du religieux.

— J'espère que rien ne manque à l'intérieur !

34.

Par miracle, le juge d'instruction nommé par le parquet avait accepté de laisser le dossier entre les mains de la BEI de Palais-Royal. Ginhoux connaissait bien Sargiano, un juge marseillais parachuté à Paris depuis une dizaine d'années, avec qui elle avait souvent travaillé et entretenait de bons rapports. Elle s'était montrée très insistante, faisant valoir le flair du brigadier-chef Radenac et, par chance, la PJ parisienne était en ce moment accaparée par une sombre histoire de torture et d'homicide, un crime raciste qui défrayait la chronique et mobilisait la plupart des officiers de la crim' dans la capitale. Résultat, le juge Sargiano leur avait délivré une commission rogatoire, dans le cadre d'une enquête pour homicide volontaire avec préméditation. Une équipe de l'IJ[1] était déjà sur place pour faire de nouveaux prélèvements dans l'appartement avant de le mettre sous scellés.

Le brigadier-chef Radenac, sur les lieux lui aussi, avait passé près d'une demi-heure à fouiller, en vain, dans les affaires de M. Mazzoleni, dans l'espoir d'y trouver quelque trace du mystérieux carnet – une facture par exemple – quand la galeriste le rejoignit enfin dans le bureau.

— Merci d'avoir fait aussi vite.

— Je... Je vous en prie.

---

1. Identité judiciaire, service de la police scientifique dépendant de la Direction de la police judiciaire.

— Je préfère, madame Mazzoleni, que nous restions à l'écart pour laisser mes collègues de la police scientifique travailler.

La galeriste, qui avait les yeux embués de larmes, hocha la tête en regardant de l'autre côté de la porte les hommes de l'IJ, combinaisons stériles blanches et gants bleus, qui prenaient possession des lieux et procédaient à leurs photographies et aux divers prélèvements.

La fille du défunt semblait authentiquement bouleversée.

— Je suis désolé, madame, répéta le brigadier-chef.

— Merci. Je ne devrais pas réagir comme ça. Je suis idiote. Quelque part, cela prouve au moins que je ne suis pas folle…

— En effet. Vous aviez vu juste.

Elle soupira.

— J'aurais sans doute préféré m'être trompée et que papa fût mort paisiblement, de sa belle mort, comme on dit. Pour autant qu'une mort puisse être belle…

— Vous avez une idée de qui pouvait en vouloir à votre père au point de l'empoisonner ?

— Non, non, je vous l'ai dit, à ma connaissance, papa n'avait de conflit avec personne. C'était un homme réservé, qui ne faisait jamais d'éclats. J'ai… J'ai bien peur que ce soit une terrible et ridicule affaire de cambriolage !

Radenac fit une grimace sceptique.

— Quand il y a un homicide lié à un cambriolage, c'est rarement par empoisonnement. En général, c'est plutôt un meurtre violent… Là, le voleur a voulu faire passer le décès de votre père pour une mort naturelle. C'est peu ordinaire.

— Sans doute espérait-il qu'il n'y aurait pas d'enquête policière ? Et il n'y en aurait pas eu, d'ailleurs, si je n'avais pas remarqué la disparition du carnet.

— C'est vrai.

Radenac croisa les poings sous son menton d'un air pensif.

— Vous n'avez vraiment aucune idée de la personne qui aurait pu faire ça ? insista-t-il. Je ne sais pas, quelqu'un qui jalousait sa bibliothèque ?

— Non, vraiment, j'aimerais pouvoir vous aider, mais je ne vois pas. Papa ne parlait qu'avec des vieux farfelus de son espèce, des bibliophiles et des hermétistes, mais ils ne venaient pas ici, et ceux que je connais l'adoraient. Ils n'auraient jamais...

— Pourriez-vous tout de même établir une liste de ces personnes ?

Elle réfléchit un instant.

— Je peux vous donner le répertoire de papa, si vous le désirez.

— Je l'ai déjà saisi, répliqua Radenac d'un air un peu gêné. Toutefois, si j'ai besoin de votre aide pour identifier tel ou tel contact, je reviendrai vous voir...

— Avec plaisir.

Il y eut un court silence embarrassé, puis la galeriste se cala de nouveau sur son siège avant de glisser, confuse :

— J'ai une confession à vous faire, monsieur Radenac.

Le policier haussa les sourcils.

— Je vous écoute...

— Eh bien, voilà : je ne sais pas s'il vous l'a dit, mais j'ai engagé M. Mackenzie pour qu'il enquête de son côté.

— Pardon ?

La galeriste pinça les lèvres, gênée.

— Je... Je ne savais pas encore que vous trouveriez quelque chose à l'autopsie. Je me suis dit que l'affaire serait classée sans suite et...

— Je vous ai dit que je m'en occupais, madame !

— Je sais. Je suis désolée. Je ne voulais pas perdre de temps.

Radenac eut des difficultés à masquer son agacement.

— Vous avez *payé* Ari pour faire mon boulot à ma place ?

— Il m'a semblé très calé sur le sujet. Et puis, vous n'avez pas été tout à fait honnête avec moi. Vous m'avez fait croire qu'il travaillait encore pour la police...

— Comment avez-vous eu ses coordonnées ?

— J'ai... quelques relations au sein de vos services.

Radenac, interloqué – et vexé surtout – ne savait s'il devait rire ou s'emporter. Il préféra opter pour une posture intermédiaire.

— Que dire ? C'est votre droit, madame... Mais, si je puis me permettre, ce n'est pas très malin. Il ne faudrait pas que son enquête entrave la nôtre.

— Vous semblez en bons termes, non ? Après tout, c'est vous qui me l'avez présenté !

— C'est vrai, concéda le policier. Mais je commence à amèrement le regretter.

— Allons ! Je suis sûre que vous pourrez travailler ensemble en bonne intelligence.

— Nous verrons... Promettez-moi au moins de me tenir informé de toutes les découvertes que vous pourriez faire par son intermédiaire.

— C'est promis.

Radenac hocha lentement la tête, puis il s'efforça de sourire à la pauvre femme avant de prendre congé.

— Mes collègues risquent d'être là pour un peu plus d'une heure encore. Vous allez avoir plusieurs papiers à signer. Appelez-moi s'il y a le moindre souci.

Dès qu'il eut quitté l'appartement, il composa, furieux, le numéro d'Ari, mais il tomba de nouveau directement sur sa messagerie. Mackenzie avait coupé son téléphone. Égale à elle-même, cette incorrigible tête de mule n'en avait fait qu'à sa tête, sans se soucier de l'avis des autres.

35.

La crypte était une sorte de chapelle de petite taille, basse de plafond, aux murs entièrement blancs, et son dépouillement, qui contrastait avec les richesses baroques de l'église au-dessus d'elle, inspirait certainement le recueillement à ses visiteurs habituels.

Contre le mur du fond, la tombe de don Miguel de Mañara portait en effet l'étonnante inscription qui pouvait se traduire par : « Ici reposent les os et les cendres du plus méchant homme qui fut jamais », et qui donnait aux lieux une aura quelque peu sinistre… encore qu'Ari trouvât la chose plutôt amusante. En regard, un imposant crucifix ouvragé en argent se dressait sur un autel des plus sobres, flanqué de deux lampes murales modestes. Plus loin, une niche renfermait une image de l'enfant Jésus, et c'était à peu près tout.

— Il ne manque rien ? demanda Mackenzie en inspectant les lieux.

— Apparemment, non.

— Le meurtrier se sera contenté de rester ici pour se cacher, alors.

— Sans doute, acquiesça le frère majeur, qui semblait encore vexé de sa bévue.

Ari ne savait qui, de la police ou du religieux, s'était montré le plus négligent en ne venant point vérifier que les lieux étaient inviolés.

— Surtout, ne touchez à rien, dit-il. Il faudra que vous demandiez à la police d'effectuer de nouveaux prélèvements. Il y a sûrement des traces ADN quelque part. Qui sait, notre tueur a peut-être respecté la tradition et déposé un baiser sur la tombe de don Miguel ?

Le frère Ezcurra se contenta de hocher la tête, soudain assez peu enclin à l'amusement.

Ari se doutait qu'il ne pourrait pas revenir ici : la police risquait de mettre la crypte sous scellés. Debout au milieu de la pièce, il essaya de se mettre à la place du tueur, d'imaginer ce qu'il avait pu ressentir en venant se cacher dans ce singulier endroit. Combien de temps était-il resté ? Quatre heures ? Cinq, peut-être six ? La police trouverait sûrement des cheveux, des particules de peau, des empreintes, de quoi établir le profil ADN du tueur. Mais cette information, il ne pourrait probablement pas en bénéficier.

— Si ça ne vous dérange pas, je vais prendre une ou deux photos ici aussi.

Il fit plusieurs clichés de la crypte. Il n'en tirerait sans doute pas grand-chose. Les seules informations intéressantes que l'endroit pouvait offrir finiraient dans les bureaux de la police scientifique espagnole.

Profitant du silence des lieux et du mutisme du frère majeur, il essaya toutefois de faire des premières déductions quant à la probable présence du tueur entre ces quatre murs blancs. D'abord, cela signifiait qu'il avait attendu patiemment et qu'il savait avec certitude que sa victime viendrait cette nuit-là. Il y avait donc préméditation. Mais pourquoi vouloir tuer Jacques Caillol dans cette église précisément ? Peut-être parce qu'il ne pouvait pas ailleurs...

Ari tenta, dès à présent, d'envisager un mobile. Pourquoi avait-on tué le Français ? On ne lui avait même pas volé son portefeuille ! Le meurtre avait forcément un lien avec ce que Caillol était venu faire dans l'église. Et, dans ce cas, y avait-il un rapport avec le *Finis Gloriae Mundi* ? S'il était encore un peu tôt pour l'affirmer, Ari en avait toutefois la certitude. D'autant plus que, depuis le début, le nom de Jacques Caillol lui disait quelque chose, sans qu'il ne pût dire quoi exactement.

Il se tourna vers le frère Ezcurra et, d'un geste de la tête, lui fit comprendre qu'il en avait terminé. Le religieux le raccompagna diligemment jusqu'à la sortie de l'église.

— Je vous remercie encore de m'avoir consacré tout ce temps, fit Ari en lui serrant chaleureusement la main.

— J'espère que le meurtre de ce pauvre homme sera élucidé.

— Appelez la police au plus vite pour qu'ils viennent analyser la crypte.

— J'y vais de ce pas.

Ari fit une grimace embarrassée.

— Comme je vous l'ai dit tout à l'heure, je vous serais toutefois reconnaissant de rester discret quant à ma propre enquête. Aux renseignements, nous préférons travailler dans l'anonymat, si vous voyez ce que je veux dire...

Le religieux acquiesça mais, après la découverte de la crypte, Ari n'était plus tout à fait convaincu de pouvoir profiter de sa complicité. Il espéra seulement que les conséquences ne seraient pas trop graves si le frère majeur vendait la mèche...

En remontant la rue Temprado, en direction de son hôtel, Mackenzie, perdu dans ses pensées, ne put remarquer l'homme qui, à quelques mètres de là, avait guetté sa sortie de l'église et s'apprêtait à le suivre, comme il le faisait depuis l'arrivée de l'ancien policier à Séville...

36.

Carnet Moleskine du brigadier-chef Radenac
Note n° 3 : Fulcanellisable - Eugène Canseliet, le préfacier, le « maître de Savignies ».

Selon l'extrait des archives de l'état civil de Sarcelles, Eugène Léon Canseliet est né le 18 décembre 1899 à vingt heures à Sarcelles.

Père : Henri Joseph Canseliet, maçon, né en 1862. Mère : Aline Victorine Hubert, brodeuse, née en 1868 (note : le nom de jeune fille de la mère de Canseliet est donc Hubert ! Cela pourrait-il avoir un lien avec l'écu dessiné à la fin du Mystère des cathédrales, *portant l'inscription* « Uber campa agna » *? Ce pourrait en effet être un jeu de mots avec les noms Hubert et Champagne, noms du préfacier et de l'illustrateur).*

Eugène Canseliet s'est marié deux fois : une première fois à Paris X[e]*, le 15 janvier 1921, avec Raymonde Élisabeth Caillard, puis une seconde fois, à la suite d'un divorce, à Paris IV*[e]*, le 26 janvier 1937, avec Germaine Georgette Raymonde Hubat.*

Bien qu'il ait souvent prétendu avoir fait des études aux Beaux-Arts de Marseille, où il aurait rencontré Fulcanelli, vérification faite, aucune trace de son passage dans l'école de Marseille n'est disponible, et sa présence à Paris lors de ses études est en revanche confirmée par plusieurs documents, notamment militaires... Bizarre ! Pourquoi Canseliet aurait-il menti au sujet de son lieu de rencontre avec Fulcanelli ? Pourquoi Marseille ?

Toutefois, il semble évident que Canseliet a bien reçu quelque enseignement artistique (il fait mention de cours particuliers, où certains affirment qu'il aurait rencontré sa première épouse) : c'est en tout cas lui aussi un illustrateur talentueux et un très bon calligraphe. Mais son premier emploi en tant que comptable semble plutôt indiquer des études en rapport avec la comptabilité...

*Dès sa jeune adolescence, il découvre l'alchimie grâce à la lecture de l'*Hermès dévoilé *de Cyliani, puis s'initie à l'ésotérisme en lisant Papus, Stanislas de Guaita, Fabre d'Olivet... On peut supposer qu'il fréquente alors les librairies ésotéristes parisiennes, et peut-être est-ce là qu'il rencontre réellement Fulcanelli, vers 1915 ou 1916.*

Ce qui est certain, c'est que la rencontre entre le tout jeune Eugène Canseliet et le peintre Julien Champagne a bien lieu en 1915, et que dès 1916, l'illustrateur dispense des cours de dessin au jeune élève (ce qui montre encore que Canseliet ne pouvait se trouver à Marseille à cette époque...).

Entre 1916 et 1921, on peut supposer que Canseliet rencontre fréquemment Fulcanelli et Champagne, principalement chez les Lesseps, où Champagne emmène le jeune homme.

De 1921 à 1923, Eugène Canseliet travaille comme comptable à l'usine à gaz de Sarcelles (avéré dans les archives de celle-ci), où il aurait commencé à pratiquer l'alchimie dans un petit laboratoire installé à l'étage. En 1922, il y assiste – dit-il – à la célèbre transmutation de plomb en or, dirigée par Fulcanelli lui-même...

Adresses connues :
– Enfance : 8, rue du Chaussy, Sarcellesr ;
– Adolescence : 5, rue Taillepied, Sarcelles ;
– Jusqu'en 1921 : 60, rue de Paris, Sarcelles ;
– De 1921 à 1925 : place de la Libération, Sarcelles ;

— *En 1925 : 59 bis, rue de Rochechouart, Paris, au même étage que Julien Champagne qui l'a probablement fait venir là. Ils sont donc voisins de palier ;*

— *En 1933 : après la mort de Champagne, il emménage au 10, quai des Célestins, Paris IVe ;*

— *En 1937 : après son second mariage, Eugène Canseliet déménage successivement à Deuil-la-Barre (47, rue Haute), puis à Blicourt près de Beauvais, et enfin dans une belle maison de Savignies, dans l'Oise, au lieu-dit Lachapelle-aux-Pots, où il restera jusqu'à sa mort. On le surnommera d'ailleurs souvent le « maître de Savignies », et de nombreux hermétistes de la seconde moitié du XXe siècle viennent rendre visite à celui qui a été « l'unique disciple de Fulcanelli », dans cette charmante petite maison que l'on peut voir sur plusieurs films archivés par l'INA.*

*Après son emploi de comptable à l'usine à gaz de Sarcelles, Eugène Canseliet semble avoir vécu essentiellement de sa plume. Outre les maigres droits qu'il touche sur les ouvrages de Fulcanelli (dont il était bizarrement le seul bénéficiaire), il touche des droits sur les ouvrages qu'il écrit sous son nom (*Deux logis alchimiques *en 1945,* Les Douze Clefs de la philosophie de Basile Valentin *en 1956,* Alchimie, études diverses de symbolisme hermétique et de pratique philosophale *en 1964,* L'Alchimie et son « livre muet » *en 1967,* L'Alchimie expliquée sur ses textes classiques *en 1972), ainsi que sur les nombreux articles qu'il publie dans diverses revues spécialisées.*

La consultation de son dossier archivé à la Société des gens de lettres, sous la référence 457 AP 567, offre d'étonnantes informations.

Dans sa lettre de demande d'adhésion, datée du 19 juillet 1962, il écrit : « J'ai fait éditer deux ouvrages sous le pseudonyme de Fulcanelli. (…) Je désire être enregistré par la Société sous mes patronyme et prénom : Eugène Canseliet. » *L'expression* « J'ai fait éditer » *est finalement assez vague… Mais elle laisse penser, comme le confirme la couverture du dossier elle-même, que Canseliet revendique le pseudonyme de Fulcanelli.*

Sa demande d'adhésion est appuyée par trois parrains illustres :

— *Robert Kanters, directeur littéraire des éditions Denoël, qui, dans sa lettre, ne soutient pas seulement sa candidature mais se dit choqué de l'attitude de son éditeur, Jean Lavritch, de l'Omnium littéraire, qui « exploite » les livres de M. Canseliet… Or il s'agit bien des livres de Fulcanelli.*

— *Jean Paulhan, auteur et illustre directeur de la* NRF *chez Gallimard (l'homme qui a inspiré à Pauline Réage son roman érotique* Histoire d'O, *lequel fut d'ailleurs publié par Jean-Jacques Pauvert, futur éditeur de Canseliet…), qui écrit :* « M. Eugène Canseliet, excellent écrivain, sait unir une extrême rigueur à un sens aigu du mystère… » *Sens aigu du mystère, c'est le moins qu'on puisse dire !*

— *Et enfin, le surréaliste André Breton lui-même envoie une lettre manuscrite où il écrit :* « Eugène Canseliet, que j'ai le privilège de connaître depuis des années, a attaché son nom à des ouvrages capitaux, Fulcanelli : *Le Mystère des cathédrales* et *Les Demeures philosophales*. Ses connaissances sont des plus rares, ses moyens d'expression au-dessus de tout éloge. Je vois en lui un des plus grands esprits de ce temps. » *Là aussi, l'expression « attaché son nom » reste suffisamment vague…*

Une chose est sûre, Canseliet avait de belles relations dans le petit monde littéraire parisien !

Intéressante aussi, l'autobiographie que Canseliet joint à sa demande. On y lit : « Étudiant à Marseille, il y rencontre, au printemps de 1916, le philosophe hermétique de qui il révélera l'existence, sous le pseudonyme de Fulcanelli. Celui-ci attache à sa personne Canseliet, qui s'applique, auprès de lui, à l'étude des Humanités et à la pratique très poussée de la physique et de la chimie minérale. (…) Enfin, tous deux partagent ensemble ce même pseudonyme de Fulcanelli (…), mais Canseliet demeure, chaque fois, le seul auteur légalement propriétaire et responsable. »

Mais plus intéressant encore, le contrat d'édition avec Jean Lavritch, de l'Omnium littéraire, que Canseliet enverra en 1965 à la Société des gens de lettres afin que celle-ci l'aide à résoudre le conflit qui l'oppose à l'éditeur, lequel n'aurait pas respecté les termes dudit contrat. Au sujet du Mystère *et des* Demeures, *le contrat stipule :* « M. Canseliet déclare expressément avoir la propriété littéraire exclusive de ces deux livres, des textes comme des illustrations, y contenu, et garantit à l'éditeur la jouissance du droit d'édition. (…) » *Comment Canseliet peut-il revendiquer les droits sur les illustrations de Champagne ? Soit il y a eu un accord entre eux (aucune trace), soit il s'agit d'un vol manifeste de propriété intellectuelle. Ce qui pourrait d'ailleurs expliquer que dans les éditions ultérieures (chez Jean-Jacques Pauvert), les illustrations de Champagne aient disparu. Canseliet n'aura peut-être pas su convaincre Pauvert de cette douteuse propriété intellectuelle…*

On peut en conclure trois hypothèses :

— Canseliet ment, s'approprie injustement les textes et les illustrations des deux Fulcanelli pour se donner un peu d'importance et être admis à la Société des gens de lettres. Procédé classique du trafic de CV avant un entretien d'embauche… ;

— Canseliet est bel et bien Fulcanelli, et tant sa demande d'adhésion que ses contrats l'obligent à assumer ici une paternité qu'il continue de nier ailleurs ;

— Fulcanelli était bien une tierce personne, mais celui-ci et Champagne auraient réellement cédé tous leurs droits au jeune Canseliet… Étrange, mais possible.

Quoi qu'il en soit, Eugène Canseliet est mort le 17 avril 1982 à Savignies, il est enterré au cimetière de Neuville-Vault.

C'était à la fois un homme très respecté, voire adulé par une grande partie des ésotéristes en France comme à l'étranger, mais aussi très critiqué. On lui reprochait d'être colérique, affabulateur, manipulateur et d'avoir l'esprit étriqué. Toutefois, le « maître de Savignies » *bénéficiait d'une aura indéniable dans les milieux ésotéristes et dans certains milieux littéraires (principalement Breton et les surréalistes), et il était régulièrement invité sur les plateaux de télévision, reconnu comme l'un des plus grands spécialistes de l'alchimie en France. Il bénéficie encore aujourd'hui d'une aura incroyable et d'un nombre de défenseurs assez étonnant (et parfois virulents...).*

Note : il y a quelque chose de très touchant chez Canseliet comme chez Champagne, les deux principaux acteurs de l'affaire Fulcanelli, quelque chose de proustien dans cette aspiration à la grandeur chez ces deux hommes issus de milieux modestes mais fascinés par la noblesse, assoiffés de connaissance, comme si cette connaissance avait pu leur ouvrir les portes de la haute société... Le style pompeux, archaïquement précieux de Canseliet – dans ses écrits comme dans ses allocutions télévisées – a quelque chose d'adorablement maladroit, tout comme le culte qu'il voua à un personnage peut-être fictif, parce qu'à travers cette langue et à travers ce maître imaginaire, il avait peut-être l'impression de s'élever un peu... Au final, il resta malgré tout un simple petit auteur d'ouvrages ésotériques qui, toute sa vie, chercha à transformer, en vain, du plomb en or et mourut, comme Champagne, dans la misère (à vrai dire, Canseliet aurait bien réussi à transformer du plomb en or, par un procédé dit « particulier », non alchimique, et a affirmé que cette opération n'était pas rentable...) Quoi qu'il en soit, il y a près d'une dizaine de courriers dans son dossier de la Société des gens de lettres, dans lequel le pauvre homme s'excuse pour ses difficultés à payer sa cotisation annuelle.

Conclusion : Eugène Canseliet pourrait donc – comme le pense Ari – avoir créé de toutes pièces le personnage de Fulcanelli (avec l'aide de Champagne). Autre possibilité : Canseliet aurait été berné par Champagne et aurait cru à l'existence de Fulcanelli... mais il affirme l'avoir rencontré, ce qui rend la supercherie peu probable.

Toutefois, tout comme Champagne, si l'on porte quelque crédit à la biographie supposée de l'Adepte, Canseliet répond à très peu des critères requis pour un « fulcanellisable » :

– Naissance en 1839 : non ;

– Mort entre octobre 1924 et octobre 1925 : non ;

– Résidant à Paris : au moment de la publication des livres, oui ;

— *Personnage mondain : oui, d'origine modeste, il faut bien reconnaître que Canseliet s'était fait de belles relations !*

— *Bel et grand homme, peut-être avec barbe blanche : non. Canseliet n'a jamais porté la barbe, et s'il avait un certain charisme, ce n'était pas ce qu'on appelle « un bel homme »… ;*

— *Décoré de la médaille militaire de 1870 et de la Légion d'honneur : non ;*

— *Érudit et épris d'ésotérisme : oui ;*

— *Pas de descendance : non. Canseliet a eu trois filles, lesquelles sont toujours en vie, mais difficiles d'accès car très sollicitées par des chercheurs sans scrupule, et un fils mort en bas âge… L'une de ses petites-filles participe activement à la réédition de ses œuvres.*

En somme, même conclusion qu'avec Champagne : si le personnage de Fulcanelli est une fiction, Canseliet en est très probablement à l'origine. S'il a existé, ce ne peut pas être Canseliet.

37.

Krysztov ayant tenu sa promesse de trouver une baby-sitter pour Maxime, Lola avait finalement décidé de retourner travailler chez le Bolivien, parce que la solitude, c'était plutôt médiocre, comme remède.

Accaparée par l'inventaire que Marcelo lui avait demandé pour préparer la cession des stocks de la librairie, elle hésita un instant avant de décrocher quand elle vit s'afficher sur l'écran de son téléphone un numéro qu'elle ne connaissait pas. Un numéro anonyme.

Deux jours qu'elle était partie de chez Thomas, et ce trou du cul avait essayé une bonne trentaine de fois de l'appeler sans qu'elle ne veuille lui répondre. Pour l'instant, elle n'avait aucune envie de parler à un trou du cul.

Essayait-il donc de la joindre depuis un autre téléphone, pour brouiller les pistes ? Et si c'était plutôt la satanée Perrine ? *Perrine la pétasse ?* Schéma classique de la maîtresse coupable qui appelait, honteuse, pour réconcilier son amant avec sa femme : « Je vous jure, ce n'était qu'une passade, un égarement, votre compagnon vous aime, vous ne pouvez pas l'abandonner à cause de moi... »

Ce n'est pas moi qui l'abandonne, c'est son amour-propre qui l'a abandonné, connasse !

D'un geste nerveux, elle répondit à l'appel.

— Dolores ?

Lola fronça les sourcils. C'était la voix d'un vieil homme, et cela faisait bien longtemps qu'on ne l'avait pas appelée par son vrai prénom.

— Qui est-ce ?

— Ça fait deux fois que j'utilise le même nom, et j'ai une peur bleue de la mort.

Les épaules de la libraire s'affaissèrent.

Jack Mackenzie. Le père d'Ari. Le vieil homme, ancien flic lui aussi, avait sombré vingt ans plus tôt dans un état de démence neurologique précoce, après avoir reçu une balle de 9 mm en pleine poitrine. Les pompiers ayant tardé à le secourir, l'hypoxie avait laissé sur son cerveau des lésions irréversibles. Depuis, la plupart des phrases qu'il prononçait n'avaient ni queue ni tête. Même Ari avait du mal à le comprendre.

Lola ne le connaissait pas vraiment. Elle l'avait croisé une ou deux fois, tout au plus. Mais Ari en avait souvent parlé, et elle n'eut donc aucun doute sur l'identité de son interlocuteur.

— Monsieur Mackenzie ? Je... Je ne savais pas que vous aviez mon numéro. Qu'est-ce qu'il se passe ?

— Je me suis incarné.

— Pardon ?

— Je suis figé, saisi, immobilisé, tenu, coincé.

— Je vois... Euh... Ari est avec vous ?

— La peur, chez moi, fait tout chavirer. C'est tout de suite naufrage et panique à bord avec SOS et absence universelle de chaloupes de sauvetage.

Lola se prit le front, consternée. Heureusement, il n'y avait aucun client dans la librairie. Enfin... *Heureusement*... Façon de parler.

— Qu'est-ce qui vous arrive ? De quoi avez-vous peur ?

— J'essaie de me muer en salsifis, en asperge, en bidule.

Lola essaya de ne pas rire. En vérité, ce n'était pas drôle du tout. Pour que le vieillard l'appelle, elle, c'était forcément qu'il se passait quelque chose d'inquiétant. Ari, à une époque, avait dû donner son numéro à son père, en cas d'urgence. Parce qu'il n'avait pas su en donner d'autre, sans doute. La libraire essaya de réfléchir. Quel jour était-ce ? Oui ! C'était cela ! Mercredi. Le mercredi était le jour où Ari allait rendre visite à son père dans sa résidence spécialisée de la porte de Bagnolet. Un rituel auquel il ne manquait jamais.

— Ari n'est pas venu vous voir aujourd'hui, c'est ça ?

— Pauvre con. Plus il essaie de ne pas devenir un homme, et plus il est humain.

— Vous… Vous voulez que je vienne vous voir ?

— Oui.

La réponse, pour le coup, était claire, franche et sans appel.

— Ah, bredouilla Lola, presque embêtée. Eh bien… Je peux venir demain matin, si vous voulez ? Aujourd'hui, ça ne va pas être possible. Mais demain, je viendrai vous voir. D'accord, monsieur Mackenzie ?

— La balle n'a jamais cessé de grandir en moi.

Lola soupira.

— Je serai chez vous demain matin vers onze heures, Jack, entendu ?

— Oui. Le soleil pourra enfin briller sans souci d'originalité.

— Voilà. À demain, Jack.

Elle raccrocha, quelque peu désemparée, puis composa, en vain, le numéro d'Ari. Le fils indigne restait totalement injoignable.

38.

De retour dans la chaleur étouffante de son petit bureau, avant que d'éplucher l'agenda papier de Giacomo Mazzoleni, le brigadier-chef Radenac procéda aux démarches qui permettraient d'étudier la téléphonie de la victime, mais aussi celle de la zone du meurtre au moment des faits.

Il s'agissait – travail fastidieux – de rédiger et d'envoyer des réquisitions judiciaires à tous les opérateurs téléphoniques du territoire. D'abord à celui qui assurait la ligne fixe de M. Mazzoleni – le vieil homme n'avait pas de téléphone mobile –, afin qu'il envoie un fichier avec les factures détaillées, ou « fadettes » de ladite ligne, sur une période d'un an. En général, cela ne prenait que vingt-quatre heures. Ensuite – et c'était souvent plus long – il fallait obtenir de tous les opérateurs mobiles la liste des numéros ayant déclenché le relais de la rue Vivienne le samedi 1er juin entre midi et dix-huit heures.

Une fois toutes ces données récupérées, elles pourraient être intégrées par un agent spécialisé de police scientifique dans un logiciel d'analyse criminelle. L'opération permettrait alors de voir s'il n'y avait pas une correspondance entre les milliers de numéros ayant déclenché le relais au moment des faits et un ou plusieurs numéros figurant dans les correspondants – réguliers ou non – de Mazzoleni. En d'autres termes : voir si une connaissance de la victime était dans le quartier au moment du meurtre.

Ensuite, la copie-image de l'ordinateur de M. Mazzoleni effectuée par l'IJ dans son appartement serait analysée elle aussi, toujours dans le souci d'établir quelque correspondance avec de potentiels suspects.

L'informatique avait apporté beaucoup aux enquêtes criminelles, et un nombre considérable de dossiers était bouclé par ce biais, dans un temps de plus en plus court. Moralement, Radenac n'était pas sûr d'être tout à fait à l'aise avec cette idée selon laquelle tout citoyen utilisant un téléphone portable pouvait quasiment être pisté dans le moindre de ses déplacements, mais, professionnellement, il était bien obligé de s'en réjouir.

Quand il eut fini ces démarches administratives, Radenac en revint aux bonnes vieilles méthodes et étudia page après page l'agenda du galeriste.

Le jour du meurtre, aucun rendez-vous n'y était mentionné. Mais le brigadier-chef commença méticuleusement à enquêter sur tous les noms notés dans l'agenda, en les classant par nombre décroissant d'occurrence... La journée allait être longue.

39.

En déambulant dans les rues de Séville, chemise ouverte, lunettes noires et gouttes de sueur sur les tempes, Ari avait l'impression d'être une sorte d'Humphrey Bogart dans un vieux polar, un genre de Philip Marlowe traînant ses mocassins en pays chaud.

La vieille ville, encore resplendissante de ses gloires passées, comme isolée du monde réel par le Guadalquivir, invitait à la rêverie. Dans cette foule bruyante et vive, colorée, au milieu des églises, des fontaines et des palais, Mackenzie imaginait presque voir surgir le Figaro de Beaumarchais à chaque coin de rue, vêtu d'une belle veste andalouse en soie brodée.

Dans les grandes cités, il y avait une technique bien connue des détectives privés pour trouver dans quel hôtel un homme était descendu. Le résultat n'était pas toujours garanti, mais Ari n'avait pour l'instant rien de mieux à faire et, comme il n'avait pas accès à l'enquête officielle, c'était la seule solution.

Ainsi, après sa visite à l'église de la Santa Caridad, il était entré dans l'hôtel Alfonso-XIII, l'un des plus prestigieux de Séville, à quelques pas de l'Alcazar, et avait parlementé avec le réceptionniste qui lui avait semblé le plus expérimenté. Avec un brin d'humour et un billet de cinquante euros, il avait obtenu que celui-ci passe discrètement des coups de fil aux différents établissements de la ville où il avait des contacts, pour voir si un certain Jacques Caillol ne s'y était pas enregistré aux alentours du dimanche 2 juin.

Une demi-heure plus tard, le réceptionniste lui avait communiqué l'adresse de l'hôtel Adriano, dans la rue du même nom.

Ari entra un peu après midi, sous un soleil de plomb, dans ce bâtiment cubique, à la façade ocre d'une élégante sobriété. Une petite femme replète et souriante l'accueillit à la réception.

— Bonjour madame. Vous parlez français ?

— Un petit peu, répondit-elle la mine enjouée, avec un délicieux accent espagnol.

— Ah ! Tant mieux ! Mon espagnol est catastrophique !

— Vous voulez une chambre, *señor* ?

— Non. Non, c'est un peu spécial… Voilà, je suis de la police française.

De nouveau, il sortit son ancienne carte de la DCRI. Un jour ou l'autre, il allait finir par se faire prendre, et le prix à payer serait de trois ans d'emprisonnement. Largement assez de temps pour écrire ses mémoires.

— J'enquête pour la France sur le meurtre de M. Jacques Caillol.

— Ah… fit la réceptionniste, d'un air désolé.

Comme souvent, quand une différence linguistique sépare deux interlocuteurs, la pauvre femme se croyait obligée d'exagérer chacune de ses mimiques, de peur de ne pas être comprise.

— Est-ce que vous voulez bien me dire quand il est descendu dans votre hôtel ?

— Bien sûr. Le *señor* Caillol, il est arrivé le samedi 1er. Pour une nuit seulement.

— Il n'avait réservé que pour une seule nuit ? s'étonna Mackenzie.

— *Si*. Et donc, il n'a même pas dormi ici, puisqu'il est mort dans la nuit du samedi.

— En effet. Vous aviez quand même eu le temps de parler un peu avec lui ?

— Un petit peu. Il était très poli, très aimable.

— Et il vous a dit pourquoi il était à Séville ?

— Eh bien, oui… Justement, il voulait visiter l'hôpital de la Santa Caridad… Oh… mon Dieu… Quelle misère !

— Il était seul ?

— *Si.*

— Personne n'est venu le voir ?

— Eh, non, mais il n'était pas très longtemps dans l'hôtel, vous savez. Juste le *check-in*, et puis il est parti vers dix-neuf heures, et on ne l'a plus revu.

— Ses affaires étaient encore dans sa chambre le dimanche ?

— *Si.* Mais la police est venue les chercher, *señor.*

Ari acquiesça. Il avait besoin d'une piste. Un moyen de prolonger ses recherches.

— Vous ne savez pas où il a dîné le samedi soir, par hasard ?

— Non, désolée.

— Bien. Je vous remercie, dit-il en souriant, puis il quitta l'hôtel.

Une fois dehors, il marcha vers l'ouest, les mains dans les poches, la mine soucieuse. Il n'avait obtenu qu'une seule véritable information, mais elle n'était pas inintéressante : Caillol n'avait donc réservé son hôtel que pour une seule nuit. Cela signifiait qu'il était venu à Séville pour une chose et une seule : voir l'église de la Santa Caridad… *et mourir.* Restait à savoir pourquoi.

Il allait bien falloir qu'il en apprenne davantage sur cet entrepreneur français dont le nom lui disait définitivement quelque chose. Sans accréditation officielle, Ari n'avait plus qu'une seule solution : demander de l'aide à Iris, à la DCRI.

Quand il arriva à son hôtel, un message l'attendait à la réception. Il venait de Gabriella Mazzoleni.

« *Autopsie de mon père terminée. Traces d'aconitine. Papa a bien été assassiné. Attends de vos nouvelles.* »

Ses intuitions se confirmaient. Deux meurtres à deux jours d'écart, liés de plus ou moins près à Fulcanelli.

L'heure était venue de rentrer à Paris.

Mais avant cela, il lui restait quelque chose à faire. Sans même repasser par sa chambre, il ressortit dans la rue et déambula dans les venelles étouffantes de Séville.

40.

En milieu d'après midi, Cédric Radenac avait obtenu un rendez-vous avec Guillaume Briand, l'une des personnes dont le nom figurait sur l'agenda de Giacomo Mazzoleni, et dont il avait rapidement découvert qu'il s'agissait d'un docteur en histoire, auteur d'essais principalement consacrés à l'histoire du livre et de l'imprimerie, mais qui avait aussi signé quelques ouvrages sur des traités d'alchimie anciens... Bref, quelqu'un qui aurait peut-être quelque chose à lui apprendre sur le défunt ou, mieux, sur son mystérieux carnet. Fatigué de rester le nez plongé dans la paperasse, Radenac était bien content de sortir un peu de la grisaille de son bureau.

L'homme avait dépassé les quatre-vingts ans, mais, quoiqu'un peu dur d'oreille, il était d'une santé et d'une vivacité éblouissantes. Sa culture classique et son amour pour les belles choses transparaissaient dans son vieil appartement bourgeois du XVIIe arrondissement, mobilier de style et murs ornés de tableaux anciens. Si sa bibliothèque – qui lui servait aussi de bureau – n'était pas aussi fournie que celle de Mazzoleni, elle comptait tout de même une admirable collection d'ouvrages du XVIe siècle, car ce docteur en histoire avait consacré une grande partie de sa carrière à Gutenberg. Sur un pupitre, il possédait d'ailleurs une page – *une seule malheureusement*, disait-il – de la célèbre Bible à quarante-deux lignes imprimée par l'Allemand.

— Voulez-vous que je vous serve quelque chose à boire ? proposa aimablement l'octogénaire alors que Radenac venait de s'installer dans le large fauteuil en cuir qui faisait face au bureau de l'historien.

— Non, je vous remercie, j'évite de boire en service...

Du moins en public, corrigea mentalement le flic.

M. Briand prit place en face de lui. Il avait le regard lumineux, le sourire facile et empreint d'une sorte d'espièglerie désuète.

— Alors, qu'est-ce qu'un vieillard comme moi peut faire pour vous, cher monsieur ?

— Eh bien, comme je vous le disais au téléphone tout à l'heure, j'aimerais vous poser des questions au sujet de Giacomo Mazzoleni.

Briand prit un air accablé.

— Ah, ce pauvre Giacomo ! Triste nouvelle... Je vous avoue que je peine encore à croire à ce que vous m'avez annoncé au téléphone. Un assassinat !

— Oui, il a été empoisonné...

— Fichtre ! Un si brave homme ! Qui pourrait en vouloir à un être aussi plaisant ? C'est à peine croyable. Sait-on au moins pourquoi ?

— Peut-être pour un livre...

— Allons bon ! Pour un livre ? Dans quel monde vivons-nous, où l'on assassine pour un livre ? Et de quel livre s'agit-il, s'il vous plaît ? Vous piquez ma curiosité !

Radenac se redressa sur son fauteuil.

— Eh bien, avant d'y arriver, je voudrais vous poser quelques premières questions, si vous n'y voyez pas d'inconvénient...

— Mais je vous en prie, jeune homme, nous sommes là pour ça !

Du haut de sa quarantaine, cela faisait bien longtemps que Radenac ne s'était pas fait appeler « jeune homme », et il ne savait s'il trouvait la chose plutôt agréable ou condescendante.

— Pouvez-vous me dire, d'abord, comment vous connaissiez M. Mazzoleni ?

— Oh... Tous les bibliophiles de la région parisienne connaissent M. Mazzoleni, vous savez ! C'était un homme bien élevé, sensible, érudit, quoiqu'un peu singulier, et qui était présent dans la plupart des ventes aux enchères réservées aux amateurs de livres anciens, particulièrement ceux consacrés à l'hermétisme. Aussi, nous étions destinés à nous rencontrer un jour ou l'autre. À l'époque, j'entretenais moi-même une belle bibliothèque, dont j'ai décidé finalement de me séparer en 1978, parce que tout mon argent y passait, et qu'il était temps que je me paie des vacances et « une belle bagnole », comme on dit !

— Il vous reste visiblement quelques beaux volumes...

— Oh, ce n'est rien à côté de ce que je possédais à l'époque. Bref, je connaissais bien Mazzoleni. À vrai dire, c'est lui qui m'a contacté, la première fois. C'était... que je ne vous dise pas de bêtise, en 1972, je crois. Oui, c'est cela. Je venais de publier un ouvrage sur la sorcellerie. Ce bon Mazzoleni m'avait adressé un courrier d'une grande gentillesse, pour me dire tout le bien qu'il pensait de mon livre et me demander de lui renvoyer son exemplaire dédicacé, ce que je fis avec plaisir. De fil en aiguille, nous sommes devenus correspondants. Giacomo aimait beaucoup écrire des lettres, à la main. Il avait une fort belle écriture, je dois dire. Au fond, comme il ne recevait presque jamais chez lui et qu'il n'aimait pas aller chez les autres, nous n'avions l'occasion de nous voir que lors des ventes aux enchères. Notre amitié s'est surtout fondée sur nos échanges épistolaires.

— Vous n'avez jamais vu sa bibliothèque ?

— Ah ! La fameuse bibliothèque de Mazzoleni ! s'exclama l'historien, qui semblait trouver la question cocasse. Je ne crois pas que quiconque l'ait jamais vue, pas même sa femme de ménage !

— J'ai eu ce privilège, glissa Radenac en se lissant la moustache.

— C'est en effet un privilège, encore que les circonstances le rendent tout à fait regrettable. Si je n'avais vu maintes fois Giacomo acheter de somptueux ouvrages chez Drouot de mes propres yeux, je pense même que j'aurais fini par croire que sa légendaire bibliothèque n'existait pas !

— Je vous confirme qu'elle existe. Et vous pourrez bientôt en voir le contenu aux Archives nationales.

Le vieil homme soupira.

— Pauvre homme. *Requiescat in pace*[1].

— Vous parlait-il tout de même de ses livres ?

— Oh ! Oui ! Il ne parlait même que de cela, dans ses lettres, et fort bien ! Aussi bien qu'un poète d'une jolie femme !

— Nous en arrivons donc à ce qui semble être la cause de son assassinat. Vous voyez qui est Fulcanelli ?

— Bien sûr !

— Saviez-vous que M. Mazzoleni avait dans sa bibliothèque un carnet qu'il tenait pour être de la main même de Fulcanelli ?

Le vieil homme fronça ses épais sourcils, puis sembla réfléchir, comme si, derrière le voile de ses yeux humides, un puzzle était en train de trouver la dernière pièce qui lui manquait depuis fort longtemps.

— Fulcanelli ! Mon Dieu ! C'était donc ça son fameux carnet ?

Il avait dit cette phrase avec une sorte d'euphorie inattendue.

— Cela vous dit quelque chose ?

— Et comment ! Giacomo m'avait dit un jour qu'il avait acquis, à la fin des années 1950 me semble-t-il, un manuscrit incroyable, inconnu jusqu'alors, dont il refusait de révéler la teneur et l'origine. J'ai toujours pensé que c'était une coquetterie, une façon de cultiver le mystère. Mazzoleni *adorait* cultiver le mystère. À n'en pas douter, il parlait de ce manuscrit-là ! Mais de la main de Fulcanelli, me dites-vous ? J'ai beaucoup de mal à y croire !

— Pourquoi ?

— Eh bien, tout simplement parce que je ne pense pas que la chose soit possible ! Il ne peut pas y avoir de manuscrit

---

1. « Qu'il repose en paix. »

de Fulcanelli, et d'ailleurs il n'y en a jamais eu. Êtes-vous familier avec l'histoire de Fulcanelli, cher ami ?

— Je commence à connaître deux, trois choses, oui... Mais je suis loin de maîtriser le sujet.

— En vérité, Fulcanelli n'était pas une véritable personne, mais plutôt un collectif...

— Canseliet et Champagne ? suggéra Radenac, regrettant presque de constater que la théorie d'Ari semblait être partagée par M. Briand.

— Pas seulement. Pierre Dujols, le libraire, a très certainement participé à cette histoire, lui aussi.

Le brigadier-chef entoura aussitôt sur son carnet le nom de ce troisième « suspect », qui revenait en effet trop souvent dans l'affaire Fulcanelli pour ne pas être étudié.

— Or Mazzoleni connaissait parfaitement la graphie de ces trois-là, dont nous avons plusieurs notes manuscrites. En somme, pour que notre cher Giacomo affirmât que ce carnet fût de la main de Fulcanelli, il eût fallu qu'il ne reconnût l'écriture d'aucun de ces trois petits chenapans... Or, puisque Fulcanelli, c'était eux, si ce manuscrit n'était pas de leurs mains, c'était donc forcément un faux. Vous me suivez ?

Radenac hocha lentement la tête.

— Pour vous, il ne peut pas y avoir de manuscrit, parce que Fulcanelli n'existait pas ?

— Assurément ! La chose est entendue.

— Vous pensez que Canseliet aurait donc menti toute sa vie en parlant de son vieux maître ?

— Oh ! Ce brave Eugène ! Comment vous expliquer ? Il y a deux solutions : soit il avait sciemment créé Fulcanelli avec Champagne et Dujols, et il a fini par vivre si intensément dans ce mensonge qu'il ne se souvenait même plus que c'en était un ! Soit Dujols et Champagne l'ont dupé et lui ont fait croire que ces notes venaient vraiment d'un mystérieux vieillard. C'est possible. Il semblait tellement sincère quand il parlait de cette histoire, c'était assez déroutant ! Mais attention ! Je ne laisserai jamais dire que c'était un escroc !

C'était un brave homme. Il croyait profondément à ce qu'il disait ! Il était un peu allumé, voilà tout.

— Vous l'avez connu personnellement ?

— Je l'ai rencontré plusieurs fois, oui. C'était un homme attachant, délicieusement anachronique, mais un peu... limité, il faut bien le dire.

— Limité ? s'étonna Radenac. Dans ses livres, il donne plutôt l'image d'un homme érudit !

— Certes, mais sa culture se bornait à l'alchimie et à son histoire, et même à un seul pan de l'alchimie, je dois dire. Et puis, vous savez, la culture n'est pas toujours synonyme d'une grande intelligence... Mais je suis gêné d'en dire du mal, je ne voudrais pas salir sa mémoire, car, au fond, je vous le répète, ce n'était pas un mauvais bougre ! Cela dit, il est mort il y a plus de trente ans, il y a prescription, n'est-ce pas ?

— Absolument ! le rassura Radenac en souriant, voyant que son interlocuteur, par respect, peinait à dire ce qu'il pensait vraiment.

— D'ailleurs, dans son célèbre entretien avec Robert Amadou, Canseliet, amené à dire un peu de mal de Bachelard et de René Guénon, avait dit très exactement ceci : « *Je vais dire, et j'ai dit, du mal de gens qui sont morts, et je prie qu'on m'en excuse. Mais je souhaite, et je sais, qu'on fera de même après ma mort.* »

— Il ne vous en voudrait donc pas...

— Il le souhaitait, alors voilà, je vais vous dire : il me semblait assez naïf, et donc facile à manipuler. Il me faisait penser à un brave petit comptable de province. Je n'ai rien contre les petits comptables de province, entendons-nous bien, mais il était la caricature d'un personnage provincial de Balzac ou de Marcel Aymé. Vous voyez ?

— Euh, vaguement, avoua Radenac, confus. Vous savez, je suis flic... On sait à peine lire, dans la police.

L'historien fut amusé par la boutade, goûtant visiblement l'autodérision de ce sympathique policier.

— Bref, la petite gloire que Canseliet avait acquise dans les milieux ésotéristes, en tant que disciple présumé de Fulcanelli, devait lui donner l'impression d'avoir un peu d'importance… Il était très persuasif, d'ailleurs, dans son rôle. Il maîtrisait assez bien ces domaines, mais il lui arrivait de se tromper, et parfois à dessein.

— Vous en êtes sûr ?

— Malheureusement. Tenez, je vous donne un exemple. Dans ce même entretien avec Amadou, Canseliet affirme que l'*Hermès dévoilé*, magnifique traité alchimique de 1832, n'était pas signé Cyliani, à l'origine, mais seulement des deux lettres « C » et « I ». Il soutenait que le libraire Pierre Dujols avait inventé de toutes pièces le pseudonyme de Cyliani ! C'est évidemment faux ! Cyliani était bien le pseudonyme original de l'auteur, il est même mentionné dès 1834 – près de trente ans avant la naissance de Dujols – par M. de Manne, l'ancien conservateur de la bibliothèque du roi, dans son *Nouveau Recueil d'ouvrages anonymes et pseudonymes*, qu'on peut consulter à la BN.

— Ce n'était pas forcément un mensonge de la part de Canseliet… Peut-être une simple erreur, par ignorance ?

— Vous avez raison. Mais sur la disparition de Fulcanelli, Canseliet ne cesse de se contredire ! Entre la préface originale du *Mystère*, son interview radiophonique chez Jacques Chancel et ses articles dans *La Tourbe des philosophes*, il donne sans cesse des années différentes. Bref, soit il s'emmêle dans ses souvenirs, soit dans ses mensonges. Enfin, sur ses prétendues retrouvailles à Séville avec un Fulcanelli âgé de cent treize ans, en 1952… Que dire ? En dehors du fait que la chose est assez peu crédible pour l'homme rationnel que je crois être, là encore il s'emmêle dans les dates…

— Il aurait donc sciemment menti ?

— Je ne sais pas… Peut-être y croyait-il si fort qu'il lui arrivait de *voir* Fulcanelli. Tenez, de nombreuses années après la mort de ma mère, elle me manquait tellement qu'il m'arrivait de la *voir* dans la rue ! Parfois, il suffit de croire pour voir, vous savez bien… Et puis, si j'ose dire, il était un peu allumé, ce brave Canseliet. Par exemple, il affirmait *très sérieusement* qu'il était à l'origine de l'aurore boréale de 1938, visible dans toute l'Europe et déclenchée selon lui par une erreur de manipulation qu'il aurait faite en s'essayant au grand œuvre dans son fourneau parisien !

Le vieil homme éclata de rire en terminant sa phrase.

— Ah oui, tout de même ! Donc, pour vous, Fulcanelli était une mystification à laquelle Canseliet aurait participé ?

— Plus ou moins consciemment, oui. Cette histoire, selon moi, était principalement à l'instigation de Julien Champagne, qui était un grand farceur, lui, et coutumier du fait. Mais, comme je vous le disais, le libraire Pierre Dujols était certainement aussi dans le coup. Ces deux gredins ont peut-être manipulé Canseliet, qui était beaucoup plus jeune qu'eux à l'époque et facilement impressionnable. Qui sait ? Il croyait peut-être vraiment à l'existence de Fulcanelli… Je ne serais pas étonné que la fameuse transmutation dans l'usine à gaz de Sarcelles fût un canular et que Canseliet se fût laissé berner en voyant de l'or dans les mains de ses amis…

— Pour une simple farce, les livres sont tout de même assez réussis.

— Bien sûr ! Ils ne sont pas dénués d'intérêt. Cela dit, il faut bien comprendre que l'idée centrale des deux livres – selon laquelle un savoir alchimique, traditionnel, s'est transmis dans le temps à travers des œuvres architecturales – n'est pas du tout exprimée là pour la première fois. Elle a déjà été développée à de nombreuses reprises, bien avant.

— En gros, Fulcanelli n'aurait rien inventé ?

— Rien d'extraordinaire, il faut bien l'admettre. D'abord, il y a Esprit Gobineau de Montluisant, au XVIIe siècle, avec son court texte, *Explication très curieuse des énigmes et figures hiéroglyphiques, physiques, qui sont au grand portail de l'église cathédrale et métropolitaine de Paris*. Ensuite, il y a Charles-François Dupuis qui, au XVIIIe, publia son *Origine de tous les cultes, ou Religion universelle*, et grâce auquel, sans doute,

Notre-Dame de Paris ne fut point détruite pendant la Révolution. Et puis il y a Cambriel, aussi charlatanesque fût-il, qui soutint également cette idée dans *Cours de philosophie hermétique*, son seul et unique ouvrage à ma connaissance, paru, si je me souviens bien, dans les années 1840. Enfin, Victor Hugo lui-même ne défendait-il pas cette thèse dans *Notre-Dame de Paris*, lui qui assimilait la cathédrale à un livre de pierres ? En somme, le travail de Fulcanelli n'était pas celui d'un découvreur, d'un inventeur, mais plutôt celui d'un passeur, d'un compilateur ou, devrais-je dire, de plusieurs compilateurs...

41.

Ari, qui venait de se cacher derrière une porte cochère de la rue San Pablo, surgit soudain de l'ombre et attrapa l'homme par le col de sa chemise pour le plaquer contre le mur. Celui-ci, quoique surpris, ne tarda pas à se défendre et, d'une clef de bras, parvint de justesse à se libérer de l'emprise de son assaillant. Il repoussa Ari en arrière, lui faisant perdre l'équilibre, et s'enfuit à toute vitesse dans la rue pavée.

Mackenzie, vexé, se releva en grognant et courut à sa poursuite. *Je suis trop vieux pour ces conneries !* pensa-t-il...

Le type, dont il avait plusieurs fois remarqué la présence dans l'après-midi, était un trentenaire aux courts cheveux bruns, à la peau mate – peut-être un Espagnol – solidement bâti et légèrement plus grand que lui. Mieux valait le rattraper vite, parce qu'avec vingt ans de whisky et de tabac dans le sang, Ari risquait de ne pas tenir la distance.

L'homme, bousculant au passage un groupe de touristes, venait de s'engager à gauche dans la rue Santas Patronas, beaucoup plus étroite et moins fréquentée. Des travaux, avec leur lot d'échafaudages, de graviers et de barrières, ralentirent toutefois sa course.

Ari décida d'éviter le trottoir encombré et continua au beau milieu de la rue, au risque de tomber sur une voiture en sens inverse.

Plus encore que son manque de souffle, il maudit à cet instant l'absence de son calibre 9 mm dans sa poche. Avoir quitté la DCRI représentait tout de même bien des désavantages…

Le fuyard obliqua soudain vers une ruelle plus petite encore. Mackenzie, les tempes battantes, se refusa à abandonner. Leurs pas résonnaient entre les murs blancs des vieux immeubles.

Soudain, alors qu'Ari commençait à perdre de la distance, un scooter providentiel déboula de la gauche et manqua de renverser le fugitif.

Crissement de pneus, hurlements, insultes… Mackenzie, profitant de l'altercation, se jeta sur son adversaire de tout son poids et le fit tomber au sol.

Sous le regard perplexe du chauffard, ils roulèrent sur le pavé, se relevèrent, puis, alors que sa proie s'apprêtait à fuir de nouveau, Ari lui fit un croche-pied, et le gaillard s'écroula de tout son long au milieu de grandes poubelles en plastique.

Mackenzie, enragé, lui tomba dessus et lui décocha une énorme droite en plein visage.

L'homme montra étonnamment peu d'agressivité et, au contraire, se protégea le visage des deux mains en criant grâce, avec ce qui s'avéra être un accent italien très prononcé :

— Arrêtez ! Arrêtez ! *Per favore !*

Ari, pour la forme, lui colla une deuxième raclée, puis le maintint au sol à l'aide de son genou.

— Pourquoi vous me suivez ? grogna-t-il d'un air menaçant.

Le type, la pommette entaillée, le regardait d'un air terrifié. Visiblement, ce n'était pas un dur à cuir, et il ne s'était pas du tout attendu à se faire tabasser.

— *Scusa*, monsieur ! Je… Je ne vous veux pas de mal !

— Qui êtes-vous ? insista Ari en le secouant.

— Je suis *un sacerdote*, un prêtre !

Mackenzie écarquilla les yeux, puis faillit éclater de rire.

— Pardon ?

— *Si* ! Je travaille pour une *pontificia commissione* ! Je ne vous veux pas de mal ! Regardez !

L'homme écarta un pan de sa veste et montra la croix en bois qu'il portait autour du cou. Ayant tout de même un dernier doute, Mackenzie fouilla dans ladite veste et en sortit le portefeuille de l'Italien. Une carte de visite mit définitivement fin à ses soupçons : « *Fabrizio Ponteleone, pontificia commissione per i beni culturali della chiesa*[1] ».

Ari grimaça en comprenant qu'il venait effectivement de casser la figure à un prêtre…

— Et vous pouvez m'expliquer pourquoi vous me suivez dans les rues de Séville ?

— À cause du *Finis Gloriae Mundi*, monsieur !

— Comment ça ?

— La *commissione* a peur que le tableau soit en danger. Je le surveille.

— Et vous croyez que je représente un danger pour ce tableau, *moi* ?

— *Eh ! Non lo so !* Vous êtes français, comme Jacques Caillol, et vous avez posé des questions sur le tableau… *È sospetto !*

Ari secoua la tête et relâcha sa proie. Il se releva et aida le curé à en faire autant.

— *Sospetto, sospetto !* C'est quoi, ces méthodes ? Le Vatican n'a rien de mieux à faire que d'envoyer un prêtre pourchasser les gens qui posent des questions sur un tableau ? C'est le retour de l'Inquisition ?

— *Scusa*… Je devais enquêter pour savoir si le tableau était menacé. Je vous ai vu à l'église, et le *hermano mayor* m'a dit que vous étiez de la police française. J'ai voulu vérifier…

— C'est comme ça qu'on se fait casser la figure, mon garçon !

---

1. « Commission pontificale pour le patrimoine culturel de l'Église. »

L'Italien, penaud, haussa les épaules.

— *Eh, sì,* je vois ça… fit-il en essuyant le sang qui coulait sur sa joue.

— Bon, ça ira pour cette fois, lâcha Ari qui commençait à avoir un peu honte de son geste. Pourquoi le Vatican s'inquiète-t-il particulièrement pour ce tableau ?

Le curé reprit du poil de la bête.

— Vous savez très bien pourquoi !

— Vous pensez que quelqu'un pourrait le voler ? Il est un peu grand. Ça ne serait pas très pratique…

— Certains *seguaci* de Fulcanelli sont prêts à n'importe quoi pour résoudre son mystère. Nous voulons seulement protéger le patrimoine de l'Église.

— Eh bien, vous n'avez qu'à mettre des systèmes de sécurité un peu plus efficaces dans vos églises…

L'homme fit une moue dubitative.

— Vous n'êtes pas vraiment de la police, n'est-ce pas ?

Ari ne put masquer sa surprise.

— Disons que je suis un ancien flic reconverti.

— Et je peux savoir pour qui vous travaillez, *caro detective* ?

— Pourquoi vous le dirais-je ?

— *Ma !* En échange d'une information qui vous intéressera. Qui concerne votre sécurité.

Mackenzie dévisagea son interlocuteur un instant. Au fond, le prêtre n'avait pas l'air d'un mauvais homme, et il n'avait pas grand-chose à perdre.

— Je travaille pour le compte d'une galeriste parisienne, qui s'est fait voler un manuscrit lié à Fulcanelli, la veille du meurtre… Elle veut savoir s'il y a un lien entre ces deux fâcheux événements. Rien de plus.

C'était une vérité approximative, mais largement suffisante à son goût.

Le prêtre hocha la tête.

— Alors ? Cette fameuse information ? le relança Ari.

L'homme jeta des coups d'œil alentour, comme s'il avait peur qu'on les entende.

— Je n'étais pas le seul à vous suivre.

— Comment ça ?

— Quand vous êtes sorti de la Santa Caridad... Il y avait quelqu'un d'autre qui vous surveillait, *vi prometto* !

— Qui ça ?

— *Ma ! No lo so !* Je n'ai pas vu son visage.

— Pourquoi ?

— Il était à moto. Il portait un casque.

— C'est tout ce que vous pouvez me dire de lui ?

Le père Ponteleone haussa les épaules.

— Je peux vous dire la marque de la moto, dit-il en souriant.

— C'était une italienne, c'est ça ? s'amusa Mackenzie, qui connaissait le chauvinisme transalpin en matière de mécanique.

— *Si*. Ducati 1199 Panigale. *La ricerca della perfezione !*

— Pas très discret.

— *Ma !* Plus c'est voyant, moins on y fait attention : vous ne l'avez pas vue, moi, si.

— OK, soupira Ari. Eh bien... Merci du tuyau, mon père. Je suppose qu'on va maintenant aller chacun de son côté, hein ?

Le prêtre reprit le portefeuille que le Français lui tendait et lui laissa sa carte.

— Si vous trouvez des informations qui pourraient nous intéresser, appelez-moi.

Le père Ponteleone semblait attendre un geste réciproque de la part du Français, mais Ari se contenta de lui tapoter sur l'épaule et l'abandonna sur place.

Une chose était sûre : pour que le Vatican s'intéresse à cette affaire, même d'aussi loin, c'était qu'elle était plus sérieuse qu'il n'y paraissait. À moins que le Saint-Père, dans un accès de paranoïa digne des pires adeptes de la théorie du complot, se soit imaginé que le mystère Fulcanelli cachait quelque secret qui pourrait embarrasser l'église. On frisait le burlesque...

Quant à cette histoire d'homme au blouson de cuir, Ari ne savait qu'en penser. Qui d'autre encore pouvait bien être venu le suivre jusqu'ici ? Décidément, Séville était terriblement à la mode, cet été !

Mackenzie, pourtant champion du scepticisme, commençait donc à se poser une question : et si cette histoire de carnet volé était plus sérieuse qu'il n'avait bien voulu le croire ? Pire : et si ce carnet revêtait au final quelque surprenante authenticité ? Car si les meurtres de Giacomo Mazzoleni et de Jacques Caillol étaient effectivement liés, deux morts, c'était beaucoup, pour un canular…

42.

— Il faut bien que vous compreniez que tout ce petit monde se rencontrait dans les salons hermétistes du début du XXᵉ siècle, monsieur Radenac. Ils appartenaient à des cercles ésotéristes plus ou moins sérieux, très à la mode à cette époque. Il y avait par exemple le mouvement martiniste, lancé par le docteur Encausse, alias Papus, et auquel appartenaient Stanislas de Guaita – qui était à mon avis le plus sérieux et brillant hermétiste de l'époque – mais aussi le sinistre Maurice Barrès, xénophobe notoire. Ceux-ci se retrouvaient à la librairie d'Edmond Bailly, rue de la Chaussée-d'Antin, librairie que fréquentait assidûment… Julien Champagne. Ce même Stanislas de Guaita fonda aussi l'ordre kabbalistique de la Rose-Croix, que rejoignirent des artistes comme Erik Satie ou Claude Debussy. Puis il y eut la Société alchimique de France, fondée par Jollivet-Castelot et dont Camille Flammarion était membre d'honneur… Je pourrais vous en citer bien d'autres encore, mais je vous épargne cette épreuve, par charité d'âme. Bref, ce joli monde se retrouvait dans les hauts lieux de l'hermétisme parisien, et notamment à la Librairie du Merveilleux. Or cette dernière – voyez comme ce monde était petit – avait été rachetée en 1900 par… Pierre Dujols !

— On frôle la consanguinité ! plaisanta Radenac.

— En effet ! Bref, selon moi, les choses se sont passées ainsi : Dujols, le libraire, et Champagne, l'illustrateur, se fréquentaient régulièrement, échangeaient des idées, des lectures, se montraient leurs écrits respectifs – car tous deux écrivaient – jusqu'à ce qu'un jour leur vienne l'idée de publier un livre ensemble.

— Mais pourquoi votre fameux Dujols ne l'a-t-il pas édité lui-même, dans ce cas, puisqu'il était libraire, auteur et éditeur ?

— Il ne l'était plus à ce moment-là. Très malade, il a cessé ses activités et revendu la Librairie du Merveilleux vers 1912 je crois. En outre, il est mort en 1926, l'année de la parution du *Mystère*.

— Ah... En effet. C'est une bonne raison.

— Bref... Dujols n'était plus en état d'écrire tout seul. Champagne, quant à lui, était déjà passablement alcoolique. C'est alors que celui-ci songe à son jeune voisin de palier, rue de Rochechouart, un certain Eugène Canseliet, qui possède une jolie plume et semble lui aussi passionné par l'alchimie. Et c'est ainsi que naissent les deux mystérieux livres. Canseliet y fait incontestablement la synthèse de notes prises par ses deux aînés.

— Vous en êtes absolument certain ?

— Il suffit de lire les Fulcanelli, cher ami ! On y retrouve des thèmes chers à ces deux gaillards. D'abord, il y a très clairement dans ces livres l'héritage de Dujols : des références bibliographiques précises et prodigieuses, et tout ce qui touche à la linguistique et au grec, sujets que le libraire avait déjà abordés dans certains de ses écrits. Ensuite, il y a, évidemment, des thèmes propres à Champagne, principalement le décryptage de la symbolique des œuvres gothiques, qu'il avait étudiée aux Beaux-Arts, et au sujet de laquelle il avait déjà réalisé plusieurs dessins, dès 1910.

— Mais alors cela signifie que Canseliet aurait ensuite ouvertement menti – ou rêvé – quand il prétendait avoir rencontré *physiquement* Fulcanelli à plusieurs reprises...

— J'en ai bien peur. À moins que la tromperie soit allée jusqu'à faire jouer le rôle de Fulcanelli par une tierce personne. J'aimerais donner à Canseliet le bénéfice du doute, comme je vous l'ai dit, mais je n'y crois pas trop... Je pense, malheureusement, que Canseliet était dans la confidence et qu'après la mort des deux autres il a choisi de continuer à entretenir le mythe, auquel il a peut-être fini par croire lui-même. Peut-être avait-il fait la promesse à ses deux aînés de ne jamais révéler leur secret et s'est-il employé à brouiller les pistes pour que la vérité ne soit jamais connue.

— Et il a continué à toucher, seul, des droits d'auteur sur les livres de Fulcanelli, glissa malicieusement Radenac.

— Absolument. Le pauvre, il avait besoin de revenus, on le comprend ! D'ailleurs, tous étaient toujours à court d'argent – ce qui explique qu'ils se retrouvaient chez la famille de Lesseps, les seuls fortunés de la bande. Vous ne pouvez pas imaginer le nombre de fois où des prétendus Adeptes sont venus m'emprunter des liquidités ! Ils parlaient beaucoup de l'or qu'ils fabriquaient, mais on en voyait rarement les bénéfices...

Derrière son beau bureau revêtu de cuir, le vieil historien avait des airs malicieux, ceux d'un homme qui ne se laisse pas facilement berner, mais que les humaines faiblesses amusent.

— J'espère ne pas vous décevoir en vous révélant cela...

— Pas du tout. Seule la vérité m'intéresse.

— Ce qui ne trompe pas, c'est que l'existence présumée de Fulcanelli est remplie d'éléments qui appartiennent en réalité à celles de Dujols et de Champagne.

— Comment cela ?

— Marseille, par exemple, c'est Dujols, qui y a vécu et travaillé. Viollet-le-Duc, c'est le nom de la rue où habitait Champagne, à Arnouville-lès-Gonesse ! Quant aux fréquentations prêtées à Fulcanelli, ce sont celles de Dujols et Champagne. Les Lesseps, par exemple. Quant à l'usine à gaz de Sarcelles, c'était là que Canseliet travaillait lui-même ! En gros, ce bon Eugène, pour construire le mythe Fulcanelli, a pioché des éléments biographiques dans la vie de chacun des trois instigateurs…

— C'est convaincant, admit Radenac.

Il soupira. Si Guillaume Briand disait vrai, et que ce manuscrit n'était qu'un faux, le meurtre – déjà atroce – de ce vieux bibliophile n'en était que plus insensé encore.

— Ma prochaine question va peut-être vous paraître un peu étrange…

— N'ayez crainte : mon métier m'a définitivement mithridatisé à l'étrange, mon garçon.

— Selon vous, qui, dans l'entourage de Mazzoleni, aurait pu être au courant de l'existence de ce carnet et aller jusqu'à l'assassiner pour le lui dérober ?

— Mon Dieu ! Personne que je connaisse, j'espère !

— Pensez-vous que Mazzoleni avait parlé de son carnet à quelqu'un d'autre qu'à vous ?

— De manière aussi évasive, sans mentionner Fulcanelli ? Oui, probablement. Je vous le disais tout à l'heure : il adorait cultiver le mystère, et ça ne m'étonnerait pas qu'il se soit vanté à droite et à gauche d'avoir dans sa bibliothèque un manuscrit unique et inconnu, comme il le fit avec moi. Malheureusement, je ne pourrais pas vous dire à qui il se serait confié. Tout ce que je peux faire, c'est essayer de retrouver la lettre où il me parlait de cet énigmatique manuscrit.

— Ce serait formidable, oui !

Le vieil homme se leva et ouvrit un placard au pied de sa bibliothèque, dans lequel il conservait précieusement tout son courrier, classé minutieusement par année et par ordre alphabétique. À en juger par le nombre de cartons que contenait le meuble, ledit courrier devait être des plus abondants !

L'historien, les mains tremblantes, chercha pendant dix bonnes minutes, ouvrant une à une les enveloppes envoyées par le galeriste, avant de pousser une exclamation victorieuse.

— La voici !

Il tendit au policier une feuille jaunie par le temps. Radenac la prit et lut à voix haute :

« *Giacomo Mazzoleni*
2, rue Vivienne
75002 Paris

Paris, ce 31 octobre 1973

Cher ami,

Merci de votre dernier courrier. Vos généreuses paroles me vont au cœur. Je viens de relire, pour la troisième fois, votre admirable ouvrage sur la sorcellerie – quel délice ! – et je dois dire que je suis fort curieux de voir paraître celui que vous préparez sur Johannes Gensfleisch zur Laden zum Gutenberg, mais la somme de travail me semble si considérable que je peine à croire que vous y parviendrez avant de nombreuses années ; aussi m'armé-je déjà de patience ! Les premières notes que vous avez bien voulu me faire lire sont fort prometteuses, et il ne fait aucun doute que cette étude fera date pour tous les bibliophiles de notre acabit.

À propos de ce bon Gutenberg, savez-vous que j'ai, dans ma bibliothèque, le Catholicon *de Johannes Balbus, qui fut imprimé par son atelier ?* »

— Sur ce point, intervint Guillaume Briand, il se trompe ! Ce livre fut bien imprimé à Mayence, mais pas par Gutenberg. C'était l'œuvre de concurrents, les Bechtermüntze ou d'autres, on n'est pas bien sûr. Mais enfin, c'est un détail, je ne vais pas vous importuner avec ces histoires... Ce qui est surtout amusant, c'est que ce gredin de Mazzoleni me parle fièrement de son *Catholicon*, mais croyez-vous un seul instant qu'il me proposerait de venir le voir dans sa bibliothèque ? Le mufle ! Comme je vous le disais, une fois qu'ils étaient posés sur ses étagères, Giacomo ne montrait plus jamais ses livres à personne ! Mais continuez, je vous en prie.

« *Certes, ce n'est pas de la teneur de votre si belle page de la Bible à quarante-deux lignes, dont vous me parliez l'autre jour, et que nous vous jalousons tous, mais c'est tout de même un incunable extraordinaire : il comporte en incipit deux lignes qui sont écrites à la main, à l'encre rouge, et l'on est en droit de penser que c'est peut-être l'écriture même de l'imprimeur allemand ! J'aime à le croire. Quant aux trente-neuf cahiers in-folio à deux colonnes, ils sont dans un état extraordinaire – délicats, généreux – et les initiales gothiques, en rouge elles aussi, sont de toute splendeur. Il se dégage de ce livre une indicible sensualité ; il est tantôt capricieux, tantôt séducteur, ne révélant en surface qu'une partie de son histoire, celle qui lui donna son odeur et sa teinte, mais gardant secrètes sûrement certaines des aventures que, nécessairement, il connut entre de si nombreuses mains.*

Bien qu'il ne s'inscrive guère dans mon domaine de prédilection – qui, comme vous le savez, est la gaie science d'Hermès – je le tiens malgré tout pour l'une des plus belles pièces de ma bibliothèque, avec un certain carnet secret dont la valeur, elle, est toute différente – car il n'est pas très ancien, mais ô combien précieux, et ô combien unique – et qui ferait couler beaucoup d'encre si j'en révélais l'auteur, la teneur et la provenance, ce que je me garderai bien de faire ! J'aime à penser qu'aucune autre paire d'yeux jamais ne se posa sur ces pages que celle de leur auteur, et j'ai d'ailleurs de bonnes raisons de le croire fermement, car dans le cas contraire son secret n'eût sans doute pas été conservé. Il m'apparaît crédible, en effet, que ce petit bijou resta occulte – dans tous les sens du terme – entre le temps de sa rédaction et l'année 1957 quand, par un hasard que je ne peux dévoiler, il tomba enfin entre mes mains. Mais je m'égare et j'en ai sans doute déjà trop dit…

Dans un tout autre registre, j'ai dîné jeudi dernier à Boulogne chez monsieur Le Lionnais, et ayant découvert pendant le repas que, sans le savoir, nous vous avions comme ami commun, il a proposé votre santé à tous, que nous avons bue avec enthousiasme !

Avez-vous eu la bonté de remettre le petit livre à Robert ? Détails sur ce point dans votre prochaine lettre.

Bien à vous,
G. Mazzoleni »

— C'est très drôle, non ? fit Guillaume Briand, effectivement hilare. Vous avez vu comme il en parle sans en parler ? Quels efforts il déploie pour nourrir le mystère, puis fait semblant de le regretter ? Aux jeux de l'amour, on appelle ça de l'allumage, n'est-ce pas ?

— En tout cas, on voit vraiment que c'était son livre le plus cher !

— Eh oui… Et moi, j'ai mordu à l'hameçon ! Vous devinez que j'ai mille fois essayé de lui tirer les vers du nez ! Mais il n'a jamais voulu m'en dire davantage. Sans doute craignait-il aussi, s'il me révélait l'auteur présumé de ce carnet, que je me moque de lui ! Pensez-vous ! Un manuscrit de Fulcanelli ! J'aurais éclaté de rire !

— Pourtant, vous semblez connaître l'affaire Fulcanelli sur le bout des doigts.

— J'ai écrit un long article à ce sujet il y a une vingtaine d'années… Vous savez, c'est sans doute l'histoire la plus fascinante de l'alchimie moderne.

— Bien. Je vous remercie infiniment, monsieur Briand. Je me permets toutefois d'insister sur la question que je vous ai posée tout à l'heure…

— Laquelle, donc ?

— Eh bien, vous disiez ne pas connaître de meurtrier potentiel dans l'entourage de Mazzoleni. Mais, selon vous, y a-t-il en France, plus généralement, des gens qui seraient capables de tuer pour récupérer un manuscrit supposé de Fulcanelli ?

— Certainement… Mais encore une fois, j'espère ne pas les connaître !

— Bien sûr, mais y a-t-il des gens chez qui la fascination pour Fulcanelli vous semble démesurée ?

— Énormément ! Presque tous les fulcanellistes, ai-je envie de dire ! Mais pas au point d'assassiner un vieil homme !

— Personne qui ait poussé sa fascination pour Fulcanelli jusqu'au culte, par exemple ?

L'historien grimaça.

— Votre question est embarrassante car, en somme, vous me demandez de désigner un meurtrier potentiel, et n'ayant aucun élément concret pour faire pareille déduction, ce serait presque du délit de faciès !

— Cela pourrait simplement me permettre de chercher des pistes…

— Eh bien… Je suppose que les énergumènes de la Fraternité d'Héliopolis sont certainement les plus fanatiques, sur le sujet.

Radenac ouvrit grands les yeux, stupéfait.

— La Fraternité d'Héliopolis ? Elle existe toujours ?

— C'est plus compliqué que ça. Elle n'a jamais vraiment existé, en fait. Canseliet s'en réclamait et prétendait qu'elle était de Fulcanelli. Or Fulcanelli n'existe pas, donc, selon moi, cette confrérie était aussi fictive que l'alchimiste. Elle n'existait pas plus que le Prieuré de Sion, lui aussi né d'un canular, mais beaucoup moins drôle, celui-là, car ouvertement antisémite. Il n'y a évidemment pas la moindre trace historique de la Fraternité d'Héliopolis, mais quelques illuminés se réclament d'elle aujourd'hui, tout comme certains se sont réclamés du Prieuré de Sion… Je ne les connais pas personnellement, ce dont je ne me plains pas outre mesure. Je vois seulement paraître ici et là quelques fascicules qui sont signés par des auteurs dont le pseudonyme est suivi des trois lettres « F. C. H. », comme le faisait Canseliet.

— Et vous ne savez pas de qui il s'agit ?

— Non. Mais un policier devrait pouvoir trouver cela aisément, n'est-ce pas ?

43.

Le lendemain, l'avion d'Ari se posa à Roissy en fin de matinée, dans un soleil radieux qui n'avait rien à envier à celui de Séville, sinon qu'ici l'air qu'il faisait vaciller était nimbé d'une pollution qu'on voyait même depuis le ciel.

Au chauffeur de taxi, Ari avait donné l'adresse de la DCRI, à Levallois-Perret, où il avait pris rendez-vous avec Iris pour déjeuner, condition requise pour la convaincre de faire quelques recherches pour lui.

La liste des appels en absence sur son téléphone portable était impressionnante, et ses deux principaux protagonistes, multirécidivistes, étaient Krysztov Zalewski et Cédric Radenac... Plus étonnante était la présence dans cette liste du numéro de Lola.

La jeune femme ne l'avait pas appelé depuis si longtemps que c'était... déstabilisant. Ari hésita à l'appeler à son tour, mais il y avait là une cicatrice qu'il préféra ne pas rouvrir. Pas tout de suite.

Krysztov, ça pouvait attendre – si cela avait été urgent, il lui aurait envoyé un SMS en ce sens. Quant aux appels du brigadier-chef, Ari n'en devinait que trop bien le motif et, après un soupir las, il se décida à rassurer son ami et composa nonchalamment son numéro.

— T'étais où ? lui lança aussitôt Radenac.

— Chaleureux accueil ! s'amusa Mackenzie en imaginant le visage furibond de son interlocuteur. J'étais à Séville, Cédric.

— Comment est-ce que tu as pu accepter de travailler sur *mon* enquête ? T'es vraiment une enflure !

— Oh la ! Tout doux, Jolly Jumper ! Mme Mazzoleni *m'a fait une offre que je ne pouvais pas refuser*. Je ne vois pas où est le problème.

— Le problème, misérable *Touvier*, c'est que c'est *mon* enquête et que je n'aime pas qu'on marche sur mes plates-bandes !

— Tu as des plates-bandes à Séville ?

— Tu sais très bien ce que je veux dire !

Dehors défilaient les immeubles gris d'Arnouville-lès-Gonesse, où était enterré Julien Champagne, et au-delà de laquelle s'étendait la ville de Sarcelles. Ari ne put s'empêcher de songer à la transmutation légendaire de Fulcanelli et Canseliet, qui était censée avoir eu lieu dans cette usine à gaz, à l'époque où Sarcelles était encore une petite cité ouvrière où l'on fabriquait du coton, de l'aluminium, des tuiles et des briques... Après la Seconde Guerre mondiale, la folie démographique du *baby-boom* et le manque de clairvoyance des autorités politiques avaient eu raison des derniers espaces agricoles de la ville, et ces horribles barres d'immeubles s'étaient érigées cruellement au milieu des derniers champs.

— Écoute, mon petit Cédric, arrête ton numéro. Je ne vais pas te piquer *ton* enquête et te laisserai briller auprès de ta hiérarchie. C'est toi, la star, moi je ne suis que le second rôle. Tiens, je te propose qu'on échange nos infos.

— Je ne suis pas sûr d'avoir grand-chose à y gagner.

— Je te remercie de la confiance que tu portes à mes talents d'enquêteur...

— Qu'est-ce que tu as appris, à Séville ?

— J'ai acquis la certitude que Jacques Caillol, l'entrepreneur assassiné, était bien venu exclusivement pour le *Finis Gloriae Mundi*. Il faudrait que tu voies si Mazzoleni et lui se connaissaient. Et, à ta place, je demanderais à la police de Séville de te faire suivre les prélèvements qu'ils vont faire dans la crypte de l'église de la Santa Caridad. Quelque chose me dit qu'ils vont y trouver l'ADN du tueur.

— OK, lâcha le brigadier-chef après un long moment de silence.

— Tu me diras si tu trouves quelque chose ?

— Oui !

— Tu m'aimes toujours, hein ? demanda Mackenzie d'une voix enfantine.

— Ouais. T'es une enflure, mais je t'aime toujours.

— Je t'aime aussi, mon petit moustachu préféré.

— Est-ce que tu pourrais essayer de te renseigner sur la Fraternité d'Héliopolis au lieu de dire des conneries ? Apparemment, il y a encore des types qui s'en réclament. Ça pourrait être une piste…

À ces derniers mots, Ari, comme saisi par une épiphanie, se frappa le front.

Évidemment ! C'était ça ! La Fraternité d'Héliopolis ! Le puzzle se reconstitua d'un seul coup dans son esprit. Il en était presque sûr : c'était là qu'il avait vu le nom de Jacques Caillol ! Comment avait-il pu oublier ?

— OK, dit-il évasivement. Je vais voir ce que je peux trouver là-dessus.

Et il savait où chercher. Il était même déjà en route.

44.

Carnet Moleskine brigadier-chef Radenac
Note n° 4 : Fulcanellisable - Pierre Dujols, le libraire.

Pierre Dujols est né le 22 mars 1862 à Saint-Illide, dans le Cantal, d'un père cordonnier et d'une mère sans profession. Il passe une partie de sa jeunesse avec ses parents à Marseille, puis devient élève au collège des jésuites d'Aix-en-Provence, ce qui est notable pour un simple fils d'artisan. (Note : la référence à Marseille et Aix répétée par Canseliet à de nombreuses reprises au sujet de Fulcanelli est-elle en réalité une référence à Dujols, comme l'affirme Guillaume Briand ?)

Après ses études, Pierre Dujols devient journaliste à Marseille, puis à Toulouse.

En 1887, il épouse Mlle Charton, une Bretonne, réputée pour avoir des dons de clairvoyance et faire des rêves prémonitoires…

En 1901, Pierre Dujols monte à Paris avec sa femme. Ils s'installent ensemble au 47 de la rue Henri-Barbusse, où ils resteront jusqu'à leur mort. En 1909, l'ancien journaliste, érudit, bibliophile et passionné d'hermétisme, reprend la célèbre Librairie du Merveilleux, où il ne se contente pas de vendre des livres mais aussi d'en éditer. Périodiquement, il publie notamment un catalogue d'ouvrages anciens, où il fait la part belle aux livres ésotériques.

Grâce à sa librairie, il fait la connaissance de personnalités singulières, telle la cantatrice Emma Calvé (amie de Natalie Clifford Barney, l'amazone du Paris lesbien qui tenait salon au temple de l'Amitié) ou le célèbre ésotériste René Guénon. C'est aussi dans sa librairie qu'il rencontre l'illustrateur Julien Champagne, avec lequel il se lie d'amitié.

En 1912, diminué par la maladie et par l'arthrose qui, malgré sa relative jeunesse, bloque ses articulations inférieures, il cesse son activité et revend sa librairie, mais il n'arrête pas pour autant d'écrire et de publier (avec l'aide de sa femme, dit-on). Ainsi, on lui doit, sous le pseudonyme de Magophon, l'étude qu'il fait du Mutus Liber, *dans sa réédition de 1914 chez Émile Nourry (note : il y a certaines coïncidences stylistiques et lexicales entre ce texte et ceux de Fulcanelli…).*

Il décède d'une crise d'urémie, chez lui, le 19 avril 1926, et est enterré au cimetière du Montparnasse à Paris.

Conclusion : *plusieurs éléments peuvent laisser penser que Dujols aurait pu être le véritable personnage caché derrière le pseudonyme de Fulcanelli. De nombreux spécialistes l'ont d'ailleurs affirmé, notamment parmi ses disciples. Il était de fait très proche de Julien Champagne et d'Eugène Canseliet, et c'était certainement le plus érudit (et le plus âgé) des trois. Le style des écrits qu'on lui connaît n'était pas très éloigné de celui des œuvres de Fulcanelli, et il avait l'habitude d'user d'un pseudonyme. Pendant les dernières années de sa vie, diminué, il a édité une bibliographie générale de l'occulte en vingt-deux volumes, ce qui* *atteste de son immense culture en matière d'hermétisme, mais pourrait aussi expliquer qu'il ait eu besoin de l'aide de Canseliet pour rédiger les deux ouvrages de Fulcanelli...*

En revanche, à condition, toujours, de porter du crédit à la biographie supposée de Fulcanelli, il ne répond pas à tous les critères des « fulcanellisables » (il correspond mieux que les deux autres, toutefois) :

— Naissance en 1839 : non ;

— Mort entre octobre 1924 et octobre 1925 : non (mais pas loin...) ;

— Personnage mondain : pas vraiment... même si sa librairie lui donna l'occasion de rencontrer quelques célébrités ;

— Bel et grand homme, peut-être avec barbe blanche : plus ou moins. Il était charismatique, beau visage, portait en effet une barbe blanche à la fin de sa vie, mais il n'était pas très grand... Cela dit, il ressemble bien plus à l'image supposée de Fulcanelli que Champagne ou Canseliet ;

— Décoré de la médaille militaire de 1870 et de la Légion d'honneur : non ;

— Érudit et épris d'ésotérisme : oui ;

— Pas de descendance : non.

L'hypothèse Dujols est assez proche de celles concernant Champagne et Canseliet, peut-être un peu plus crédible. Le libraire, l'aîné des trois, a très bien pu être à l'origine du personnage fictif de Fulcanelli (avec l'aide de l'un ou des deux autres)... mais tous les points ne correspondent toujours pas à 100 %.

45.

Lola sonna à la porte de l'appartement de la résidence spécialisée, à quelques pas du périphérique et de Bagnolet. Jack Mackenzie fut si long à venir ouvrir qu'elle commença même à s'inquiéter. Et puis, finalement, l'ancien flic apparut dans l'entrebâillement de la porte, comme un malade au seuil de sa chambre d'hôpital.

— Bonjour, monsieur Mackenzie.

Le vieil homme, comme c'était visiblement son habitude, était emmitouflé dans une robe de chambre bleue usée. Le visage creusé, la barbe grise taillée en pointe, il avait les paupières gonflées, les yeux jaunes et tristes. Il lui fit signe d'entrer rapidement.

— J'ai peur des dobermans dans le jardin qui sont dangereux, même chez les chiens.

Lola se glissa à l'intérieur et regarda le vieillard fermer nerveusement la porte à clef derrière elle.

Volets tirés, l'appartement était plongé dans la pénombre et dans une forte odeur de renfermé.

— Je vous ai apporté des chocolats, dit-elle timidement en tendant au père d'Ari une boîte en carton doré.

Il prit son cadeau sans un sourire.

— Je ne suis pas un dément.

— Euh… Non, bien sûr que non, monsieur Mackenzie. Vous ne voulez pas que j'ouvre un peu les volets et que j'aère votre appartement ? Je suis sûre qu'Ari fait ça, quand il vient vous voir.

— Je n'ai jamais rien compris à vos rapports. C'est incestueux.

Lola, qui luttait pour ne pas se laisser déstabiliser par la singularité des propos de son interlocuteur, ouvrit la fenêtre tout en lui répondant avec une fausse désinvolture.

— Pourquoi dites-vous ça ? Parce qu'Ari et moi sommes un peu comme frère et sœur, c'est ça ? Vous n'avez pas tort.

— J'ai une peur bleue de la mort.

Lola, moins par altruisme que par besoin de s'occuper, partit faire la vaisselle dans la cuisine et ne fut pas mécontente d'y trouver fort à faire.

Le vieil homme, de son côté, prit place sur le fauteuil du salon et alluma la télévision. Sans le moindre son, l'écran diffusa les images d'un jeu bien connu où les candidats devaient répondre à des questions de culture générale.

— J'essaie de me tenir au courant des nouveautés, fit Jack, comme hypnotisé par le téléviseur.

— Vous voulez que je vous mette le son ? lança Lola depuis la cuisine, d'où elle avait une vue sur cette scène pathétique.

— Ça va pas, non ? Vous croyez que je devrais tuer quelqu'un ?

La libraire ne répondit pas.

Quand elle eut fini, avec zèle, de briquer tout ce que la cuisine comptait de vaisselle sale, elle fut bien obligée de revenir dans le salon. Elle commençait déjà à regretter d'être venue : elle n'était pas certaine d'être très douée pour aider un vieux fou, surtout dans le contexte de ces derniers jours.

— Vous devriez sortir un peu, il fait très beau dehors, vous savez ? dit-elle en s'asseyant sur le bord de la table, à côté de lui.

— C'est très banal.

— Quoi ? De se promener ?

— Ce que vous dites. Je comprends pourquoi Paul vous aime. C'est original, la banalité, de nos jours.

— Paul ? Vous voulez dire Ari ?

Jack se tourna vers elle avec un sourire goguenard.

— Ah ah ! Donc, vous *savez* qu'il vous aime !

Lola se mordit les lèvres. Par moment, on avait l'impression que les phrases incongrues du vieil homme étaient en réalité des pièges soigneusement tendus. Des pièges à vérité.

— Ça fait quatre ans que je ne l'ai pas vu, votre fils, vous savez ?

— On n'a pas besoin de se voir pour s'aimer. Mais ce n'est pas une raison pour me laisser crever ici tout seul comme un éléphant. Où est-il ?

— Je ne sais pas, avoua la libraire.

Jack battit l'air de la main, une grimace désabusée sur la figure.

— C'est un salaud intégral. Comment pouvez-vous aimer un salaud intégral, Dolores ?

— Je vous retourne la question, Jack !

— Moi, je n'ai pas le choix, il vient de mes couilles. Tiens, d'ailleurs et pareillement aussi, comment va votre bébé ?

La jeune femme écarquilla les yeux, perplexe.

— Vous… Vous êtes au courant ? balbutia-t-elle.

Ce qui l'étonnait le plus n'était pas tant que le vieil homme pût se souvenir de la chose, mais plutôt qu'Ari le lui ait tout simplement dit.

— C'est intéressant que vous l'ayez appelé Maxime.

— Pourquoi ?

— Parce que vous l'avez eu par principe.

Lola resta bouche bée, incertaine de la façon dont il fallait le prendre. Ce vieux fou n'était pas aussi fou qu'il voulait le faire croire.

— Le problème avec mon fils, c'est qu'il s'aime passionnément.

Cette fois, elle esquissa un sourire.

— Ce n'est pas faux.

— Ah, mais c'est votre faute, ma petite !

— Ah bon ?

— Si vous l'aimiez un peu, il n'aurait pas besoin de le faire tout seul.

À ce stade de la conversation, Lola avait deux choix. Soit elle continuait de répondre sottement et de fuir la dérangeante singularité des propos du vieil homme, soit elle lui rentrait dedans elle aussi et parlait à cœur ouvert. Après tout, qu'avait-elle à perdre ? Jack Mackenzie était sur une autre planète. Il était même tellement loin qu'il n'était presque pas là.

— Je viens de me séparer du père de Maxime. Et la première personne à laquelle j'ai pensé, quand je me suis retrouvée dehors, c'était votre fils. Je crois que je n'ai jamais cessé de l'aimer. Je crois que je ne pourrai jamais cesser de le faire. Mais il n'y a rien de plus difficile que d'aimer un homme comme lui.

— Pauvre petite.

— Ne vous moquez pas, Jack. Votre fils m'a fait souffrir comme jamais je n'avais souffert. Vous avez raison quand vous dites que c'est un salaud intégral. Mais comme il est généreux, il est salaud avec tout le monde, y compris avec lui-même. Alors, moi, comme je suis un peu sotte, j'ai envie de l'aider.

— C'est peut-être là le problème. Quand on écrit le verbe aimer avec un « d » à la place du « m », ça finit toujours mal. L'amour est un sentiment égoïste. Quand il devient altruiste, c'est nettement plus dégueulasse. Vous êtes un peu conne, Dolores.

— Eh, oh ! Allez vous faire foutre, Jack ! répliqua-t-elle sans véritable méchanceté, et le vieil homme éclata de rire.

— Ah, si j'avais quelques années de moins, je crois bien que je pourrais vous faire l'amour là, tout de suite.

— Quel dommage…

— Bah… Malheureusement, ça fait longtemps que mon ticket n'est plus valable. Tenez, je vais vous dire une dernière chose un peu folle, et après, promis, je redeviens le garçon sensé que je suis le reste du temps : allez voir mon fils, dites-lui que vous l'aimez et que vous avez assez attendu, avec enfant et compagnie.

Lola soupira.

— J'ai essayé avant-hier, mais une espèce de vieille bourgeoise est sortie de chez lui quand je suis arrivée, alors j'ai fait demi-tour.

Le vieillard se gratta la tête.

— Tiens, je croyais que j'étais au Brésil, je l'ai lu moi-même dans les journaux.

Et ce fut tout.

Dès lors, Jack Mackenzie sombra de nouveau dans ses délires, et Lola eut beau essayer de le faire revenir à une conversation à peu près rationnelle, il resta enfermé dans sa bulle délirante.

Quand la jeune femme quitta l'appartement miteux, elle pleurait, et c'était la première fois qu'elle n'avait pas honte de le faire devant un quasi-inconnu.

46.

— Tu avances sur l'affaire Mazzoleni ? demanda le capitaine Ginhoux en voyant le visage préoccupé de Radenac derrière son bureau.

— Euh… Oui, oui, j'ai plusieurs pistes en cours, répondit-il sans mentionner l'implication d'Ari Mackenzie dans le dossier. Le milieu des bibliophiles et des ésotéristes est vraiment… particulier. C'est un sacré bordel. Il semble toutefois qu'il pourrait y avoir un lien entre le meurtre de Mazzoleni et celui de Jacques Caillol, à Séville.

Radenac avait réussi à obtenir de son homologue sévillan qu'il lui envoie, aussitôt qu'ils seraient disponibles, les résultats des prélèvements effectués dans la crypte de la Santa Caridad. Pour le convaincre, il avait joué la carte de la sympathie, de la fraternité policière, et quand le flic espagnol lui avait demandé si le Français qui enquêtait à Séville et empiétait sur ses prérogatives était de son service, il avait fait semblant de n'être au courant de rien. « *Sans doute un emmerdeur des renseignements* », avait-il même glissé.

— OK, fit Ginhoux sur le seuil de la porte. Je donne tout ce qui arrive aux collègues. Toi, tu te concentres là-dessus pour l'instant.

— Merci, Florence.

— Ouais… Profites-en, Cédric, c'est une belle affaire et, pour l'instant, le proc' t'a à la bonne, avec le joli coup de flair de l'autopsie. Il m'a même dit de t'adresser ses félicitations. C'est Noël.

— Amen.

Ginhoux lui adressa un clin d'œil amical et le laissa travailler tranquillement.

Cédric Radenac, de plus en plus passionné par son enquête, commença par essayer de rassembler quelques informations au sujet de Jacques Caillol, dont, à cette heure, il ne connaissait que la date de naissance, avril 1962, l'adresse, rue Saint-Martin à Paris, et vaguement la profession : entrepreneur.

Premier réflexe policier, il consulta le fichier Stic [1] sur son ordinateur. En vain : l'entrée Jacques Caillol ne renvoyait vers aucune infraction, aucun délit, aucune arrestation, pas

---

1. Système de traitement des infractions constatées, fichier de police informatisé regroupant les informations concernant les auteurs d'infractions interpellés par les services de la Police nationale.

même le plus petit dépôt de plainte dans le fichier des victimes. Radenac étendit ses recherches au logiciel de la main courante informatisée du IVe arrondissement, quartier présumé de la victime. Rien ici non plus, pas même un tapage nocturne. Il eut beau agrandir aux arrondissements voisins, il ne trouva rien de plus.

En somme, Jacques Caillol était « inconnu des services de police ».

À l'aide du fichier Cirso[1], Radenac put toutefois établir un profil professionnel plus précis du défunt.

Après avoir été employé dans une médiathèque de la banlieue nord, Jacques Caillol était depuis 2005 le directeur général de la SARL Archo Telecom, une société domiciliée en Seine-Saint-Denis, dont il était le fondateur et principal actionnaire, et dont l'activité officielle était enregistrée sous la catégorie « autres activités de télécommunication »...

Une recherche sur Internet permit rapidement de préciser les choses : Archo Telecom était tout simplement le numéro un en France de la voyance en ligne et par téléphone, activité hautement lucrative si l'on en jugeait par le bilan financier de l'année précédente. Visiblement, le pays comptait un nombre impressionnant de bonnes âmes persuadées qu'on pouvait leur prédire l'avenir au bout du fil...

Alors qu'il visitait une à une les pages Internet consacrées à la société de Jacques Caillol, Radenac tomba sur une photo de l'entrepreneur français dans la rubrique : « notre équipe ».

Il fut soudain saisi d'une impression étrange : il connaissait cette tête !

Il ne fallut pas longtemps à ses synapses pour faire le lien : ce visage, il l'avait vu sur la vidéosurveillance de la rue Vivienne ! À la recherche du moindre indice, il avait regardé ces enregistrements de si nombreuses fois qu'il aurait probablement pu reconnaître tous les passants qui y avaient figuré !

---

1. Centre informatique réseau des Urssaf, où sont enregistrées toutes les déclarations uniques d'embauche.

Le cœur battant, certain de tenir enfin une piste, Radenac inséra le CD-Rom qui contenait les images de la caméra de sécurité et les fit défiler.

À seize heures quarante-six précisément, selon le *time-code* affiché sur l'écran, le visage de Jacques Caillol apparaissait quasiment en plein cadre, passant devant le parking du 4 de la rue Vivienne. Pas de doute, c'était bien le même homme.

Radenac poussa un cri de victoire.

Les premiers résultats de l'enquête avaient situé la mort de Giacomo Mazzoleni entre dix-sept heures et dix-huit heures ce jour-là.

À moins d'une surprenante coïncidence, on pouvait en déduire que Caillol, la veille de son propre assassinat, s'était rendu chez le galeriste quelques minutes seulement avant la mort de celui-ci.

Cela suffisait largement pour demander au juge une autorisation pour perquisitionner l'appartement du roi de la voyance en ligne.

47.

Quand Ari entra dans le restaurant japonais de Levallois-Perret – où il avait donné rendez-vous à Iris Michotte, son ancienne collègue – il s'immobilisa sur le pas de la porte en découvrant, perplexe, la mine réjouie de Krysztov Zalewski, le troisième larron de la bande.

— Qu'est-ce que tu fous là, le Polak ?

Le garde du corps du SPHP[1] lui adressa un large sourire idiot en faisant claquer les baguettes au bout de ses doigts.

— Je me faisais du sushi pour toi.

— Qu'il est drôle !

Ari embrassa Iris et serra la main du Polonais avant de prendre place face à eux sur la banquette en similicuir.

----

1. Service de protection des hautes personnalités.

— C'est un guet-apens. Y a pas moyen d'en voir un sans devoir se taper l'autre. Vous êtes les Beavis et Butt-Head de la Police nationale, mes bichons !

— Tu te fais rare, expliqua Iris, qui avait coupé ses cheveux roux plus court que d'habitude. On est juste contents de te voir tous les deux. Même si je me doute que, pour me convoquer comme ça, tu as sûrement un service à me demander…

— Évidemment. Tu crois quand même pas que je vais traverser le périf juste pour le plaisir de manger du poisson cru périmé avec toi ?

— Pitoyable mufle.

— C'est parti ! les coupa Zalewski. Comme au bon vieux temps !

Une serveuse chinoise, qui n'essayait même pas d'avoir l'air japonais, vint prendre la commande.

— Il faut qu'on parle, Ari, fit Krysztov quand la jeune femme fut repartie vers les cuisines.

— Ce n'est pas à toi que je suis venu parler, tête de pioche, c'est à madame.

— Lola s'est séparée de son mec.

Ari aurait sans doute voulu rétorquer à la volée avec une boutade de circonstance, mais la nouvelle, totalement inattendue, le coupa dans son élan. Soudain, les appels de Lola sur son téléphone prenaient tout leur sens.

— Pardon ?

Le sourire sur le visage de Zalewski témoigna de la satisfaction qu'il éprouvait à voir son ami si surpris.

— Le cameraman la trompait, elle s'en est rendu compte, elle est partie avec le bébé, et là elle dort chez moi.

— Merde…

Il y eut un bref échange de regards complices entre Krysztov et Iris, eux qui, depuis des années, ne comprenaient pas comment Ari avait pu laisser filer cette jeune femme dont il avait été si évidemment amoureux.

— Elle dort chez toi ?

— Oui.

— Tu la sautes ?

Krysztov resta bouche bée.

— Tu plaisantes, j'espère ?

— Bah… Tu sais… Elle est belle, et toi t'es célibataire.

— Je suis surtout ton ami, espèce d'idiot !

— Ça, ça fait longtemps que j'ai compris que ça ne voulait rien dire. Si tu savais le nombre d'amis qui m'ont planté des couteaux dans le dos quand je suis parti de la DCRI, y compris des amis de vingt-cinq ans, des vrais, des purs, des « qui ne te trahiront jamais »… Tu te souviens de ces deux enflures de Marsac et Nevers, aux RG ? Ces grands humanistes, mes « meilleurs amis du monde », qui m'ont sodomisé jusqu'à la moelle dès que ça a commencé à sentir le roussi ? Pour sauver leurs fesses, ces merdeux ont piétiné vingt-cinq ans d'amitié et de beaux discours, sans même sourciller. Ils ont couru se réfugier sous les jupes de la DST, soudain devenue leur nouvelle « meilleure amie du monde », le tout en me marchant allégrement sur la gueule. Il n'y a rien de tel que le fric et le cul pour détruire même les plus belles histoires d'amitié. C'est dans la nature humaine. C'est darwinien. Les gens sont fondamentalement égoïstes, question de survie.

— Toi, le premier.

— Moi, je suis un inadapté, Krysztov. Je suis un dommage collatéral du darwinisme. Une espèce en voie d'extinction. Mais je préfère m'éteindre que briller parmi les cons.

— Dis donc, t'es en forme !

— Ouais. Et elle va comment, Lola ?

— Elle va mal. Et toi, tu vas aller la voir.

Mackenzie, avec un sérieux qu'on ne voyait briller que trop rarement dans la noirceur de ses pupilles, se contenta de hocher la tête. Puis, dans un souffle :

— Comment se porte la DCRI, d'ailleurs ? demanda-t-il à Iris pour changer de sujet et se laisser le temps, sans doute, de digérer l'information.

— C'est toujours un peu la merde. Depuis l'affaire Merah[1], on s'en prend plein la figure, comme d'habitude. Même en interne, on a du mal à démêler le faux du vrai. Ça, c'est pour les mauvaises nouvelles. Pour les bonnes, on a enfin des nanas à la tête du navire. Trois sous-directrices, mon cher, du jamais-vu !

— Alléluia ! Il était temps.

— C'est un signe : il faut que tu reviennes.

Ari ricana.

— Gonzesses ou pas à la tête du bidule, ça reste un panier de crabes. Je ne me reconnais plus du tout dans votre paquebot à la con. Il paraît même que des collègues ont manifesté à l'intérieur, l'an dernier ?

— Oui, dans le hall… T'imagines ? Une vraie petite révolution ! Comme quoi, tu vois, il y en a plusieurs qui veulent que ça bouge. Reviens, Ari, on a besoin d'agents comme toi, là-haut !

— Même pas en rêve. Étant intimement convaincu qu'il vaut tout de même mieux se défoncer soi-même que défoncer autrui, j'ai définitivement troqué mon flingue contre une bouteille de whisky. Et je ne m'en porte pas plus mal.

Iris n'insista pas, même si elle n'était pas persuadée que son ami aille si bien que cela. De toute façon, elle avait dit cela pour la forme, sachant depuis longtemps que Mackenzie ne reviendrait jamais sur sa décision. Elle le comprenait sans peine, d'ailleurs. Simplement, il lui manquait.

— Bon, alors, t'as besoin de quoi, ce coup-ci ?

— Jacques Caillol, le Français qui s'est fait buter à Séville… t'en as entendu parler ?

— Vaguement.

---

1. Mohamed Merah était un terroriste islamiste franco-algérien ayant perpétré des tueries en mars 2012 à Toulouse et Montauban, avant d'être abattu par la police après un long siège de son appartement toulousain. Selon certains journalistes et selon un ancien directeur de la DST, des soupçons pèsent sur de possibles liens entre la DCRI et Merah, avant que celui-ci ne commette ses meurtres…

— Je suis quasiment sûr que j'avais fait une fiche sur lui, dans le temps. Sors-moi tout ce que tu trouves au sujet du bonhomme et aussi sur un groupe d'ésotéristes qui se fait appeler Fraternité d'Héliopolis.

Iris nota les noms sur son téléphone portable.

— OK, je m'en charge.

— Merci, poulette. C'est moi qui t'invite.

— Mais non ! Tu n'as pas un rond, t'en fais pas !

— Détrompe-toi. Un ange providentiel m'a renfloué. Je suis plein aux as.

— Alors moi aussi, tu m'invites ? demanda Krysztov d'un air benêt.

— Crève, charogne !

Il ne fut plus question de travail pendant la fin du repas, fort arrosé, et les trois amis restèrent près d'une heure dans une ambiance détendue et joyeuse, retrouvant autour de cette table la saveur de souvenirs que le temps rendait heureux. Mais Iris et Krysztov n'étaient pas dupes : les pensées d'Ari étaient en grande partie ailleurs, près du fantôme de Lola.

48.

C'était un bel immeuble haussmannien, à quelques pas du Châtelet, depuis lequel on pouvait admirer le clocher gothique du XVIe siècle qui se dressait au milieu d'un square, dernier vestige de l'église Saint-Jacques-de-la-Boucherie, si chère aux alchimistes et, selon la légende, à un certain Nicolas Flamel.

D'après le règlement, la perquisition devait se faire en présence de deux témoins. Radenac, accompagné du brigadier Jacquet, son collègue, et de trois agents de l'IJ, demanda donc au couple de gardiens de venir assister à la fouille de l'appartement. Par chance, ils possédaient les clefs de M. Caillol, ce qui leur épargna les services d'un serrurier.

La perquisition se fit en deux temps. D'abord, les policiers scientifiques entrèrent seuls vêtus de leurs combinaisons stériles pour faire les premiers prélèvements, afin d'éviter que l'appartement ne soit souillé par les nouveaux visiteurs, puis Radenac et son collègue les rejoignirent pour procéder à leurs propres recherches.

Tout semblait en ordre à l'intérieur ; rien ne pouvait laisser penser que le défunt était parti pour Séville dans la précipitation : pas de placard ouvert, pas d'affaires jetées sur le lit, pas de vaisselle abandonnée en vrac sur la table à manger, pas de casserole oubliée sur le feu…

— Tu te fais le salon et moi la chambre ? demanda Radenac à son collègue.

Jacquet, figure atypique du poste de Palais-Royal, était une sorte de *biker* tatoué des pieds à la tête, le visage fin, les traits taillés à la serpe, avec des cheveux jusqu'aux épaules. Il parlait dans un argot désuet qui collait parfaitement à son parcours de flic syndicaliste, ce qui en faisait, nécessairement, le collègue préféré de Radenac, mais aussi un pitre beaucoup moins apprécié par la hiérarchie.

— Eh ben, mon furieux, tu te prends pour le dabe, à vouloir me faire marner comme un nègre ? Mazette, je sens qu'on va encore faire des heures sup' ! Si on s'faisait correctement payer pour tout ce turbin à la con, on en aurait des artiches, depuis l'temps ! Mais raides comme des passe-lacets, qu'on est ! J'te jure ! C'est pas une vie !

— Tais-toi un peu, Jacquet, et au boulot.

Le tatoué secoua la tête, lissa ses longs cheveux et, allumant sans vergogne une Gitane sous le regard perplexe de ses collègues de l'IJ, commença la fouille du salon.

Il y avait là, comme de bien entendu, une impressionnante bibliothèque hermétiste qui confirmait déjà les liens possibles entre Jacques Caillol et Giacomo Mazzoleni : le propriétaire des lieux n'était pas seulement le directeur général de la SARL Archo Telecom, il était aussi un passionné d'ésotérisme et de livres.

De son côté, Radenac entreprit donc de fouiller la chambre, laquelle servait aussi de bureau. Un à un, il vida les placards, les armoires, les tiroirs, les tables de nuit, les étagères, le bureau… Chaque document fut inspecté de près, ici les factures, là les courriers, les notes, tout ce qui aurait pu permettre d'établir un lien entre Jacques Caillol et la mort de Mazzoleni.

Dans une étagère, au milieu d'autres tapuscrits, le policier trouva ce qui semblait être l'ébauche d'un long article dont le titre était évocateur : « René Schwaller de Lubicz, alias Fulcanelli ». Avec un sourire satisfait, il mit les papiers sous scellés dans l'espoir d'y trouver plus tard quelque information pour son enquête. Le nom de ce mystérieux Schwaller revenait souvent dans la liste des « fulcanellisables » ; il y avait sûrement quelque chose à chercher de ce côté-là. Déjà, cela prouvait que Caillol s'intéressait, de près, à Fulcanelli, et donc, potentiellement, au carnet de Giacomo Mazzoleni. Mais cela ne constituait nullement un mobile.

Après un long moment, le policier dut bien reconnaître que sa recherche était trop vague. Qu'espérait-il trouver, au fond ? Une lettre d'aveu ? La preuve d'une brouille entre les deux hommes ? Le carnet lui-même ? C'était peu probable…

Quand il eut récupéré tout ce qui, selon lui, méritait d'être analysé ultérieurement, il retourna dans le salon et y trouva le brigadier Jacquet, confortablement assis dans un fauteuil crapaud, en train de feuilleter un livre, les pieds croisés sur la table basse, alors que les collègues de l'IJ s'affairaient dans la cuisine et la salle de bain.

— Ça va ? Tranquille, la vie ?

— T'excite pas, mon furieux ! Faut que je bouquine ce truc, il y a plein de bafouilles de ton gugusse partout dedans.

— C'est quoi ?

— *Hermès dévoilé*, que ça s'appelle. J'ai cru que c'était un livre de cul, mais j'entrave que dalle. C'est vachement décevant, niveau cul.

— T'es con ! Fais voir.

Le tatoué lui tendit nonchalamment l'ouvrage.

— Tiens, pignole-toi.

Il s'agissait en effet d'une édition de 1915 de l'*Hermès dévoilé* de Cyliani, livre souvent cité par Fulcanelli et dont Ari avait expliqué qu'il était peut-être à l'origine du projet d'écriture commun de Canseliet et Champagne, tous deux fascinés par ce texte.

Visiblement, Jacques Caillol avait lui aussi jeté son dévolu sur ce mystérieux traité alchimique du XIXe siècle, et la plupart des pages comportaient des annotations, des références, etc.

— J'embarque, fit Radenac en faisant glisser le livre dans un sachet de scellés.

Puis, voyant le vieil ordinateur posé dans un coin du salon :

— Ils ont saisi le disque dur ?

— J'en sais rien, mon furieux. T'as qu'à leur demander, je suis pas ton loufiat.

— Parfois, Jacquet, je me demande à quoi tu sers.

Le chevelu fit un large sourire satisfait.

— Je suis un rempart contre la société de cons sans sommation.

Radenac s'éloigna en secouant la tête. En réalité, Jacquet était un excellent flic, peut-être même l'un des meilleurs qu'il avait rencontrés dans sa carrière, mais il mettait un point d'honneur à ne jamais marcher dans les clous, ce qui obligeait tous ceux qui le rencontraient à s'interroger un peu sur le sens de leur propre soumission...

Le policier tapota sur l'épaule de son collègue de l'IJ qui s'affairait dans la cuisine.

— Vous avez fait une copie du disque dur ?

— Oui, c'est fait.

Au même moment, un autre technicien arriva derrière eux.

— J'ai trouvé quelque chose dans la salle de bain, fit-il d'un air enthousiaste.

Radenac prit le flacon de verre, à moitié vide, que l'homme lui tendait. Il portait une étiquette avec l'inscription : $C_{34}H_{47}NO_{11}$.

— C'est quoi ?

— La formule moléculaire de l'aconitine.

Le regard de Radenac s'illumina.

C'était le poison qui avait été utilisé pour tuer Giacomo Mazzoleni.

49.

L'homme qui se faisait appeler Epistemon, et qui occupait depuis de nombreuses années le poste de secrétaire de la Fraternité d'Héliopolis, était loin d'imaginer le sort que, quelques jours plus tôt, sa pauvre épouse avait connu dans leur appartement parisien quand il ouvrit délicatement sur le bureau devant lui le précieux carnet de Fulcanelli.

Il en tremblait encore.

Sur ces quelques pages jaunies resplendissait une écriture jusqu'ici inconnue. Une écriture à laquelle plus personne ne croyait : celle du maître. La véritable graphie de Fulcanelli. Non pas celle de Canseliet, celle de Champagne ou d'un autre de ces gagne-petit que certains, à tort, avaient identifiés à l'Adepte. Non. Son écriture à Lui, ses pleins, ses déliés, la trace enfin authentique de son existence, de son incarnation, l'empreinte physique de son génie.

L'homme, caressant du bout des doigts la surface du papier, éprouva une émotion intense. Il avait le sentiment de toucher Fulcanelli lui-même. Enfin.

Il ne put s'empêcher de sourire en songeant aux milliers de chercheurs, aux quatre coins du monde, qui auraient tant aimé se trouver à sa place à cet instant précis. Pour la première fois depuis que le nom de Volcan solaire avait été révélé au public, en 1926, un manuscrit était mis au jour. Et c'était donc, par la même occasion, le seul texte disponible qui ne fût point passé par la réécriture d'Eugène Canseliet.

Mais il y avait mieux encore. Car ce texte n'était pas une simple étude, un simple traité. Non. C'était une véritable carte au trésor, et la clef qui, certainement, permettrait enfin de résoudre cette énigme tant convoitée : l'identité du maître, et peut-être même le contenu de son troisième livre.

Epistemon, pour la dixième fois peut-être depuis qu'il avait récupéré le carnet, relut à haute voix le début de ce précieux testament.

« *En écrivant ces quelques lignes, persuadé que mon incarnation terrestre connaîtra bientôt sa fin, mais certain, aussi, que d'inusables liens unissent le monde visible à l'invisible, je ne peux m'empêcher de penser aux âmes que, par des discours, j'accompagnai maintes fois dans l'au-delà en imaginant déjà cette vie céleste si mystérieuse qui les attendait et qui, bientôt, m'attendra à mon tour, moi qui vais les y retrouver.*

Je crains de devoir retourner à ce monde d'où nous sommes venus avant même que paraisse le premier des deux ouvrages que mon bien-aimé disciple Eugène peaufine encore pour moi... »

Un soupir interrompit sa lecture. Il lui restait tant à faire, tant à découvrir. Ce carnet, à l'évidence, renfermait tant de secrets ! Et il avait si peu de temps !

Bien décidé à mener méthodiquement ses recherches, il se résolut à mettre un terme au simple plaisir de toucher ces pages et entreprit de commencer son travail.

D'abord, numériser l'objet, afin de pouvoir l'étudier de plus près, sans risquer de l'abîmer. Prenant garde à ne pas froisser les fragiles feuilles, il le déposa délicatement sur la vitre du scanner qui trônait au-dessus du magnifique bureau sculpté. Avec attention, il numérisa la première page, puis la deuxième et la troisième enfin. Sur les treize autres, il s'en était méticuleusement assuré, il n'y avait rien, pas la moindre trace de crayon, pas la moindre chose en transparence.

Il passa ensuite un long moment le nez collé à l'écran de son ordinateur, scrutant les images agrandies des pages ful-canelliennes. Il imaginait parfaitement à cet instant l'excitation des archéologues au terme d'une fouille réussie, cette fièvre victorieuse, cette fébrilité, l'humilité imposée par les secrets que, on l'espère, renferme l'artefact.

Soudain, le visage de l'homme se métamorphosa. Un sourire perplexe se dessina sur ses lèvres.

Il resta un instant comme paralysé, son corps tout entier immobile, à l'exception de ses mains qui, en suspens, tremblaient au-dessus du clavier de l'ordinateur.

Puis il se leva d'un bond, traversa la petite pièce et alla chercher dans ses étagères une vieille carte de France.

50

Carnet Moleskine du brigadier-chef Radenac
Note n° 5 - Fulcanellisable - René Schwaller de Lubicz

René Schwaller est né le 30 décembre 1887 à Asnières (Jura). Il passe sa jeunesse à Strasbourg, où son père est pharmacien. Il suit alors des études de chimie, au cours desquelles il découvre avec passion l'alchimie et l'ésotérisme.

Ainsi, dès 1913, il adhère à la Société théosophique (mouvement occultiste et kabbaliste de la fin du XIXe siècle, proche de la Rose-Croix) et fait la connaissance de nombreuses personnalités issues des milieux hermétistes de l'époque, tels Helena Blavatsky (fondatrice du mouvement), Rudolf Steiner (philosophe et occultiste), Édouard Schuré (écrivain, philosophe et musicologue), la cantatrice Emma Calvé, l'écrivain scientifique Camille Flammarion et, bien sûr, le peintre Julien Champagne...

En 1914, Schwaller est mobilisé dans un laboratoire de l'armée pour effectuer des analyses chimiques sur les ravitaillements. Au sortir de la guerre, de plus en plus impliqué dans les milieux ésotéristes, il fonde le mouvement des « Veilleurs », dont l'objet est de travailler sur les buts de l'existence humaine, à travers l'art et l'ésotérisme. Le groupe publie la revue Le Veilleur*, et l'on y trouve des signatures illustres comme celles du peintre Fernand Léger, du poète Paul Fort ou des écrivains*

Pierre Loti et Henri Barbusse. Nombreux sont les spécialistes qui affirment que Fulcanelli était lié de très près au mouvement des Veilleurs.

C'est aussi à cette époque que Schwaller se passionne pour l'égyptologie, ses apports sur l'hermétisme et la symbolique de l'Égypte ancienne, sujet qui deviendra pour lui un leitmotiv.

En 1919, son ami le poète lituanien Oscar Venceslas de Lubicz Milosz lui confère le droit de porter ses armoiries et son nom (prétendument en reconnaissance de son appui auprès des Alliés afin d'obtenir l'indépendance des États baltes, mais aucune trace concrète à ce sujet…). Dès lors, René Schwaller devient René Schwaller de Lubicz et adopte également le nom initiatique d'Aor.

En 1920, il épouse Jeanne Lamy, qui adopte, elle, le nom d'Isha Schwaller de Lubicz. Passionnée d'hermétisme elle aussi, elle publie des ouvrages spirituels tels que L'Ouverture du chemin.

Très érudit, Schwaller publiera au cours de sa vie plus d'une vingtaine d'ouvrages, entre hermétisme et égyptologie. Il sera toutefois souvent critiqué par les égyptologues, qui le considèrent comme un farfelu…

De 1922 à 1930, Schwaller et sa femme fondent et animent une station scientifique, « Suhalia », avec un groupe d'amis, à Saint-Moritz, en Suisse. C'est une sorte de laboratoire expérimental fourre-tout, où l'on mène des recherches sur la physique, la chimie, l'alchimie, la photographie, l'astronomie, et où l'on fabrique même des produits homéopathiques ou des remèdes miracle. Ils y embauchent notamment Julien Champagne. Mais la station coûte trop cher et finira par fermer…

En 1930, Aor et Isha partent vivre à la périphérie de Plan-de-Grasse, dans les Alpes-Maritimes, dans une maison (Lou mas de Coucagno) où ils installent une magnifique bibliothèque éso-térique, ainsi qu'un véritable laboratoire alchimique. Julien Champagne continue de les y visiter, et c'est là qu'il leur dédicace un exemplaire du Mystère des cathédrales *en signant Fulcanelli.*

Pendant le Front populaire, les Schwaller quittent la France pour s'installer dans les îles de Palma de Majorque, en Espagne.

Mais en 1938, à la suite de la guerre civile espagnole, ils partent cette fois en Égypte, à Louqsor, où ils restent pendant quinze ans.

Ils ne reviennent en France qu'en 1952, dans leur maison de Plan-de-Grasse, où ils vivent avec Jean Lamy, fils qu'Isha a eu d'un premier mariage.

René Schwaller de Lubicz meurt le 07 décembre 1961 à Plan-de-Grasse, où il est enterré.

Conclusion : *même si ses liens avec l'affaire Fulcanelli — et surtout avec Julien Champagne — sont évidents, il semble très peu probable que Schwaller de Lubicz y ait joué un rôle décisif, n'en déplaise à certains spécialistes et aux notes de Jacques Caillol à ce sujet. Bien plus passionné par l'égyptologie que par l'art gothique, on le voit mal rédiger* Le Mystère des cathédrales... *En outre, il considérait Julien Champagne comme son maître en alchimie, ce qui ne pouvait être le cas de l'authentique Fulcanelli.*

Enfin, à condition, toujours, de porter du crédit à la biographie supposée de Fulcanelli, Schwaller de Lubicz répond à très peu de critères des « fulcanellisables » :

— Naissance en 1839 : non ;

— Mort entre octobre 1924 et octobre 1925 : non ;

— Personnage mondain : oui ;

— Bel et grand homme, peut-être avec barbe blanche : non, c'était un homme brun, mince, portant une moustache, et avec un physique assez rude ;

— Décoré de la médaille militaire de 1870 et de la Légion d'honneur : non ;

— Érudit et épris d'ésotérisme : oui ;

— Pas de descendance : non.

En conclusion, il y a très peu de chances que Schwaller soit le véritable Fulcanelli.

51.

En plein été, malgré l'heure tardive, la plupart des clients du Sancerre s'amassaient sur le trottoir pour profiter d'une chaleur qu'ils avaient attendue toute l'année, si bien qu'Ari était presque seul dans la salle du fond, loin du bruit et des éclats de rire.

— Dis, Béné, tu veux pas m'imprimer cette espèce de courrier électronique que j'ai reçu ?

— Hein ?

— Tu sais bien : je suis pas foutu de faire marcher ces trucs-là.

Ari, tout sourire, visiblement fier de lui, fit pivoter son ordinateur portable – ancienne génération – vers la serveuse. Son aversion pour les technologies modernes n'avait pas diminué avec les années, au contraire, mais sa situation de *free-lance* du renseignement l'avait bien obligé à se procurer le minimum vital. Un PC du début des années 2000, qui ressemblait à une pièce de musée.

— Putain, mais elle est lestée, ta bécane, ou quoi ? s'amusa Béné en soulevant l'appareil antédiluvien. On n'en fait plus des comme ça !

— Des comme moi non plus, on n'en fait plus.

— Et c'est pas plus mal. Tu veux quoi, exactement ?

— Là, regarde, Iris m'a envoyé un fichier, je ne sais pas comment l'imprimer pour le lire.

— Et tu veux que je l'imprime comment, ton fichier, sans imprimante ?

— Ah oui. C'est pas con. Vous n'avez pas ça ici ?

Béné soupira. Elle débrancha l'ordinateur et l'emporta sous son bras d'un air atterré.

— Et je veux bien un single malt aussi, pendant que t'es debout ! ajouta Mackenzie en levant la main.

Quelques minutes plus tard, la serveuse revint avec l'ordinateur, quelques feuilles imprimées et un verre de whisky, et elle posa le tout sans délicatesse sur la table de l'ancien flic.

— J'ai envie de dire : tu es un boulet, Ari.

— Et toi, tu es un amour, mon chat.

— J'ai pas pu faire autrement que de voir ce que c'était, en l'imprimant. T'es pas un peu malade toi, de me faire imprimer un truc comme ça dans un lieu public ?

— Oh, ça va ! Il y a prescription, c'est un vieux machin sans importance.

— Le vieux machin, c'est toi, orchidoclaste !

Elle s'éloigna en faisant mine d'être fâchée.

Sans perdre de temps, Ari se lança dans la lecture du document qu'Iris avait récupéré et numérisé pour lui à la DCRI. C'était une note qu'il avait lui-même réalisée en 1996, à l'époque où les services s'appelaient encore la DCRG et siégeaient rue de Saussaies, à Paris. Une époque où il était encore admissible – quoique déjà suspect – de taper une note sur une machine à écrire. Le bon vieux temps, en somme... Ari sourit en reconnaissant la maladresse et le manque d'objectivité de ce qui avait été l'une de ses premières notes en tant qu'agent des RG. Trop longue, trop détaillée, trop subjective, trop « littéraire », elle ressemblait bien plus à un rapport circonstancié qu'aux simples synthèses qu'attendait de lui sa direction... Mais l'objectivité et la concision n'avaient jamais été son fort et, à l'époque déjà, il prenait un certain plaisir à agacer ses supérieurs en refusant de suivre le protocole.

DIRECTION GÉNÉRALE DE LA POLICE NATIONALE

- CONFIDENTIEL -

Le 11 janvier 1996

DCRG

I/II

Note n° : 08-821

OBJET : FRATERNITÉ D'HÉLIOPOLIS

Si elle ne peut être considérée comme un groupe sectaire stricto sensu (ni détournement, ni abus de confiance, ni infraction financière, ni mauvais traitement connus de nos services), mais plutôt comme une société secrète de petite envergure, la « Fraternité d'Héliopolis » mérite toutefois d'entrer selon nous dans le cadre de la surveillance des groupes dits « à risque » sur le territoire national par la section Analyse et prospective, en raison du radicalisme de ses membres actuels, radicalisme qui, chez certains sujets, pourrait priver ceux-ci d'une partie de leur libre arbitre, avec des conséquences dommageables pour eux, leur entourage ou pour la société.

ORIGINES DU GROUPE :

L'origine exacte de la Fraternité d'Héliopolis reste floue à ce jour. La trace écrite la plus ancienne connue remonte à 1926 quand, pour la première fois, elle fut mentionnée dans la préface de l'ouvrage *Le Mystère des cathédrales*, du pseudonyme Fulcanelli, et revendiquée clairement par le préfacier dudit ouvrage, Eugène Canseliet (décédé en 1982).

Dans des articles à l'authenticité douteuse, certains « historiens » de l'hermétisme affirment que sa création remonte au IIe siècle après J.-C., et la situent à Alexandrie. Selon l'auteur Gérard de Sède, elle se confondrait avec l'ordre (bien réel lui) de la Rose-Croix, ordre hermétiste chrétien mentionné pour la première fois en Allemagne au XVIIe siècle. Dans une lettre datée de 1642, Johann-Valentin Andreae affirme en effet au sujet des rosicruciens : « Nous nous nommions entre nous la Fraternité Cité du soleil » - or Héliopolis signifie bien « Cité du soleil » (ville antique du delta du Nil, chargée de mythologie solaire dans l'Égypte ancienne).

Il nous semble plus probable en réalité que Canseliet, Champagne et/ou Fulcanelli aient créé cette fraternité de toutes pièces en 1926, lui donnant ce nom en référence à la Rose-Croix mais aussi à Hélios, dieu du soleil, symboliquement important dans l'imagerie alchimique. Toutefois, alimentant le mythe, Canseliet affirmera dans plusieurs articles postérieurs que les membres de la Fraternité d'Héliopolis étaient les « véritables » Rose-Croix...

Les membres de la Fraternité d'Héliopolis actuels revendiquent l'appartenance d'illustres ancêtres à leur groupe : Villard de Honnecourt (maître architecte, XIIIe siècle), René Descartes (philosophe, XVIIe), Johann-Valentin Andreae (théologien, XVIIe), don Miguel de Mañara (religieux, XVIIe), Gottfried Wilhelm Leibniz (philosophe, scientifique, XVIIIe), Eliphas Levi (ecclésiastique, occultiste, XIXe) et même le baron Édouard Louis Joseph Empain (ce dernier avait en réalité créé une société qui, située en Égypte, avait été baptisée « Héliopolis Oasis Company ». Avec cette société, il avait reconstruit une ville entière à l'emplacement de l'ancienne Héliopolis...). Il nous semble évident que ces supposées appartenances relèvent de la pure fantaisie, se chercher des ancêtres prestigieux étant une coutume bien connue dans ce type de sociétés secrètes assoiffée de crédibilité.

ACTUALITÉ ET ACTIVITÉS DU GROUPE :

S'il est probable que la Fraternité d'Héliopolis n'ait pas eu d'existence réelle jusqu'au début des années 1960, et qu'Eugène Canseliet et Julien Champagne (qui le revendiqua dans une lettre) en furent jusque-là les seuls et uniques membres, elle s'est en revanche « incarnée » en 1961 à travers plusieurs figures des milieux ésotéristes de l'époque, sans doute motivés par le succès du livre *Le Matin des magiciens*, qui fit connaître l'œuvre de Fulcanelli au grand public.

Ainsi, depuis 1961, plusieurs hermétistes revendiquent leur appartenance à la Fraternité d'Héliopolis, et celle-ci a été déclarée en 1982 (au lendemain de la mort d'Eugène Canseliet) comme association de loi 1901, sous le titre « Association des amis de la Cité du soleil » (récépissé en annexe).

Il n'est pas sûr, d'ailleurs, que ce groupe ait reçu la validation de Canseliet à l'époque.

Aujourd'hui, les membres de la Fraternité d'Héliopolis se réunissent le premier vendredi de chaque mois à Paris, à vingt heures, dans les locaux du temple de l'Amitié, rue Jacob, à l'occasion de cérémonies dont on peut supposer qu'elles s'apparentent à des parodies de tenues maçonniques.

La plupart des membres de cette société secrète publient, sous pseudonyme et souvent à compte d'auteur, des ouvrages tournant autour des thèmes de l'alchimie, de l'ésotérisme et de l'égyptologie hermétique.

Si le groupe a attiré notre attention, c'est que les écrits de ses membres ne se limitent pas à de simples traités d'alchimie ou de simples études ésotériques, mais ont - pour certains - une portée politique et philosophique à caractère extrémiste (nationalisme, traditionalisme, nostalgie du sacré et néopaganisme…), s'inspirant notamment du « culte du moi » et du nationalisme xénophobe de Maurice Barrès (homme politique du début XXe, proche de l'ésotériste Stanislas de Guaita). Ainsi, plusieurs de ses membres sont également répertoriés comme sympathisants de groupuscules d'extrême droite, de la mouvance néopaïenne.

En outre, l'appartenance à la Fraternité repose sur le principe de l'adeptat, susceptible de couper le sujet de la société, le monde moderne étant considéré comme « mauvais », ce qui indique une dérive sectaire possible.

MEMBRES RECENSÉS :

Nous estimons à ce jour que la Fraternité d'Héliopolis compte en France tout au plus une quinzaine de

membres (aucune trace concrète du groupe n'a été signa-
lée à l'étranger), dont certains ont pu être répertoriés :

— Jacques Caillol, alias « Archo F. C. H.* », déclaré
comme président de l'association (notice en annexe) ;

— Daniel Nivède, alias « Epistemon », déclaré comme
secrétaire de l'association (id.) ;

— Vincent Van der Poël, alias « Agni » (id.) ;

— Yves Brunet, alias « Colomban » (id.) ;

— « Orthon » (identité inconnue) ;

— « Sophronos » (identité inconnue) ;

— « Horus » (identité inconnue).

* L'acronyme F. C. H. signifie « frère chevalier
d'Héliopolis » et apparaît après le pseudonyme de ces
auteurs, sur leurs publications, comme ce fut le cas
pour « Eugène Canseliet F. C. H. ».

CONCLUSION :

Si, à ce jour, les activités de la très confiden-
tielle Fraternité d'Héliopolis semblent ne représenter
aucun danger immédiat pour la société, nous estimons
toutefois que ce groupe nécessite une surveillance
accrue pour les dérives sectaires qu'il pourrait occa-
sionner dans le cas où il viendrait à s'étendre.

Ari reposa les feuilles devant lui d'un air satisfait. Sa
mémoire ne lui avait donc pas fait défaut : Jacques Caillol,
l'homme qui avait été assassiné à Séville et dont Radenac
venait de lui apprendre qu'il était très probablement le meurtrier de Giacomo Mazzoleni, était donc bien membre de la
mystérieuse Fraternité d'Héliopolis.

L'étau commençait à se resserrer.

La suite logique consistait à retrouver les autres membres de
la société secrète afin de les interroger. À condition qu'ils fussent
encore en activité, car la note remontait tout de même à 1996…

Et ça, c'était encore du boulot pour cette brave Iris Michotte.

Prenant son téléphone pour joindre son ancienne collègue, Ari ne put s'empêcher de penser soudain à Lola, qu'il n'avait toujours pas rappelée…

Il soupira. Comment ne pas avoir l'air de lui sauter dessus aussitôt qu'elle avait quitté son cameraman ? Même s'il brûlait d'envie de la revoir, il avait le sentiment de ne pas être dans son rôle en jouant les épaules attentives. De profiter de la situation. Mais, d'un autre côté, que risquait-il vraiment ?

Ari avait l'impression de ne pas être lui-même dès qu'il était question de Lola. Soudain, il perdait de sa superbe, de son flegme, de son détachement. Soudain, il devenait un enfant, irrationnel, incapable de prendre la moindre décision, de formuler le moindre jugement. Et il n'y avait rien de plus humiliant que d'en avoir conscience. Avoir conscience de sa perméabilité aux sentiments « vulgaires ».

Sans doute aurait-il dû oublier toutes ces considérations mielleuses et l'appeler sur-le-champ. Il y renonça pour l'instant et laissa plutôt un message sur le répondeur d'Iris.

— Je sais qu'il est tard, désolé… Merci pour la note, ma belle. Mais devine quoi ? J'ai encore besoin de ton aide ! Est-ce que tu peux me retrouver la trace des personnes listées aux côtés de Jacques Caillol dans ma vieille note ? Voir ce qu'ils font aujourd'hui, s'ils se côtoient toujours au sein de leur adorable petit groupe…

52.

Il était près de minuit quand Lola – qui s'était assoupie sur le canapé du salon devant l'une de ces émissions littéraires que le service public avait la fâcheuse habitude de placer à des heures tardives – fut réveillée en sursaut par le bruit de la porte d'entrée.

L'esprit embrumé par la fatigue, elle vit Krysztov se glisser dans l'appartement.

— Qu'est-ce qu'il t'est arrivé ? demanda-t-elle en se levant, le regard inquiet.

Le Polonais portait sur la tempe un pansement imbibé de sang, et son front était tuméfié.

— Accident du travail, plaisanta le garde du corps en enlevant péniblement sa veste.

— Merde, t'es salement amoché !

— Crois-moi, je ne suis pas le plus amoché des deux, répondit-il en souriant.

Elle le guida vers le canapé.

— Assieds-toi, je vais te changer ton pansement, il est dégueulasse.

— Maxime dort ?

— Bien sûr.

La libraire partit dans la salle de bains et réapparut avec tout un attirail de premiers secours. Elle vint s'asseoir à côté de son ami et commença à soigner sa plaie. Le Polonais poussa un grognement quand elle décolla la compresse.

— Comment c'est arrivé ?

— Rien d'extraordinaire. La routine. Un client chahuté par des gros bras un peu énervés.

Lola tamponna la blessure avec un coton imprégné d'alcool à quatre-vingt-dix degrés.

— Tu fais un métier dangereux.

— J'ai connu légèrement pire… Comment ça va, toi ?

— On fait aller. Je m'occupe de la librairie comme si rien n'avait changé et j'essaie de ne pas trop réfléchir.

— C'est une technique comme une autre. Mais ça ne fonctionne jamais très longtemps.

— Pour l'instant, ça marche.

Quand Lola eut terminé de nettoyer la plaie, elle fit un nouveau pansement au Polonais, puis elle prit une pommade anti-inflammatoire pour s'occuper de son front.

— Arrête, ça sert à rien, ces conneries… On dirait ma mère !

— Tsss…

La libraire commença à étaler doucement la pommade sur les ecchymoses de Krysztov, puis lui massa le haut du crâne. Le garde du corps se laissa faire.

Alors qu'elle continuait de le soigner, Lola prit soudain conscience que leurs visages étaient proches, très proches, et qu'ils ne parlaient plus depuis un moment. Il y eut un instant de gêne partagée, deux regards croisés qui prennent simultanément conscience d'une promiscuité ambiguë, parce qu'agréable pour l'un comme pour l'autre.

Plutôt que de se reculer, se ressaisir, ils restèrent immobiles l'un et l'autre, en suspens, les yeux dans les yeux.

Tout était confus dans l'esprit de Lola. Elle n'était pas sûre de savoir ce qu'elle éprouvait. Son état ne le lui permettait plus vraiment, depuis quelques jours. Une seule certitude : elle était perdue et elle avait besoin de réconfort, de tendresse.

Lentement, elle sentit ses propres lèvres s'avancer, comme attirée mécaniquement par un désir qu'elle ne s'expliquait pas vraiment. Et les yeux de Krysztov, toujours plongés dans les siens.

Mais alors que leurs bouches étaient sur le point de se toucher, le téléphone de Lola se mit à vibrer sur la table, et ce fut comme si ce bruit les avait sortis l'un et l'autre d'une espèce de torpeur ou de rêverie.

— Ça, c'est du timing, murmura Krysztov, presque amusé, en découvrant le nom d'Ari qui s'était affiché sur l'écran du cellulaire.

Lola grimaça, le rouge aux joues.

Elle se recula sur le canapé pour lire le message de Mackenzie, des plus laconiques.

« Dîner demain soir au Zèbre de Montmartre ? »

Elle poussa un soupir et enfonça le téléphone au fond de sa poche.

Zalewski lui adressa un sourire.

— Je suis désolé, dit-il sans préciser si c'était du baiser qu'ils avaient failli échanger ou de la peine évidente de Lola.

Un peu des deux, sans doute.

Il lui caressa tendrement les cheveux et lui fit un clin d'œil presque paternel.

— Allez, va te coucher, petite. T'as l'air épuisé.

Lola hocha la tête, lui serra gentiment le bras et disparut dans la chambre d'amis sans rien ajouter.

53.

Le lendemain matin, Ari, les mains enfoncées dans les poches de son vieux jean, entra dans la galerie Mazzoleni, au milieu de la rue Vieille-du-Temple, et déambula nonchalamment le long des œuvres exposées dans ce décor sobre et moderne, qui tranchait radicalement avec l'appartement des propriétaires.

Photos, peintures, sculptures, il y avait là un panel assez large de ce que l'art contemporain pouvait offrir de pire et de meilleur. Même s'il considérait l'essentiel de ces productions comme une gigantesque farce, dont l'intérêt majeur était plus souvent fiscal qu'artistique, Ari devait bien reconnaître – malgré lui – que certaines d'œuvres présentées ici possédaient une force évocatrice singulière…

— Vous maîtrisez parfaitement l'art du suspense, Mackenzie, vous devriez être romancier.

Gabriella Mazzoleni, tout de noir vêtue, était arrivée derrière lui, aussi silencieuse qu'un elfe sur un parterre de mousse. Ari se retourna et lui serra respectueusement la main.

— Sachant que les librairies ferment les unes après les autres, je ne suis pas sûr que ce soit le bon moment pour se lancer dans ce genre de carrière. Et vous payez bien mieux qu'un éditeur.

— Alors, qu'aviez-vous à me dire ?

— Le brigadier-chef Radenac ne vous a pas encore prévenue ?

— Non. Prévenue de quoi ?

— Ah. Ce brave et moustachu garçon a trouvé l'assassin de votre père, madame.

Le visage de la galeriste se figea. Elle l'interrogea du regard, comme pour s'assurer qu'il ne plaisantait pas.

— Le problème, c'est qu'il est mort, lui aussi. Il s'agit de Jacques Caillol, le type qui s'est fait tuer à Séville. Je tiens à préciser au passage que c'est grâce à mes indications que Radenac en est arrivé là, hein ? Sans moi, il n'aurait jamais trouvé. Votre argent n'est pas dépensé inutilement, je vous jure.

La galeriste resta silencieuse un instant, avant de murmurer, incrédule :

— Caillol aurait assassiné mon père ? Caillol ?!

— Il apparaît sur une vidéo de surveillance placée en bas de chez votre père le jour du meurtre, et on a retrouvé de l'aconitine chez lui. Ça fait beaucoup, au Cluedo. Vous le connaissiez ?

— Je… Oui… Enfin, vaguement. Papa m'avait parlé de lui ou une deux fois. C'était un de ces passionnés de vieux livres ésotériques qu'il fréquentait… Je n'arrive pas à y croire.

Ari hocha lentement la tête.

— Selon moi, les choses se sont passées ainsi : Caillol avait rendez-vous avec votre père, lequel l'a laissé entrer chez lui, ce qui explique qu'il n'y ait aucune trace d'infraction. Caillol a dû insister pour voir le carnet de Fulcanelli, sujet qui le passionnait, votre père a dû refuser, Caillol l'a empoisonné et volé le carnet en espérant que ça passerait inaperçu.

— Vous avez retrouvé le carnet ? le pressa Gabriella.

— Non. Radenac a fait une perquisition chez Caillol, mais à moins qu'il me cache des choses je crois qu'il ne l'a pas trouvé là-bas. Notre cher monsieur Caillol a dû se le faire voler à son tour, à Séville…

— Par qui ?

216

— Eh bien, par son meurtrier, enfin !

— Je m'en doute ! Mais qui est-ce ?

— C'est toute la question.

Le visage de Gabriella Mazzoleni se durcit.

— Il faut que vous retrouviez ce maudit carnet, Mackenzie. C'est pour ça que je vous paie, vous n'avez pas oublié ? Oh, papa serait si malheureux, s'il savait cela…

— Bien sûr, bien sûr. Votre père vous avait-il parlé de la Fraternité d'Héliopolis ?

— Pardon ?

— La Fraternité d'Héliopolis.

— Ça ne me dit rien.

Ari fit une moue déçue.

— Qu'allez-vous faire, maintenant ? s'inquiéta la galeriste.

— Mon travail, madame Mazzoleni. Mon travail.

54.

— Vous êtes bien sûr que c'était lui ? demanda le juge Sargiano au bout du fil, avec son fort accent marseillais.

Cette fois-ci, Radenac – qui venait de finir de remplir son procès-verbal – s'était chargé d'appeler lui-même le juge d'instruction. Le capitaine Ginhoux était à l'extérieur, elle n'aurait sans doute pas su défendre le dossier aussi bien que lui.

— Eh bien… D'abord, il est présent sur les vidéos de surveillance, son téléphone apparaît plusieurs fois dans les fadettes de M. Mazzoleni dans les jours qui ont précédé le meurtre, et il a déclenché le relais de la rue Vivienne le jour même des faits, juste avant l'heure supposée de l'assassinat. Mais, surtout, on a retrouvé un flacon d'aconitine à moitié vide chez lui… Ça fait beaucoup. J'attends encore des résultats d'analyses à la suite des deux perquisitions, mais je pense que le faisceau de preuves est déjà assez parlant, non ?

— Certes. Vous savez ce que ça veut dire, monsieur Radenac ?

— Que vous êtes fier de moi ? plaisanta le policier.

— Non. Enfin, oui, mais surtout, si le meurtrier est décédé, brigadier-chef, cela entraîne une extinction immédiate de l'action publique. Nous n'allons pas rendre un jugement sur un cadavre. Il va vous falloir clôturer la commission rogatoire et me transmettre tout ça par courrier. Affaire classée.

Radenac grimaça.

— Si je puis me permettre, monsieur le juge, nous avons certes résolu l'homicide, mais pas son mobile. Le carnet qui a disparu de chez M. Mazzoleni n'a pas été retrouvé. Pour moi, l'enquête n'est pas tout à fait terminée...

Le juge poussa un soupir à l'autre bout du fil.

— Dites-moi, mon garçon, vous n'avez rien de mieux à faire, à la BEI ?

— Ce n'est pas n'importe quel carnet, monsieur le juge ! Et il se pourrait qu'en enquêtant je découvre que d'autres personnes étaient impliquées dans l'homicide. Je dois au moins vérifier tout ça avant d'annoncer à la fille du défunt que l'affaire est classée. Si le carnet n'a pas été retrouvé, c'est peut-être que Caillol avait des complices. Lesquels l'auraient assassiné à son tour.

— Le meurtre de Caillol relève d'une autre enquête, qui est entre les mains de la police espagnole, je vous le rappelle.

— Vous savez bien qu'ils ne trouveront rien en Espagne. C'est une affaire française.

— J'avoue que j'ai du mal à comprendre votre acharnement, monsieur Radenac.

Le policier tenta le tout pour le tout.

— Je ne vais pas vous mentir : dans une carrière comme la mienne, une affaire comme celle-là... ce n'est pas tous les jours. Vous m'avez donné une chance en me confiant cet homicide, et je vous en suis infiniment reconnaissant, mais laissez-la-moi jusqu'au bout, cette chance. Je reste persuadé que je n'ai pas encore tout découvert.

Il y eut un moment de silence.

— Soit. Je ne vais pas vous retirer votre bébé tout de suite. La commission rogatoire reste ouverte. Mais je vous préviens, si vous ne m'envoyez pas des actes d'enquête consistants dans les prochains jours, je boucle tout ça illico. J'ai d'autres chats à fouetter, et vous aussi.

— Entendu. Merci, monsieur le juge.

Radenac raccrocha et serra le poing en un geste de victoire.

Maintenant, retrouver le carnet. C'était le seul moyen de montrer au juge Sargiano qu'il avait eu raison de lui faire confiance.

La piste principale était celle de la Fraternité d'Héliopolis. Ari était dessus et, pour le moment, cela ne servait à rien de le doubler.

Autre piste : les relevés que la police espagnole était censée avoir faits dans la crypte de l'église de la Santa Caridad. Pour l'instant, il n'avait rien reçu, et peut-être faudrait-il les relancer. C'était pour l'heure le seul moyen d'identifier le meurtrier de Caillol.

Mais alors, que faire en attendant ?

Certes, Ginhoux lui avait demandé de ne pas passer *tout* son temps sur cette affaire, et la pile des plaintes sur son bureau commençait à être conséquente. Mais Radenac n'avait pas la moindre envie de travailler sur autre chose. Il ne pouvait s'empêcher de penser que l'identité cachée de Fulcanelli était à la base de toute cette affaire. À travers ce mystérieux carnet, c'était bien elle qui était en jeu.

Le véritable nom de Fulcanelli. Des hommes étaient prêts à s'entre-tuer pour découvrir ce secret presque centenaire. Alors, même s'il ne pouvait considérer ça comme un acte d'enquête officiel, il estima qu'il devait continuer à fouiller de ce côté-là.

Une à une, il relut les notes de ses carnets Moleskine. Il corrigea certains passages, en enrichit d'autres, fort des connaissances nouvelles qu'il avait acquises au fur et à mesure de ses recherches.

Quand il eut terminé, il lui apparut évident qu'il restait un sujet sur lequel il n'avait pas du tout enquêté et qui, pourtant, revenait sans cesse dans tout cette histoire. La famille de Lesseps. Ils étaient une sorte de dénominateur commun entre tous les acteurs de l'affaire Fulcanelli. Un point de rencontre, un médiateur, voire un catalyseur. Il y avait sûrement quelque chose à chercher chez cette riche famille d'industriels…

55.

En sortant de la galerie Mazzoleni, Ari remarqua aussitôt la moto qui était stationnée au coin de la rue Vieille-du-Temple et de la rue du Perche. Non seulement parce qu'il lui sembla que l'homme assis dessus était en train de l'épier à travers l'écran fumé de son casque, mais surtout parce que ce n'était pas n'importe quelle moto…

Ducati 1199 Panigale rouge, la moto mentionnée à Séville par le curé de la commission pontificale. Le père Ponteleone avait affirmé avoir repéré un homme qui espionnait Ari, et que cet homme était précisément sur ce magnifique jouet italien…

Son sang ne fit qu'un tour. Ça ne pouvait pas être une coïncidence. Et tous ces types qui l'espionnaient, ça commençait à bien faire.

Avec un manque de retenue évident, Ari se mit à courir vers le motard, lequel comprit aussitôt qu'il avait été repéré et appuya sur le démarreur de sa Panigale. Le vrombissement grave et sourd du bicylindre *superquadro* résonna entre les façades des vieux immeubles, et, après le claquement caractéristique de la boîte de vitesses, le bolide s'engouffra dans la rue avant même que Mackenzie n'ait pu s'en approcher.

L'ancien flic poussa un juron rageur.

Rattraper une Ducati à pied. Bien sûr.
Il n'avait même pas eu le temps de relever la plaque.

56.

Carnet Moleskine du brigadier-chef Radenac
Note n° 6 : Fulcanellisable - la famille de Lesseps

La riche famille de Lesseps et leur hôtel particulier de l'avenue Montaigne, à Paris, reviennent régulièrement dans les différents écrits sur Fulcanelli. Le lieu est fréquemment visité par la plupart des acteurs du dossier, et plusieurs membres de la famille semblent avoir des liens étroits avec ses principaux protagonistes. Il n'en fallait pas plus pour que certains chercheurs avancent l'hypothèse que Fulcanelli fût un de Lesseps.

Au sujet de l'identité de Fulcanelli, Canseliet parle même d'une « collective consigne du silence, implicitement acceptée, au sein du cercle que formaient les logis de la rue Saint-Benoît et de l'avenue Montaigne » (La Tourbe des philosophes). Si la référence à la rue Saint-Benoît reste floue (peut-être la famille Cabarrus, qui logeait au 10 de la rue Saint-Benoît), l'avenue Montaigne désigne clairement la famille de Lesseps, et Canseliet semble donc affirmer que ceux-ci étaient au courant de l'identité réelle de Fulcanelli. En outre, Canseliet affirme l'y avoir souvent retrouvé. Le maître y était-il en tant qu'invité ou bien en tant qu'occupant (et donc, un de Lesseps) ?

Mais qui sont exactement les de Lesseps ?

Avant tout, il y a la figure paternelle, Ferdinand (1805-1894), celui qui rendit la famille célèbre.

Grand-croix de la Légion d'honneur (1869), membre de l'Institut (Académie des sciences, 1873), membre de l'Académie française (1884), le vicomte de Lesseps, diplomate et entrepreneur, est une figure très médiatique de la fin du XIXᵉ siècle. Il fut surtout connu comme promoteur du percement du canal de Suez, mais aussi pour le scandale de Panama (un gouffre financier pour les actionnaires, alors que lui-même en tira grand profit), scandale qui lui valut une condamnation à cinq ans de prison (toutefois, trop vieux et trop malade, il ne purgea pas sa peine).

D'un premier mariage il eut plusieurs enfants, dont l'un, Charles, nous intéresse en raison de ses dates de naissance et de décès (1840-1923), qui sont très proches de celles supposées de Fulcanelli... mais pas rigoureusement identiques.

D'un second mariage, il eut d'autres enfants encore, dont trois sont régulièrement mentionnés dans l'affaire Fulcanelli : Bertrand de Lesseps (1875-1918, tué au combat), Paul de Lesseps (1880-1955) et Jacques de Lesseps (1883-1927). Tous trois étaient d'éminents aviateurs, et tous trois sont mentionnés par Canseliet dans plusieurs articles.

De nombreux éléments dans les biographies des membres de la famille de Lesseps entrent en résonance avec l'affaire Fulcanelli.

D'abord, évidemment, il y a le lien avec l'illustrateur Julien Champagne, que Paul et Bertrand de Lesseps embauchèrent en 1907 comme dessinateur industriel (notamment pour leur fameux véhicule à hélice). De même, ce sont visiblement les fils de Lesseps qui prêtent à celui-ci un local situé rue Vernier, à Paris, et dans lequel il aurait installé son laboratoire alchimique. Sont-ils au courant de ce qu'il y fait ? Sont-ils eux aussi intéressés par l'alchimie ? Œuvrent-ils avec lui ? À noter que je n'ai trouvé nulle part la preuve que les Lesseps aient bien possédé un local rue Vernier... Méfiance, c'est peut-être une autre inexactitude des prétendus chercheurs fulcanelliens...

Enfin, comme on l'a vu, Champagne est aussi régulièrement invité à l'abbaye de Loroy, dans le Cher, propriété de Paul de Lesseps.

Ensuite, il y a les liens étroits de la famille de Lesseps avec la franc-maçonnerie. Le père de Ferdinand, Mathieu de Lesseps, était un maçon éminent : consul général de l'Empire dans le royaume d'Étrurie, il avait participé à Livourne à la création d'une loge « Napoléon » et il fut l'un des principaux animateurs des loges maçonniques présentes à Corfou.

Quant à Ferdinand lui-même, si aucun acte d'initiation maçonnique n'a pu être retrouvé le concernant, plusieurs témoignages attestent de ses fréquentes visites au sein de plusieurs loges françaises et égyptiennes, mais cela ne prouve pas qu'il était maçon lui-même.

En revanche, l'émir Abd el-Kader, homme politique, philosophe et écrivain, était un proche de Ferdinand de Lesseps. Il a joué un rôle primordial dans le percement du canal de Suez en convainquant les autorités religieuses que les peuples arabes tireraient un grand avantage de ce passage reliant l'Orient et l'Occident. Or Abd el-Kader, toujours dans un souci de médiation entre pays arabes et Occident chrétien – symbolique et spirituel cette fois –, accepta de rejoindre la franc-maçonnerie en 1861 et fut affilié tant à la loge *Les Pyramides*, à Alexandrie, qu'à la loge parisienne *Henri-IV*, au Grand Orient de France. Mais cela ne suffit pas non plus à établir un lien direct entre Ferdinand de Lesseps et la franc-maçonnerie…

Au rang des liens entre de Lesseps et l'affaire Fulcanelli, on peut aussi mentionner le rapport avec Anatole France, qui fut élu à l'Académie française le 23 janvier 1896 au fauteuil… de Ferdinand de Lesseps. À noter d'ailleurs que lors de l'admission de ce dernier à l'Académie, son parrain était Victor Hugo… Or il existe un lien, au minimum thématique, entre Le Mystère des cathédrales *et* certains passages du Notre-Dame de Paris *de Hugo*.

De même, Ferdinand de Lesseps fréquenta souvent le cabaret du Chat noir, comme en atteste effectivement sa présence dans le numéro 198 du journal publié par le cabaret.

Conclusion : en dehors des dates de naissance et de mort de Charles de Lesseps, aucun des membres de la famille ne passe avec succès l'épreuve finale des critères biographiques supposés de Fulcanelli. Aucun n'est « fulcanellisable ».

Il semble donc peu probable que notre Volcan solaire ait été un de Lesseps, mais il est plus que probable qu'il faisait partie de leur entourage…

57.

Lola n'avait pas répondu. Elle n'avait pas répondu à son SMS, et Ari n'avait pas osé la relancer. Plus par amour-propre que par discrétion, il fallait bien le reconnaître… Et pourtant, il était venu. Au cas où. Parce que parfois, dans sa vie, il avait envie de croire aux contes de fée. Alors il était là, assis tout seul, dans la salle étroite du Zèbre de Montmartre, un repaire de bobos qui conservait toutefois un petit quelque chose de l'esprit populaire du vieux Paris, à condition de regarder la chose avec un microscope et un œil bienveillant. Il était bien loin, le *temps des cerises*…

À la question *vous dînerez seul ?* posée par une serveuse douloureusement souriante, Ari avait dû subir l'humiliation de répondre un timide *je ne sais pas encore*… et il en était maintenant à son troisième *whisky-sans-glace-merci* alors que se succédaient aux tables alentour touristes bruyants, groupes d'amis plus bourgeois que bohèmes et couples d'amoureux dégoulinant de miel.

Il se surprit, chaque fois qu'une nouvelle silhouette apparaissait à l'entrée du restaurant, à redresser la tête d'un air tout chose, persuadé que c'était enfin elle, mais la belle, la traîtresse, ne venait pas, et avec son whisky… *il avait l'air d'un con.*

S'il partait maintenant et qu'il la croisait en sortant sur le pas de la porte, *il aurait l'air d'un con.* S'il partait maintenant et qu'elle arrivait dix minutes plus tard, trouvant place vide, *il aurait l'air d'un con.* S'il attendait des heures et qu'elle ne venait pas, *il aurait l'air d'un con.* Et même si elle venait, *il aurait l'air d'un con.* D'un con qui avait attendu. En somme, dans tous les cas, il était un con.

Tout au moins était-ce ce qu'il était en train de se dire quand le visage de Lola apparut enfin au milieu de ce qui aurait pu être un rayon divin traversant la vitrine du restaurant depuis les nuées.

Fichtre, qu'elle était belle !

Elle était belle comme un phare pudiquement éteint sur le golfe d'Aden à force de ne voir aucun navire passer, elle était belle comme une dernière complainte murmurée au pied du mur des Fédérés, elle était belle comme un oiseau tombé d'un nid trop bas pour le laisser s'envoler, elle était belle comme une femme qui quitte le père de son fils, en n'emportant dans ses bras rien d'autre que l'enfant et ce qui lui reste de dignité. Elle était belle, tout simplement, comme dans ses souvenirs. Et au fond de ses grands yeux bleus, elle était triste comme un caillou. Sa bouche l'appelait Lola et son regard l'appelait Dolores. Ari, lui, l'appela autrement. L'émotion lui dicta une pudique ironie.

— Assieds-toi ! Tu ne vas pas rester debout devant ma table toute la soirée !

Lola se pinça les lèvres.

— Je suis désolée, dit-elle en prenant place en face de lui. J'ai eu du mal à endormir Maxime…

— Tu as surtout hésité à venir, oui !

Elle haussa les épaules.

— Un peu, aussi.

— On peut quand même se faire la bise ?

Elle sourit, hocha la tête, et ils s'embrassèrent par-dessus la table, comme deux simples amis, et ce fut bien douloureux de n'être plus que ça.

— Alors comme ça, tu dors chez Zalewski ? Il n'a pas essayé de te sauter au moins ?

Lola pencha son doux visage d'un air amusé.

— En te voyant assis sur ton fauteuil, là, pendant un instant, j'ai cru que tu avais changé. Je me suis trompée.

— Tu aurais voulu que je sois devenu un peu plus cameraman ?

Le visage de la libraire se durcit.

— Très fin…

— Ah, pardon. Je n'ai pas le droit de plaisanter sur ta rupture ? C'est trop tôt ? C'est tabou ?

— Tu es odieux pour me cacher que tu es ému ?

— Non, pour cacher que j'ai grossi.

— Ça te va pas si mal.

Ils échangèrent enfin un sourire complice.

— Tu m'as tellement manqué, lâcha Ari.

— C'est gentil. Mais tu le penses vraiment ?

Il ne répondit pas, mais ses yeux s'en chargèrent. Ils étaient un peu rouges, pour un espace non fumeur.

— Comment tu vas ? demanda-t-il simplement.

— Plutôt mal. Tu es au courant pour la librairie ?

Ari hocha la tête.

— Oui. Quelle époque de merde, hein ? Tiens, j'ai un cadeau pour toi.

— Un cadeau ?

— Oui. Je n'étais pas sûr que tu viendrais, mais je l'ai pris quand même. Au pire je l'aurais donné à quelqu'un d'autre.

Il fouilla dans la poche de sa veste.

— C'est quoi ? fit Lola d'une voix de petite fille.

Il lui tendit un sac en papier blanc, avec un caducée imprimé sur le dessus.

— Une boîte de pansements.

Lola prit le paquet d'un air dubitatif. Elle ouvrit le sac en papier et constata qu'il ne plaisantait pas. C'était effectivement une simple boîte de pansements, avec un mot écrit dessus au stylo Bic. « Guéris vite. »

Elle ferma les yeux, et son visage s'emmêla un peu les pinceaux entre le rire et les larmes.

58.

Cédric Radenac était en train de ranger les documents qui lui avaient servi à rédiger sa note sur la famille de Lesseps quand, soudain, son regard se fixa sur une feuille au milieu du fatras.

Là, dans les notices biographiques de cette famille nombreuse, un nom venait de lui sauter aux yeux. Un nom pour le moins évocateur, mais qui aurait très bien pu lui échapper si le hasard n'avait porté son regard dessus à la dernière minute. Bouche bée, il reprit ses notes et y regarda de plus près.

Deux des fils de Lesseps, Ferdinand-Ismaël (1871-1915) et Mathieu-Pierre (1870-1953) avaient épousé deux sœurs : Valentine et Jeanne de la Fontaine-Solare.

Fontaine-Solare.

Le brigadier-chef, perplexe, entoura plusieurs fois le patronyme au stylo. *Fontaine-Solare.* Cela ne pouvait pas être une coïncidence !

Ce nom entrait étrangement en résonance avec le pseudonyme de l'alchimiste. En outre, il était d'origine ibérique ; or nombreux analystes affirmaient que Fulcanelli, s'il était né en France, était issu d'une famille espagnole, ce qui aurait expliqué son séjour à Séville…

Fontaine – étant entendu qu'une « fontaine de lave » était un type de formation volcanique – faisait aisément penser au préfixe *Fulcan*. Il pouvait d'ailleurs expliquer pourquoi celui-ci avait été orthographié *Fulcan* plutôt que *Vulcan*, comme un rappel à l'initiale de Fontaine.

Quant à Solare, il s'agissait évidemment de la traduction du mot « solaire » en catalan, à rapprocher du mot *Hélios*, suffixe de Fulcanelli. Dès lors, nul besoin d'être un alchimiste farfelu pour voir un lien potentiel entre Fulcanelli (Volcan Solaire) et Fontaine-Solare.

Radenac n'en revenait pas. C'était trop beau pour être vrai ! Jamais personne n'avait relevé la présence de ces deux épouses de Lesseps dans les nombreuses études sur Fulcanelli et, pourtant, la chose lui sautait maintenant aux yeux comme une tulipe au milieu d'un champ de marguerites.

Il était parfaitement légitime de se demander si cette troublante coïncidence n'en était bien qu'une ! Deux Fontaine-Solare dans l'entourage des Lesseps, cela faisait beaucoup…

Le policier en tremblait presque. Depuis le début de ses recherches, jamais il ne s'était senti aussi proche d'une hypothèse crédible. *Fontaine-Solare =Vulcain Solaire.* C'était même plus que crédible !

Il essaya de se calmer pour analyser sereinement la chose.

Si deux fils de Lesseps avaient épousé deux filles Fontaine-Solare, cela signifiait nécessairement que les deux familles étaient proches. En ce temps, on se mariait entre particules dans ces milieux-là. Or, Fulcanelli étant – *a priori* – un proche de la famille de Lesseps, pouvait-il être, tout simplement, un Fontaine-Solare ? Mais alors qui ? Le père de ces deux filles ? Un frère ? Un cousin ? Et pourquoi pas l'une de ces demoiselles ? Après tout, personne n'avait jamais envisagé la possibilité que Fulcanelli fût une femme... Et pourquoi pas ?

Fébrile, Radenac commença à faire des recherches sur le Web au sujet de la famille Fontaine-Solare. Rapidement, il put constater qu'il s'agissait d'une grande famille de la noblesse française, plusieurs fois liée à la couronne, et dont l'un des ancêtres avait même été fait chevalier de Rhodes...

Épluchant une à une les nombreuses références fournies par la Toile, il tomba, perplexe, sur le numéro du 12 novembre 1902 de la revue *Femina*, dans lequel, photos à l'appui, étaient annoncés les deux mariages des frères de Lesseps – arborant de magnifiques moustaches – avec les sœurs Fontaine-Solare.

L'article commençait ainsi : « *M. Ismaël de Lesseps, sous-lieutenant au quatrième hussards à Meaux, a épousé, le 22 octobre dernier, en l'église de Saint-Julien, à Tours, Mlle Valentine de la Fontaine-Solare, dont la sœur, Mlle Jeanne de la Fontaine-Solare, épousera, dans quelques jours, le 20 novembre, le comte Mathieu de Lesseps, maître d'équipage à la Chesnaye, dans l'Indre, où il habite généralement.* »

Plus loin, le journaliste précisait : « *La maison Fontaine-Solare est l'une des plus anciennes du duché de Valois, où elle possédait, de temps immémorial, la seigneurie des Fontaines. Elle est fort connue à Paris.* »

Un Fulcanelli, « de noble origine » comme l'avaient supposé nombreux historiens, et fort connu à Paris... Jusque-là, ça collait.

Le papier comportait un autre détail troublant : plutôt que d'être conduite à l'autel par son père, comme le voulait la coutume, Valentine de la Fontaine-Solare avait été accompagnée de « *son tuteur, M. le capitaine du Blocq* ». Les deux sœurs étaient-elles orphelines ? Et dans ce cas, qui était ce capitaine du Blocq ? Un fulcanellisable ?

Radenac nota toutes ces informations sur son carnet Moleskine et continua ses recherches jusque tard dans la nuit. Ce faisant, il trouva encore une autre information susceptible de renforcer l'hypothèse.

Visiblement, la famille Fontaine-Solare était liée de près à deux mouvements philosophiques qui entretenaient des rapports étroits avec l'alchimie et l'occultisme : la franc-maçonnerie et le fouriérisme.

Pour la franc-maçonnerie, le lien avec Fulcanelli était évident. Quant au fouriérisme, Radenac découvrit rapidement qu'il s'agissait d'un système de morale et d'organisation sociale utopiste, imaginé par Charles Fourier. *A priori*, pas grand rapport avec Fulcanelli. Sauf que ledit Fourier était reconnu comme un inspirateur de l'alchimie moderne. Ainsi, François Jollivet-Castelot — fondateur de la Société alchimique de France — se réclamait clairement de lui. Dans son roman autobiographique *Le Destin ou les fils d'Hermès*, publié en 1920, le héros faisait directement de la propagande fouriériste... De même, Camille Flammarion — l'un des « fulcanellisables » — avait participé à un projet fouriériste.

Ce n'était peut-être qu'une coïncidence, mais cela suffisait pour exciter l'imagination de Radenac.

Fulcanelli, un Fontaine-Solare : comment en avoir le cœur net ? Cela nécessitait sans doute des recherches en profondeur, qu'il ne serait pas capable de mener tout seul.

Il ne voyait qu'une seule solution.

Sans perdre de temps, et malgré l'heure tardive, il appela l'homme de la situation : Dominique Audéon, un généalogiste de ses amis, passionné de recherche historique familiale, qui travaillait en ce moment sur un ouvrage considérable consacré à la généalogie des grandes familles vendéennes.

Après les courtoisies de rigueur, Radenac lui transmit sa requête. Il commença par lui faire un topo sur la complexe affaire Fulcanelli — affaire dont Audéon avait déjà entendu parler —, puis il lui lista un à un les critères biographiques requis pour un « fulcanellisable » et lui demanda de mener des recherches pour voir si un membre de la famille Fontaine-Solare, proche des deux épouses de Lesseps, ne pouvait correspondre. En somme, y avait-il un Fontaine-Solare, né aux alentours de 1839, qui pouvait répondre favorablement aux principaux détails connus de la vie de Fulcanelli ? Il lui demanda aussi de regarder du côté de ce mystérieux capitaine du Blocq, tuteur des demoiselles.

— Je vais voir ce que je peux trouver. Vous faites de drôles d'enquêtes, chez les flics, s'amusa Audéon.

— Tu n'imagines même pas.

59.

Il était minuit passé quand Ari et Lola, légèrement éméchés, sortirent enfin du restaurant au pied de la butte Montmartre, dans la douceur d'un soir qui frappait frénétiquement aux portes de l'été.

— Il est un peu tard… Tu peux dormir chez moi, si tu veux, proposa l'ancien flic alors qu'ils marchaient côte à côte en direction des Abbesses, en suivant une droite très approximative.

Ils avaient passé ensemble un moment délicieux, nostalgique et complice, authentique, ponctué de rires et de larmes pudiques. Les quatre années sans se voir n'avaient en rien abîmé la force des sentiments qui les avaient jadis unis ; au contraire, elles avaient confirmé la profondeur de ceux-ci. Mais l'ombre de leur séparation planait encore au-dessus d'eux et les empêchait de penser à autre chose qu'au simple plaisir de l'instant présent. Ils avaient le sentiment d'être deux vétérans se retrouvant de longues années après la fin des combats, n'ayant plus rien à prouver, plus grand-chose à espérer, mais tant de souvenirs communs, tant d'épreuves et de joies partagées.

— Je ne suis pas sûre que ce soit très raisonnable, dit Lola en lui prenant le bras.

— Raisonnable ? Tout dépend quelle raison est ici invoquée, ma chère. On parle de morale ou de bien-être ?

— Tout dépend quel bien-être est ici invoqué, l'imita Lola en retour. Celui de ta libido débordante ou celui de ma santé mentale ?

— Ma libido ne déborde pas, elle affleure. N'en déplaise au peu de foi que tu portes à mon honorabilité, je suis capable de t'inviter chez moi sans te sauter, tu sais ?

— As-tu envisagé, méprisable machiste, que cela puisse être moi qui aie envie de te « sauter », si je venais dormir chez toi ? De toute façon, je ne peux pas faire ça à Krysztov. Je ne suis pas sûre qu'il apprécierait de se réveiller en tête à tête avec mon fils. Il faut que je rentre.

Ari soupira.

— Maudit Polonais ! Je t'appelle un taxi.

Vingt minutes plus tard, Mackenzie était de retour dans la solitude soudainement pénible de son appartement. Affalé dans son canapé, il pensait encore à cette simple bise déposée sur le front de Lola avant qu'elle monte dans le taxi et à son pathétique : *Bon, on se revoit bientôt, hein ?*

Quel idiot ! Pourquoi ne l'avait-il pas embrassée ? Pourquoi ne l'avait-il pas prise dans ses bras, serrée contre lui ? Par fierté, par respect ou par lâcheté ?

Triste constat : devant Lola, il devenait ridiculement velléitaire. Paralysé par la crainte de faire un geste que la libraire aurait pu juger déplacé, alors que ce geste était peut-être justement celui qu'elle attendait. Lui qui avait d'ordinaire tant confiance en lui, lui qui semblait toujours se moquer des conséquences de ses actes et de la façon dont ils seraient interprétés, pourquoi se souciait-il soudain de mal faire ?

Peut-être parce que sa relation avec Lola était justement, dans sa vie, la seule chose dont il se souciait vraiment. Mais pouvait-il l'abîmer plus qu'elle ne l'avait déjà été ?

Sans doute eût-il passé la nuit à se morfondre davantage s'il n'avait reçu un SMS d'Iris lui demandant de la rappeler au plus vite.

— Dis-moi, Michotte, tu es encore debout à une heure trente du matin, toi ? lança-t-il d'une voix ironique quand elle décrocha dès la première sonnerie. Qu'est-ce qui t'arrive ? Deviendrais-tu enfin une vraie rockeuse ?

— Il m'arrive, espèce de crétin, que tu m'as demandé un service et que j'ai pour habitude de ne jamais décevoir mes amis. Tu devrais essayer, parfois.

— Tu m'as trouvé des infos sur les chevaliers d'Héliopolis ?

— Oui. Mais je ne sais pas si tu le mérites.

— Je ne veux rien mériter, Iris. Le mérite, ça ressemble trop à un ordre national. Et s'il y a bien deux mots qui me font peur, c'est justement *ordre* et *national*. Tu mets le mot *national* devant le mot *socialisme*, et tout de suite c'est beaucoup moins chantant.

— Tu es fatiguant. Il est trop tard pour entendre tes conneries. Alors prends un stylo et note. Je pense que tu ne vas pas être déçu.

Ari s'exécuta.

— Voilà ce que j'ai pu trouver, à partir de la liste des membres de la Fraternité d'Héliopolis répertoriés dans ta note de 1996. Bon, d'abord, il y a Jacques Caillol, alias Archo. Lui, j'ai pas besoin de te le présenter, c'était le président de la Fraternité et il est mort à Séville... Ensuite, Vincent Van der Poël, alias Agni, et Yves Brunet, alias Colomban, ces deux-là, tu peux les oublier, ils ne sont plus de ce monde.

— Et alors ? Caillol a peut-être été assassiné par un fantôme !

— Très drôle. Ensuite, il y a Orthon et Horus, dont tu n'avais pas trouvé l'identité. Je n'ai pas fait mieux que toi. Inconnus au bataillon. Je continue de chercher.

— Pour l'instant, on ne peut pas dire que tout ça soit très concluant. Je croyais que je n'allais pas être déçu du résultat ?

— Mais tais-toi donc ! Dans la liste des membres non identifiés, tu avais aussi un certain Sophronos. Alors lui, mon bonhomme, j'ai réussi à trouver qui c'était, moi !

— Tu vois, quand tu veux...

— Sophronos est le pseudonyme d'un certain Pierre-Yves Faudère. Éditeur, hermétiste, c'est un sympathisant d'extrême droite, qui flirte avec des groupuscules néopaïens, des gens charmants. Ça n'a pas été bien dur de le trouver, il édite ses bouquins lui-même, ainsi que ceux de ses petits camarades de la Fraternité d'Héliopolis, et sa société s'appelle tout simplement Faudère. Tu parles d'un anonymat ! La maison d'édition est à Paris, dans le XVe, rue François-Villon.

Ari nota les informations.

— Et je t'ai gardé le meilleur pour la fin. Daniel Nivède, alias Epistemon. Notre gaillard est donc toujours en vie et en activité, il a soixante-huit ans, et c'est visiblement le plus âgé du groupe à ce jour. C'est un homme aisé, rentier, qui a hérité de papa une grosse entreprise de sidérurgie et n'a jamais rien foutu d'autre de sa vie que de s'adonner à sa passion pour l'alchimie. Lui aussi est un sympathisant de plusieurs groupuscules néopaïens, ce qui lui a valu de se faire arrêter une ou deux fois lors de manifestations musclées et d'être fiché chez nous. À part ça, il publie des trucs ésotériques sous le pseudonyme d'Epistemon F. C. H. Il vit tantôt dans son appartement parisien, rue Claude-Chahu, dans le XVIe, tantôt dans son petit château de Saint-Lambert-des-Bois, dans les Yvelines.

— Et ? Pourquoi tu dis que c'est le meilleur ?

Iris laissa délibérément passer un moment de silence.

— Devine où M. Nivède était ce dimanche 2 juin ?

Ari sourit.

— À Séville ?

— À Séville, confirma Iris, fière d'elle. Aller-retour en vingt-quatre heures, le jour même du meurtre de Jacques Caillol. Qu'est-ce qu'on dit ?

60.

Le lendemain matin, après avoir sonné en vain à la porte de l'appartement parisien du fameux Daniel Nivède, alias

Epistemon, Ari avait ressorti sa vieille MG-B cabriolet pour aller jeter un œil du côté de sa deuxième adresse connue, à Saint-Lambert-des-Bois.

Confronter directement le bonhomme était une méthode peu orthodoxe, mais digne d'un Mackenzie : les deux pieds joints dans la grande tourbe des alchimistes.

Si Daniel Nivède s'était trouvé à Séville la nuit du meurtre de son « frère en Héliopolis », Jacques Caillol, il se plaçait alors en haut de la liste des suspects, ou tout au moins des témoins potentiels. Y était-il allé avec lui ou à son insu ? Et surtout, pour y faire quoi ?

La vieille anglaise filait sur le plateau verdoyant du sud-ouest parisien, et Ari goûta avec plaisir au vent qui s'engouffrait dans la décapotable, comme une caresse maternelle venue chasser certaines sombres pensées d'un front enfantin.

Et puis enfin, au sud du village de Saint-Lambert, au milieu du parc naturel de la haute-vallée de Chevreuse et à quelques pas du prieuré Saint-Benoît, Mackenzie trouva le petit château qui se dressait au bout d'une allée bordée de vieux chênes.

En fait de château, il s'agissait plutôt d'une ferme fortifiée, du XIII\ :sup:`e` ou XIV\ :sup:`e` siècle sans doute, flanquée de deux tours, l'une ronde et l'autre rectangulaire, et disposée autour d'une cour carrée. Le bâtiment était admirablement bien entretenu ainsi que la flore environnante et, par certains aspects, pouvait faire penser à une ancienne commanderie templière.

En apercevant la voiture garée devant l'entrée principale de la ferme, Ari se permit de croire qu'il avait bien fait de venir jusqu'ici. Nivède était peut-être bien là. Il releva aussitôt la plaque dans son carnet, puis quitta la MG pour sonner à la porte.

Debout sur le perron, il interrompit son geste en voyant des éclats de bois sur l'un des battants.

La serrure avait été fracturée.

Mackenzie sortit aussitôt son Manurhin 357 Magnum de sous sa chemise et, sur ses gardes, poussa délicatement la porte d'entrée.

La lumière du jour éclaira une partie du vaste vestibule richement décoré. Ari se glissa à l'intérieur et inspecta la pièce, qui comptait trois portes et un escalier.

Aucun bruit ne semblait venir du bâtiment.

Sur la gauche, une veste légère pendait, toute seule, sur un haut portemanteau. Mackenzie s'en approcha et tâta les poches intérieures.

Un portefeuille.

Tout en restant vigilant, il l'ouvrit et vit aussitôt la carte d'identité de Daniel Nivède. Le septuagénaire était donc probablement bien dans les murs – à moins qu'il soit parti sans ses papiers, ce qui était peu probable. En outre, la carte verte de son assurance indiquait le même numéro d'immatriculation que celui du véhicule garé dehors…

Le doigt sur la détente de son revolver, Ari commença son exploration de la ferme fortifiée.

Au rez-de-chaussée, ouvrant chaque porte avec prudence, il traversa deux salons, une salle à manger, des cuisines et un garde-manger, mais ne trouva là âme qui vive. Les lieux étaient propres, ordonnés, sans la moindre trace de lutte, de cambriolage, et il y régnait toujours un silence absolu.

Mobilier ancien, bibelots, tableaux, tapisseries, boiseries, dorures… la demeure était somptueuse. Visiblement, Daniel Nivède n'avait pas seulement hérité d'une belle entreprise de sidérurgie, mais aussi de grandes liquidités et d'un goût certain pour les œuvres d'art, encore qu'il y avait quelque chose de désuet et de lugubre dans ce théâtre d'hermétiste… Ici et là, le choix des décors trahissait la fascination obsessionnelle du maître des lieux pour l'ésotérisme. Des tableaux symboliques, essentiellement des « vanités », des vitrines emplies de reliques, ici des décors maçonniques, là des crânes, des minéraux et des cristaux aux vertus bienfaitrices supposées, des pendules, des boussoles… Il ne manquait, au fond, qu'une bibliothèque, mais Ari ne doutait pas que le bâtiment en comptait au moins une. Sans doute à l'étage.

De plus en plus méfiant, Mackenzie retourna dans le vestibule et commença à monter les marches en pierre blanche du grand escalier à vis. À chaque nouveau pas, il s'attendait à voir surgir un intrus. Malgré lui, il ne pouvait s'empêcher de trouver oppressant le silence qui régnait dans le clair-obscur du bâtiment. Soit Nivède s'était fait cambrioler et était en train de prévenir la police, soit il s'était fait assassiner, soit il se trouvait en ce moment même en présence du cambrioleur…

Ari resserra la pression de ses doigts sur son Manurhin. Il ne s'en était pas servi depuis au moins deux ans et n'avait même pas pris la peine de vérifier qu'il fonctionnait encore.

À l'étage, l'escalier donnait sur un long couloir sans fenêtre, plongé dans une demi-pénombre. Ari, la mâchoire serrée, s'avança sur le parquet grinçant, longeant les vieux tableaux suspendus de chaque côté de la galerie, comme autant de regards qui suivaient sa profanation des lieux.

Avec retenue, il ouvrit la première porte. Derrière, il découvrit une grande chambre comprenant un lit double assorti à du mobilier ancien. Mais toujours personne.

Amusé, presque, par les battements de son propre cœur, de plus en plus vifs, il continua vers la porte suivante.

De sa main gauche, il appuya sur la poignée, puis poussa le battant devant lui.

Le spectacle qui s'offrit alors à lui confirma ses craintes.

Ari ne put réprimer un geste de saisissement en découvrant le cadavre étendu au milieu de ce qui s'avéra être une bibliothèque. Non pas sous le coup de la surprise – il s'était attendu à ce scénario –, mais plutôt parce que le meurtre qui avait eu lieu ici avait fait l'objet d'une véritable mise en scène macabre, dont le sens lui parut si évident qu'il se demanda même si elle ne lui était pas directement adressée.

Daniel Nivède – c'était bien lui, à en juger par la ressemblance avec la photo vue quelques instants plus tôt sur sa carte d'identité – avait été allongé sur ce qui devait être son bureau, au beau milieu de cette grande pièce boisée.

Enveloppé dans un grand drap blanc taché de sang, il était dans la position exacte du corps de don Miguel de Mañara, sur la peinture *Finis Gloriae Mundi* de Juan de Valdés Leal, où on voyait l'illustre frère majeur ainsi drapé dans le manteau blanc et rouge de la Calatrava. Nivède était dans cette position de gisant : tête surélevée par un coussin bleu, menton baissé sur la poitrine, mains croisées sur le torse. Il ne manquait que le cercueil.

Quand Ari, les doigts toujours crispés sur son arme, s'approcha du cadavre, il y trouva une dernière confirmation : au feutre rouge, on avait écrit les mots *Nimas* et *Nimenos* sur le front de la victime. *Ni plus ni moins.* Les deux mots inscrits sur les plateaux de la balance, dans la toile de Valdés Leal.

À en juger par la position de la tache de sang sur le drap blanc, Daniel Nivède avait reçu une balle ou un coup de couteau en plein cœur. Au même endroit que Caillol, à Séville, au pied dudit tableau.

Mais alors qu'Ari était sur le point de s'en assurer en soulevant le drap blanc, il fut interrompu par le bruit caractéristique de plusieurs voitures qui arrivaient dans la cour. Craquement de graviers, claquements de portes… Il s'approcha de la fenêtre et grogna en apercevant deux voitures de police, dont l'une était banalisée. Le brigadier-chef Radenac sortit de cette dernière et se positionna devant la MG-B de Mackenzie en posant les mains sur les hanches, d'un air dépité.

Et merde !

Par quel miracle Cédric se trouvait-il là, dans ses pattes ? Iris lui avait-elle refilé l'info ? Cela ne lui ressemblait guère.

De retour en haut des marches, il entendit les policiers entrer dans le bâtiment.

— Par ici le spectacle ! lança-t-il depuis le premier étage.

— Ari ! s'agaça le brigadier-chef en apparaissant en bas de la cage. Qu'est-ce que tu fous là, bordel ?

Il y avait deux agents en uniforme derrière lui et un autre policier en civil, dont le physique de *biker* tatoué ne manqua pas d'intriguer Mackenzie.

— La même chose que toi, j'en ai bien peur. T'es venu avec les Village People ?

— Très drôle. C'est toi qui as forcé la porte ?

— Mais oui, bien sûr ! Et c'est moi qui ai tué ce charmant M. Nivède, aussi.

— Il est mort ? s'exclama le flic, incrédule.

— Ben oui, sinon ce ne serait pas drôle. Bon, tu montes ? Radenac fit signe aux deux bleus de sécuriser le rez-de-chaussée et monta avec son collègue chevelu.

— Dis-moi, mon furieux, c'est un poto à toi ? fit ce dernier en faisant un signe de tête en direction d'Ari.

— Malheureusement, oui. C'est un ancien des RG, si tu vois ce que je veux dire.

— Ah OK. Un barbouze.

Ils arrivèrent sur le palier.

— Ari Mackenzie, fit l'ancien agent tout sourire, en tendant la main au tatoué.

— Brigadier Jacquet, pour vous servir, répondit l'autre en lui serrant la main si fort qu'Ari crut qu'il allait lui briser les doigts.

— Comment tu as su, pour Nivède ? demanda Radenac, visiblement vexé de ne pas être arrivé le premier sur les lieux.

— J'ai suivi la piste de la Fraternité d'Héliopolis. Et toi ?

Le brigadier-chef poussa un soupir, puis livra sans enthousiasme son explication.

— Les Espagnols m'ont envoyé les résultats des analyses de l'ADN relevé dans la crypte à Séville…

— Grâce à moi, je te rappelle…

— Ouais. Grâce à toi. L'IJ a rapidement trouvé une correspondance dans le FNAEG[1]. Daniel Nivède a été fiché en 2008, lors de manifestations qui avaient mal tourné…

---

1. Fichier national automatisé des empreintes génétiques, créé en 1998. À l'origine, il ne concernait que les violeurs et délinquants sexuels, mais depuis 2003 il a été étendu à quasiment tous les délits, même aux simples « mis en cause ».

Ari acquiesça. Ça collait avec ce que lui avait dit Iris.

— On en est donc arrivés à la même conclusion, par des chemins différents, fit-il en écartant les mains d'un air désolé.

— Oui, sauf que tu étais censé partager tes informations avec moi, tu te souviens ?

— Toi aussi, je te signale.

— Le flic, c'est moi, je te rappelle !

— Il n'y a pas forcément de quoi s'en vanter, ironisa Mackenzie.

— Bon, intervint Jacquet, c'est pas qu'on s'emmerde avec votre parade amoureuse, là, mais où qu'il est, votre cané ?

61.

Un samedi de juin, il y avait forcément un peu de monde à la librairie, et les visites des badauds comme des habitués mirent du baume au cœur brisé de Lola Azillanet. Encore que les clients qui lui donnaient l'impression de faire – pour quelques jours encore – l'un des plus beaux métiers du monde se faisaient de plus en plus rares, entre ceux qui prenaient les lieux pour une simple carterie, ceux qui achetaient aveuglément le dernier best-seller à la mode sans se laisser guider vers d'autres lectures éventuelles, ceux qui cherchaient un livre de Ionesco dont ils affirmaient qu'il s'appelait *L'Hippopotame*, ceux qui cherchaient le dernier « prix concours », et ceux qui voulaient savoir où se trouvait le génie de la Bastille, question à laquelle Lola répondait systématiquement *Mais, devant vous, madame.*

Heureusement, les fiches de lecture colorées qu'elle attachait à ses romans « coup de cœur » incitaient quelques clients plus curieux à découvrir de nouveaux ouvrages, et c'était alors l'occasion de beaux échanges qui, à eux seuls, justifiaient son sacerdoce.

Parfois, ceux de ses clients qui étaient « au courant » ne pouvaient s'empêcher de s'indigner ou de s'apitoyer sur la fermeture prochaine du Passe-Muraille, mais Lola parvenait à faire bonne figure, à grands coups de « c'est la vie » pour ne pas montrer à quel point elle était dévastée.

Malgré ce semblant d'activité, la soirée passée la veille avec Ari la travaillait encore et, chaque fois qu'un client ressortait de la librairie, Lola ne pouvait s'empêcher de penser à cet adorable imbécile. Dans l'envie si pressante qu'elle avait de le revoir, elle ne parvenait à distinguer ce qui venait de sa détresse actuelle, de sa fragilité momentanée, et ce qui émanait d'un peu plus loin. Une chose était sûre : ce dîner avait ravivé des sentiments qu'elle était parvenue, jusqu'ici, à considérer comme révolus et, à cet instant, elle aurait fait n'importe quoi pour être auprès de Mackenzie.

Mais qu'est-ce qui la retenait, au fond ? Quel ridicule sentiment de culpabilité ? Thomas l'avait trompée sans vergogne, dans leur propre lit, et c'était elle qui avait l'impression de faire une « bêtise » en retournant se consoler dans les bras d'un ex ? À moins que ce ne fût la peur de s'y brûler de nouveau…

— Excusez-moi, mademoiselle, vous avez le dernier Marc Lévy Strauss ?

Lola releva la tête et s'efforça de ne pas éclater de rire en regardant la ménagère béate qui venait de la sortir de sa torpeur.

— Euh… Marc Lévy tout court, non ?

— Ah, oui, peut-être. Je sais pas.

Lola se contenta de tendre le doigt vers la vertigineuse pile de livres qui trônait devant l'entrée, puis elle baissa la tête et prit son téléphone portable à côté de la caisse enregistreuse.

Dans un soupir, elle envoya un SMS à Mackenzie.

« Et si tu passais me voir à la librairie ? »

62.

— Dis donc, mon furieux, tu veux pas dire à ton poto des RG qu'on est censé toucher que pouic sur une scène de crime ? S'il continue à foutre ses francforts partout, on va être dans la mouscaille.

Mackenzie était en effet en train de se promener tranquillement dans la bibliothèque de Nivède.

— Ari ! Tu veux bien sortir, s'il te plaît ? L'IJ va arriver dans moins d'une heure, et tu es en train de tout pourrir, là !

— Je touche à rien, promis ! Je regarde seulement.

La bibliothèque, splendide, ressemblait à celle de Giacomo Mazzoleni, mais elle comportait toutefois moins de volumes prestigieux. Une belle collection de vieux traités d'alchimie la composait, avec un rayonnage entier consacré à Fulcanelli, ainsi qu'une quantité impressionnante d'ouvrages sur l'hermétisme en général – en plusieurs langues et de toutes époques.

En revanche, ladite bibliothèque contenait aussi un rayon qui n'avait pas eu l'inélégance de se dresser dans celle de Mazzoleni : une somme politique très fournie, qui laissait peu de doute quant à l'orientation nationaliste, antisémite et traditionaliste de M. Nivède. Ainsi, il y avait par exemple une étagère entière emplie de fascicules issus de groupuscules identitaires et néopaïens comme Terre et Peuple ou le Bloc identitaire, avec des titres comme *Tradition primordiale*, *Païens !* ou *Critique nationale révolutionnaire du capitalisme spéculatif*. Tout un programme.

Ari grimaça et continua sa visite. Sur le mur face au bureau, il reconnut une reproduction agrandie d'un autoportrait de Julien Champagne. Derrière ses lunettes rondes, l'illustrateur s'était dessiné un regard d'une touchante mélancolie, sublimée par un mégot de cigarette, qui, sur le point de s'éteindre, lui pendait négligemment au coin des lèvres, et par l'affaissement de ses épaules, qui lui donnait un air abattu. Il se dégageait du tableau une impression troublante de tristesse et de sagesse mélangées. Avec son épaisse moustache et ses cheveux bruns ondulés, coiffés avec une raie au milieu, Champagne avait un faux air de Marcel Proust, dont il était d'ailleurs contemporain...

— Ari, sors de là, bordel !

— J'arrive, j'arrive !

Il se tourna de nouveau vers le cadavre étendu sur son bureau.

Visiblement, le meurtrier, afin de pouvoir y déposer sa victime, avait posé par terre tout ce qui s'était trouvé sur le meuble. Un encrier, un porte-plume, un sous-main en cuir, un tas de documents et, plutôt anachroniques dans ce décor classique, un ordinateur et son scanner.

Ari, respectant sa promesse de ne rien toucher, se pencha malgré tout pour voir le titre du dossier qui était en haut de la pile de documents : *Étude sur l'*Azoth *de Basile Valentin, à l'attention des éditions Faudère.*

Maintenant que Caillol et Nivède étaient morts, et tant qu'Orthon et Horus n'avaient pas été identifiés, l'éditeur Pierre-Yves Faudère, alias Sophronos, était le dernier membre de la Fraternité d'Héliopolis connu des services de police... La présence de son nom sur ces papiers ne faisait qu'accroître l'urgence de trouver ce dernier gugusse.

Ari, perdu dans ses pensées, n'avait pas entendu les bruits de pas derrière lui et sursauta en sentant une main lui tapoter sur l'épaule.

— Hé, inspecteur Gadget ! Le monsieur t'a demandé de sortir, t'as pas entendu ? RG ou pas, tu commences à nous cigogner les valseuses, là.

Mackenzie se redressa et regarda le tatoué en inclinant légèrement la tête sur le côté.

— Dites-moi, vous parlez toujours comme ça, ou seulement en service ?

— C'est de naissance. Pourquoi, ça te dérange ?

— Au contraire ! Je ne savais pas que ça existait vraiment, les gens comme vous. J'aime bien. Ça change un peu de l'autre Freddie Mercury, là, dit-il en désignant la moustache de Radenac.

Ari sortit de la bibliothèque sous le regard amusé du tatoué.

— Putain ! Freddie Mercury ! Vache, j'y avais jamais pensé ! Mais c'est vrai, mon furieux, que tu lui ressembles, avec tes bacchantes à la con, là ! Freddie Mercury ! Oh j'me poire !

Et, de fait, le policier éclata de rire.

Radenac, effondré, attendait les bras croisés dans le couloir.

— C'est bon, vous avez fini votre cinéma, tous les deux ?

— Tu permets ? On sympathise.

Le brigadier-chef secoua la tête, puis il fit un geste vers le cadavre.

— Bon. Alors ? À ton avis ? C'est quoi, l'histoire ?

Ari se gratta le front d'un air pensif.

— Hmmm… Eh bien, si tu veux mon avis, on est dans le schéma classique d'un épisode de *Scoubidou*.

Radenac écarquilla les paupières pendant que son collègue, derrière eux, éclatait de nouveau de rire.

— Tu te fous de ma gueule ?

— Ah mais non, je suis parfaitement sérieux. C'est du *Scoubidou* tout craché. D'abord, Mazzoleni se fait buter par Caillol, qui se fait buter par Nivède, qui se fait buter par le suivant, etc. Moi, je dis, on n'a qu'à pas se faire chier, ils vont tous s'entre-tuer, et à la fin de l'épisode il restera plus que toi, moi, et les Village People.

— Tu es hilarant. Et plus sérieusement ?

— Mais je te dis que je suis très sérieux ! En gros, je crois que quiconque entre en possession du carnet de Mazzoleni est susceptible de se faire descendre dans les vingt-quatre heures qui suivent par l'un des nombreux concurrents qui doivent être sur l'affaire et qui viennent visiblement tous du même panier de crabes.

— La Fraternité d'Héliopolis ?

— Ça y ressemble.

— Et donc, selon toi, Nivède s'est fait tuer par un autre membre de la Fraternité ?

— Bien possible.

— T'as des noms ?

— Tu me donnes quoi en échange ?

— Un Dragibus.

— Pierre-Yves Faudère, alias Sophronos, un éditeur. Tu devrais peut-être enquêter de ce côté-là.

Radenac acquiesça et nota le nom sur son carnet Moleskine.

— Et mon Dragibus ? demanda Ari.

En guise de réponse, Radenac lui tendit le majeur de sa main droite.

— Et cette mise en scène, ça veut dire quoi à ton avis ?

— C'est un simulacre du tableau de Valdés Leal, *Finis Gloriae Mundi*.

— J'avais compris. Mais qu'est-ce que ça signifie ?

— Dis donc, je ne vais pas faire *tout* le boulot à ta place, mon bonhomme !

— Vu que t'es beaucoup mieux payé que moi sur le coup, je pense que c'est la moindre des choses. Alors ?

— Ça veut dire que tout ça a bien un rapport avec Fulcanelli et que le meurtrier essaie de nous faire peur. À nous ou à ses éventuels concurrents.

Soudain, le brigadier Jacquet posa sa main sur l'épaule de Radenac.

— C'est quoi, ce bruit de moteur ? fit-il d'un air suspicieux. On attend du monde ?

— Le légiste ou l'équipe de l'IJ…

— Ah ouais ? Si vite ? Et ils ont l'habitude de s'radiner en Ducati, ces loustics ? Parce que si ça c'est le barouf d'une Peugeot, moi j'veux bien me faire cureton !

Aussitôt, le visage d'Ari se métamorphosa. Il se mit à courir vers l'escalier en bousculant les deux autres.

Tout en dégainant de nouveau son Manurhin, il dévala les marches quatre à quatre et traversa le vestibule. Il se précipita dehors et arriva juste à temps pour voir la moto faire demi-tour et repartir en sens inverse, sans doute après avoir repéré les nombreuses voitures garées dans la cour. C'était bien la même Ducati que la veille devant la galerie, et probablement la même que le père Ponteleone avait vue à Séville. Mais, une nouvelle fois, elle était déjà trop loin pour relever la plaque d'immatriculation.

Radenac et Jacquet arrivèrent derrière lui.

— Les clefs de votre bagnole ! demanda Ari d'un air furieux.

— Même pas en rêve, répliqua le brigadier Jacquet. C'est moi qui conduis.

Le tatoué se précipita vers la Mégane banalisée sans laisser à Mackenzie le temps de protester. Celui-ci monta aussitôt sur le siège passager.

— Attends-nous ! lança-t-il à Radenac à travers la vitre.

La Renault démarra en marche arrière sur les chapeaux de roue. Puis, après un patinage sur les graviers, elle fonça tout droit sur l'allée bordée de chênes. Visiblement, le brigadier Jacquet connaissait son sujet.

— Foncez ! Il va encore m'échapper, cet enfoiré !

— Eh, oh, du calme, répliqua le policier avec un flegme déroutant – d'autant plus qu'il était déjà à près de 100 km/h sur le chemin étroit. D'abord, tu vas commencer par me tutoyer. Et ensuite, tu vas me faire confiance, OK ? Sur une autoroute, on aurait aucune chance. Mais là, sur une route pleine de virolos, ça se tente. En vitesse de passage en courbe, on l'éclate.

— Alors fonce ! grogna Ari en tapant du poing sur sa portière.

— Gyrophare, répondit le brigadier en faisant un signe de tête vers la boîte à gant.

Ari récupéra le feu bleu clignotant et l'aimanta sur le toit.

Ils arrivèrent bientôt sur la départementale et, au sortir d'un dérapage contrôlé, Jacquet s'engagea sur le bitume en contre-braquant. Le moteur nerveux de la Mégane, visiblement modifié, poussait un sifflement aigu chaque fois qu'il montait dans les tours pour passer un nouveau rapport.

Les arbres défilaient si vite autour d'eux qu'ils faisaient comme une paroi uniforme, et Ari, malgré l'excitation, se surprit à prendre peur quand il vit, dans une ligne droite, les 180 km/h s'afficher sur le compteur de la Renault. 180 km/h sur une départementale, on n'était pas loin du suicide. Une main agrippée à la poignée et l'autre au fauteuil, il avait les pieds collés au plancher, comme pour ralentir la voiture…

— Il est là ! cria-t-il soudain en montrant sur leur droite une route qui bifurquait de la leur.

— J'ai vu, fit le pilote, impassible.

Ari lui lança un regard inquiet.

— Euh, c'est un virage à 90°, là, il va peut-être falloir songer à frei…

Mais Jacquet conserva sa vitesse jusqu'à la dernière seconde, puis écrasa le frein avant de mettre savamment la voiture de travers pour négocier le virage en glisse.

Ari ferma les yeux et serra la mâchoire, persuadé qu'ils allaient terminer dans le fossé, mais, sous le coup de butoir d'une nouvelle accélération, la Mégane se remit d'aplomb.

La ville de Saint-Rémy-lès-Chevreuse se profila bientôt à l'horizon.

Comme l'avait prédit Jacquet, dans les virages, ils gagnaient du terrain, mais chaque fois que la route redevenait rectiligne, la Ducati s'éloignait invariablement.

— Le perds pas ! S'il arrive sur la N118, on est cuits !

— Appelle Radenac et dis-lui de faire installer un barrage !

Mackenzie s'exécuta, sans grand espoir.

Ils arrivèrent en pleine agglomération que le motard, inconscient, traversa comme un boulet de canon, sans se soucier des feux rouges ou des stops.

— Il va se tuer, ce con !

Heureusement, en pleine matinée, il n'y avait pas grand monde dans les rues, mais la moto récolta malgré tout de furieux coups de klaxon. Les piétons, alertés par le vacarme des deux véhicules ou par le gyrophare, sautaient sur les trottoirs avec des regards affolés.

Soudain, ils le virent freiner longuement, puis obliquer à droite, cherchant sans doute à les semer dans le dédale des rues qui s'entrecroisaient. Jacquet effectua une nouvelle manœuvre périlleuse, et l'aile arrière de la Mégane percuta violemment une camionnette garée au coin de la rue.

— Woops, grimaça Jacquet, sans ralentir pour autant.

Ils arrivaient dans le centre-ville, et le trafic commençait à se densifier, si bien que le policier dut rouler à contresens pour avoir une chance de suivre le motard.

Celui-ci gagnait de nouveau du terrain et obliqua à gauche dans une rue plus étroite encore.

— L'enfoiré !

Et cette fois, la voiture arriva si vite à l'intersection que le conducteur ne parvint à négocier le virage. La Renault, de travers, glissa vers le trottoir.

Mackenzie, voyant venir l'impact, se crispa sur son siège.

— Oh putain, oh putain !

La voiture quitta la chaussée et emplafonna un kiosque à journaux dans un vacarme terrible de verre brisé et de tôle déchirée. Le choc fut si violent qu'Ari se cogna le front contre le montant avant de l'habitacle et que le véhicule s'immobilisa tout net.

Les deux occupants, choqués, traversèrent un moment de stupeur silencieuse. Puis Jacquet posa la main sur l'épaule de son voisin.

— Ça va, mon furieux ? Rien de cassé ?

Ari, dont le front commençait déjà à enfler, tourna la tête vers lui, le dévisagea un instant comme s'il avait perdu la voix, puis il tendit l'index vers le kiosque à journaux entièrement démoli et lâcha :

— Tu veux quoi, *Le Figaro* ou *L'Humanité* ?

— Euh, prends-moi plutôt *Auto Plus*, là.

Ils échangèrent un sourire.

— La bonne nouvelle, fit Ari en essayant d'enlever sa ceinture de sécurité, c'est que ce coup-ci j'ai sa plaque d'immatriculation.

63.

Il était quinze heures quand Mackenzie, un pansement sur le front, poussa la porte de la librairie dans laquelle il n'était pas entré depuis quatre ans.

Lola l'accueillit avec ce joli sourire qu'il connaissait si bien et que, quelques secondes avant d'entrer, il avait espéré voir briller aux lèvres de la libraire.

Il y avait deux clients nichés au fond du Passe-Muraille, en train de feuilleter des livres, ce qui, paradoxalement, amusa Ari. Certes, il aurait aimé se trouver d'emblée seul en tête à tête avec Lola, mais il y avait quelque chose de plaisant de la voir ainsi en plein travail. Il avait l'impression de la surprendre dans sa vraie vie, de pouvoir s'immiscer dans son intimité.

— Bonjour, monsieur, fit Lola d'un air faussement solennel. Je peux vous aider ?

Ari joua le jeu.

— Oui. Est-ce que vous avez le livre *La Drague pour les nuls* ? C'est pas pour moi, c'est pour une amie.

— Ah désolée, non, je suis en rupture de stock. Mais j'ai des livres sur le relooking pour vous, si ça vous tente. Vous en avez manifestement besoin.

— Vous conseillez souvent des livres que, à l'évidence, vous n'avez pas lus ? répliqua Ari en fronçant le sourcil droit.

Lola capitula. Au jeu de la mise en boîte, Ari gagnait toujours. Elle sortit de derrière la caisse enregistreuse et vint lui faire la bise. Une bise qu'Ari retint un instant, en lui passant la main dans le dos pour que Lola ne s'échappe pas tout de suite. Le temps de sentir ce parfum qui lui manquait tant.

Lola, gênée, se dégagea doucement.

— Je m'occupe des clients et je suis à toi dans un instant.

Avec une maîtrise évidente, elle parvint à se débarrasser en effet rapidement des deux clients tout en leur donnant satisfaction : ils repartirent avec un livre et un sourire. Des années de métier.

— Krysztov n'a pas trop fait la tête de te voir rentrer si tard hier soir ?

— Non. Il était prévenu. Il est adorable, tu sais ? Sans lui, je ne sais pas comment je m'en sortirais.

— Ouais, j'ai des amis épatants. Tu vas rester longtemps chez lui ?

— Jusqu'à ce que je trouve un appartement dans mon budget.

— Pourquoi tu ne restes pas dans le tien ? Après tout, c'est Thomas qui a déconné, non ? C'est à lui de partir.

— L'appartement lui appartient, Ari...

— Ah. Oui. En effet. Pourquoi tu ne viens pas chez moi, alors ? Je pourrais te jouer de la guitare. Et il y a des vrais livres, chez moi, pas comme chez Krysztov, qui ne lit rien d'autre que des revues sur les flingues.

— Oui, mais lui, il a une chambre d'amis, et moi, j'ai un bébé de quatorze mois. Tu tiendrais pas deux jours avec un bébé de quatorze mois dans ton deux-pièces, Mackenzie.

— On pourrait le confier à un couple stérile le temps que tu trouves un appartement...

— Tu es odieux.

— Tu commences à chercher un autre poste ailleurs ?

— Faudrait que je m'y mette, oui. Mais j'ai pas trop la tête à ça pour le moment. Si j'avais les moyens, j'ouvrirais bien ma propre librairie...

— Ça n'a pas vraiment l'air d'être le bon moment.

— Tout dépend comment on s'y prend. J'ai plein d'idées. Il me manque juste les moyens.

— C'est souvent le problème des Français, Lola. On a des idées, mais on n'a pas de pétrole. Il te faut combien pour ouvrir ta librairie ? dit-il en sortant son carnet de chèques.

— T'es con. Qu'est-ce qui t'est arrivé ? demanda-t-elle en montrant le pansement sur le front d'Ari.

— Je suis monté en voiture avec un chauffard.

— Décidément.

— Quoi ?

— Ton copain Krysztov s'est blessé à la tempe avant-hier. Vous faites une belle équipe, tous les deux. Pas un pour rattraper l'autre.

Au même moment, la porte de la librairie s'ouvrit, et quand Ari vit le visage de Lola se figer, il se retourna pour voir qui était entré.

— Oh, le cameraman ! fit-il d'un air narquois en voyant Thomas qui se tenait dans l'entrée, les traits tirés et des cernes sous les yeux.

Le jeune homme resta un instant sans rien dire, son regard faisant des allers et retours entre Ari et Lola.

— Qu'est-ce que tu fous là ? lança Lola, visiblement furieuse de voir son ex débarquer.

— Vous pouvez nous laisser ? demanda Thomas à Mackenzie.

Ari n'était pas certain que l'homme savait précisément qui il était. Ils ne s'étaient jamais rencontrés, même si l'ancien flic, plusieurs fois, l'avait aperçu de loin. Mauvais souvenirs.

— Ah non, ça ne va pas être possible, fit-il sans quitter son air facétieux.

— Qu'est-ce que tu fous là ? répéta Lola, les mains tremblantes.

— Vu que tu ne veux pas me répondre au téléphone, je viens ici pour qu'on puisse parler !

— J'ai rien à te dire. Tu parleras à mon avocat.

Thomas secoua la tête. Il chercha ses mots, puis poussa un soupir et se tourna de nouveau vers Ari.

— Bon. Vous voyez pas que vous gênez ? Laissez-nous deux minutes, s'il vous plaît.

Ari fit une moue désolée.

— Toujours pas possible.

— Ah bon ? Et pourquoi ? lança le cameraman en se donnant des airs de dur à cuire.

— Je suis collé.

Thomas haussa les sourcils, perplexe.

— C'est qui, ce mec ? demanda-t-il à Lola.

À en juger par son allure, le jeune homme avait un peu forcé sur la boisson. Ari décida d'abréger au plus vite l'embarrassante situation.

— Écoute, mon garçon, tu vois bien qu'elle n'a pas envie de te parler, non ? Alors vu que t'es pas capable de ranger ta bite, tu ranges au moins ton orgueil, tu fais demi-tour, et tu te casses.

Thomas entra aussitôt dans une colère noire et s'approcha d'Ari pour le pousser violemment au niveau du torse, dans un geste ridicule de provocation virile. Mackenzie ne lui laissa même pas le temps de mesurer la nullité de son effet. D'un pas de côté, il passa sur le flanc du cameraman puis, de sa main gauche, lui tira le bras, avant de glisser son autre main au revers. Avec une dextérité encore honorable pour son âge, il effectua une imparable clef de bras au jeune homme, l'obligeant à se retourner dans une posture de soumission absolue, au risque d'une fracture de l'humérus.

Avec un calme impressionnant, l'ancien flic conduisit jusque sur le trottoir le fâcheux qui poussait des petits cris de douleur pitoyables. Une fois dehors, Ari, sans lâcher le bras retourné de son adversaire, l'attrapa violemment par l'entrejambe, prenant à pleines mains les testicules du cameraman à travers son pantalon.

— Si tu remets une seule fois les pieds ici, connard, je te les broie si fort que tu ne pourras même plus tromper ta prochaine copine, t'as compris ? Maintenant dégage.

Quand le visage horrifié du jeune homme lui donna l'impression qu'en effet le message était bien passé, il le relâcha et le laissa partir en courant sous le regard perplexe des badauds.

64.

— Tu es déjà rentré ? s'étonna le capitaine Florence Ginhoux en voyant Radenac assis à son bureau au premier étage du poste de police de Palais-Royal.

— Ouais. Jacquet est resté sur place avec l'IJ.

— Jacquet ? Je croyais qu'il s'était emplafonné avec sa voiture ?

— Plus de peur que de mal. Du coup, il est retourné au château pour la fin de la perquisition. Moi, il faut que j'aille dans l'appartement parisien de la victime, Daniel Nivède. Sa femme ne répond pas au téléphone. Elle n'est probablement pas encore au courant de la mort de son mari. Ou bien elle a subi le même sort. Il ne faut pas perdre de temps.

— OK. Tu y vas avec Allanic ?

— Oui. Je l'attends, justement, il ne va pas tarder.

Ginhoux hocha lentement la tête. L'affaire était beaucoup plus grosse que celles que Radenac avait l'habitude de traiter, mais il semblait s'en tirer parfaitement bien.

— Et Nivède ? Il est mort comment ?

— Coup de couteau dans le cœur, *a priori*. L'autopsie confirmera. Son meurtrier lui a fait subir ce que lui-même avait probablement fait subir à Jacques Caillol à Séville. Et d'ailleurs, la mise en scène évoquait le tableau qui se trouve justement dans cette église.

— Une vengeance ?

— Possible. Mazzoleni, Caillol, Nivède... Ils s'assassinent les uns les autres pour se piquer le carnet de Fulcanelli, on dirait. La question est de savoir qui a tué Nivède, et si lui aussi va se faire trucider à son tour.

— Eh bien ! Trois homicides en moins de dix jours, ça prend de l'ampleur, cette affaire. Je veux bien te laisser la main, Cédric, mais tu ne peux pas tout faire tout seul. Je vais dire à Jacquet et Allanic de te seconder à temps plein.

— Ça me va.

— Tu as appelé le juge Sargiano ?

— Oui.

— Il est OK ?

— Pour l'instant ça va. Il me suit.

— C'est un type bien, Sargiano. Tu me tiens au courant.

Radenac acquiesça.

— Bon boulot, Cédric, fit le capitaine avant de partir.

En attendant l'arrivée de son collègue, le brigadier-chef effectua des recherches sur la plaque minéralogique de la Ducati relevée par Mackenzie. Rapidement, il constata qu'elle n'apparaissait pas dans le FVV[1] et ne correspondait même pas à une moto, d'ailleurs, mais à une voiture. En jargon policier, c'était ce qu'on appelait une « doublette », copie à l'identique de la plaque d'un autre véhicule. Bref, aucun moyen de remonter jusqu'à l'identité du motard.

Quand le major Julien Allanic arriva enfin, ils s'équipèrent pour une perquisition et se mirent en route pour l'appartement parisien de Daniel Nivède.

65.

En entrant de nouveau dans la librairie, Mackenzie vit que Lola, blottie derrière le comptoir, pleurait à chaudes larmes. Il se demanda soudain s'il n'y était pas allé un peu fort. Prendre sa défense était une chose, broyer les testicules de son ex et le jeter dehors en était une autre… En termes d'ingérence, on dépassait largement les recommandations de l'ONU.

Refermant la porte, il tira le verrou et retourna la pancarte du côté qui indiquait « fermé », puis il rejoignit Lola derrière la caisse enregistreuse et la serra affectueusement dans ses bras.

---

1. Fichier des véhicules volés.

— Je suis désolé, lui murmura-t-il à l'oreille.

La libraire sanglota encore un long moment, puis elle recula doucement la tête et dévisagea Ari de ses grands yeux noyés de larmes. Elle le fixa ainsi un instant, comme si elle voulait sonder son âme, puis soudain, alors que Mackenzie s'attendait à recevoir une gifle, elle l'embrassa. Si fougueusement, même, qu'Ari manqua tomber à la renverse. L'attrapant par les épaules, il la repoussa en arrière, la plaqua contre le mur bariolé de posters, puis il l'embrassa à son tour, avec tout autant de fièvre. Et ce fut alors comme si toute la lourdeur du monde avait disparu autour d'eux et qu'il ne restait que ce baiser, un baiser lourd de désir, d'attente et de blessures.

66.

En présence de deux voisins, qui avaient affirmé ne pas avoir vu Mme Nivède depuis plusieurs jours, les deux policiers enfoncèrent la porte d'entrée et commencèrent, arme au poing, l'exploration de l'appartement, en plein cœur du XVIe arrondissement.

Il ne leur fallut pas longtemps pour faire le tour de ce trois-pièces vétuste, qui, malgré son adresse prestigieuse, était bien loin du luxe de la résidence secondaire du couple Nivède, à Saint-Lambert-des-Bois. Ici, l'entretien laissait à désirer et la décoration n'avait pas été refaite depuis longtemps…

Il n'y avait personne à l'intérieur, et aucun signe d'effraction. La seule bizarrerie, c'était cette chaise, posée toute seule au milieu du salon, et les petits pois, laissés à l'abandon sur le plan de travail de la cuisine, comme si l'on s'était soudain arrêté de les écosser. À en juger par leur aspect, ils étaient là depuis plusieurs jours.

— Il va falloir rappeler l'IJ, soupira Radenac. Et lancer un mandat de recherche.

Son collègue acquiesça.

— Ça te dérange de rester ici pour attendre l'équipe technique pendant que je fais une enquête de voisinage, Julien ?

Le major Allanic sourit. Il était plus gradé que Radenac, et ça n'aurait pas dû être à lui de faire le planton dans l'appartement. Mais ce dossier, c'était celui de Cédric.

— Vas-y, gamin. Fais-toi plaisir, c'est ton bébé.

Le brigadier-chef lui fit un signe de tête reconnaissant et partit retrouver celui des deux voisins qui attendait toujours sur le pas de la porte. Un septuagénaire courtois, avec des airs d'ancien prof de lettres, qui habitait l'autre appartement du palier.

— Je peux vous poser deux ou trois questions ?

— Bien sûr.

Radenac sortit son Moleskine pour prendre des notes.

— Donc… Vous me disiez tout à l'heure que vous n'aviez pas vu Mme Nivède depuis plusieurs jours. Est-ce que vous vous souvenez de la dernière fois que vous l'avez vue exactement ?

L'homme se gratta pensivement le front.

— Attendez voir… C'était… mardi. Oui, c'est cela, mardi midi. Je l'ai croisée aux boîtes aux lettres. Je m'en souviens parce que ma fille était avec moi, ce jour-là, et c'était donc bien mardi, vers midi et quart.

— Elle était toute seule ?

— Oui… Vous savez, elle est presque toujours toute seule, cette pauvre Mme Nivède.

— Et son mari ?

— Oh, lui, on ne le voit presque jamais ! Il est plus souvent dans leur résidence secondaire, dans les Yvelines. Pour tout vous dire, je ne m'en porte pas plus mal.

— Ah oui ? Pourquoi ?

Le voisin hésita, comme s'il regrettait d'en avoir trop dit et de passer pour un mauvais jaseur.

— Disons que nous ne partageons pas les mêmes idées, concéda-t-il enfin. C'est un monsieur très… sectaire. Et on ne peut pas dire qu'il traite sa femme avec beaucoup d'élégance.

— Je vois. Et quand l'avez-vous vu pour la dernière fois, lui ?

— En général, il revient une fois par semaine dans l'immeuble, soi-disant pour s'occuper de sa femme, mais là, il me semble que cela fait au moins deux semaines que je ne l'ai pas vu. Il est peut-être en vacances. Mme Nivède a des problèmes de santé, elle a du mal à se déplacer, et ce charmant monsieur n'a aucun scrupule à partir sans elle…

Radenac se garda de lui dire que « ce charmant monsieur » était mort d'un coup de couteau en plein cœur, enveloppé dans un drap blanc au milieu d'un bureau. Sans doute cela n'aurait pas chagriné le vieux voisin, mais, pour l'instant, il préférait ne pas ébruiter l'affaire.

— Est-ce que M. et Mme Nivède ont tendance à se disputer ? demanda-t-il en prenant garde à bien parler au présent.

— Non, non, je ne pense pas. Disons qu'il l'ignore. Et Mme Nivède, elle… jamais un mot plus haut que l'autre. Elle est trop gentille, si vous voulez mon avis.

— Bien. Vous n'avez rien remarqué de spécial ces derniers jours à leur sujet ?

— Non.

— Pas de visites ?

— Pas à ma connaissance. Vous savez, ils n'ont pas d'enfants, et Mme Nivède n'invite jamais personne chez elle… Je peux vous demander ce qui se passe ?

— Pour l'instant, je ne peux pas vous le dire.

— Elle a disparu ?

— On dirait, répondit évasivement Radenac. Il y a combien d'appartements dans l'immeuble ?

— Eh bien, deux par étage, sur quatre étages, ça fait huit.

Radenac le remercia, prit ses coordonnées afin de pouvoir l'entendre ultérieurement et consigner tout cela par écrit, puis le congédia.

Allanic, qui était resté à proximité pour entendre, s'approcha de son collègue.

— Tu crois qu'elle a pu prendre la poudre d'escampette et tuer son mari avant de disparaître ?

Radenac fit une moue sceptique.

— C'est une possibilité, mais ce n'est pas le premier scénario auquel je penserais. Tu ne pars pas soudain tuer ton mari dans les Yvelines alors que t'es en train d'écosser des petits pois...

— Pourquoi pas ? Le couteau de cuisine lui a peut-être donné des idées, plaisanta le major.

— Peut-être. Je vais aller interroger les autres voisins.

67.

Lola s'était endormie.

Elle était là, recroquevillée sur le lit comme un petit animal, et Ari n'osait pas encore la réveiller. À un moment ou un autre, il faudrait bien qu'il le fasse, car même s'il avait prévenu Krysztov que Lola aurait « un peu de retard », celui-ci finirait sans doute par se lasser de jouer les baby-sitters de l'autre côté de Paris. Mais, pour l'instant, dans ce sommeil si pur, Lola était une œuvre trop parfaite pour oser y toucher.

Les yeux rivés sur la nuque de la jeune femme, nu lui aussi, Mackenzie se demandait s'il venait de faire la plus grande bêtise de sa vie ou si, au contraire, il avait pris la première bonne décision depuis de trop nombreuses années.

Enivrés par leur baiser, ils avaient fermé la librairie avant l'heure et étaient venus là, dans l'appartement d'Ari, où ils avaient fait l'amour avec ce savoureux mélange de tendresse et de frénésie que la passion seule permet.

Dans la chaleur moite de sa chambre, Ari soupira, mais c'était d'aise. Son corps, sans doute, ne mentait pas : il se sentait bien. Serein.

Une chose était sûre : cela faisait très, très longtemps qu'Ari n'avait pas éprouvé cela. Cette plénitude rare, quand âme et corps, livrés à l'autre, ne font plus qu'un. Toutes les femmes qui étaient passées dans son lit depuis sa séparation d'avec Lola n'avaient été – il devait bien le reconnaître – que des palliatifs, des substituts, de la méthadone. Des poupées avec lesquelles, comme le plus cynique des phallocrates, il s'était amusé, soulageant exclusivement un appétit sexuel qui, pourtant, ne pouvait jamais être satisfait, car même à la plus belle des femmes il manquait toujours une chose : elle n'était pas Lola.

Alors il profita de l'instant et il resta ainsi, allongé près d'elle, se rassasiant de son odeur, du spectacle que lui offrait ce dos délicat, s'attendrissant à chaque mouvement de sa respiration. Il resta si longtemps que quand la jeune femme se tourna vers lui et ouvrit ses grands yeux bleus, il se demanda s'il ne s'était pas lui-même assoupi.

Ils échangèrent seulement un long regard, puis Lola, d'une voix monocorde :

— Je suis allée voir ton père, jeudi.

Après un moment de stupeur, Ari se dressa sur un coude.

— Mon père ?

— Oui. Tu te souviens ? Le vieux farfelu qui vit porte de Bagnolet. Jack Mackenzie.

— Ah, oui ! Je vois de qui tu veux parler. Mon père. Et… Euh… Pourquoi es-tu allée le voir ?

— Il m'a appelé. Il s'inquiétait de ton absence.

— Quel filou ! Je l'avais pourtant prévenu.

— Alors peut-être qu'il avait seulement envie de me voir.

— Ah. Et alors, comment il va ?

— Comme ci, comme ça. Il m'a dit que tu étais un sale con, mais que je devais t'aimer quand même.

— Ah oui ? Contrairement aux apparences, mon père est un type très sensé. Et c'est pour ça que tu es là ?

Plutôt que de suivre Ari sur ce terrain, Lola sourit, lui caressa le crâne et lui déposa un tendre baiser sur la bouche.

— On est vraiment trop cons, murmura-t-elle.

— D'avoir fait l'amour ?

— Non, crétin ! De ne l'avoir pas fait pendant quatre ans.

— Tu étais légèrement en couple. Et puis, il fallait que je me repose. Tu es épuisante.

— À ton âge, c'est compréhensible.

— Estime-toi heureuse que j'en sois encore capable.

— C'est bien pour ça que je suis là. J'en profite. Il te reste quoi ? Deux, trois ans ?

Ari sourit à son tour.

— Avec toi, bébé, il me reste bien plus que ça.

Avec un geste d'une belle tendresse, il repoussa un à un les longs cheveux bruns sur le front de Lola.

Les yeux dans les yeux, la joue collée au même oreiller, ils profitèrent encore longtemps de ce silence réparateur, jusqu'à ce que le bip du téléphone portable d'Ari ne vienne cruellement rompre le charme.

Il grimaça.

— Va voir, dit Lola. C'est peut-être Krysztov.

Ari soupira et roula sur le côté du lit pour attraper son cellulaire.

— Iris. Quand c'est pas l'un, c'est l'autre.

Le message s'afficha sur le petit écran.

« J'ai retrouvé ton mystérieux Orthon F. C. H. Il s'appelle Mickaël Eichendorff et il donne une conférence demain matin à onze heures à la librairie Esoterica, dans le VIe. »

68.

Le lendemain matin, à l'heure où les Parisiens, en ce dimanche, se divisaient en trois catégories – ceux qui dormaient, ceux qui partaient à la messe, et ceux qui brunchaient dans un bistrot branché –, Cédric Radenac, lui, trop obsédé par son enquête pour profiter de la quiétude dominicale, se décida à aller faire un tour devant les locaux des éditions Faudère, dans le XVe arrondissement. Comme dans beaucoup de petites maisons d'édition indépendantes, on y travaillait peut-être le dimanche…

Pierre-Yves Faudère, alias Sophronos – celui des membres de la Fraternité d'Héliopolis auquel Ari lui avait conseillé de s'intéresser –, était lui aussi injoignable depuis la veille. Radenac s'amusa en songeant qu'il s'agissait peut-être d'une sinistre histoire d'adultère, et que Faudère s'était enfui avec la pauvre Mme Nivède…

La rue François-Villon était à l'image de ce quartier du XVe arrondissement : calme et sans grand caractère. C'était une petite rue où se côtoyaient immeubles anciens et modernes ne dépassant pas les six étages, peu de commerces, quelques bureaux, et essentiellement des habitations de la petite bourgeoisie.

Les éditions Faudère y occupaient un local des années 1970, devanture en verre, à l'angle de la rue de l'Abbé-Groult. Près de la porte d'entrée, un panneau en laiton gravé confirmait qu'on était à la bonne adresse : « Éditions Faudère, histoire, ésotérisme, spiritualités ». Une note scotchée de l'autre côté du verre prévenait que la société resterait fermée pour « quelques jours ».

Radenac appuya malgré tout sur la sonnette, par principe. Puis il longea le bâtiment et inspecta la vitrine où étaient exposés quelques ouvrages publiés par la maison d'édition. Le brigadier-chef ne fut pas surpris d'y trouver plusieurs livres portant les pseudonymes des membres de la Fraternité d'Héliopolis. Tous, ou presque, étaient là.

Au milieu d'autres titres d'illustres inconnus, il y avait là des livres de Jacques Caillol, publiés sous le pseudonyme d'Archo F. C. H. : *Traité d'alchimie postmoderne* et *Spagyrie et médecine universelle* ; un livre de Daniel Nivède, sous le pseudonyme d'Epistemon F. C. H. : *Symbolisme antique d'Orient* ; deux livres de l'éditeur lui-même, Pierre-Yves Faudère, sous le pseudonyme de Sophronos F. C. H. : *Mystères du christianisme ésotérique* et *Le Gnosticisme égyptien dévoilé*, et enfin, plus intéressants, deux ouvrages signés du pseudonyme Orthon F. C. H. : *Fulcanelli, l'initié inconnu* et *Camille Flammarion, le maître de Juvisy*.

Radenac sortit son Moleskine et nota ces deux derniers titres. Visiblement, le mystérieux Orthon était celui dont les livres étaient les plus directement liés à l'affaire Fulcanelli. Le brigadier-chef entoura plusieurs fois le nom de Camille Flammarion sur son carnet, un fulcanellisable dont il ne s'était pas encore vraiment occupé... Même si, à ce jour, Radenac était beaucoup plus excité par ce que pourraient donner les recherches de son ami généalogiste sur la famille Fontaine-Solare, il ne pouvait rien laisser de côté. Le nom de Flammarion revenait trop souvent depuis le début de son enquête pour ne pas lui porter quelque crédit...

Il décida toutefois, rongé par la curiosité, de passer un coup de fil à Dominique Audéon pour prendre des nouvelles concernant ses recherches.

— Cédric ! répondit celui-ci à l'autre bout du fil. Ça fait même pas deux jours que tu m'as demandé de faire ces recherches et tu me harcèles déjà !

— C'est que je suis impatient... Mon enquête piétine un peu. Tu as trouvé quelque chose, dis ?

— J'avance ! Mais je n'en suis qu'au début ! Il faut que tu me laisses plus de temps. Qu'est-ce que tu crois ? La famille Fontaine-Solare est une grande famille ! Il y a du boulot, tu n'imagines même pas le nombre de bases de données que je dois consulter et le nombre de services d'archives départementales que je dois joindre ! Si tu veux que j'avance, arrête de m'appeler ! Promis, si je trouve quelque chose de concluant, je te téléphone.

— Ça veut dire que pour l'instant tu n'as rien de concluant ? le relança Radenac d'une voix presque déçue.

Audéon grogna.

— Il y a des choses. Mais je ne peux rien avancer pour le moment, non.

— Comment ça, « il y a des choses » ? s'excita Radenac. Tu vas me rendre fou, dis-moi !

— Tu m'agaces !

— S'il te plaît ! le supplia Radenac d'une voix enfantine.

— Bon... Je dois admettre que j'ai trouvé quelque chose de très intrigant au sujet de tes Fontaine-Solare dans un vieux nobiliaire universel de 1811. Cela ne constitue en rien une preuve, mais disons que c'est une coïncidence amusante, sinon troublante.

— Dis-moi tout !

— Eh bien, figure-toi que la famille Fontaine-Solare est une famille espagnole, et que l'une des formes originelles du nom est *Folo de Soliers*, mais aussi *Foulques* ! Et en Espagnol, Foulques, ça s'écrivait Fulco.

— Tu déconnes ?

— Absolument pas. Les Fontaine-Solare descendent des Fulco.

— Merde alors ! s'exclama Radenac. C'est énorme ! De Fulco à Fulcanelli...

— ... il n'y a qu'un pas que je me garderais bien de franchir à ta place ! Car ce n'est pas une preuve, juste une coïncidence, OK ? Maintenant, sois gentil, fous-moi la paix, et laisse-moi travailler si tu veux un vrai résultat !

— Promis, promis ! s'excusa le policier.

Il raccrocha et, en se mettant en route vers le métro, il ne put s'empêcher de croire qu'il tenait enfin la bonne piste.

69.

À l'heure où Radenac s'affairait devant la maison d'édition de Pierre-Yves Faudère, Mackenzie, lui, découvrait le visage d'un autre membre de la Fraternité d'Héliopolis.

Il était onze heures, et la conférence de Mickaël Eichendorff, alias Orthon, venait de commencer dans la librairie Esoterica, au cœur du très littéraire VIᵉ arrondissement de Paris.

Il n'y avait pas plus d'une dizaine de personnes sur les fauteuils disposés par le libraire au milieu des présentoirs de livres, et Ari, à l'objectivité douteuse, ne put s'empêcher de penser que la plupart d'entre eux avaient des têtes d'illuminés. De fait, ils semblaient presque tous appartenir à un autre temps, avec leurs vieux costumes deux-pièces un peu usés, faussement chics et véritablement désuets. Tous avaient l'air tendu, suspicieux, et il régnait dans cette petite librairie anachronique une atmosphère pesante, comme si assister à cette conférence relevait d'un acte réellement subversif, répréhensible, et que venir ici vous exposait à quelque danger.

L'orateur, quant à lui, replet, ramassé, le crâne passablement dégarni, parlait maladroitement dans sa barbe sans quitter ses notes des yeux, et il semblait s'ennuyer à peu près autant qu'Ari lui-même. Ses propos, portant sur la « pratique spagyrique », étaient pour le moins abscons, et Mackenzie s'efforça de ne pas montrer son agacement au fur et à mesure qu'étaient énoncées avec suffisance ces grandes phrases prétendument mystérieuses, mais véritablement prétentieuses et sibyllines, à l'écoute desquelles se délectait sans doute son auditoire, certain d'appartenir à une élite d'initiés pour qui cet amphigouri avait quelque sens. Pour couronner le tout, Orthon peinait à retenir une abondante salive, si bien qu'il bavait entre chaque paragraphe et devait s'essuyer le coin des lèvres avec une inélégance pathétique.

— ... mais pour commencer méthodiquement, il nous faut connaître, c'est-à-dire « naître avec », la nature des plantes par elles-mêmes, dans la division que nous en faisons en spagyrie, selon, comme vous le savez, les degrés bien connus de leur accroissement et de leur perpétuation.

Ari tenta tant bien que mal de cacher son bâillement derrière son bras droit, en faisant mine de se gratter l'oreille.

— ... et puisque les chimistes – car dès lors que nous avançons dans la véritable spagyrie, je me refuse à nous désigner sous le qualificatif réducteur d'alchimistes – puisque les chimistes, disais-je, ne peuvent extraire ni dissoudre ces éléments sans une liqueur qui fût propre à ces deux actions pour en tirer quelque vertu, aussi doivent-ils chercher avec moult soin celle qui ne soit douée d'aucune qualité particulière et qui soit propre à toute sorte de mixture...

Une mixture ? songea Ari. *Une mixture ? Mais c'est ton discours qui est une mixture, et des plus indigestes, espèce de charlatan de mes deux !*

— ... car pour les Philosophes dont nous sommes – et je mets ici une majuscule aux amoureux de l'antique Sagesse – pour les Philosophes, donc, la nature est la masse de tous les êtres qui composent le monde physique, émané de Dieu mais distingué de Lui, qui l'anime. Tout est dans tout ; et ce divin esprit est réparti dans tous les corps de la nature, lesquels tirent de lui l'existence et retournent aussi vers lui après qu'ils sont dissous.

Hein ? J'ai rien compris !

— ... et ainsi l'apôtre disait aux Colossiens : « Votre parole soit toujours confite en sel avec grâce », et ce sel n'est-il pas l'âme même du corps, moyen de conjoindre ensemble les deux extrêmes de l'esprit et du corps, à savoir du mercure et du soufre, ayant encore ces propriétés naturelles de coaguler, purger, modifier, et par conséquent de conserver le corps en incorruptibilité ? Car le soufre...

C'est moi qui souffre, ducon ! Ta gueule !

Malheureusement, Mickaël Eichendorff, alias Orthon, n'était pas près de s'arrêter, et la torture dura une bonne heure encore.

70.

Carnet Moleskine du brigadier-chef Radenac
Note n° 7 - Fulcanellisable – Camille Flammarion

Les dates de naissance et de mort de l'astronome Camille Flammarion (1842-1925) sont très proches de celles requises pour tout fulcanellisable, et plusieurs éléments de sa biographie entrent en écho avec la vie supposée de l'auteur du Mystère des cathédrales.

Astronome, écrivain, frère d'Ernest Flammarion (fondateur des éditions Flammarion), il est né à Montigny-le-Roi, en Haute-Marne, et mort à Juvisy-sur-Orge, dans l'Essonne, dans son célèbre observatoire.

Si on lui doit de nombreuses découvertes scientifiques, c'est surtout en tant que vulgarisateur qu'il rencontra un succès international, ayant écrit de nombreux ouvrages, essentiellement sur l'astronomie, de gros succès de librairie qui sensibilisèrent le grand public aux questions scientifiques. Mais il doit aussi sa célébrité à sa surprenante fascination pour le spiritisme et le mysticisme, dont il se fit l'ardent défenseur, en leur consacrant une approche scientifique : « Il n'y a rien de surnaturel dans la nature. Il y a seulement l'inconnu : mais ce qui était inconnu hier devient la vérité de demain », *disait-il.*

D'abord employé à l'Observatoire de Paris, il en est renvoyé au bout de quatre ans par son directeur, qui ne goûte pas son livre La Pluralité *des mondes habités, où Flammarion étudie la possibilité d'une vie extraterrestre (plus tard, dans* La Planète Mars et ses conditions d'habitabilité, *il émet même l'hypothèse que la planète rouge soit habitée par* « une race supérieure à la nôtre »). *Il entre alors à la revue* Le Cosmos, *puis devient rédacteur scientifique du journal* Le Siècle.

À cette époque, dans le cadre de ses recherches, il effectue de nombreuses ascensions en ballon et plusieurs vols en aérostat.

Le succès public de Flammarion est extraordinaire, il a des admirateurs (et surtout des admiratrices) à travers le monde entier. C'est d'ailleurs l'un de ses fans, riche négociant bordelais qu'il n'a jamais rencontré physiquement, qui lui offre un magnifique bâtiment à Juvisy-sur-Orge. Un ancien relais de poste que Camille transforme en 1883 en observatoire. Il y fonde la Société astronomique de France (qui existe toujours aujourd'hui et continue d'exploiter l'observatoire de Juvisy). Jusqu'à sa mort, il partage sa vie entre son appartement de la rue Casini, à Paris, et son domaine de Juvisy-sur-Orge, où de nombreux et illustres visiteurs viennent voir non seulement sa lunette d'observation, mais aussi sa magnifique bibliothèque et son petit musée personnel, véritable cabinet des curiosités...

Flammarion est également membre de nombreuses sociétés savantes et, en janvier 1881, il reçoit la Légion d'honneur.

Expérimentateur, insatiable curieux et stakhanoviste, il s'attache toute sa vie à mettre en place de grands projets, parfois extravagants, mais toujours dans un souci de vulgarisation scientifique. Ainsi en 1902, il renouvelle l'expérience du pendule de Foucault, puis, jusqu'en 1914, il organise la Fête du soleil à chaque solstice d'été, au pied de la tour Eiffel. Il se met ensuite dans l'idée de transformer la place de la Concorde et son obélisque en un gigantesque cadran solaire ! Interrompu par la Première Guerre mondiale, le projet sera ressuscité par la Mairie de Paris en 1999.

Camille Flammarion meurt le 3 juin 1925, terrassé par une crise cardiaque dans son bureau, à l'observatoire de Juvisy-sur-Orge. Il est enterré dans son parc, où l'on peut encore voir sa tombe, surplombée d'une stèle égyptienne.

Si Flammarion s'intéresse à ce que nous appelons le « surnaturel » au sens large, c'est plus précisément le spiritisme qui le fascine. Ayant découvert en 1861 Le Livre des esprits *d'Allan Kardec, il entre en contact avec lui et participe à de nombreuses séances spirites, où il fait d'ailleurs la connaissance de Victor Hugo.* « Victor Hugo, quelques années avant sa mort, s'est personnellement entretenu avec moi à Paris ; il n'a jamais cessé de croire aux manifestations des esprits. Cette inébranlable croyance, dont les racines remontent aux expériences de Jersey, lors des fréquentes séances avec les tables parlantes, fut, pour le géant de la littérature du XIXe siècle, la motivation pour la vie, le travail et l'amour de ses semblables » *dira même Flammarion de l'auteur de* Notre-Dame de Paris. *Celui-ci, d'ailleurs, écrit à Flammarion depuis son exil à Guernesey en 1862 :* « Les matières que vous traitez sont la perpétuelle obsession de ma pensée et l'exil n'a fait qu'augmenter en moi cette méditation, en me plaçant entre deux infinis, l'océan et le ciel. »

Ainsi, le 2 avril 1869, Flammarion prononce l'éloge funèbre d'Allan Kardec, texte dans lequel il affirme que « le spiritisme est une science, pas une religion ».

Il y a de nombreuses anecdotes étonnantes ou amusantes dans la biographie de Camille Flammarion. Ainsi, sa bibliothèque de Juvisy contenait un exemplaire de son ouvrage Ciel et terre *un peu particulier : il était relié en peau humaine !*

En effet, Flammarion aurait un jour rencontré, lors d'un dîner, l'une de ses jeunes admiratrices — il faut dire que Camille avait beaucoup de charme, c'était un homme fort séduisant (et qui... portait une barbe !). Cette jeune femme de vingt-huit ans, mariée au comte de Saint-Ange, ne laissa d'ailleurs pas Flammarion indifférent, qui la complimenta sur ses belles épaules... Quelques années plus tard, Flammarion reçoit un colis, dans lequel se trouvent un authentique morceau de peau humaine et une lettre : « Cher maître, j'accomplis ici le vœu d'une morte qui vous a étrangement aimé. Elle m'a fait jurer de vous faire parvenir, le lendemain de sa mort, la peau des belles épaules que vous avez si fort admirées, et son désir est que vous fassiez relier dans cette peau le premier exemplaire du premier ouvrage de vous qui sera publié après sa mort. » *Flammarion s'exécuta, et le livre est encore dans la bibliothèque de Juvisy, portant sur la couverture, en lettres d'or, la mention :* « Souvenir d'une morte... ».

Autre anecdote singulière (et qui n'est pas sans évoquer le mystère Fulcanelli), celle de l'étoile de Raymond Roussel. La cuisinière de Flammarion, à Juvisy, avait l'habitude, à la demande de celui-ci, de préparer des petits biscuits en forme d'étoile, symbole astronomique qui revenait partout dans l'observatoire (vitraux, tableaux, sculptures, forme des bosquets...). Un jour qu'il était invité à déjeuner chez l'astronome, l'écrivain Raymond Roussel repartit avec l'un de ces petits biscuits et décida de l'immortaliser en le plaçant dans une boîte en verre, en forme d'étoile elle aussi. Il y attacha une étiquette où il écrivit : « Étoile provenant d'un déjeuner que j'ai fait le dimanche 29 juillet

1923 à l'observatoire de Juvisy chez Camille Flammarion qui présidait. » *Après avoir appartenu à divers collectionneurs, dont l'écrivain Georges Bataille, cette boîte, considérée comme une œuvre d'art, a été vendue aux enchères à plus de trente mille euros il y a quelques années. Si la pauvre cuisinière de Camille avait su combien ses biscuits se revendraient un jour, sans doute aurait-elle demandé une augmentation…*

Quant aux coïncidences qui permettent de rapprocher Camille Flammarion de Fulcanelli, il faut reconnaître qu'elles sont nombreuses. Un jeune chercheur, Frédéric Courjeaud, leur a d'ailleurs consacré un ouvrage assez réussi : Fulcanelli, une identité révélée. *Une analyse approfondie permet toutefois de distinguer autant d'éléments appuyant l'hypothèse que d'éléments la fragilisant :*

— La première analogie troublante concerne leur patronyme. D'abord, Flammarion usa de nombreux pseudonymes dans sa vie, comme celui — éminemment alchimiste — d'Hermès (pour son ouvrage Des forces naturelles inconnues*), mais aussi, plus troublant encore, celui de Fulgence Marion (pour ses ouvrages* Les Merveilles de la végétation, L'Optique *et* Les Ballons et les voyages aériens*), dont les trois premières lettres coïncident avec celles de Fulcanelli. De même, ne peut-on interpréter le désir de l'Adepte d'orthographier son pseudonyme Fulcanelli plutôt que Vulcanelli comme une volonté de conserver le F de son véritable patronyme ? Enfin, le surnom de Flammarion au sein de sa famille était Flam, les quatre premières lettres de son nom (surnom qui peut aisément faire penser à volcan), et les quatre dernières lettres de son prénom, camILLE, sont, à l'envers, les quatre dernières lettres de fulcanELLI. Flam-ELLI. Peut-être une simple coïncidence…*

— À la fin de sa vie, Flammarion adressa une lettre au Premier ministre canadien Mackenzie King (le nom devrait plaire à Ari…), dont il était très proche. Or cette lettre — où il fait part de son désir d'écrire un ouvrage sous pseudonyme — est particulièrement troublante pour quiconque connaît l'affaire Fulcanelli : « J'ai quatre-vingts ans, mais je projette encore de

nombreuses et passionnantes recherches. (...) Le livre n'est pas encore achevé, mais je sais qu'il secouera le milieu scientifique par les révélations que vous savez. Je pense qu'il sera édité sous un pseudonyme qui deviendra célèbre longtemps après mon départ vers les astres. » *Le livre ne parut jamais... À moins que ce ne fût ceux de Fulcanelli...*

— Il y a néanmoins un problème sur l'année de naissance : Flammarion est né en 1842, pas en 1839. Mais peut-être, comme le pense Frédéric Courjeaud, cela vient-il d'une approximation d'Eugène Canseliet... Malheureusement, si l'on met déjà en doute cette première affirmation de Canseliet, alors pourquoi porter crédit aux autres ? C'est toute la théorie des fulcanellisables qui s'effondre.

— En revanche, concernant le décès de Flammarion, le 3 juin 1925, la date répond parfaitement aux critères d'un fulcanellisable : entre octobre 1924 (obsèques d'Anatole France) et octobre 1925 (préface du Mystère*).*

— À vingt ans, Flammarion fait la rencontre de l'ésotériste Henri Delaage, dont il dira plus tard : « J'aimais beaucoup m'entretenir avec l'écrivain Henri Delaage, rêveur mystique, occultiste initié de la secte de Saint-Martin, "le philosophe inconnu" et petit-fils du ministre de Napoléon, Chaptal, sa conversation était toujours pittoresque et souvent instructive. » *On peut en déduire que l'intérêt de Flammarion ne s'arrêtait pas au spiritisme, mais aussi à l'ésotérisme...*

— Engagé dans l'armée, Camille participa effectivement en 1870 au combat contre les Prussiens à Paris, dans le génie...

— La maison de Fulcanelli — telle que décrite par Canseliet dans plusieurs articles — ressemble étrangement à l'observatoire de Juvisy (la disposition des fenêtres, le nombre d'étages, le plancher et même certains objets). Toutefois, Canseliet affirme que celle-ci se trouvait à Paris, non loin du temple de l'Amitié, et non pas en lointaine banlieue...

— La bibliothèque de Flammarion à Juvisy pourrait très bien passer pour être celle de Fulcanelli. Éclectique, forte de plus de dix mille volumes — dont certains d'une grande rareté, éditions

originales et incunables –, elle est décorée de panneaux sculptés représentant les douze signes du zodiaque. En outre, plusieurs ouvrages cités dans Le Mystère des cathédrales *et* Les Demeures philosophales *apparaissent dans la bibliothèque de Flammarion.*

— *Au rang des connaissances de Flammarion figurent de nombreux personnages censés avoir fréquenté Fulcanelli : les chimistes Michel-Eugène Chevreul et Pierre-Eugène Marcellin Berthelot, le physicien Pierre Curie, le mathématicien et homme politique Paul Painlevé, etc. Mais, surtout, Flammarion était proche de l'occultiste François Jollivet-Castelot, qui l'avait nommé membre d'honneur de sa Société alchimique de France, comme il l'explique dans son ouvrage* Comment devient-on alchimiste ? *Cela dit, Flammarion connaissait presque tout le monde ! Les chances qu'il ait des connaissances communes avec Fulcanelli sont donc nombreuses. À l'occasion de sa mort, le* Bulletin de la Société astronomique de France *publia un fascicule de plus de soixante pages où l'on trouve la liste non exhaustive des personnes présentes lors de ses funérailles : elle est impressionnante ! Écrivains, éditeurs, scientifiques, hommes politiques, spirites et occultistes, tous sont venus de France et d'ailleurs pour lui rendre un dernier hommage.*

— *Les liens de Flammarion avec Anatole France sont forts, mais on ne dispose d'aucune preuve de la présence de Flammarion aux obsèques de celui-ci. En revanche, il a souvent été affirmé que Fulcanelli aurait inspiré à Anatole France son étrange roman* La Rôtisserie de la reine Pédauque, *dans lequel l'auteur met en scène la rencontre entre deux jeunes hommes et un certain M. d'Astarac, alchimiste à la recherche des salamandres et des sylphes, et grand lecteur de textes spagyriques antiques. Pour de nombreux analystes, le personnage d'Astarac n'est autre que l'incarnation littéraire de Fulcanelli. Or ce personnage – qui regarde les étoiles dans sa lunette d'observation – ressemble étrangement... à Camille Flammarion.*

— *Si certains affirment que Flammarion aurait fait partie du groupe des Veilleurs de Schwaller de Lubicz (aucune preuve produite), il ne fait nul doute que Camille se rendit plusieurs fois à leur station de Suhalia, en Suisse. Schwaller y fit d'ailleurs construire un petit observatoire, sous la direction de Ferdinand Quénisset, qui était astronome à l'observatoire de Juvisy et assistant de Camille...*

— Flammarion était également lié avec l'ésotériste Paul Le Cour (qui figure sur la liste des personnes présentes à ses funérailles dans le Bulletin de la Société astronomique de France*). Celui-ci, féru d'ésotérisme (mais aussi antisémite notoire et obsédé par le complot judéo-maçonnique), fonda un an après la mort de Flammarion l'association Atlantis, éditrice de la revue du même nom, revue ésotériste et traditionaliste. Or Gabrielle, seconde épouse de Flammarion, en était membre d'honneur, tout comme l'écrivain Rosny aîné... À noter que Canseliet collabora à la revue* Atlantis, *et que le numéro 322 de celle-ci, publié en septembre 1982, lui est entièrement consacré :* « Hommage au maître alchimiste Eugène Canseliet, F. C. H., par quelques-uns de ses nombreux amis. »

— De même, Flammarion était lié avec le docteur Gérard Encausse, alias Papus, occultiste et fondateur de l'ordre martiniste, qui l'admirait et lui dédia même son ouvrage Comment je devins mystique. *Papus était en outre membre de la Société astronomique de France créée par Flammarion. Tous deux, d'ailleurs, avaient été membres de la très rosicrucienne Société théosophique.*

— Dernier détail troublant : dans Les Demeures philosophales, *Fulcanelli mentionne un auteur anglais peu connu, Sir Humphry Davy, dont il vante l'esprit et les connaissances hermétiques. Or l'ouvrage de cet hermétiste anglais, intitulé* Consolations en voyage, ou les derniers jours d'un philosophe, *fut traduit en français par... Camille Flammarion !*

Conclusion : *pour l'instant, l'hypothèse Flammarion est la plus séduisante. C'est, de tous les fulcanellisables, celui qui, en dehors de l'année de naissance, enregistre le plus de réponses positives aux critères requis, et sa biographie comporte de nombreuses anecdotes troublantes.*

— Naissance en 1839 : non ;

— *Mort entre octobre 1924 et octobre 1925 : oui ;*

— *Personnage mondain : extrêmement, concordance de ses relations avec celles de Fulcanelli ;*

— *Bel et grand homme, peut-être avec barbe blanche : oui ! Les photos de Camille Flammarion âgé ressemblent parfaitement à l'image qu'on se fait de Fulcanelli !*

— *Décoré de la médaille militaire de 1870 et de la Légion d'honneur : oui pour la Légion d'honneur, et il a effectivement participé à la guerre de 1870 ;*

— *Érudit et épris d'ésotérisme : oui ;*

— *Pas de descendance : oui.*

Toutefois, si Flammarion est épris d'ésotérisme au sens large, il est surtout épris de spiritisme, et s'il fut bien membre d'honneur de la Société alchimique de Jollivet-Castelot (sans doute par amitié), nulle part il ne fait mention, dans son œuvre, du moindre intérêt pour l'alchimie. Son cabinet des curiosités ne contient aucun objet alchimique, et Flammarion semble bien plus intéressé par les étoiles et les fantômes que par le mystère des cathédrales... Si des éléments de sa biographie coïncident étrangement avec celle supposée de Fulcanelli, il y a un problème thématique majeur : Flammarion n'est pas alchimiste pour un sou...

71.

Si Ari n'avait pas eu peur de se faire remarquer, il aurait probablement crié « Alléluia ! » et aurait dansé de joie debout sur sa chaise quand le conférencier en eut enfin terminé. Las, il dut encore assister à la fastidieuse cérémonie des dédicaces, au cours de laquelle chacun des auditeurs vint se faire signer tel ou tel livre écrit par M. Eichendorff, alias Orthon F. C. H.

Mackenzie — après avoir, de mauvaise grâce, acheté son ouvrage *Fulcanelli, l'initié inconnu* — fit attention à bien rester le dernier de cette file d'attente, afin de pouvoir profiter d'un peu d'intimité quand il parlerait avec le conférencier. Chacun de ses admirateurs ayant visiblement une foule de questions à poser à celui-ci, l'attente dura près d'une heure. Ari en profita pour feuilleter le livre d'Orthon, et il dut bien reconnaître qu'il était très documenté, assez bien écrit, et se distinguait nettement des habituelles baliverness publiées sur le sujet. Il y avait là de nombreux documents inédits qui, s'ils étaient authentiques, ne pouvaient venir que d'une personne très bien introduite dans le petit cercle fermé des amis d'Eugène Canseliet.

Quand la librairie se fut vidée et que ce fut enfin son tour, Ari essaya d'entrer dans le rôle du fan illuminé en adoptant un air béat.

— Je peux avoir une dédicace ? demanda-t-il en tendant maladroitement son livre.

L'homme fronça les sourcils et dévisagea Mackenzie avec un sourire au coin des lèvres.

— Bien sûr. Je le mets à votre attention ou à celle de la Police nationale ?

Ari, arroseur arrosé, ne put masquer sa surprise. Peut-être avait-il légèrement sous-estimé M. Eichendorff.

— Allons, allons, ne faites pas cette tête-là ! se moqua l'alchimiste. Je vous ai repéré à la minute où vous êtes entré dans la librairie. Je connais bien mes lecteurs, vous savez, c'est un petit milieu, et vous n'avez pas du tout la panoplie.

Il lui fit un clin d'œil et ajouta :

— Ne le prenez pas mal, c'est plutôt un compliment !

— Alors merci, concéda Mackenzie.

— Avec le meurtre de Jacques Caillol, il ne m'a pas fallu longtemps pour deviner qui vous étiez…

Ari se garda bien de préciser qu'il n'était pas *vraiment* policier.

— Vous voulez peut-être qu'on aille discuter à l'écart ? proposa Eichendorff.

— Ça ne vous dérange pas ?

— Pas du tout. Suivez-moi.

Le conférencier échangea quelques mots avec le libraire puis conduisit Ari dans l'arrière-boutique. Ils s'installèrent au milieu des piles de livres et de cartons, dont le désordre laissait peu de doute quant à la gestion pour le moins laxiste des stocks du libraire...

— On sera mieux ici et, surtout, j'ai terriblement envie d'une cigarette, dit Eichendorff en sortant un paquet de sa vieille veste en tweed. Vous fumez ?

Mackenzie acquiesça d'un air ravi et dégaina aussi rapidement ses Chesterfield.

— Ah, le bon vieux temps où on pouvait fumer dans les lieux publics ! dit-il d'un air nostalgique.

— Savez-vous que Julien Champagne était un fumeur compulsif ? demanda Eichendorff, sans doute pour tester les connaissances de son interlocuteur.

— Oui, bien sûr ! Si je me souviens bien, Canseliet raconte même qu'il sentait tellement le tabac que cela importunait Anatole France !

— Tout à fait !

— Mais visiblement cela ne dérangeait pas Fulcanelli, qui pourtant ne fumait pas, continua Ari. Enfin... toujours selon Canseliet.

Orthon fronça de nouveau les sourcils. Les deux interlocuteurs s'étaient donc sous-estimés.

— Je vois que vous maîtrisez le sujet. Alors ? Qu'est-ce que vous voulez savoir, au juste ?

— Eh bien... J'aurais aimé que nous discutions un peu de la Fraternité d'Héliopolis.

— Oh. C'est du folklore, vous savez ? Rien de plus qu'un collectif d'auteurs qui a décidé de rendre formellement hommage à Eugène Canseliet après sa mort.

— Du folklore ? Vous avez l'air de vous prendre tout de même très au sérieux...

— Oh, nous sommes de grands enfants, c'est tout ! Certains sont certes plus investis que d'autres et prennent la chose plus à cœur, mais, au bout du compte, ce n'est jamais qu'une réunion mensuelle entre passionnés… Si nous étions si sérieux et si secrets que ça, vous ne connaîtriez probablement pas notre existence.

— Deux de vos membres sont morts en moins de dix jours. Ça fait beaucoup pour un simple club de passionnés, non ?

Orthon blêmit.

— Comment ça, deux ?

— Vous n'êtes pas au courant ? s'étonna Mackenzie.

Si Eichendorff jouait la comédie, il fallait bien admettre qu'il avait quelque talent. Il semblait véritablement abasourdi par la nouvelle.

— Je suis au courant pour Jacques Caillol, oui, mais qui d'autre ? demanda-t-il d'un air authentiquement inquiet.

— Daniel Nivède, celui que vous appeliez Epistemon.

Le chauve se laissa tomber sur une chaise.

— Daniel ? Mais… Enfin… Quand ? Comment ?

— Pour l'instant, je ne peux pas vous donner les détails. Mais vous comprenez sans doute encore mieux les raisons de ma présence ici.

— Oui… Je… Je comprends.

L'homme se frotta les joues d'un air stupéfait. Son esprit sembla partir ailleurs. Comme s'il essayait de deviner par lui-même, par déduction, ce qui avait bien pu se passer. Ari le ramena à la réalité.

— Quand l'avez-vous vu pour la dernière fois ?

— Eh bien… Nous nous sommes tous retrouvés le lendemain même de la mort de Jacques ! Bouleversé par la nouvelle, j'avais demandé que la Fraternité se réunisse…

— Et tout le monde était là ?

— Oui… Enfin, vous savez, ce n'est pas très compliqué : nous ne sommes en réalité plus que quatre membres actifs. Caillol, Nivède, Faudère et moi-même.

— Et celui qui se fait appeler Horus ?

C'était le seul dont Iris n'avait pu trouver la trace.

— Horus ? D'où sortez-vous ce nom-là ?

— D'une vieille liste des membres de votre fraternité.

— Horus n'a jamais existé ! C'était une plaisanterie, un prête-nom, quand nous avions besoin de paraître plus nombreux. Nous n'avons jamais dépassé six membres, dont deux sont morts depuis longtemps.

— Van der Poël et Brunet ?

L'homme acquiesça.

— Alors aujourd'hui, vous n'êtes donc plus que deux : Faudère, alias Sophronos, et vous ?

— En effet. Mon Dieu…

La maigreur des effectifs de la société secrète rendait soudain tout relatif le danger qu'elle représentait, et Ari se demanda s'il n'avait pas un peu exagéré dans sa fameuse note aux RG en 1996…

— Et Faudère, justement : quand l'avez-vous vu pour la dernière fois ?

— Ce jour-là, également. Ce jour-là. Mon Dieu…

Le petit chauve soupira, troublé.

— Je… Je suis désolé, je n'arrive tout simplement pas à y croire. Daniel…

— Vous avez une idée de ce qui a pu motiver le meurtre de vos deux amis ?

— Pas la moindre ! C'est insensé !

— Vous n'avez pas entendu parler d'une histoire de carnet volé ?

Eichendorff écarta les bras d'un air désemparé.

— Non ! Quel carnet ?

Encore une fois, s'il jouait la comédie, le bonhomme méritait un oscar.

— Y avait-il des tensions entre vous ?

— Aucune ! Nos seuls désaccords étaient purement formels, de stupides querelles de spécialistes, exclusivement littéraires, si je puis dire ! Pas de quoi fouetter un chat.

— Je vois. Bon. Je dois vous avertir que M. Faudère est porté disparu, ce qui le place d'emblée soit sur la liste des victimes, soit sur celle des principaux suspects. Il va de soi que si vous avez des nouvelles de lui, nous vous serions reconnaissants de nous en informer. Tenez, je vous laisse les coordonnées de mon collègue qui est en charge de l'affaire.

Beau joueur, il lui donna le numéro de Radenac.

— De toute façon, mes collègues risquent de vous convoquer assez vite. Pour une déposition plus formelle.

— Bien sûr, bien sûr.

— Et puis surtout, faites attention à vous. Vous êtes une espèce en voie de disparition...

Ari resta silencieux un instant, dévisageant son interlocuteur pour tenter d'y déceler quelque chose d'autre que la seule surprise. À première vue, l'homme n'avait pas le profil d'un tueur. Mais cela faisait longtemps qu'Ari ne croyait plus à cette notion ridicule. Les tueurs n'ont pas de profils. Ce sont les actes qui sont criminels, pas les hommes.

— Je suis désolé, je vois bien que la nouvelle vous atteint, mais j'aurais tout de même une autre question à vous poser ...

— Je... Je vous en prie.

— Je me suis laissé dire que vous étiez le seul en France à connaître la véritable identité de Fulcanelli...

La remarque sembla ramener un semblant de sourire sur le visage d'Orthon.

— Si vous comptez sur moi pour vous donner un nom, je vais être obligé de vous décevoir ! Je fais partie des gens qui pensent que la volonté d'anonymat du maître doit être respectée.

— Je ne vous demande pas de me la révéler, rassurez-vous. Mais je me pose tout de même une question : depuis quelques années, on a vu apparaître une nouvelle expression dans le jargon des chercheurs : « fulcanellisable ».

Orthon se contenta de hocher la tête.

— Or, continua Mackenzie, tous les critères utilisés par ces chercheurs pour tenter d'identifier Fulcanelli sont des critères subjectifs, tirés presque exclusivement des propos de Canseliet. Je ne peux m'empêcher de trouver que la démarche est pour le moins hasardeuse… Je voulais avoir votre avis là-dessus.

— Si vous me demandez ce que je pense de la démarche en elle-même, je ne la trouve pas hasardeuse, je la trouve ridicule.

— À ce point ?

— Cela n'apportera rien à personne de connaître l'identité réelle de Fulcanelli ou, en tout cas, cela n'apportera rien de la révéler publiquement. Cette quête est à l'image de la véritable démarche alchimique : celui qui trouve devrait le faire pour lui. Ce genre de choses ne se partage pas. Maintenant, si vous me demandez s'il faut porter du crédit aux propos de Canseliet, c'est une tout autre question…

L'homme s'étant arrêté de parler, Ari dut le relancer.

— Une question à laquelle nul n'est mieux placé que vous pour répondre aujourd'hui.

Un peu de flatterie ne faisait pas de mal. Eichendorff, comme beaucoup d'hommes certains de détenir un immense secret, était sûrement tiraillé entre l'envie de se taire et le besoin de se pavaner.

— J'ai eu la chance d'être très intime avec Eugène Canseliet. Vous savez, beaucoup de gens se sont présentés comme ses disciples, après sa mort.

— Oh, oui, je sais. À les croire, la maison du maître de Savignies était une véritable université populaire…

La comparaison sembla amuser Orthon.

— En réalité, nous n'étions que trois ou quatre à avoir véritablement eu le privilège de bénéficier de son enseignement. Vous n'imaginez pas le nombre de personnes qui ne l'ont rencontré qu'une ou deux fois et se sont ensuite fait passer pour des proches. Pour ma part, je connaissais très bien Canseliet. Très très bien.

— C'est ce que j'ai cru comprendre dans votre livre. Vous avez publié des documents que je n'avais jamais vus ailleurs.

— En effet. Mais sans jamais trahir la mémoire de M. Canseliet. Et je peux donc en parler très tranquillement.

Je pourrais vous parler de ses défauts. Il en avait, comme tous les hommes. Mais en revanche, il n'était pas menteur. Ça, non. Et la seule chose que je suis disposé à vous dire, c'est que tout ce qu'il a dit de ses souvenirs concernant Fulcanelli est vrai. Authentique. Sa date de naissance, ses occupations, ses relations, tout est vrai... À une seule exception.

— Laquelle ?

L'homme secoua la tête.

— Vous avez de la suite dans les idées, vous, hein ?

— L'amour de la vérité n'est-il pas la première qualité d'un authentique chercheur ?

— Si, vous avez raison. Et puis, après tout, aujourd'hui, cela n'a plus beaucoup d'importance, alors je peux vous le confier : Canseliet a affirmé un jour que Fulcanelli n'avait pas de descendants. C'est faux.

— Pourquoi aurait-il menti à ce sujet ?

Eichendorff haussa les épaules.

— Je n'ai jamais su si c'était par ignorance ou bien pour protéger le secret de son maître. Peut-être Canseliet voulait-il épargner aux descendants de Fulcanelli ce que ses propres enfants ont eu à subir, à savoir le harcèlement des chercheurs indiscrets. Et... Tout me laisse penser que Fulcanelli lui-même n'avait pas révélé son identité secrète à ses enfants. Sans doute préférait-il que son travail alchimique reste inconnu de sa famille. Ce qui s'explique parfaitement.

— Il en avait honte ?

— Dans le milieu dans lequel il évoluait, à l'époque, cela n'aurait pas été pris au sérieux...

— Et donc, selon vous, Fulcanelli aurait eu des enfants ?

— Oui, plusieurs.

— Et Canseliet aurait menti à ce sujet, mais tout le reste est vrai ? L'année de naissance ? La Légion d'honneur, la guerre de 1870, la barbe blanche, l'enterrement d'Anatole France ?

— Oui. Tout cela est rigoureusement exact et vérifiable pour qui, comme moi, connaît la vérité. Mais encore une fois, je ne vous la dirai pas. C'est contraire à mes idées.

Ari hocha la tête, dubitatif.

— Et pourquoi « Fulcanelli » plutôt que « Vulcanelli » ? Pourquoi ce « F » ?

De nouveau, la question fit sourire Eichendorff.

— Je vous en dirais beaucoup trop en répondant à cette question.

— Il y a quelque chose avec cette lettre « F », lâcha Ari, et ce n'était pas une question.

— Je ne voudrais pas vous paraître impoli, mais il me semble que vous seriez davantage dans votre rôle à chercher l'identité du meurtrier de Caillol et Nivède plutôt que celle d'un alchimiste mort depuis près d'un siècle.

Ari sourit à son tour.

— Vous n'avez pas tort.

Malheureusement, avec toute cette histoire, le virus l'avait de nouveau piqué…

72.

Le lundi matin, à la première heure, Radenac découvrit avec excitation le rapport d'analyse envoyé par ses collègues de la police scientifique à la suite des perquisitions effectuées aux deux adresses de Daniel Nivède. Certes, il manquait encore le rapport d'autopsie du médecin légiste, mais il y avait déjà dans ces quelques pages de précieuses informations. Plus précieuses encore que le brigadier-chef n'avait pu l'imaginer. L'enquête avançait à grands pas.

D'abord, si l'on n'avait pas découvert d'autres empreintes que celles de la victime, on avait en revanche trouvé plusieurs traces ADN autour de la lugubre scène de crime à Saint-Lambert-des-Bois, ainsi que dans l'appartement parisien de Daniel Nivède. Or trois traces identiques avaient été prélevées aux deux adresses. S'il faisait peu de doute que deux d'entre elles appartenaient au couple Nivède, à qui appartenait la troisième ? On était évidemment en droit de penser qu'elle pouvait appartenir au meurtrier. Restait à la comparer au suspect numéro un : l'éditeur Pierre-Yves Faudère. Mais le fameux Sophronos était toujours injoignable...

Deuxième information, et pas des moindres : des traces d'acide fluorhydrique avaient été trouvées dans la baignoire de l'appartement parisien. Or l'acide fluorhydrique n'était pas vraiment le genre de produit ménager qu'on utilise pour récurer sa salle de bains, mais plutôt un produit hautement toxique et corrosif, idéal pour faire disparaître un cadavre en moins de vingt-quatre heures... De là à en déduire que Mme Nivède n'était pas partie en vacances, mais s'était plutôt lentement écoulée dans la tuyauterie, il n'y avait qu'un pas. La chose ne serait sans doute pas facile à prouver...

Enfin – et c'était le point d'orgue –, les techniciens du Sitt[1] avaient réussi à restaurer sur le disque dur de Nivède deux fichiers qui avaient été effacés le jour même de son assassinat, probablement juste après. Le rapport précisait toutefois qu'un troisième fichier, endommagé, n'avait pu être récupéré...

Quand Radenac afficha les deux documents sur l'écran de son ordinateur, il comprit aussitôt de quoi il s'agissait, et la découverte illumina son visage.

73.

Marcelo, le vieux propriétaire du Passe-Muraille, avait décidé – en attendant la fermeture définitive à la fin de l'été – que la librairie serait dorénavant fermée le dimanche *et* le lundi.

Le petit Maxime étant chez sa nounou la semaine, la nouvelle avait plutôt enchanté Lola et Ari... Ainsi, vers dix heures, la libraire était arrivée dans l'appartement des Abbesses avec des pains au chocolat et de la lumière dans les yeux... Ils

---

1. Service de l'informatique et des traces technologiques.

avaient passé la matinée au lit dans un élan de paresse et de luxure, comme le couple illégitime qu'ils n'étaient pas vraiment. Quant à en déduire qu'ils étaient déjà en train de redevenir un véritable couple, Lola préféra ne pas s'y risquer... Ils étaient juste heureux de se retrouver, et il était beaucoup trop tôt pour se poser des questions prospectivistes qui risquaient de gâcher ces simples moments de tendresse.

Passé midi, la libraire avait pris possession de la cuisine d'Ari et se débattait tant bien que mal pour préparer un repas à partir des ingrédients qui traînaient dans ce réfrigérateur de célibataire endurci.

— Dis donc, il est loin le temps où tu entretenais un garde-manger de vrai petit chef à domicile ! ironisa Lola depuis la cuisine.

— J'ai fini par me lasser de cuisiner juste pour moi, avoua Ari. Je préférais quand tu venais manger au moins une fois par semaine dans mon appartement de la rue de la Roquette... Tu te souviens ?

— Évidemment ! Tu as gardé notre carnet gastronomique ?

— Je dois avoir ça quelque part.

À l'époque, Lola et lui avaient établi un jeu auquel ils ne dérogeaient jamais : il y avait dans l'entrée de leurs appartements respectifs un carnet sur lequel ils se donnaient une note et livraient leurs impressions sur les repas qu'ils se préparaient l'un l'autre à tour de rôle. Le bon vieux temps...

— Aujourd'hui, je demande la clémence du juge ! lança la libraire. Si j'arrive à sortir quelque chose de ta cuisine, ce sera déjà un petit miracle.

Au même moment, le téléphone d'Ari se mit à sonner. Mackenzie grimaça en voyant le nom de Cédric Radenac s'afficher sur l'écran. Il hésita à répondre. Mauvais *timing*. Mais il n'avait pas vraiment le choix : le deuxième chèque promis par Gabriella Mazzoleni méritait bien qu'il prenne son enquête au sérieux, même si, à cet instant, il pensait bien plus à la courbure des hanches de Lola qu'au carnet du défunt galeriste…

— J'ai du neuf, Ari, annonça le brigadier-chef à l'autre bout du fil, sans même prendre le temps de dire bonjour. Du lourd. Du très lourd !

— Ah oui ? Eh bien vas-y, balance ! dit-il en s'allumant une cigarette, comme s'il se préparait à un long discours.

— Pas si vite, mon biquet. C'est donnant-donnant. Dis-moi d'abord où tu en es, toi !

— Moi ? Rien de bien neuf depuis ma cascade avec ton charmant collègue fou du volant. Comment il va, d'ailleurs, le San-Antonio de la PJ ?

— Bien. Mais il s'est fait défoncer par le capitaine, tu penses bien ! C'est pas la première fois qu'il emplafonne une bagnole de service, si tu vois ce que je veux dire. C'est un vrai chat noir.

— Je l'aime bien, ton collègue.

— C'est tout ce que tu as à me dire ? Je te préviens : si t'as rien pour moi, j'ai rien pour toi.

Ari réfléchit. Il allait bien falloir offrir quelque chose à Radenac pour qu'il crache le morceau.

— J'ai identifié un autre des membres de la Fraternité d'Héliopolis. Celui qui se fait appeler Orthon.

— Orthon ? J'ai vu plein de livres de lui dans la maison d'édition de Faudère !

— Eh bien voilà, je peux te donner mon scoop : il s'agit en fait d'un certain Mickaël Eichendorff. Tu notes ? Je suis allé lui parler hier. Il ne m'a pas donné l'impression d'être lié directement au meurtre, mais c'est peut-être un bon comédien. Ça fait un deuxième suspect que tu vas devoir interroger. Faudère et Eichendorff. Les deux derniers membres de la Fraternité encore en vie.

— OK. Sauf que Faudère est injoignable. Jacquet est justement en train de perquisitionner chez lui. Il ne devrait pas tarder. Et qu'est-ce qu'il t'a dit, ce fameux Orthon ?

— Pas grand-chose d'intéressant. Il semblait authentiquement surpris d'apprendre la mort de Nivède. D'après lui, la Fraternité d'Héliopolis est un petit groupe d'auteurs parfaitement inoffensifs...

— Tu parles ! C'est tout ce qu'il t'a dit ?

— Non, il m'a aussi fait comprendre que la lettre « F » au début du nom de Fulcanelli, en lieu et place d'un « V », avait à ses yeux une importance capitale... Révélatrice, si je puis dire.

— « F », comme Flammarion ? proposa Radenac.

— Mouais... Sauf qu'il a aussi dit que Fulcanelli, contrairement à ce que Canseliet a toujours affirmé, avait eu une descendance. Et ce n'est pas le cas de Flammarion, il me semble...

— Pas officiellement en tout cas, confirma le brigadier-chef.

— Bon, et ton scoop à toi ?

Radenac laissa passer un silence théâtral.

— Héhé, fit-il enfin d'une voix satisfaite. On a trouvé quelque chose de très intéressant sur l'ordinateur de Nivède à Saint-Lambert-des-Bois.

— Quoi ?

Nouveau silence.

— Allez ! Balance ! insista Mackenzie. Fais pas ta timide !

— Tu vas voir. Je te laisse la surprise, mon petit loup. Je t'envoie ça par e-mail. Ça devrait te plaire.

Ari soupira.

— Par e-mail ? Tu sais bien que j'ai horreur de ces trucs-là ! T'as pas un bon vieux fax ?

— Vis avec ton temps, papy ! Crois-moi, ça vaut le coup d'œil. Tu me rappelleras pour me dire ce que tu en penses.

Le policier raccrocha avant qu'Ari n'ait pu râler davantage. Dépité, il n'eut d'autre choix que de demander l'aide de Lola pour découvrir ce que Radenac lui avait envoyé.

— Toujours aussi réfractaire aux nouvelles technologies ? plaisanta la libraire en sortant de la cuisine.

— Eh, oh, madame la libraire qui n'aime pas les livres électroniques ! Chacun ses résistances !

Lola s'installa devant l'ordinateur antédiluvien de Mackenzie et, après quelques manipulations, afficha en plein écran les deux fichiers expédiés par Radenac.

Un sourire se dessina aussitôt sur les lèvres d'Ari. Cédric n'avait pas menti : ça valait le coup d'œil ! Devant lui resplendissaient ce qui ne pouvait être autre chose que les deux premières pages du carnet de Mazzoleni. Le fameux carnet qui avait tout déclenché.

— Merde ! J'y crois pas, murmura-t-il en inspectant, perplexe, les documents numérisés.

Les deux pages concordaient avec la description que Gabriella Mazzoleni avait faite du carnet de son père. Le papier était jauni, de la taille d'un bloc-notes, l'écriture était belle, très début XXᵉ siècle, et la graphie ne correspondait ni à celle de Canseliet ni à celle de Champagne.

— C'est quoi ?

Ari hésita.

— C'est soit un immense canular, soit une petite bombe atomique. Une putain de bombe atomique !

Les deux pages portaient un en-tête, avec un numéro et un titre. Ari et Lola les lurent ensemble.

Première page :

« *1 – Cogita mori :*

En écrivant ces quelques lignes, persuadé que mon incarnation terrestre connaîtra bientôt sa fin, mais certain, aussi, que d'inusables liens unissent le monde visible à l'invisible, je ne peux m'empêcher de penser aux âmes que, par des discours, j'accompagnai maintes fois dans l'au-delà en imaginant déjà cette vie céleste si mystérieuse qui les attendait et qui, bientôt, m'attendra à mon tour, moi qui vais les y retrouver.

Je crains de devoir retourner à ce monde d'où nous sommes venus avant même que paraisse le premier des deux ouvrages que mon bien-aimé disciple Eugène peaufine encore pour moi sous le regard bienveillant de notre ami et illustrateur commun, ce brave Champagne.

J'y ai livré, je crois, la substantifique moelle de mes hermétiques connaissances, humble héritier d'un savoir ancien dont je ne voudrais point qu'il disparaisse, sous ce grand mouvement de décadence qu'engendra la Renaissance et dont les tristes séquelles ne cessent de croître avec le temps. Confiant dans le sérieux de mes deux disciples, devenu veuf depuis plus de dix ans, je pars les poches vides, le cœur en paix, prêt pour mon dernier sommeil.

Cependant, avant que de partir, ayant déjà légué à mon fils et à sa sœur l'essentiel de mes biens matériels, il me reste à offrir à la postérité un singulier bien, sous la forme d'un ultime texte, liant passé et avenir. Longtemps j'ai hésité à demander à Eugène de le publier avec les deux autres, mais il m'a semblé, compte tenu de sa gravité – qu'on me pardonne cette vanité –, qu'il était trop tôt et qu'il ne serait donc pas compris.

Ainsi, par orgueil peut-être, ai-je placé ce texte dans un coffre et enterré ce coffre en lieu sûr.

Plaise à Dieu qu'il soit enfin l'heure quand ce carnet sera trouvé et que son inventeur – à supposer qu'il s'agisse bien de quelque trésor – saura en percer le sens caché. »

Deuxième page :

« 2 – *Terribilis est locus iste :*

Que ce soit toi, mon bon Eugène, ou un autre qui trouve et comprenne un jour ces quelques lignes, j'espère qu'icelui ira voir à Séville la peinture de Valdés Leal de ses propres yeux, comme je le fis moi-même, car il n'y a que devant l'authenticité de l'œuvre originale que la lumière apparaît :

AD DOMINVM -15+1+2+3-7-1 »

— Sérieux, c'est quoi, ce truc ? fit Lola, interdite.
— Une carte au trésor ! répondit Mackenzie, le regard brillant.

— Pour trouver quoi ?

— Un livre qui n'existe pas.

— Hein ?

— Je t'expliquerai.

Ari, qui ne pouvait masquer son enthousiasme, prit son téléphone portable et rappela Radenac sans tarder. Lui posant une main sur le bras, il fit signe à Lola d'écouter.

— Alors ? l'accueillit fièrement le brigadier-chef. Ça t'en bouche un coin, hein ?

— Pas mal, concéda Ari, trop orgueilleux pour laisser transparaître sa propre excitation. Malheureusement, il y a 99,9 % de chances que ce soit un canular, ancien ou moderne, j'espère que tu en es bien conscient. Probablement une autre blague de Champagne, comme je te le dis depuis le début. Et vu que tu ne disposes pas de l'original, ça va être difficile d'en avoir le cœur net. Personnellement, j'aurais préféré retrouver l'original, histoire de toucher le deuxième chèque de ton amoureuse italienne...

— T'es jamais content, Mackenzie ! Si c'est un faux, reconnais qu'il est plutôt bien fait. Et puis, ça permet déjà de tirer une première conclusion : Nivède avait bien le carnet en sa possession.

— Comment peux-tu en être si sûr ?

— Les fichiers ont été numérisés avec son scanner, deux jours avant qu'il se fasse trucider dans sa ferme. Et il y a fort à parier que son meurtrier lui a donc volé le carnet, avant d'effacer les fichiers sur l'ordinateur.

— Comment as-tu pu les récupérer s'il les a effacés ? demanda encore Ari, incorrigible sceptique.

— Pfff... Quand tu effaces des données sur un disque dur, elles sont en réalité toujours présentes physiquement dessus, tant que d'autres données ne viennent pas prendre leur place. On a des logiciels pour récupérer les fichiers effacés... Bon, laisse tomber, c'est de l'informatique, tu comprendrais pas.

— T'as raison, je m'endors déjà.

— Alors ? Tu en tires quoi, toi, de ces deux pages ?

Ari hésita.

— Je te le répète, ça me semble hasardeux d'en conclure quoi que ce soit, sachant qu'il s'agit probablement d'un canular...

Radenac soupira à l'autre bout du fil.

— OK, j'ai compris ! Mais fais comme si on était dans les 0,1 % de chance que ce soit un texte authentique.

De fait, Ari avait déjà songé à tout ce qu'impliqueraient ces lignes manuscrites, si elles étaient vraiment de la main de Fulcanelli...

— Eh bien... OK. Jouons le jeu, céda-t-il. D'abord, ce texte – s'il était donc authentique – constituerait pour moi une révélation de taille : Fulcanelli aurait bien existé et ne serait pas un personnage fictif créé ou interprété par Canseliet, Champagne ou Dujols, ou les trois. Et ça, ce serait déjà énorme, il faut bien l'avouer ! Je reconnais que je ne croyais plus trop à cette possibilité – et que je reste très, très sceptique. Ensuite, cela nous donnerait de nouvelles informations précises sur Fulcanelli : il aurait eu deux enfants, une fille et un fils, et donc, contrairement à ce que Canseliet a toujours prétendu, il aurait bien eu une descendance. Précisément ce que Eichendorff, alias Orthon, m'a affirmé hier.

— Ouais. C'est bizarre, non ? Comme par hasard, il te dit ça hier ! Tu crois qu'Eichendorff a vu le carnet ?

— Il m'a affirmé ne rien savoir au sujet d'un éventuel carnet... Je ne le crois pas forcément, mais, à mon avis, il devait tenir cette information d'une autre source. Il n'aurait pas commis la gaffe de se désigner lui-même comme possible voleur du carnet, s'il avait été au courant... Ou alors il est plus con qu'il n'en a l'air.

— Ou alors il ne pensait pas que nous saurions ce qu'il y a dans le carnet...

— Pas faux, concéda Ari.

— OK. Quoi d'autre ?

— Eh bien… Tu sais lire autant que moi : à en croire la première page, Fulcanelli aurait eu une femme, morte plus de dix ans avant la rédaction de ce texte. Et ça aussi, c'est une information nouvelle et essentielle.

— Tu m'étonnes ! confirma Radenac, euphorique. Ça devrait permettre de réduire considérablement la liste des ful-canellisables !

— Ensuite, il y a la deuxième page… Et là, c'est beaucoup plus obscur, mais cela explique ce que Caillol foutait à Séville : il suivait les instructions du carnet, dans l'espoir, sans doute, de trouver l'héritage secret de Fulcanelli…

— Le manuscrit du *Finis Gloriae Mundi* ?

— On dirait bien.

— En gros, ce carnet permettrait à la fois d'identifier Fulcanelli, mais aussi de retrouver son livre inédit, qu'il aurait caché quelque part… Je comprends mieux pourquoi Mazzoleni y tenait tant !

— Et pourquoi certains sont prêts à tuer pour s'en empa-rer… Mais il ne suffit pas de posséder le carnet. Encore faut-il en comprendre le contenu. Il y a un cryptage dans cette deuxième page. « *AD DOMINVM -15+1+2+3-7-1* ».

— T'y comprends quelque chose ?

— Faut que j'y regarde de plus près. C'est un code. Ça ressemble à une vraie petite carte au trésor ce carnet, et la solution de ce cryptage se trouverait dans le tableau de Valdés Leal.

— Oui… Mais dans l'original exclusivement. Pas dans une reproduction, c'est ça qui est bizarre ! Fulcanelli dit qu'il faut « *voir la peinture de Valdés Leal de ses propres yeux, comme je le fis moi-même, car il n'y a que devant l'authenticité de l'œuvre originale que la lumière apparaît* ». C'est ce que Caillol a fait. Il est allé sur place, à Séville. Mais pourquoi ? Qu'est-ce qu'on peut voir là-bas qui ne se trouve pas sur les reproductions du tableau ?

— Aucune idée. Mais si tu comptes sur moi pour retourner à Séville, tu peux te brosser, mon pote !

— Dans ce cas-là, il va falloir résoudre cette drôle d'énigme autrement. Sachant que, d'après mes collègues, il manque un fichier… Il y avait une troisième image qu'ils n'ont pas réussi à restaurer. Sans doute la troisième page du carnet.

— C'est sûr. Tu te souviens, Gabriella Mazzoleni nous avait dit que le texte était signé. Or là, pas de signature. Il manque donc quelque chose. Elle se souvenait même de la signature : « A. H. S. Fulcanelli, 1923, Paris, sous les auspices de Galilée ». Ce qui nous permet déjà d'estimer que ce texte date de 1923.

— Ça concorde : il dit « *avant même que paraisse le premier des deux ouvrages que mon bien-aimé disciple Eugène peaufine encore pour moi* », on est donc forcément avant octobre 1925. 1923, ça semble logique. Putain ! C'est énorme, Ari ! Tu te rends compte de ce qu'on a entre les mains ?

Mackenzie sourit.

— Peut-être.

— Il faut absolument qu'on décrypte cette phrase ! Tu imagines si on retrouve le *Finis Gloriae Mundi* ?

— Tu commences à parler comme un illuminé de la Fraternité d'Héliopolis, bonhomme ! Tu veux résoudre une enquête pour homicide ou trouver un trésor ?

— Trouver un trésor ! répliqua aussitôt Radenac, et il ne semblait plaisanter qu'à moitié.

Mackenzie éclata de rire.

— On va le trouver, ton trésor. Fais-moi confiance, Cédric. Les énigmes, c'est mon dada.

— Je croyais que c'était le whisky ?

— Non, ça, c'est ma plus délicieuse turpitude. Tu confonds tout. Va mastiquer tes Dragibus à la con et laisse-moi résoudre ce casse-tête. Je te rappelle quand j'aurai trouvé.

74.

Quand, en début d'après-midi, le brigadier Jacquet revint de la perquisition effectuée chez Pierre-Yves Faudère, alias

Sophronos, le capitaine Florence Ginhoux organisa un débriefing dans son bureau, dans le calme qu'offraient ses grosses portes capitonnées.

L'enquête avait pris une telle importance que tout le poste de Palais-Royal était désormais impliqué, et le juge Sargiano venait aux nouvelles quasiment toutes les deux heures. Peut-être regrettait-il à présent d'avoir cédé en laissant le dossier à une simple brigade de la BEI, mais il avait donné sa parole et il fallait reconnaître que les choses avançaient plutôt bien. L'affaire commençait à faire parler d'elle au parquet, pas tant à cause des trois meurtres si rapprochés, mais plutôt à cause des rumeurs qui couraient autour d'une possible révélation spectaculaire. Et d'ailleurs, on n'en parlait pas seulement au parquet : le nom de Fulcanelli avait commencé à fuiter dans la presse au sujet des homicides...

— Il a réussi à rentrer sans casser de bagnole, le Jacquet ? ironisa Radenac en prenant place sur l'une des chaises.

— Mais dis-moi, bricard-chef, t'es un champion d'la chambrette ? répliqua le tatoué. Heureusement qu'il y en a qui prennent des risques pendant que d'autres se pignolent derrière un écran...

— Ah non, intervint Ginhoux, vous n'allez pas commencer, tous les deux ! On a du boulot, là... Bon. Je résume : Jacquet a conduit la perquisition chez Faudère.

— S'il conduit les perquiz' comme il conduit les bagnoles, on n'est pas dans la merde ! murmura Radenac.

Le capitaine le foudroya du regard.

— Cédric, t'es lourd. Bref, ce que Jacquet a trouvé nous permet de penser que l'éditeur Pierre-Yves Faudère est bel et bien le suspect numéro un dans le meurtre de Daniel Nivède, et qu'il est actuellement en cavale. Jacquet, tu donnes les détails ? En bon français, si possible...

— Comment ça, *en bon français*, dabe ? Eh, oh ! Je jacte toujours en bon francaoui ! C'est juste pas le même francaoui que vous autres baltringues !

Ginhoux soupira en se frottant les tempes.

— J'en peux plus de vous deux, dit-elle en regardant Jacquet et Radenac. J'ai l'impression de bosser avec un duo comique, mais pas drôle.

Le tatoué, fier de lui, lissa sa longue chevelure derrière sa nuque avant de faire son rapport d'un air satisfait, sans se départir de son légendaire accent parisien.

— Bon, alors, d'abord, le gus, c'est un vrai peau-rouge de chez peau-rouge. Il y a autant de flingues dans sa piaule qu'on en a dans toute la maison Pouleman. C'est un chaud de la gâchette, le Faudère ! Y a des pétoires de la Seconde Guerre mondiale, des automatiques, un AK-47, un vrai, hein, un russe, pas de la mouscaille chinoise, et pis aussi des coupelards en veux-tu en voilà, grands comme ma bite.

— Grands comme ta bite ? Des canifs alors ? glissa Radenac.

— La ferme, tocard. Y a des coupelards, disais-je avant d'être grossièrement interrompu, du genre qui pourraient couper un gus en deux, allongé sur un bureau dans une ferme fortifiée des Yvelines, si vous voyez ce que j'veux dire. Nos potos de l'IJ ont tout saisi, rapport qu'ils vont chercher si y aurait pas l'arme du crime dans le lot. On a vérifié : notre zig n'a même pas de permis de port d'arme. Dans sa cambuse, on a aussi trouvé tout l'attirail du parfait petit néonazi. Faf de chez faf, le mec. Des bouquins de faf, des fringues de faf, des tracts de faf... on se serait cru dans la piaule à Goebbels. Sa bibliothèque, c'est 50 % facho, 50 % barjot. Genre alchimie, spiritisme, ésotérisme, mythologie de mes couilles et tout le toutim.

Jacquet fit passer son téléphone portable, sur lequel il avait fait des photos de l'appartement, en complément de celles prises par les collègues de l'IJ. On y voyait en effet les armes et l'impressionnante bibliothèque de M. Faudère.

— L'état de la piaule laisse penser que le Faudère, il s'est cassé fissa de son appart', genre en catastrophe, le bâtard. Le gus a dû faire ses valtreuses à la hâte. Y avait des fringues qui traînaient partout par terre, des tiroirs encore ouverts...

Vous voyez le tableau. Mais c'est sur son ordinateur qu'on a tiré le gros lot. Va falloir attendre le rapport des zozos du Sitt, mais juste en regardant ce qu'il y avait sur l'écran, on est sûrs de deux choses : la dernière fois qu'il s'en est servi, c'était samedi 8 juin, le jour où Nivède a cané. Et, surtout, il est allé ce jour-là sur le site de la SNCF, sans doute pour attriquer des billets de train pour prendre la poudre d'escampette.

— En gros, conclut le capitaine Ginhoux à sa place, l'hypothèse est la suivante : Faudère est allé tuer Nivède à Saint-Lambert-des-Bois, il lui a volé le carnet, il est rentré chez lui et il a pris un billet de train à la hâte, sans doute à cause de ce qu'il a vu sur le carnet... Peut-être pour aller à Séville.

— Est-ce qu'on sait s'il conduit une Ducati ? demanda Radenac.

— *A priori*, non, répondit Ginhoux. Il n'a pas le permis moto... En outre, le type en Ducati est arrivé *après* vous à Saint-Lambert. Ça m'étonnerait que ce soit le meurtrier qui revienne si vite sur ses pas...

— C'est une course contre la montre, soupira Radenac. Ces types s'assassinent les uns les autres pour récupérer le carnet et arriver le premier jusqu'au trésor de Fulcanelli...

— C'est possible. Quoi qu'il en soit, en attendant le rapport complet du Sitt et la comparaison des analyses ADN avec les prélèvements effectués aux deux adresses de Nivède, on se concentre sur ce charmant M. Faudère. Le juge d'instruction a lancé un mandat de recherche, avec son signalement, sa photo, etc.

Ginhoux fit passer à ses collègues un cliché où l'on voyait le fameux éditeur en pied : un grand et solide gaillard, avec une chevelure et une barbe rousses, des airs de Viking.

— Avec une binette et une barbouse pareilles, il risque pas de passer inaperçu, ce cornichon !

— Radenac et Jacquet, vous me suivez tout ça de près. Essayez d'en savoir un peu plus sur Faudère, et vous vous tenez prêts à partir dès qu'on sait pour quelle ville il a pris son train, OK ?

Les deux hommes acquiescèrent.

— Et essayez de décrypter ce foutu carnet. Moi aussi, j'aimerais bien qu'on arrive les premiers sur les lieux, histoire d'arrêter ce bain de sang !

75.

— Si ça se trouve, on ne peut pas résoudre le cryptage tant qu'on n'a pas la troisième page, suggéra Lola, les coudes posés sur le bureau et la tête appuyée sur ses deux poings.

Ari, en faisant de son mieux pour résumer – ce qui était loin d'être simple – lui avait raconté toute l'histoire. Non pas l'histoire de Fulcanelli, qu'elle connaissait déjà un peu pour avoir plusieurs fois vendu des exemplaires du *Mystère des cathédrales* dans sa librairie, mais l'histoire du troisième livre jamais publié, le *Finis Gloriae Mundi*, et l'histoire, enfin, du carnet de monsieur Mazzoleni, devant les scans duquel ils réfléchissaient ensemble à présent, comme deux chasseurs de trésor devant un livre d'énigmes.

— Pas sûr, marmonna Mackenzie. On dirait que chaque page est plus ou moins indépendante. Il n'y a pas d'énigme dans la première d'ailleurs, seulement dans la deuxième. La première, comme l'indique le titre *Cogita mori*, c'est juste un testament.

— Ça veut dire quoi, *Cogita mori* ?

— « Songe à ta mort. » C'est une expression qui revient souvent, notamment dans les Vanités, ces tableaux morbides du même genre que celui de Valdés Leal. Bref, dans la première page, Fulcanelli fait une sorte de testament alchimique, qui complète ce qu'il lègue à ses enfants : « *Il me reste à offrir à la postérité un singulier bien, sous la forme d'un ultime texte, liant passé et avenir. Longtemps j'ai hésité à demander à Eugène de le publier avec les deux autres, mais il m'a semblé, compte* » *tenu de sa gravité – qu'on me pardonne cette vanité –, qu'il était trop tôt et qu'il ne serait donc pas compris.* » Il n'y a aucun doute, il parle du *Finis Gloriae Mundi*. Eugène Canseliet avait un jour dit quasiment la même chose au sujet du livre inédit de son maître. Attends…

Ari se leva et prit dans sa bibliothèque une pile de revues à la couverture jaunie qu'il posa sur son bureau. Il s'agissait de l'intégrale de *La Tourbe des philosophes*, trente-neuf numéros parus entre 1977 et 1995. Ari prit le quatrième numéro et tourna lentement les pages jusqu'à trouver ce qu'il cherchait.

— Regarde ce que Canseliet dit au sujet du fameux livre inédit de Fulcanelli : « *Devant la passive résignation des peuples asservis par le scientisme, je comprends mieux, après bientôt un demi-siècle, la ferme décision prise par Fulcanelli que son troisième livre ne fût pas publié, qui portait ce titre latin particulièrement évocateur :* Finis Gloriae Mundi, *La Fin de la gloire du monde.* »

— En effet, ça concorde. Donc, selon toi, la première page, c'est juste un testament, dans lequel Fulcanelli annonce qu'il laisse son *Finis Gloriae Mundi* en héritage aux générations futures ?

— Exactement. Ensuite, quand il dit « *Par orgueil peut-être, ai-je placé ce texte dans un coffre et enterré ce coffre en lieu sûr* », il annonce ce à quoi va servir la deuxième page : découvrir le « lieu sûr » en question. En gros, le *Finis Gloriae Mundi* se mérite. Il est caché, et il faut résoudre une énigme pour le retrouver. Et d'ailleurs, le titre de la deuxième page est lui aussi explicite : *Terribilis est locus iste*, c'est une citation biblique, ça veut dire « Ce lieu est terrible »… Il s'agit donc bien d'un lieu. Un lieu « terrible » que l'on doit trouver si l'on veut mettre la main sur le coffre de Fulcanelli.

— Et sur la page manquante, la troisième, il y a quoi, à ton avis ?

— Aucune idée. La signature, déjà. On verra bien quand on la trouvera ! Ce qu'il nous faut résoudre, pour l'instant, c'est la phrase mystérieuse de la deuxième page, « *AD DOMINVM -15+1+2+3-7-1* ». Ça ressemble à un codage par décalage de lettres.

— Tu crois qu'il faut qu'on décale les lettres de « *AD DOMINVM* » avec les chiffres qui suivent ?

— Ce serait trop simple, Lola. Et le nombre de lettres ne correspond pas. Et puis, selon Fulcanelli, pour réussir ce décryptage, il faut aller voir le tableau de Valdés Leal sur place, à Séville…

Lola hocha lentement la tête.

— Ça me dirait bien un petit week-end en Espagne ! plaisanta-t-elle.

— Non merci : j'en reviens à peine, il fait un peu trop chaud et les prêtres sont super violents, là-bas.

— Tu n'as rien vu de spécial, quand tu y étais ?

— Sur le tableau ? Non… Mais il est très détaillé, plein de symboles. Il y a de quoi faire un paquet d'énigmes à la con avec une œuvre comme celle-là !

— Tu as pris des photos ?

— Oui. Plein.

— Montre !

Ari partit chercher son appareil numérique et lui présenta les différents clichés qu'il avait effectués dans l'église de la Santa Caridad. Lola les transféra sur l'ordinateur pour qu'ils puissent les étudier de plus près.

Une à une, ils inspectèrent les photos, s'arrêtant principalement sur celles du tableau de Valdés Leal, que Mackenzie avait mitraillé sous tous les angles. Lola zooma sur la peinture, pour en apprécier les moindres détails.

Après un long moment, Ari soupira.

— On perd notre temps, on ne sait même pas ce qu'on cherche… Il doit y avoir un truc planqué dans le tableau. Quelque chose sur lequel appliquer la série de chiffres du codage. Peut-être une anamorphose ou un truc dans le genre…

— C'est quoi ?

— Une image déformée qu'on ne peut comprendre qu'en regardant sous un angle précis. Plusieurs peintres se sont amusé à en cacher dans leurs tableaux. La plus connue est celle du crâne camouflé dans une peinture de Holbein, *Les Ambassadeurs*. Si tu regardes le tableau de la bonne manière, il apparaît presque en trois dimensions. Mais là, dans tout ce fatras, je ne vois rien qui ressemble à une anamorphose. Qu'est-ce que Fulcanelli a bien pu voir dans ce satané tableau, que nous ne voyons pas, nous ?

— Peut-être qu'il faudrait qu'on sache ce que Fulcanelli a fait là-bas, suggéra Lola. Il dit : « *J'espère qu'icelui ira voir à Séville la peinture de Valdés Leal de ses propres yeux, comme je le fis moi-même.* » Est-ce qu'on sait, déjà, ce que Fulcanelli faisait à Séville ?

— Ben non ! répliqua Ari, amusé. On ne sait même pas qui est Fulcanelli, je te rappelle.

— T'as pas une petite idée ? La meilleure piste, c'est quoi ?

— Moi, j'ai longtemps cru que Fulcanelli n'existait pas, que c'était une invention de Canseliet et Champagne. Mais si on prend ce carnet au pied de la lettre, il faut croire que je me suis trompé... Selon Radenac, ça pourrait être Flammarion.

— L'éditeur ?

— Non, Camille Flammarion, l'astronome ! Et c'est vrai qu'il y a pas mal de coïncidences troublantes entre Flammarion et Fulcanelli... Mais le problème, c'est que Flammarion n'a pas eu d'enfants.

— Peut-être des enfants illégitimes, suggéra Lola.

— Mouais... Mais ce texte date visiblement de 1923, or, à cette époque, Flammarion n'était pas « *veuf depuis plus de dix ans* », comme se présente Fulcanelli dans son carnet. La première femme de Flammarion, Sylvie Petiaux-Hugo, est morte vers 1919, si je me souviens bien. Et il s'est remarié immédiatement. Pour moi, ça ne peut pas être Flammarion, du moins pas si on prend ce carnet au sérieux.

— La première femme de Flammarion s'appelait Hugo ? s'étonna Lola.

— Oui, mais aucun lien direct avec Victor, si c'est ce que tu veux savoir.

— N'empêche qu'il y a un lien entre Fulcanelli et Victor Hugo, tu l'as dit toi-même.

— Non ! Fulcanelli cite évidemment *Notre-Dame de Paris* dans son *Mystère des cathédrales*, mais c'est tout. C'est pas ce qu'on appelle un lien…

— OK. Est-ce qu'on sait si Flammarion est allé à Séville ?

— Hugo, oui, ça, c'est sûr. Mais Flammarion, j'en ai pas la moindre idée. N'insiste pas, je pense que Flammarion est une fausse piste. C'était un astronome et un passionné de spiritisme, il passait son temps la tête dans les étoiles, pas du tout le genre à…

Ari s'arrêta soudain de parler et resta immobile, comme pétrifié.

— Quoi ?

Le visage de Mackenzie se métamorphosa, comme s'il venait d'être touché par la grâce ou par la foudre…

— Qu'est-ce qu'il y a ? insista Lola, agacée.

— J'ai une idée ! Refais voir les photos du tableau !

76.

Le brigadier-chef Radenac avait passé l'après-midi à mener de nouvelles recherches sur Pierre-Yves Faudère, mais il n'avait rien appris qu'il ne connaissait déjà. Sophronos était un traditionaliste virulent, extrémiste néopaïen, auteur et éditeur ésotériste plutôt confidentiel, et assez peu apprécié par une grande partie du microcosme ésotériste français. Beaucoup lui reprochaient, par ses positions politiques, de donner une très mauvaise image à l'occultisme et à l'alchimie, en renouant notamment avec un antisémitisme très début XXe siècle, tendance Brasillach…

En réalité, Radenac avait surtout eu beaucoup de mal à se concentrer sur ses recherches car, toutes les cinq minutes, il ne pouvait s'empêcher de jeter de nouveau un œil aux deux pages du carnet de Fulcanelli. Ce texte énigmatique était non seulement le point de départ de toute cette affaire, le mobile de ces trois meurtres, mais il était surtout, potentiellement, une découverte historique, qui, si elle se révélait authentique, mettrait fin à un mystère qui durait depuis près d'un siècle ! Le brigadier-chef s'était tant investi dans cette enquête, il s'était tant plongé dans cette histoire d'alchimistes qu'il éprouvait à présent l'excitation d'un archéologue qui découvre sa première momie. Et puis, enfin, les deux pages à elles seules constituaient une nouvelle énigme. Un authentique casse-tête, crypté, et Radenac devait bien admettre qu'il n'y avait rien de plus excitant pour l'esprit.

Il s'apprêtait à regarder encore ces deux images quand son téléphone se mit à sonner. Le nom de Dominique Audéon, son ami généalogiste, s'afficha sur l'écran. Il décrocha aussitôt.

— Tu as trouvé quelque chose depuis hier ? demanda-t-il sans ambages.

— Oh, Cédric ! Cédric ! Tu ne vas jamais me croire !

Audéon semblait complètement hystérique.

— Quoi ?

— T'es bien assis ?

— Oui, s'impatienta Radenac.

— Je crois que je l'ai trouvé, ton Fulcanelli !

Le policier écarquilla les paupières.

— Quoi ? T'es sûr ?

— Quasiment.

Le visage de Radenac se métamorphosa. Il avait certes espéré que la piste qu'il avait donnée à Audéon porterait ses fruits, mais certainement pas aussi vite.

— C'était bien un Fontaine-Solare ? C'est ça ? J'en étais sûr ! Ça pouvait pas être une coïncidence ! Ce nom ! Fontaine-Solare !

— Non. C'est pas un Fontaine-Solare, Cédric. Désolé. Ni ton fameux capitaine du Blocq, leur tuteur. Rien à voir.

Radenac fit une moue d'incompréhension.

— Ah bon ?

— J'ai épluché toute la famille Fontaine-Solare, comme tu me l'as demandé. J'ai cherché dans toutes les branches, même les cousins éloignés, tous, un par un, et il y a toujours des trucs qui ne collent pas. Crois-moi, j'ai vraiment été méticuleux. J'ai même failli y croire, plusieurs fois, comme toi, parce qu'il y a évidemment deux ou trois coïncidences troublantes ; mais c'est souvent le cas quand tu fais ce genre de recherches. Tu as tellement envie de trouver des analogies que tu exagères l'importance de petits détails… Et il y a *toujours* des coïncidences. C'est la théorie des six degrés de séparation, tu sais ? La théorie selon laquelle toute personne de la planète peut être reliée à n'importe quelle autre, au travers de cinq relations personnelles au maximum. Du coup, oui, on arrive à trouver des liens entre les Fontaine-Solare et Fulcanelli, mais ça ne prouve rien. Je peux te trouver des liens entre Adolf Hitler et Groucho Marx, si tu veux… C'est avec ce genre de raisonnements par analogie à la con qu'on écrit le *Da Vinci Code*…

— Hé ! C'est très bien, le *Da Vinci Code* ! protesta Radenac.

— Non, c'est de la merde en boîte. Si tu veux, je te donnerai les notes que j'ai prises pendant mes recherches, il y en a des pages et des pages sur la famille Fontaine-Solare, entre la branche Scholastique Leclerc, la branche d'Arras, la branche américaine, les Cossart d'Espies, etc. C'est passionnant, en vérité ; d'un point de vue historique en tout cas. J'en ai trouvé qui auraient presque pu être des Fulcanelli, comme Edmond-Henri Cossart d'Espies, qui est né en 1837 et mort en 1925, et qui est cousin — tiens-toi bien — avec l'alchimiste Jollivet-Castelot, le fondateur de la Société alchimique de France. Pas mal, comme coïncidence, non ? Je te montrerai tout ça, mais ma conclusion est catégorique : Fulcanelli ne peut pas être un

Fontaine-Solare, du moins pas selon les critères que tu m'as donnés.

— OK, OK, je te crois ! Mais alors, c'est qui ?

— Hé hé hé ! Je ne vais pas te le dire au téléphone, Cédric ! Il faut que je te montre ça. C'est de la folie ! Il faut que tu voies de tes propres yeux tout le cheminement que j'ai fait pour en arriver là.

— Arrête ! Te fais pas prier ! C'est qui, bon sang ? Flammarion ?

— Tsss ! Rien à voir ! N'insiste pas, te filer le nom comme ça, ce serait donner de la confiture aux cochons. Il faut que tu voies tout le montage. Que tu savoures la découverte ! J'ai eu un coup de bol monstrueux ! Je suis tombé sur lui par hasard, pendant que je faisais mes recherches sur tes fameux Fontaine-Solare. Et ça colle. Ça colle à 100 % ! Si tu veux, je viens te voir demain, et je t'amène tous les documents. Tout ! Tu vas halluciner.

— Tu rêves ! protesta Radenac. Je tiendrai pas toute la nuit ! Je viens te voir, moi, et tout de suite !

— Tu plaisantes, j'espère ?

— Pas du tout ! J'arrive.

77.

— Ouvre une photo du tableau en plan large ! s'exclama Ari en agitant les doigts en direction de l'écran.

— Oui, oui, du calme !

Lola fouilla dans la liste des clichés et trouva enfin ce qu'Ari cherchait. Quand l'image s'afficha sur l'ordinateur portable, Mackenzie tapa du poing sur la table et poussa un petit cri de victoire.

— Putain ! J'en étais sûr ! lâcha-t-il, réjoui.

— Mais quoi, bon sang ?

— Regarde ! dit-il en indiquant le haut de la photo. Sur le mur ! Là ! Il y a un texte gravé en lettres dorées dans la pierre, qui fait le tour de la pièce, et qui passe juste au-dessus du tableau de Valdés Leal !

Lola fronça les sourcils.

En effet, un texte, partiellement effacé, apparaissait en lettres d'or tout au long des moulures qui suivaient l'angle entre le mur et le plafond.

TITVTIONE MVNDI ESVRIVI ENIM

— Tu crois que c'est ça ?

— Mais oui ! C'est sûr ! « *Il n'y a que devant l'authenticité de l'œuvre originale que la lumière apparaît* » ! C'est ça ! Il faut être DEVANT l'œuvre originale pour le voir, ce texte ! Tu ne peux pas le voir sur le tableau, puisqu'il n'y est pas ! Il est au-dessus, gravé dans le mur ! Aucune reproduction du tableau n'inclut la gravure qu'il y a dans le mur juste au-dessus ! « *La lumière apparaît* » ! La lumière, ce sont ces lettres d'or ! Le cryptage doit avoir un rapport avec elles ! Putain, c'est ça ! C'est sûr ! Il doit falloir décaler les lettres avec les chiffres ou un truc dans le genre !

Ari attrapa Lola par les deux joues et lui colla un énorme baiser sur la bouche, à la russe...

— Comment t'as pensé à ça ? demanda la libraire, amusée.

— Grâce à Flammarion ! L'astronome ! Quand je t'ai dit qu'il avait toujours la tête dans les étoiles... Ça m'a fait penser à l'histoire de Thalès, le philosophe qui est tombé dans un trou parce qu'il était trop occupé à regarder le ciel. Et je me suis dit que nous, au contraire, on regardait pas assez en l'air... Et je me suis souvenu qu'il y avait un texte écrit tout le long du plafond, dans l'église !

— Bien vu, concéda Lola, qui partageait à présent son excitation. Et c'est quoi, ce texte ?

— Je ne sais pas. C'est du latin. Les « u » sont en forme de « v », comme dans le « *AD DOMINVM* » du carnet de Fulcanelli. C'est un texte biblique, à n'en pas douter ! Mais il n'est pas complet, il manque un bout du premier mot et la suite de la phrase. Il faudrait suivre le texte sur tous les murs, pour l'avoir en entier. J'espère que j'ai fait assez de photos…

— T'emmerde pas ! Il y a plus simple, soupira Lola en reprenant possession de l'ordinateur.

Elle lança l'explorateur Internet et tapa la succession de lettres entre guillemets dans un moteur de recherche. Instantanément, le texte dont était issu cet extrait s'afficha sur l'écran. Les lettres correspondant à la gravure apparaissaient en caractères gras.

« *Tunc dicet rex his qui a dextris eius erunt venite benedicti Patris mei possidete paratum vobis regnum a constitutione mundi ; esurivi enim et dedistis mihi manducare sitivi et dedistis mihi bibere hospes eram et collexistis me, nudus et operuistis me infirmus et visitastis me in carcere eram et venistis ad me*[1]. »

— C'est ça ! Tu es un petit génie, Lola !

Comme l'indiquait le site, il s'agissait d'un paragraphe du chapitre XXV de l'Évangile selon saint Mathieu, passage appelé « du jugement dernier ».

— Ça ne peut pas être une coïncidence ! Un Évangile sur le jugement dernier, sur la fin du monde, juste au-dessus du *Finis Gloriae Mundi* ! Regarde plus haut le début du chapitre en question : « *Veniet tempus quale non fuit ab eo ex quo gentes esse coeperunt usque ad tempus illud : et in tempore illo salvabitur omnis qui invetus fuerit scriptus in libro.* » Cette phrase pourrait parfaitement figurer en introduction du *Finis Gloriae Mundi* de Fulcanelli !

Ari, d'habitude si flegmatique, était au bord de l'hystérie, ce qui le rendait méconnaissable.

— Euh… Tu traduis ?

_____

1. « Alors le roi des rois dira à ceux qui seront à sa droite : "Venez, élus de mon Père, venez prendre possession du royaume qui vous a été préparé de l'origine du monde ; j'ai eu faim et vous m'avez nourri ; j'ai eu soif et vous m'avez donné à boire ; j'étais errant et vous m'avez accordé asile, j'étais nu et vous m'avez couvert ; j'étais malade et vous m'avez visité ; j'étais en prison et vous êtes venus me consoler". »

— « Un temps viendra, tel qu'on n'en aura jamais vu depuis la naissance du monde. Alors seront sauvés tous ceux qui se trouveront inscrits dans le livre de vie. » C'est exactement le sujet supposé du livre inédit de Fulcanelli !

— C'était un livre sur la fin du monde ?

— Et sur les initiés qui y échapperont, oui, c'est ce qu'on dit... Son titre peut le laisser penser en tout cas. Le synopsis supposé du livre, qui aurait été retrouvé chez Eugène Canseliet, a été un jour publié dans un autre numéro de *La Tourbe des philosophes*, justement.

Ari chercha le numéro 31 dans la pile à côté de lui et montra à Lola l'article de Jean Laplace, intitulé « Aperçu vitriolique ». On pouvait y lire, en effet, ce qui était présenté comme le plan du *Finis Gloriae Mundi*.

« I. LA DÉCADENCE DE NOTRE CIVILISATION
ET LA DÉCHÉANCE DES SOCIÉTÉS HUMAINES
Incrédulité religieuse et crédulité mystique. Effets néfastes de l'enseignement officiel. Abus des plaisirs par la crainte de l'avenir. Fétichisme à notre époque. Symboles plus puissants qu'autrefois dans la conception matérialiste. Incertitude du lendemain. Méfiance et défiance généralisées. La mode et ses caprices révélateurs. Les initiés inconnus gouvernent seuls. Le mystère pèse sur les consciences.

II. TÉMOIGNAGES TERRESTRES DE LA FIN DU MONDE
Les quatre âges. Les cycles successifs scellés dans les couches géologiques. Fossiles. Flore et faune disparues. Squelettes humains. L'Asiatide. Monuments de l'humanité dite préhistorique. Cromlechs. Chandelier des trois croix.

III. LES CAUSES COSMIQUES DU BOULEVERSEMENT
Le système de Ptolémée. *L'Almageste*. Erreur du système de Copernic démontrée par l'étoile polaire. Précession des équinoxes. Inclinaison de l'écliptique.

Variations inexplicables du pôle magnétique. Ascension
solaire au zénith du pôle et retour en sens contraire
provoquant le renversement de l'axe, le déluge et la
fusion à la surface du globe. »

— Ça avait l'air vachement joyeux, comme bouquin !

— C'est sans doute pour ça que Fulcanelli a renoncé à le
faire publier.

— OK. Bon et on fait quoi maintenant ? Je vais bientôt
devoir aller chercher Maxime chez la nounou.

— Attends ! On va essayer de décrypter tout ça. Il doit y
avoir un lien entre le texte gravé dans le mur et la série de
chiffres du carnet.

Lola sourit. Cela faisait longtemps, très longtemps, qu'elle
n'avait pas vu Ari comme cela. Que *personne* n'avait vu Ari
comme cela...

78.

Dominique Audéon habitait une sorte de loft dans le
XIVᵉ arrondissement, au dernier étage d'un immeuble haussmannien, non loin de la tour Montparnasse. Radenac y était
souvent venu, à l'occasion de soirées bien arrosées que le
généalogiste organisait avec tout un groupe d'amis qu'ils
avaient en commun. Audéon n'était pas seulement généalogiste, il était aussi un peintre talentueux, et son loft lui servait
à la fois de bureau et d'atelier.

Quand il sonna, Radenac reconnut l'odeur caractéristique
de térébenthine à travers la porte. Le généalogiste, qui n'en
avait pas besoin pour vivre, se refusait à vendre ses toiles et,
s'il en offrait parfois à ses amis, il les gardait presque toutes
pour lui, si bien que son loft ressemblait à un étrange entrepôt.

Voyant qu'Audéon ne venait pas ouvrir, Radenac frappa
bruyamment du poing contre la porte.

— Dominique ! Allez ! Ouvre ! Fais pas le con !

Quand, après un long moment, le policier n'entendit toujours aucun bruit dans l'appartement, il commença à s'inquiéter. Il sonna de nouveau, puis composa le numéro du généalogiste sur son cellulaire. Il entendit aussitôt le téléphone vibrer à l'intérieur. Posé sur une table sans doute, non loin de la porte. Et personne qui décrochait.

— Dominique ! cria Radenac en tapant de nouveau contre la porte.

Toujours rien.

Cela devenait réellement alarmant. Il avait eu Audéon à peine une heure avant au bout du fil et l'avait prévenu de sa visite. Le généalogiste ne pouvait pas être parti sans prévenir ! Certes, il n'avait pas eu l'air ravi à l'idée de recevoir le policier chez lui à cette heure, mais de là à lui poser un lapin ! Cela ne lui ressemblait pas.

Radenac réfléchit. Que faire ? Attendre, en espérant que Dominique était seulement descendu chercher des bières ? Peu probable, il serait déjà remonté, depuis le temps. Enfoncer la porte ? C'était plus facile à faire dans les films que dans la réalité, à moins de se promener quotidiennement avec une hache à la ceinture.

En bas, il avait vu une loge de gardien. Il dévala les marches quatre à quatre et alla taper contre le carreau de la porte vitrée. Au bout d'un moment, une main écarta le voilage et le visage mécontent d'un homme apparut de l'autre côté.

Radenac lui montra aussitôt sa carte de police.

— Vous avez la clef de l'appartement de M. Audéon ?

— Euh… Oui. Pourquoi ?

— Venez avec moi, ordonna le policier d'un air grave. J'ai peur qu'il se soit passé quelque chose !

79.

— Bon, alors ? « *AD DOMINVM -15+1+2+3-7-1* ». Qu'est-ce qu'on est censé faire avec ces chiffres ? s'impatienta Lola.

Ari ne répondit pas. L'air absorbé, il griffonnait tout un tas de lettres sur une feuille de papier. En haut, en énorme, il avait inscrit celles qui apparaissaient sur le mur, au-dessus du tableau : « *TITVTIONE MVNDI ESVRIVI ENIM* ». Il essaya plusieurs décalages possibles, en partant des chiffres indiqués dans le carnet de Fulcanelli, mais cela ne donnait jamais rien.

Il reposa son stylo en soupirant.

— C'est idiot ce que je fais.

— Pourquoi ?

— Parce que je ne me sers pas de l'expression *« AD DOMINVM »* avant les chiffres, et qu'elle est forcément là pour quelque chose ! Le problème, c'est que je ne vois pas quoi…

— Ça veut dire quoi, *« AD DOMINVM »* ?

Ari haussa les épaules.

— Ça peut vouloir dire plusieurs choses. « Au Seigneur », ou « Vers le Seigneur », ou « Près du Seigneur »…

— Vers le Seigneur, ça veut peut-être juste dire vers le ciel, vers le haut ! Ce serait un indice pour savoir où regarder : vers le haut, comme tu l'as fait.

— Peut-être… Mais vu qu'il y vingt-cinq lettres sur le mur, je ne vois pas sur lesquelles je dois appliquer les six chiffres. Il nous manque quelque chose.

— Combien fait l'addition -15+1+2+3-7-1 ?

— Ça fait -17. Mais ça ne nous avance pas beaucoup.

Ils restèrent muets un long moment, grimaçant comme deux étudiants bloqués par un problème de mathématiques.

— Au Seigneur… vers le Seigneur, répéta Lola d'un air songeur. Et si ça faisait référence à la main sur le tableau de Valdés Leal ? La main qui semble venir du ciel et qui tient une balance ? C'est bien la main de Dieu, non ?

Ari se gratta le menton.

— Il y a de fortes chances.

— Donc, peut-être qu'il faut appliquer ces chiffres à la main du Seigneur, sur le tableau…

— Euh… Et tu fais comment pour appliquer des chiffres sur une peinture, toi ? se moqua-t-il.

— J'en sais rien, moi, c'est toi le pro des énigmes !

Ari lui adressa un clin d'œil.

— Attends, attends, c'est pas si con que ça, ce que tu dis… *AD DOMINVM*. Peut-être qu'il faut simplement partir de la lettre qui est juste au-dessus de la main du Seigneur. Regarde : à cet endroit, il y a le « V » de MVNDI.

Lola acquiesça lentement.

— *-15+1+2+3-7-1* ! Mais oui ! C'est ça ! s'exclama-t-elle. Il suffit d'aller chercher quinze lettres avant le V, puis une après, puis deux après, etc…

— Exactement !

— Eh bien ! Vas-y, au lieu de me regarder bêtement !

80.

La porte n'avait pas été fermée à clef, mais juste claquée, ce qui suffisait à empêcher qu'on l'ouvre de l'extérieur, et ce qui permettait de penser que Dominique Audéon était peut-être à l'intérieur.

Dès que le gardien eut ouvert, Radenac découvrit, horrifié, le corps du généalogiste, étendu sur le dos au milieu du loft, illuminé à travers sa grande verrière par la lumière rosée du soir. Il gisait là, immobile, parmi ses livres et ses toiles innombrables.

— Mon Dieu ! lâcha le gardien en se prenant le visage entre les mains.

Radenac se précipita aux côtés de son ami, se laissant tomber sur les genoux. Il découvrit alors la flaque de sang qui avait coulé derrière son crâne.

— Dominique ! fit-il en lui attrapant le poignet.

Mais le pouls ne battait plus.

Le policier, anéanti, s'affaissa et resta un long moment sans bouger devant ce corps sans vie, comme s'il n'arrivait pas à accepter ni même à comprendre la réalité de ce terrible spectacle.

Et puis, peu à peu, il se laissa gagner par un horrible sentiment de culpabilité. La mort de son ami était liée aux recherches qu'il lui avait demandé de faire. Mais qui avait pu faire ça ? Faudère ? Pourquoi ? Et comment avait-il su ?

C'était sa faute ! Il avait impliqué le généalogiste dans cette histoire, et maintenant... Maintenant Dominique avait été froidement assassiné pour une histoire qui ne le concernait pas !

L'appartement était sens dessus dessous. Tout avait été fouillé, à la hâte. On était loin de l'assassinat orchestré de Daniel Nivède. Ici, aucune mise en scène. C'était un meurtre exécuté dans l'urgence.

— Vous voulez que j'appelle les secours ? demanda le gardien, qui était resté sur le seuil.

La question ramena Radenac à la réalité. Il ne pouvait pas rester sans rien faire. Il se releva, blafard, et fit non de la tête.

— C'est trop tard pour les secours. Je vais appeler mes collègues. Vous pouvez aller les attendre en bas.

81.

Une à une, Ari nota les lettres qui correspondaient aux chiffres indiqués sur le carnet de Fulcanelli. Le suspense était insoutenable, et puis, enfin, un mot apparut dans son entier.

A-N-D-I-V-M

— *Andium ?* fit Lola d'un air sceptique. Tu es sûr ?
— Comment veux-tu que je sois sûr ? répliqua Ari.
— Ça veut dire quelque chose, *Andium ?*
— Euh... En latin, sûrement.
— Ça a peut-être un rapport avec les Andes ? suggéra la libraire.

— J'en sais rien ! J'espère pas ! J'ai un mauvais souvenir de la région[1].

— Tu veux que je cherche sur le Net ?

— Tu m'emmerdes, avec le Net ! J'ai un *Gaffiot,* moi, madame !

Ari se leva et partit en effet chercher son énorme dictionnaire latin à l'inoubliable reliure rouge, avec ses illustrations et sa typographie vieillottes, qui lui évoquaient de lointains souvenirs écoliers. Il trouva rapidement l'entrée du mot et montra fièrement la définition à Lola.

« *Andium,* ii, *n., île entre la Bretagne et la Gaule ;* ANTON. *p. 509* »

— Une île entre la Bretagne et la Gaule ? répéta Lola, perplexe. Euh… La Bretagne n'est pas censée être *à l'intérieur* de la Gaule ?

— En l'occurrence, la Bretagne, c'est Britannia, la Grande-Bretagne. *Andium* doit être une île anglo-normande. Reste à savoir laquelle…

Lola poussa un soupir et, sans demander son avis à Mackenzie, lança finalement un moteur de recherche sur Internet. Puis d'un air supérieur, elle montra à son tour le résultat sur l'écran.

— Tu vois ? Tu peux le foutre à la poubelle ton vieux *Gaffiot,* monsieur je-sais-tout.

Ari grimaça.

Andium était l'un des noms latins de l'île de Jersey.

82.

Après avoir prévenu le capitaine Ginhoux, Radenac avait immédiatement dû contacter Sargiano. Cette fois, le juge d'instruction décida qu'il devait faire intervenir la Brigade criminelle. L'affaire prenait une trop grande ampleur et,

---

1. *Cf. Les Cathédrales du vide,* du même auteur.

surtout, Radenac était personnellement lié à cette nouvelle victime. D'un point de vue éthique, il ne pouvait pas enquêter sur son assassinat. Le brigadier-chef n'avait d'ailleurs pas lutté pour défendre sa place. Il était bien trop abattu pour ça.

Debout sous la grande verrière du loft, le visage grave, il hésitait. Le médecin légiste et les enquêteurs du Quai des Orfèvres allaient bientôt arriver. Ils lui demanderaient probablement de se tenir à l'écart, et il lui faudrait ensuite attendre plusieurs jours avant d'obtenir le premier rapport d'enquête.

Or la réponse qu'il était venu chercher – le véritable nom de Fulcanelli – était peut-être encore ici, quelque part dans le fatras de cet appartement. À moins que le meurtrier ait tout emporté… Il se refusa à regretter qu'Audéon ne lui ait pas révélé le nom au téléphone, bien conscient de l'indécence qu'un tel regret constituait.

Le cœur battant, en essayant de ne rien toucher pour ne pas souiller davantage la scène de crime, Radenac fit le tour de la pièce.

Le désordre du loft était encore plus grand qu'à l'accoutumée. Des papiers noircis de notes traînaient par terre, tout autour du bureau, certains à moitié glissés sous les toiles entreposées contre les murs de la pièce. Ici des pinceaux et des brosses, là des chiffons maculés de peinture, une palette, des flacons d'essences, de médiums et de vernis. Radenac s'accroupit pour essayer de voir si certaines des notes concernaient Fulcanelli ou la famille Fontaine-Solare. Mais toutes celles qu'il put trouver étaient consacrées aux grandes familles vendéennes, sujet de prédilection de son ami. Il grimaça. Le tueur avait probablement tout emporté. Il était venu pour empêcher Dominique de parler et effacer toute trace de ses découvertes.

Radenac secoua la tête. C'était irréaliste ! Cette histoire le rendait paranoïaque. Au bout du compte, c'était peut-être une pure coïncidence. Un cambriolage qui avait mal tourné, sans le moindre rapport avec l'affaire Fulcanelli... Un voleur de toiles ?

Oui. Bien sûr, ironisa-t-il à voix basse.

Des gouttes de sueur coulaient sur son front, et elles n'étaient pas seulement dues à la chaleur qui régnait dans l'appartement, mais aussi à son malaise et à son angoisse grandissante. S'essuyant le visage avec la manche de sa veste, il se laissa tomber sur le large canapé de cuir.

Il regarda sa montre. Onze minutes avaient passé. Il ne serait bientôt plus tout seul.

Alors qu'ils balayaient tout l'espace du loft, ses yeux se posèrent soudain sur l'ordinateur qui trônait sur le plan de travail d'Audéon, une sorte de planche à dessin légèrement inclinée.

Il hésita. Mais pas longtemps.

Rien à foutre du protocole. Si Dominique s'est fait tuer à cause de ça, autant que ça serve à quelque chose.

Radenac se leva d'un bond, certain qu'il ne lui restait plus que quelques minutes à peine avant l'arrivée de ses collègues.

L'ordinateur était en veille et s'alluma dès qu'il actionna la souris. Tant pis s'il laissait ses empreintes. De toute façon, les gars de l'IJ les lui prendraient pour les distinguer de celles du meurtrier, et ils verraient bien qu'il s'était servi de l'ordinateur *après* avoir appelé le juge d'instruction.

Qu'ils aillent se faire foutre.

Aucun fichier ou dossier n'attira son attention sur le bureau du système d'exploitation.

Il cliqua sur l'icône de raccourci vers les « documents récents ». L'un d'eux lui sauta immédiatement aux yeux : « fontaine-solare.doc ». Sans hésiter, il lança l'impression.

Par terre, la grosse imprimante se mit à bourdonner. Les feuilles n'en finissaient pas de sortir. Cinq, dix, quinze... Le généalogiste en avait fait des tonnes !

La dernière page venait de s'imprimer quand deux enquêteurs de la crim' entrèrent dans le loft.

Il les salua en se présentant.

— Qu'est-ce que vous foutez ? demanda l'un d'eux en le voyant avec son paquet de feuilles sous le bras.

— C'est le document que j'étais venu chercher.

— Vous rigolez ? Ça reste ici ! Rien ne sort de là sans une mise sous scellés !

— Je viens de l'imprimer. Vous n'avez qu'à en faire autant, si ça vous intéresse.

— Vous avez touché à l'ordinateur ? Vous êtes con ou quoi ?

En d'autres circonstances, Radenac aurait sans doute essayé de parlementer gentiment – il n'aurait d'ailleurs pas eu besoin de le faire, car il ne se serait pas permis d'imprimer quoi que ce soit... Mais dans l'état présent de son humeur, il n'avait pas l'intention de jouer les chiffes molles.

— Faites pas chier. C'est ce que je suis venu chercher. Je repars avec, point final.

L'enquêteur ne semblait pas prêt à lâcher le morceau, mais son collègue l'attrapa par le bras et lui fit signe de laisser couler.

Le flic soupira.

— Bon, attendez-nous dehors et ne touchez plus à rien.

Radenac hocha la tête avec indifférence.

83.

— L'île de Jersey ? Tu crois que c'est là que Fulcanelli a enterré son coffre ? demanda Lola, perplexe.

— On dirait bien. À condition que tout ceci ne soit pas un canular, encore une fois...

— Jersey, murmura-t-elle. Encore une référence à Hugo[1] !

Ari acquiesça.

— Ouais. C'est là-bas qu'il a commencé à devenir vraiment frappadingue, obsédé par la mort de sa fille. Il s'est

---

1. Après le coup d'État de Napoléon III le 2 décembre 1851, Victor Hugo s'est exilé à Jersey. Il y resta jusqu'en 1855.

mis à faire du spiritisme, à faire parler des tables tournantes et à converser avec les morts… Tu veux une autre coïncidence ? C'est par le biais de ses séances de spiritisme à Jersey qu'il est entré en contact avec Camille Flammarion. Le monde est petit, hein ?

— C'est peut-être pas un hasard, fit remarquer Lola.

— Je pense que si. Je te répète que je ne crois pas à un Fulcanelli-Flammarion. Quant à Hugo, il est mort beaucoup trop tôt pour être fulcanellisable…

— Certes. Mais il y a peut-être bien un lien entre Hugo et Fulcanelli. Ils se connaissaient peut-être ! Déjà, est-ce qu'il y a un lien avéré entre Jersey et Fulcanelli ?

— Pas à ma connaissance. Tiens, tu veux *encore* une autre de ces coïncidences diaboliques ? Devine quel musicien a été inspiré par Jersey pour composer une jolie pièce pour piano ? Claude Debussy. Celui-là même qui naviguait dans les mêmes cercles ésotéristes que Fulcanelli… Amusant, non ?

— Je m'en fous un peu, Ari, de Debussy… Mais Fulcanelli ? Il ne parle pas de Jersey dans ses livres ?

Mackenzie haussa les épaules.

— Il parle de plusieurs îles dans ses livres, bien sûr, et surtout de l'île de Délos, pour ce qu'elle a de mythique. L'île est un concept riche de symboles et revient souvent dans les traités d'alchimie. Mais l'île de Jersey en particulier… Ça ne me dit rien. Attends, je vais quand même regarder.

Il retourna devant sa légendaire bibliothèque et s'empara d'un énorme volume relié, intitulé *Index général de l'œuvre de Fulcanelli*, dans lequel deux chercheurs passionnés avaient relevé plus de trente mille termes cités dans les deux ouvrages de l'alchimiste.

Ari eut une expression amusée en voyant qu'il y avait effectivement une entrée pour le mot « Jersey ».

— Regarde : c'est dans les chapitres posthumes des *Demeures philosophales*, ceux ajoutés par Canseliet au moment de la réédition chez Pauvert, et dont certains prétendent qu'ils seraient en fait tirés du *Finis Gloriae Mundi*.

Ari lut le passage concerné, qui traitait de la réalité du déluge biblique et de la possible occurrence future d'un tel événement. Un discours eschatologique qui s'accordait très bien, en effet, avec le thème supposé du *Finis Gloriae Mundi*.

« (…) Si nous envisageons seulement le fait du déluge, nous serons amenés à reconnaître qu'un tel cataclysme a dû laisser des traces profondes de son passage, et modifier quelque peu la topographie des continents et des mers. (…) Il est évident, par exemple, que fut longtemps submergée une partie du sol français, recouverte de sable marin, abondamment pourvue de coquillages, de calcaires aux empreintes d'ammonites. Rappelons également que l'île de Jersey se trouvait encore soudée au Cotentin en 709, année où les eaux de la Manche envahirent la vaste forêt qui s'étendait jusqu'à Ouessant et servait d'abri à de nombreux villages. »

— C'est charmant, mais c'est faux, ironisa Mackenzie. Cela fait plus de quatre mille ans que Jersey est une île et n'est plus accessible par voie de terre. L'histoire de ce déluge de 709 est un mythe auquel les gens ont tout de même cru jusqu'à la fin du XIXe siècle… Et même cette forêt supposée s'étendre dans la baie du Mont-Saint-Michel, c'est aussi une légende. On sait aujourd'hui que la forêt de Scissy n'a jamais existé.

— N'empêche, ça fait encore une drôle de coïncidence, s'amusa Lola. La seule fois où Fulcanelli parle de Jersey, c'est dans un chapitre dont le thème est proche de celui du *Finis Gloriae* bidule !

— *Mundi*, corrigea Mackenzie.

— Bon. Cela dit, ça ne nous en apprend pas beaucoup plus. Toi, d'instinct, pourquoi crois-tu que Fulcanelli aurait choisi Jersey pour cacher son coffre ?

Ari hésita.

— Pourquoi pas ? C'est une île. C'est parfait pour enterrer un trésor.

Livre troisième

FINIS GLORIAE MUNDI

84.

La soirée avait été longue et éprouvante. Alors que les sentiments de colère et de culpabilité ne cessaient de croître en lui, le brigadier-chef Radenac avait dû répondre aux questions de ses collègues et assister à la perquisition jusqu'à son terme. Relevés d'empreintes, traces ADN... Ces enflures avaient retourné toutes les toiles comme de vulgaires matelas. Et puis, pour conclure cette sinistre soirée, il avait vu le corps de Dominique Audéon partir sous un drap blanc. Les ambulanciers avaient poussé le brancard sans émotion, comme un groom pousse un chariot avec votre plateau-repas jusqu'à votre chambre d'hôtel, et puis ils l'avaient emmené.

Et ce fut la dernière fois, sans doute, qu'il voyait le généalogiste.

Il était presque minuit quand Radenac arriva enfin chez lui, exténué. La mine sombre, il partit se servir un verre de vin dans la cuisine, puis s'installa presque machinalement à son bureau. Les mains tremblantes, il posa devant lui les feuilles qu'il avait imprimées chez son ami.

Il s'en voulait presque de n'avoir pensé qu'à ça depuis la minute même où il avait découvert le fichier sur l'ordinateur d'Audéon ; il s'en voulait de céder à cette insatiable curiosité, au-delà même de la mort de son ami. Mais, après tout, si Dominique avait *vraiment* été assassiné pour ça, autant faire en sorte que cela ne fût pas pour rien !

De toute façon, à cet instant précis, il n'aurait rien pu faire d'autre. Se morfondre ? À quoi bon ! Dormir ? Il n'en était pas capable.

Radenac avala une première gorgée de vin et commença sa lecture.

Les notes du généalogiste, prises pour lui-même, n'avaient pas été mises en forme, et certains passages étaient difficilement intelligibles pour un lecteur non initié. Truffées d'abréviations absconses et d'acronymes sans doute propres à la profession, elles retraçaient chronologiquement les différentes lignées de la famille Fontaine-Solare, pointant ici et là des liens éventuels avec l'affaire Fulcanelli.

« (…) Marie Camille Le Clerc de Gaulme, ° à Ancenis (vers Nantes, en ?) et + en 1854, vve de M. (?) Leclerc, x le doc. **Auguste Savardan** (1792-1867) en ?.

D'un premier x, MC avait une fa, Alexandrine Charles Camille Scholastique Leclerc. Savardan l'adopte. Aucun enfant né du x.

(K/S/G/PR)

De 1818 à 1831, Savardan étud. à Paris à l'hôp. militaire du Val-de-Grâce. Thèse sur le sulfate de chaux. Arrête plus ou moins la médecine. Rencontre les saint-simoniens (de **Lesseps**, **Pasteur**… lien avec Fulc. ?) et s'initie aux thèses utop. de **Charles Fourier** (lien avec Fulc. ?).

Part « pour affaires » en Artois, jusqu'en 1835. (Manque 02/03/04/05/06/?). Admis dans la f-maçonnerie (loge d'Arras).

Le 22 décembre 1829, à Arras, sa fa Alexandrine (mineure), x Adolphe Louis Marie Valentin De la Fontaine-Solare, ö à Amiens (° et + n'apparaissent pas sur les actes - vérif. table /2). Fs de M. (?) de la Fontaine-Solare (°? +?) et de Marie-Antoinette Thérèse Françoise Charlotte Piquet de Noyancourt.

Le 22 décembre 1834, Savardan & Adolphe Fontaine-Solare achètent ensemble une terre, dans la Sarthe, ancienne propriété de Ronsard puis du marquis d'Illiers d'Entragues et enfin de Louis-François Massue. Ensemble, ils transforment cette terre en communauté fouriériste.

— SAS, voir CR... »

Et cela continuait ainsi pendant des pages et des pages... À travers cet amphigouri, on pouvait suivre tout au long du XIXᵉ siècle et au début du XXᵉ la vie des acteurs principaux des différentes lignées de la famille. Plus loin, le généalogiste en arrivait aux deux fameuses sœurs de la Fontaine-Solare qui avaient épousé deux frères de Lesseps. Mais malgré la méticulosité des recherches d'Audéon, aucune de leurs relations directes ne répondait favorablement aux critères d'un fulcanellisable. Pas même le fameux capitaine du Blocq, leur tuteur lors du mariage, qui avait attiré l'attention de Radenac. Puis venait la lignée des Cossart d'Espies, liée à la famille de l'alchimiste Jollivet-Castelot... Ici et là, des liens apparaissaient avec différentes figures du Paris mondain que Fulcanelli était censé avoir fréquentées. Mais, de nouveau, rien de concluant.

Après des pages et des pages de prospection, aucun Fontaine-Solare ne s'avérait être un Fulcanelli convaincant.

Radenac termina son verre de vin. La lecture du fichier s'avérait fastidieuse, mais au moins avait-il l'impression de rendre hommage à son ami en s'attachant à le lire avec attention. Et d'ailleurs, grand bien lui fit, car quand il arriva à la dernière page, il découvrit un *addenda* qui ranima soudain son enthousiasme.

Dominique Audéon, sans doute déçu de n'avoir rien trouvé de ce côté-là, avait pris l'initiative de dresser lui-même une liste exhaustive de personnalités fulcanellisables.

« 1 - Ceux nés précisément en 1839 et morts entre octobre 1924 (obsèques d'Anatole France) et octobre 1925 (préface du *Mystère des cathédrales*) :

Henri Joly (1839 - juin 1925) : philosophe et sociologue. Membre de l'Académie des sciences morales et politiques. Président de la Ligue nationale contre l'athéisme. Auteur de nombreux ouvrages, certains sur la criminologie, mais d'autres plus étonnants, comme *Psychologie des saints*, *L'Hypnotisme et la suggestion*, *La Compagnie de Saint-Sulpice*...

Georges Louis Jousset de Bellesme (1839-avril 1925) : médecin, physiologiste, auteur de nombreux ouvrages scientifiques, collectionneur de pierres antiques, grand voyageur.

Charles Hermans (1839 - décembre 1924) : peintre. Étud. à Paris. Fasciné par la vie monastique. Grand voyageur, notamment en Espagne et en Italie.

Léon Fould (1839- décembre 1924) : banquier, négociant, vice-président de la Chambre syndicale du commerce d'exportation. Chevalier de la Légion d'honneur. Médaille de 1870. Nombreux liens avec personnalités de l'univers fulcanellien (de Lesseps, Chevreul, Viollet-le-Duc...).

2 - Ceux dont les dates comportent des incertitudes, mais avec coïncidences :

Abbé Joseph Bournichon (1839- ? 1924) : auteur de romans, poèmes et livres d'histoire religieuse, né à Bourges (lien avec Fulc. ?), écrit aussi sous de nombreux pseudonymes (Théophile Democ, Leroc-Dussaint, Joseph Méténier) ! En même temps, quand on s'appelle Bournichon, c'est un peu normal d'avoir envie d'utiliser des pseudonymes...

Henri-Marie Berger-Billon (1839- ? 1925) : moine, inventeur d'un digestif mystérieux, à la composition secrète, et qu'il appelle *la Stellina* (petite étoile) ! Auteur d'un herbier. Des peintures le représentent près d'un alambic.

Louis Noël (1839 - ? 1925) : sculpteur. École des beaux-arts de Paris (lien Champagne ?). Nombreuses sculptures religieuses, notamment statue de Saint Pierre Fourier à la basilique Saint-Pierre de Rome.

Charles Beauverie (1839- ? 1924) : peintre. Assez mondain. Formé à l'École impériale des beaux-arts de Lyon, il vit en région parisienne, à Auvers-sur-Oise.

Charles Homberg (1839- ? 1925) : polytechnicien ? Manque doc.

3 - Ceux dont les dates ne concordent pas tout à fait, mais qui pourraient être fulcanellisables (ne pas oublier que les dates de ° et + retenues ne reposent que sur la parole de Canseliet) :

Hilaire de Chardonnet, comte (1839 - mars 1924) : ingénieur, inventeur de la soie artificielle, souvent cité comme fulcanellisable… Problèmes géographiques.

Daniel Ridgway Knight (1839- mars 1924) : peintre américain vivant en région parisienne. Légion d'honneur décernée à l'Exposition universelle de Paris de 1889, chevalier de l'ordre royal de Saint-Michel en Bavière.

Henri Louis Bouquet (1839-1926) : évêque de Mende puis de Chartres, impliqué dans la restauration de cathédrales.

Maurice de Lancry de Pronleroy, comte (1839-décembre 1925) : maire, membre du conseil héraldique de France. Famille Lancry de Pronleroy, noblesse picarde, plusieurs chevaliers de Malte…

Adolphe-Alexandre Lesrel (1839-1929) : peintre, élève à l'École des beaux-arts de Paris, suit les cours de Jean-Léon Gérôme (comme Julien Champagne !)

Paul Decœur (1839-1923) : ingénieur, récemment cité comme fulcanellisable par plusieurs chercheurs (dont le plus sérieux est un certain Walter Grosse), mais incohérences (pas seulement la date de +) et documents « miraculeux » peu fiables fournis par d'autres prétendus chercheurs, trop pressés sans doute d'accréditer cette thèse… très certainement des faux ! Decœur semble plus intéressé par l'ingénierie des ponts et chaussées que par l'alchimie. En réalité, seule vraie correspondance étayée : il participe à la défense de Paris sous les ordres de Viollet-le-Duc. Un peu léger.

4 - Autres fulcanellisables cités (à vérif. mais dates non concordantes, peu crédibles) :

Eugène Canseliet (1899-1982) : écrivain, hermétiste, préfacier des deux livres de Fulcanelli… Revendique le pseudonyme lors de son inscription à la SGDL !

Pierre Dujols (1862-1926) : libraire, éditeur et auteur hermétique (sous le pseudonyme de Magophon).

Julien Champagne (1877-1932) : peintre et auteur hermétique, dessinateur industriel pour les de Lesseps. Se revendique comme le chef secret de la Fraternité d'Héliopolis.

René Adolphe Schwaller de Lubicz (1887-1961) : écrivain, hermétiste, pseudo-égyptologue, chef du groupe des Veilleurs, *cf.* station scientifique de Suhalia où il fabrique des médicaments « miraculeux »…

Charles Aimé de Lesseps (1840-1923) : vice-président de la Compagnie universelle du canal de Suez. Famille de Lesseps liée avec la f-maçonnerie.

Bertrand de Lesseps (1875-1917) : aviateur, mort pour la France.

Paul Marie de Lesseps (1880-1955) : aviateur, il est le propriétaire, de 1919 à 1926, de l'abbaye de Loroy, où Champagne fait plusieurs séjours…

J.-H. Rosny aîné (1856-1940) : pseudonyme de Joseph Henri Honoré Boex, écrivain de science-fiction, auteur de *La Guerre du feu*.

Jules Violle (1841-1923) : physicien.

Alphonse Dousson, dit Jobert (1854-1918) : escroc français, faux médecin, ayant prétendu détenir le secret pour transformer le plomb en or, extorque de l'argent aux crédules et finit en prison… Espérons que ce ne soit pas lui !

`Jules-Henri-Michel Violette` (1809-1880) : chimiste, auteur de nombreux ouvrages sur la chimie. Mais, + en 1880, ne peut avoir rencontré Canseliet ! »

La liste était impressionnante, vertigineuse même, et l'opiniâtreté de Dominique Audéon tout à son honneur. Sans doute y avait-il là de quoi faire des recherches pendant longtemps encore, pour vérifier plus formellement toutes ces hypothèses.

Il ne restait plus qu'un seul paragraphe au document de Dominique Audéon, et quand Radenac entreprit sa lecture, il resta bouche bée.

« `Léon Fould !! Cf. adresses, relations, coïncidence Fould & Cie, mais surtout vente Fould-Springer, cf. biblio. C'est lui !!!!!!` »

Et c'était tout.

Le brigadier-chef resta un moment perplexe devant cette multiplicité de points d'exclamation et cette phrase, implacable affirmation : *c'est lui.*

Cet ultime paragraphe était, à l'évidence, un ajout de dernière minute — écrit, peut-être, quelques instants avant qu'Audéon, surexcité, ne lui téléphone. Radenac se souvenait encore de la phrase du généalogiste au bout du fil : « *J'ai eu un coup de bol monstrueux ! Je suis tombé sur lui par hasard, pendant que je faisais mes recherches sur tes fameux Fontaine-Solare. Et ça colle. Ça colle à 100 % !* »

Audéon était un homme posé, cartésien, méticuleux, pas du genre à s'emballer facilement, et pour qu'il ait dit et écrit cela, il fallait qu'il fût vraiment sûr de lui. Avait-il trouvé une preuve irréfutable ? Malheureusement, il n'était plus là pour expliquer les causes de cette certitude, et ce document ne comportait aucune démonstration.

Le brigadier-chef secoua la tête en réalisant que le généalogiste avait eu raison sur un point : lui donner le nom comme ça, sans explication, au bout du fil, l'aurait certainement déçu.

La révélation serait tombée à plat, car cette découverte – si vraiment elle était authentique – méritait une explication, une genèse et, surtout, des preuves ! Or, pour l'instant, il manquait tout cela.

Pour l'instant, Radenac n'avait qu'un nom.

C'était déjà un début.

Léon Fould.

Le policier répéta plusieurs fois le patronyme à haute voix, comme pour en éprouver l'authenticité. La valeur.

Léon Fould.

Se pouvait-il que cela fût le véritable nom de Fulcanelli, un secret resté caché depuis près d'un siècle ?

Il était près de trois heures du matin quand, à bout de forces, Radenac tomba de sommeil sur son canapé, alors que ce nom surgi du passé résonnait encore dans sa tête comme le chant d'un haruspice.

85.

Le lendemain matin, Radenac se leva péniblement du canapé en entendant le son disgracieux du réveil qui sonnait sans pitié de l'autre côté de l'appartement.

Une heure plus tard, le visage défait, les traits tirés, le brigadier-chef se présenta, sinistre, au poste de police de Palais-Royal.

— Ça va ? l'accueillit Florence Ginhoux en le voyant apparaître à l'étage comme un zombi sorti des ténèbres.

— Bof.

Le capitaine, faisant fi des convenances, le prit dans ses bras et l'étreignit avec compassion.

— Je suis désolée pour ton ami. Tu aurais dû appeler, Cédric, je t'aurais dit de prendre ta journée.

— Ouais. Je pensais que venir bosser me ferait du bien, mais je crois que je vais rentrer. J'ai vraiment trop les boules. Tu as eu un premier rapport du Quai des Orfèvres ?

— Pas encore, mais j'ai eu l'un des enquêteurs au bout du fil. Ils ont récupéré les images d'une caméra de sécurité. Apparemment, à peine dix minutes avant que tu arrives, on voit une moto démarrer au pied de l'immeuble de ton ami et s'en aller sur les chapeaux de roue…

— Une Ducati ?

— Non… Mais ça ne m'étonnerait pas que ce soit le même type au guidon. Il a sûrement changé de moto depuis la poursuite dans les Yvelines.

Radenac ferma les yeux et passa ses mains sur son crâne, se lissant les cheveux dans une expression de consternation. Même s'il n'en doutait plus vraiment, cela confirmait que le meurtre était bien lié à l'affaire Fulcanelli et donc qu'il était – même indirectement – responsable de la mort de Dominique.

— Florence, il faut qu'on chope cette ordure ! Il ne va pas *encore* nous filer comme ça entre les doigts ! Je veux sa peau !

— On finira par l'avoir, Cédric.

Il hocha lentement la tête.

— J'ai aussi du neuf sur le meurtre de Daniel Nivède, continua Ginhoux en s'efforçant de sourire un peu. La troisième trace ADN qui a été trouvée à ses deux adresses correspond bien à celle de Pierre-Yves Faudère, alias Sophronos, notre éditeur viking en cavale. Il est plus que jamais notre suspect numéro un. J'attends dans la journée le rapport complet du Sitt, qui nous permettra peut-être de savoir où il se planque, si on retrouve la trace de son billet de train. Mais rentre chez toi, maintenant. Je te promets de t'appeler si j'apprends quoi que ce soit.

Le brigadier-chef acquiesça et quitta le poste de police avec une mine plus sombre encore que celle qu'il avait eue en y entrant.

Au lieu que de retourner vers son appartement, il partit pour le quartier des Abbesses. Il voulait parler à Ari de la découverte du généalogiste au sujet du mystérieux Léon

Fould et, surtout, trouver un peu de réconfort auprès de ce buveur de whisky qui cachait derrière son odieux caractère l'un des cœurs les plus généreux que le brigadier-chef ait connus. Si Mackenzie était capable de se montrer parfois détestable, il avait aussi maintes fois prouvé qu'il était d'une fidélité amicale à toute épreuve, et ce dépressif notoire était en outre particulièrement sensible à la détresse humaine, dans laquelle il se reconnaissait bien plus que dans tout autre sentiment. Il était, enfin, très doué pour remonter le moral d'autrui par ses traits d'esprit et à grands coups de cynisme entendu.

La veille, Radenac avait perdu un ami. Ce matin, il avait besoin d'en retrouver un autre.

Quand il sonna à la porte de l'appartement qui surplombait la place Émile-Goudeau, le brigadier-chef fut surpris – et sans doute un peu déçu – de voir Lola Azillanet, l'amie libraire de Mackenzie, ouvrir à sa place. Radenac l'avait croisée une ou deux fois, mais il ne la connaissait pas vraiment. Elle tenait un bébé contre sa poitrine.

— Ari n'est pas là ?

— Désolée, non… Il a dû s'absenter pour quelques jours. Il m'a demandé de venir chez lui garder l'appartement et nourrir le chat, et comme je suis un peu SDF en ce moment, ça m'arrange.

— S'absenter pour quelques jours ? répéta le policier, perplexe. Mais il est parti où ?

— Je ne sais pas, mentit Lola. Mais je crois qu'il a retrouvé la trace du meurtrier que vous cherchez.

Le brigadier-chef secoua la tête, entre stupeur et agacement.

— C'est pas possible ! Ce type a *toujours* un train d'avance !

— Il est très énervant, confirma Lola. Vous… Vous voulez boire quelque chose ? Ça n'a pas l'air d'être la grande forme.

Il s'obligea à sourire poliment.

— Non, non, merci. Du coup, j'ai du retard à rattraper.

— Je ne voudrais pas vous décourager, mais Ari fait partie des gens qu'on ne rattrape jamais vraiment...

— Si c'était vrai, vous ne seriez pas dans son appartement, n'est-ce pas ?

86.

Ari était arrivé à Saint-Malo en fin de matinée et avait embarqué pour Jersey avec sa décapotable anglaise à bord d'un ferry à grande vitesse, une sorte de haut vaisseau aux formes futuristes qui semblait ouvrir la mer en deux et mettait à peine plus d'une heure pour rejoindre la plus grande des îles anglo-normandes.

Fumant cigarette sur cigarette, Mackenzie passa la plus grande partie de la traversée sur le pont, se laissant bercer par le bruit du vent et la caresse des embruns. Il avait toujours aimé ces moments en mer où l'on a le sentiment de ne plus être nulle part, de ne plus appartenir à aucune terre, comme si un nouvel élément, plus léger, nous libérait enfin de la pesanteur de l'autre. Vers le milieu du trajet, la terre se soustrayait d'ailleurs totalement au regard, et l'on avait alors l'impression plaisante, mais quelques instants seulement, d'être parti pour une destination lointaine. Puis un long ruban gris se dessinait avec lenteur à l'horizon, et la foule des passagers se massait à l'avant du navire pour découvrir l'île, comme un trésor flottant sur les mers.

Le vif vent d'est ne laissait la place à aucun nuage, la mer était belle et le temps clair, et l'on distinguait aisément les récifs, les côtes splendides de Jersey, encore sauvages pour certaines, ses plages entrecoupées de rocs, ses baies d'une infinie variété...

Ari, transporté par le paysage, ne put s'empêcher de penser alors à l'une des célèbres photos d'un Victor Hugo exilé, que l'on voyait debout, bras croisés, sur un rocher de la grève, le regard fixé au nadir, le front soucieux, et il se plut à rêver de pouvoir remonter dans le temps. Comme il aurait aimé s'asseoir auprès de l'auteur des *Travailleurs de la mer*, sur un banc de sa cabane de Marine-Terrace, les pieds baignés par l'océan, et deviser avec lui de la petitesse d'un Napoléon tout en se livrant à quelque douce contemplation !

Quand il dut remonter dans sa voiture et pénétrer enfin sur l'île, le charme champêtre de Jersey souffrit soudain sous ses yeux des assauts de la modernité, et Ari découvrit alors le nouveau visage de ce paradis fiscal, où les banques poussaient plus vite que le lierre et où les commerçants vantaient sur leur devanture vulgaire les mérites de leurs marchandises détaxées. Et déjà, les embouteillages dignes d'une grande cité effacèrent l'image bucolique de cet exil légendaire.

L'île était propre, trop propre pour être honnête même, et elle respirait les billets sales.

Heureusement, on devinait au loin cette multitude de vallons nappés de chênes, de hêtres, de châtaigniers et de noyers, entre eux ces plateaux qui ressemblaient à des jardins, et Mackenzie se promit de s'enfuir de Saint-Hélier aussi vite qu'il le pourrait, car, même sur une île, on n'était jamais assez loin du monde.

À mesure qu'il avançait dans les rues de la petite capitale, il dut bien admettre toutefois qu'il n'était pas insensible à ce qu'il restait de son charme britannique : enfilades de maisons colorées – rideaux de dentelles aux fenêtres fleuries, à guillotine –, parterres verdoyants qui se livraient bataille au pied des habitations, colonnes de granit aux porches, et la conduite à gauche, même, donnait le sentiment d'être déjà en Grande-Bretagne.

À quelques encablures de King Street, il trouva, ravi, une chambre à l'hôtel de la Pomme d'or, première résidence supposée de Victor Hugo lors de son arrivée à Jersey en 1852. Il remercia mentalement Gabriella Mazzoleni de lui offrir ainsi un séjour dans ce quatre étoiles, face à la marina, et fit semblant de croire que l'auteur des *Châtiments*, peut-être, avait dormi dans la chambre qu'on venait de lui proposer.

À peine avait-il déballé ses valises que, déjà, son téléphone se mit à sonner. Quand il vit le nom de Cédric Radenac s'afficher sur l'écran, décidé à ne pas le traiter avec la même indifférence que lors de son voyage à Séville, il se résolut à répondre.

— Tu es à Jersey ? demanda d'emblée le brigadier-chef, visiblement agacé.

Ari fronça les sourcils. Il avait demandé à Lola de ne répéter à personne sa destination. Comment Cédric pouvait-il être au courant ?

— Tu me fais suivre ?

— Non. Mais le Sitt vient de découvrir que Pierre-Yves Faudère était parti pour Jersey, et comme tu as toujours un train d'avance sur moi, espèce d'enfoiré, j'en ai déduit que tu étais ici.

— Faudère est à Jersey ? s'étonna Mackenzie.

Bref moment de silence au bout du fil.

— Ben oui. Tu ne savais pas ? Mais alors qu'est-ce que tu fous à Jersey ?

— J'ai résolu l'énigme de la deuxième page du carnet. Visiblement, c'est Jersey.

— Ah… Eh bien il faut croire que Faudère l'a résolue aussi.

— *Gosh*[1] *!* Premier arrivé, premier servi. J'espère qu'il n'a pas encore mis la main sur le trésor de Fulcanelli, le rigolo d'Héliopolis.

— Je ne suis pas sûr que « rigolo » soit le terme adéquat. Je te rejoins ce soir Ari, mais, en attendant, sois hyperprudent. Ce type est vraiment dangereux. Il est probablement armé, et on sait maintenant qu'il n'hésite pas à tuer quiconque se trouve sur son passage. C'est bien lui qui a tué Nivède.

— OK, je ferai attention. Tu m'appelles quand tu es sur l'île ?

— Attends. Ce n'est pas tout.

Mackenzie put entendre le soupir de son ami de l'autre côté de la ligne.

---

1. « Bigre ! » en anglais.

— Quoi ? Tout va bien ?

— Pas vraiment… Hier soir, mon ami généalogiste s'est fait descendre, sans doute par le type à la Ducati.

Ari grimaça.

— Merde. Je… Je suis désolé.

— Ouais. Je n'arrive pas à comprendre qui est ce putain de motard ! Ça peut pas être Faudère, puisqu'il était déjà à Jersey hier soir.

— Un complice, peut-être ?

— Si tu penses à un autre membre de la Fraternité d'Héliopolis, il n'en reste plus qu'un, c'est Eichendorff.

— Eh bien, essaie de connaître son emploi du temps d'hier soir.

— Jacquet est déjà dessus. Mais ce n'est pas pour ça que je t'en parle. Je sais que tu vas avoir du mal à y croire, mais mon ami, quelques minutes avant de se faire assassiner dans son loft, m'a appelé, hystérique, pour me dire qu'il avait découvert la véritable identité de Fulcanelli.

— Encore un ? ironisa Ari.

— Dominique n'était pas du genre à s'emballer pour des conneries. S'il m'a dit ça, c'est qu'il avait forcément un faisceau de preuves suffisant. C'est un historien, un vrai. L'affaire Fulcanelli, l'alchimie, tout ça, il s'en fout. Lui, ce qui l'intéresse, c'est la vérité historique. Je pense qu'il faut le prendre au sérieux. Et puis… Je ne peux pas m'empêcher de croire que si on l'a assassiné, c'est qu'il avait dû découvrir quelque chose qu'il n'aurait pas dû.

— Et alors ? C'est qui ? Flammarion ? Canseliet ? Champagne ?

— Non.

— Un de tes Fontaine-Solare ?

— Non plus. C'est un type qui, à ma connaissance, n'a jamais été cité.

— Eh bien ! Vas-y, balance !

— Un certain Léon Fould.

— Fould ? répéta Ari, intrigué. Comme Achille Fould ? Le ministre de Bonaparte ?

Il ne pouvait s'empêcher de voir là une nouvelle coïncidence. Victor Hugo, quand il était député et siégeait encore parmi les conservateurs, avait justement soutenu la candidature de Louis-Napoléon Bonaparte aux côtés d'Achille Fould, avant de prendre ses distances, de se gauchiser et de se retourner contre celui qui s'était proclamé empereur des Français.

Hugo, Fould, Jersey... Il y avait là les rimes d'un étrange poème.

— J'en sais rien ! Tout le monde n'a pas ta culture démoniaque, Ari. Tout ce que je peux te dire, c'est que si mon ami généalogiste a affirmé que Fulcanelli était Léon Fould, c'est qu'il avait de bonnes raisons de le faire. J'aimerais bien vérifier par moi-même, mais je vais d'abord te rejoindre à Jersey.

— OK, répondit Ari sans cesser de réfléchir à la révélation que venait de lui faire le policier. Mais sois prudent toi aussi. On ira se bourrer la gueule sur la plage pour se consoler, mon pote.

— J'aimerais bien ça.

87.

Quand le petit Maxime se fut enfin endormi pour une sieste que Lola espérait longue, la libraire partit s'installer derrière le bureau d'Ari, incarnation boisée de la théorie du chaos.

Une demi-heure plus tôt, l'ancien agent des RG l'avait appelée pour lui confier une mission, et elle l'avait acceptée avec plaisir. Marcelo l'ayant remplacée à la librairie, elle n'avait pas grand-chose à faire, et l'idée de devoir envoyer des CV à des libraires aussi désespérés qu'elle l'excitait beaucoup moins que de devoir jouer aux détectives privés. En outre, elle disposait avec la bibliothèque d'Ari d'une documentation assez exceptionnelle, et elle devait bien reconnaître qu'il y avait quelque chose de plaisant à s'installer dans son fauteuil, à sa place. C'était comme une fenêtre ouverte sur la véritable intimité – si bien gardée – du quadragénaire. Crouler sous ses livres, c'était comme dormir dans ses draps.

Léon Fould.

Le nom ne lui avait rien dit. Il y avait tout à faire. Elle commença donc par les bases et tenta d'établir avant tout une documentation généalogique sur le personnage, en se fondant sur ce qu'elle put trouver dans les étagères d'Ari et sur Internet, notamment grâce aux bases de données des actes civils numérisés qui se trouvaient sur les sites des principaux départements de France. N'en déplaise au propriétaire des lieux, on y trouvait souvent de précieux renseignements…

Avec application, prenant son rôle très au sérieux, Lola commença à taper des notes afin de pouvoir les envoyer à Ari au fur et à mesure, comme il le lui avait demandé.

« LÉON FOULD[1]

Né le 28 juin 1839 à Paris, décédé le 25 décembre 1924 à Paris, à l'âge de 85 ans (les dates concordent donc parfaitement avec un fulcanellisable…), il est inhumé au cimetière du Père-Lachaise.

Ses parents sont Eugène Fould (1806-1873) et Delphine Marchand (1809-1888).

Léon a un frère aîné, Henri-Jules Fould (1837-1895), avec qui il travaille toute sa vie, puisqu'ils dirigent ensemble, notamment, la société qu'ils ont créée, qui fait de l'export, du négoce, de la finance…

Léon épouse le 16 mars 1875 Thérèse Ephrussi (1851-1911), à Paris VIIIe. Il était donc bien veuf « depuis plus de dix ans » en 1923, comme le Fulcanelli de ton carnet !

---

1. N.d.A. : comme pour les autres « fulcanellisables », tout ce qui concerne la biographie de Léon Fould est authentique et vérifiable. Nous n'avons ajouté aucun élément de fiction dans l'intégralité des notes le concernant…

Avec son épouse, il a trois enfants :

— Eugène Charles Joachim Fould (1876-1929), marié le 12 avril 1905 à Marie Cécile von Springer, à Vienne (Autriche). Anobli, il devient le baron Fould-Springer.

— Louis Robert Adrien, dit Robert Fould (1877-1905). Il meurt à vingt-huit ans sans laisser de descendance.

— Élisabeth Fould (1881-1953), mariée le 29 juillet 1909 à Joseph, vicomte de La Goublaye de Nantois, apparemment sans descendance.

En 1923, au moment de la rédaction du carnet de Fulcanelli, il ne lui reste donc bien qu'un fils et une fille ! Troublante coïncidence de nouveau !

En somme, Élisabeth n'ayant pas d'enfant, la lignée de Léon Fould ne se perpétua que par son fils Eugène, le baron Fould-Springer.

Léon Fould s'inscrit dans l'une des deux principales lignées de la célèbre famille Fould, celles des deux frères Beer-Léon et Abraham, dont voici ceux qui pourraient t'intéresser :

I – BEER LÉON FOULD (1767-1855)
Benedict Fould
Achille Fould (1800-1867)
  Gustave-Eugène Fould (1836-1884)
Louis Fould (1794-1858)
Rose Fould (1800-1870)

II – ABRAHAM FOULD (1774-1842)
Émile Fould (1803-1884)
  Alphonse Fould (1850-1913)
Eugène Fould (1806-1873)
  Henri-Jules Fould (1837-1895)
  Léon Fould (1839-1924)
    Eugène Fould-Springer (1876-1929)
      Max Fould-Springer (1905-1999)

Le grand-père paternel de Léon Fould est donc Abraham, frère de Beer-Léon. Ainsi, Achille Fould est son cousin : ministre des Finances de la IIe République, puis ministre d'État (notamment des Beaux-Arts) sous le Second Empire, converti au protestantisme, il est également maire de Rocquencourt.

Intéressant : Léon Fould a aussi pour cousin Gustave-Eugène, né en 1836 à Paris, qui est un homme de lettres et politicien français. Fils d'Achille (le ministre), c'était un personnage singulier, fantasque et provocateur, qui s'occupa essentiellement de littérature et de théâtre, mais sous le pseudonyme de Gustave de Jalin ! En 1876, il fait représenter au Gymnase, en collaboration avec Alexandre Dumas et sous le pseudonyme d'Olivier de Jalin, la comédie *La Comtesse Romani*, et c'est un vif succès. Autre détail étonnant, l'épouse de ce même Gustave, Valérie Simonin, était la fille d'un chimiste, et elle publia elle aussi divers romans sous le pseudonyme de Gustave Haller mais, surtout, elle passa une grande partie de sa vie à restaurer des livres anciens, ayant mis au point avec son père chimiste un procédé resté secret pour sauver le papier !

Une chose est sûre, la famille Fould, très aisée, est cultivée, amatrice d'art (la plupart sont collectionneurs), éprise de manuscrits anciens et, d'ailleurs, Léon Fould lui-même entre le 24 avril 1879 dans la Société des anciens textes français…

Ça commence plutôt pas mal, non ? »

88.

Ari avait l'impression d'être de retour à la case départ. Alors qu'il était venu ici pour mener des recherches sur le trésor de Fulcanelli, il se retrouvait, par la force des choses, à devoir traquer un homme en allant d'hôtel en hôtel, comme il l'avait fait à Séville, au tout début de son enquête. Heureusement, il ne disposait pas seulement d'un nom – Pierre-Yves Faudère –, mais aussi d'une photo du grand roux barbu, ce qui pouvait s'avérer salvateur si Sophronos, maniaque du pseudonyme, était descendu ici sous une autre identité. Autre avantage par rapport à l'Espagne, Ari parlait bien mieux anglais que castillan…

Toutefois, après avoir fait le tour de la plupart des hôtels de Saint-Hélier, nulle part il ne trouva la trace de l'éditeur. Personne ne semblait avoir vu cette espèce de grand Viking pourtant aisément reconnaissable.

De longues années de métier lui ayant prouvé la valeur de l'entêtement, il renouvela l'opération, mais auprès des commerçants et des restaurateurs, cette fois. Malheureusement, il n'obtint pas plus de réponse positive.

Après des heures de prospection, éreinté, Mackenzie finit par prendre place à la terrasse d'un pub sur Royal Square, dont le nom, Cock & Bottle, eut au moins le mérite de le faire sourire. Là, à l'ombre d'un verre de malt, il put s'accorder un peu de temps pour la réflexion.

Le brouhaha anglophone autour de lui ne l'empêchait pas de se concentrer, au contraire : il lui rappelait l'ambiance légère du Sancerre où, *enquête oblige*, il n'avait pas remis les pieds depuis trop longtemps. Sous les grands parasols colorés, de jeunes gens aux joues d'un rose tout britannique sifflaient des bières ou avalaient des *fish and chips* en se délectant d'un soleil enchanteur.

Si Faudère était à Jersey, c'était incontestablement pour les mêmes raisons que lui : il avait résolu l'énigme du carnet de Fulcanelli. Peut-être même en savait-il plus que lui, car, *a priori*, l'éditeur était en possession du carnet original, qu'il avait dérobé à Nivède. Ainsi, il avait dû trouver dans la troisième page des informations qui manquaient encore à Ari. Peut-être n'était-il déjà plus à Saint-Hélier, d'ailleurs, mais dans un des petits villages de l'île, ou même en rase campagne.

Quoi qu'il en fût, si Faudère était là, c'était pour trouver le fameux coffre de l'alchimiste. De quoi avait-on besoin pour dénicher un coffre ? D'une pelle, mais probablement aussi d'une voiture. Or Faudère était venu en train jusqu'à Saint-Malo. Aller questionner les loueurs de voitures était peut-être une bonne idée...

Avant de se remettre en route, Ari but son whisky et, très vite, ses pensées dérivèrent jusqu'à Lola. Il aurait tant aimé qu'elle fût là, avec lui, qu'elle s'exilât aussi, loin de son Napoléon à elle.

Pour l'instant, ils ne s'étaient posé aucune question qui fâche. Aucune question qui tache. Mais l'heure viendrait de mettre un mot sur ce qu'ils étaient en train de vivre. Aventure ? Réconfort ? Réunion ? Annexion ? Se voyait-il vraiment avec elle, durablement ? Avec elle et son fils ? La donne avait changé. Elle n'était plus cette jeune femme qui attendait de lui un enfant. Elle était cette femme brisée qui en avait déjà un. Quel rôle lui demanderait-elle de jouer, alors ?

Il termina son single malt et reposa bruyamment le verre sur la table avant de se lever.

Bah... Qu'est-ce que ça peut bien faire ?
La vie est un cabaret.

89.

Au fur et à mesure qu'elle avançait dans ses recherches, bien au-delà des simples dates de naissance et de décès – déjà concordantes –, Lola trouvait de plus en plus de coïncidences entre la vie de Léon Fould et les nombreuses anecdotes racontées par Eugène Canseliet au sujet de celle de Fulcanelli.

S'il n'y avait pas encore de quoi tirer la moindre conclusion hâtive, il fallait bien reconnaître que c'était troublant, et la libraire se laissa lentement gagner par une coupable excitation.

« Léon Fould, financier aisé, est un personnage mondain, apprécié, qui sort et reçoit beaucoup.

Il faut savoir que la famille Fould est l'une des plus illustres familles de banquiers et d'industriels du xixe siècle. Si Léon Fould dirige avec son frère une société de négoce, il est aussi membre du conseil d'administration de la banque familiale et a des intérêts dans de nombreuses entreprises, en France comme à l'étranger.

Très impliquée dans l'organisation des Expositions universelles, c'est à la famille Fould que l'on doit notamment, en grande partie, le financement de la tour Eiffel, ainsi que la production de ses matériaux : les principaux fers de l'ouvrage portent même le nom de Fould ! En effet, la fourniture de plus de huit mille tonnes d'acier est assurée par la Société des hauts-fourneaux et aciéries de Pompey, en Lorraine, propriété d'Alphonse Fould, cousin germain de Léon (*cf.* tableau généalogique).

Léon Fould était également vice-président de la Commission des finances de l'Union centrale des arts décoratifs, ce qui témoigne de son profond intérêt pour les domaines artistiques…

C'est aussi à la famille Fould que l'on doit la fondation du très huppé Jockey-Club, que Marcel Proust décrit comme le cercle le plus fermé du monde, le "sanctuaire de l'élite française" !

(Petit aparté rien que pour toi, mon cher Ari : puisqu'il est question de Proust, que tu aimes tant, tu vas être servi… Car celui-ci était un ami intime de Thérèse Ephrussi, la femme de notre cher Léon Fould !)

Thérèse, éprise de lettres tout autant que son mari, tenait salon dans leur résidence du 36 du cours Albert-Ier, Paris VIIIe (une rue qui donne dans l'avenue Montaigne…

339

où se rend régulièrement Fulcanelli, chez les de Lesseps !).
Ainsi, de la fin du XIXe jusqu'au début du XXe siècle, nombreuses grandes figures du Paris littéraire défilent chez
Léon Fould et, même si Marcel Proust est sans aucun doute
le petit préféré de Mme Fould, elle reçoit d'autres écrivains, dont, tiens-toi bien... Raymond Roussel, Camille Flammarion et Anatole France ! Léon Fould, alors qu'il vient
lui-même d'enterrer sa femme, assiste même aux funérailles
de l'épouse de Raymond Roussel le 11 octobre 1911, au cimetière de Neuilly.

À noter que, dans les lettres que Marcel Proust
écrivit à son amant Reynaldo Hahn, il cite très régulièrement Mme Léon Fould. De même, dans *Sodome et
Gomorrhe*, il livre une description d'un autre hôtel des
Fould, celui du cours la Reine, à Paris VIIIe.

Dans son ouvrage sur Proust, Jean-Pascal Mahieu
relate lui aussi les liens étroits qui existent entre
l'écrivain et la famille Fould : "(...) *Mme Léon Fould et
d'autres relations parisiennes de Marcel s'y trouvent
également. Léon Fould, 'ami sincère et averti des
lettres' selon sa fille Élisabeth...*".

Marcel Proust s'est même inspiré de Charles Ephrussi,
directeur de la *Gazette des beaux-arts* et neveu de Léon
et Thérèse Fould, pour créer son personnage de Charles
Swann dans *À la recherche du temps perdu* !

Enfin, la fille de Léon, Élisabeth Fould, a publié
dans l'*Adam International Review* un article intitulé
"*Marcel in my youth*", où elle raconte les nombreux passages de Proust chez ses parents.

Fin de l'aparté !). »

90.

Ari passa encore une bonne heure à pratiquer son anglais dans
les zones commerciales de Jersey, exhibant à qui voulait bien la

voir la photo de l'éditeur roux. Alors que sa patience commençait à s'éreinter, ce fut en interrogeant un troisième loueur de voitures qu'il obtint enfin une réponse, et dès lors l'espoir revint.

— Bien sûr que je le reconnais ! répliqua le petit commercial replet avec un pur accent *Queen's English*. Je lui ai loué une Ford Fiesta hier après-midi.

— De quelle couleur ?

— Bleu foncé.

Ari, qui lui avait montré sa vieille carte de la DCRI, tenta le tout pour le tout.

— Vous pouvez me montrer le contrat de location ?

L'homme fronça les sourcils.

— J'ai le droit ?

Ari y alla au bluff.

— Bien sûr ! Il y a un mandat d'arrêt international contre lui, dit-il d'un air très sérieux, même si cette réponse n'avait aucun sens.

— Ah. OK, fit l'autre, visiblement rassuré.

Il fouilla dans ses tiroirs et en ressortit le dossier idoine.

Il fallait rendre à César ce qui lui appartenait : M. Faudère ne manquait pas d'humour. Le contrat de location était au nom d'Eugène Canseliet.

Ari nota l'immatriculation de la voiture ainsi que le numéro de téléphone fourni par l'éditeur, même s'il s'agissait probablement d'un faux.

— Il vous a dit où il allait ?

— Dans le nord de l'île, à Sainte-Marie, je crois. Je lui ai montré sur une carte comment s'y rendre.

Ari hocha lentement la tête.

— OK. Merci. S'il vous ramène la voiture, pas un mot, évidemment ? En revanche, vous m'appelez aussitôt, dit-il en notant son numéro sur un bout de papier.

— OK, pas un mot, promit le loueur. Mais je vous appelle seulement *après* qu'il m'a payé.

Ari lui serra chaleureusement la main et retourna dans son vieux cabriolet.

Quelques minutes plus tard, tenant sa gauche, il était sur Queen's Road, la route qui traversait l'île de bas en haut.

La MG-B fila le long des dernières maisons en pierre de Saint-Hélier, aux élégants jardinets, avant d'arriver sur la plaine verdoyante de l'île, une succession de champs et de prairies, où paissaient paisiblement quelques vaches brunes, entre les propriétés *so british* qui se dressaient d'un côté et de l'autre de la voie. Comme en ville, tout était ici impeccablement entretenu : les haies, les murets de pierre, les palissades, les façades des villas… L'herbe était si verte qu'on se serait presque cru sur une île artificielle ou dans un parc d'attraction.

La langue officielle de l'île ayant longtemps été le français, la plupart des petites rues qu'Ari croisait portaient de délicieux noms de la vieille France. Il y avait quelque chose de savoureux dans la juxtaposition des enseignes anglaises et des pancartes annonçant la rue des Houguettes ou celle de Maupertuis…

En moins d'un quart d'heure, Mackenzie arriva au nord de l'île, où la végétation se densifiait, et il put savourer un peu de fraîcheur au volant de sa décapotable chaque fois qu'il s'engageait sous les ombrages des rangées de peupliers.

Plutôt que de couper tout de suite à gauche pour aller tout droit vers Sainte-Marie, il préféra continuer un peu plus au nord et longer la côte, parce que, songea-t-il, il n'y avait rien de plus absurde que de rouler sur une île sans voir la mer.

En rase campagne, enfin, l'eau réapparut par-delà les côtes verdoyantes de Jersey. Il s'engouffra alors dans une petite route qui serpentait au milieu des bois et descendait le long de la plage, au large de laquelle flottaient quelques bateaux de plaisance. De ruelle en ruelle, Ari, bien heureux d'avoir laissé derrière lui le royaume des banques et du *duty free*, se faufila dans les reliefs côtiers, puis revint vers l'intérieur des terres pour arriver finalement à destination.

Sainte-Marie. C'était un charmant et champêtre village, mais dont les habitations étaient éparpillées autour de grands champs cultivés, si bien qu'il faudrait des heures à Ari pour les inspecter toutes, à moins que, par chance, il ne tombât soudain sur une Ford Fiesta bleu foncé...

La fin de l'après-midi approchait et, bientôt, la luminosité allait baisser, rendant beaucoup moins discrète sa déambulation à travers Sainte-Marie. En outre, toute britannique qu'elle fût, la MG-B cabriolet ne passait pas vraiment inaperçue... Aussi, il s'empressa de quadriller le village, charmé ici aussi par la toponymie locale, entre la rue de la Grange, la route de l'Église, la Verte Rue, la rue du Maistre et même celle de l'Élysée...

Si sa voiture lui valut de récolter au passage quelques aimables salutations des habitants, dont la principale occupation semblait consister à tailler leurs haies, nulle part il ne trouva trace de cette maudite Ford, ni même le poil d'une chevelure rousse à l'horizon.

Ari avait tourné près d'une heure à travers le village quand, perdant espoir, il se gara près de l'église, s'apprêtant une nouvelle fois à interroger les habitants. Mais à peine avait-il arrêté son moteur qu'une femme d'une cinquantaine d'année, pantalon en feutre et petit gilet vert, l'aborda avec un grand sourire.

— Vous cherchez votre ami français ? Le grand roux ? demanda-t-elle sans le moindre accent.

Ari, perplexe, fronça les sourcils. Comment cet ange tombé du ciel pouvait-elle être, précisément, *tombée* si juste ? Et puis il comprit : la plaque d'immatriculation de sa MG trahissait sa nationalité.

— Oui ! Je cherche mon ami et je ne retrouve pas la route, mentit Ari.

— Ah ! Décidément ! Lui aussi était perdu hier, je lui ai indiqué le chemin. Vous avez de la chance. La maison est dans le quartier des Potirons. C'est l'une des premières maisons dans la rue de la Dimerie, là, juste la première à droite après l'église. Vous ne pourrez pas la rater, il y a un âne à l'entrée.

Vous ne croyez pas si bien dire, songea Mackenzie.

— Merci infiniment, madame.

— Vous êtes de Paris, vous aussi ? demanda-t-elle d'un air enthousiaste.

— Euh… Oui.

— J'ai vécu quinze ans à la Bastille, dans les années 1970 !

— Ah. Ça a beaucoup changé, vous savez.

Il se garda de lui dire qu'il y avait aussi longuement vécu, de peur que la conversation ne s'éternise. Il se contenta de la remercier une seconde fois et remonta aussitôt dans son cabriolet.

91.

« Eugène Canseliet, dans ses *Alchimiques Mémoires*, cite un certain nombre de personnages proches de Fulcanelli. J'ai pu trouver, pour la plupart d'entre eux, des liens soit directs soit indirects avec Léon Fould.

Michel-Eugène Chevreul, le chimiste, est ami avec Léon Fould. Ils ont été tous deux membres du jury de plusieurs Expositions universelles successives. À noter que c'est Achille Fould, oncle de Léon, qui organisa la toute première manifestation, en 1855, et que Chevreul reçut à cette occasion une grande médaille d'honneur.

Anatole France n'est pas seulement un visiteur occasionnel des salons de Mme Fould, il est aussi, comme Léon, membre de la Société historique et Cercle Saint-Simon, et j'ai trouvé la trace d'un ouvrage qu'Anatole France envoya à la famille Fould avec une dédicace…

Jules Grévy, lorsqu'il était député du Second Empire puis président de l'Assemblée nationale, a eu l'occasion de fréquenter les Fould de très près, quatre d'entre eux ayant siégé à ses côtés. Grévy, d'ailleurs, habitait la même rue qu'Achille Fould, l'avenue d'Iéna… tout près de l'avenue Montaigne (encore…).

Claude Sosthène Grasset d'Orcet, archéologue, écrivain, journaliste et passionné d'hermétisme, grand voyageur, qui a aussi été vice-consul en Turquie, a plusieurs liens avec Léon Fould. D'abord, passionné de chevaux (il a d'ailleurs écrit *Histoire du cheval à travers les âges*), il est, lui aussi, membre du prestigieux Jockey-Club. Ensuite, collaborateur actif de la *Revue britannique*, il fréquente les Fould par l'intermédiaire du fondateur de celle-ci, Charles-Augustin Coquerel, proche d'Achille Fould. À noter, pour couronner le tout, que le secrétaire de ladite revue, Mortimer Guy d'Ocagne, était un proche de la famille Fould, membre du prix Louis-Fould, et qu'il épousa la petite-nièce de notre cher Léon, la fille de Jeanne Fould !

Ferdinand de Lesseps est évidemment un proche de Léon Fould. Tous deux sont membres de la Société de géographie et du Cercle Saint-Simon, mais, surtout, la banque Fould a participé au financement du canal de Suez ! Voisins, les de Lesseps et les Fould se visitent régulièrement, comme cela est rapporté dans plusieurs numéros du *Figaro*.

Paul Painlevé entretient aussi des liens avec la famille Fould, lui qui, en tant qu'ancien président du Conseil, nomma Achille Fould sous-secrétaire d'État à la Défense Nationale.

Louis Pasteur visite plusieurs fois le couple Fould, et il est, lui aussi, membre du Cercle Saint-Simon (à noter que cette association, qui avait pour but de "maintenir et étendre l'influence de la France par la propagation de sa langue", semble revenir souvent dans l'entourage de Fould et de Fulcanelli).

Eugène Viollet-le-Duc entretient lui aussi de nombreux liens avec la famille Fould. Ainsi, l'oncle de Léon, le ministre Achille Fould, a chargé Viollet-le-Duc, au nom de l'empereur, de mener de nombreux travaux de restauration, notamment à Pierrefonds. Dans une lettre à Viollet-le-Duc, Mérimée appelle Fould "notre ami"…

Enfin, je voulais aussi ajouter, au sujet de **Camille Flammarion** - qui visite parfois les salons de Mme Fould — qu'il a été d'abord présenté à Léon par leur amie commune, **Rosa Bonheur**, peintre homosexuelle, figure de proue du mouvement féministe…

Et puisqu'il est question de peintre, j'ajoute que Léon Fould était très proche de **Pierre-Auguste Renoir** (1841-1919), qui réalisa d'ailleurs des portraits de sa femme Thérèse et de leurs enfants. Le portrait de la femme de Léon Fould par Renoir est assez connu, réalisé en 1880, il s'intitule *La Femme au jabot*. Or… Devine où Léon Fould accompagne régulièrement son ami Renoir lors de leurs sorties parisiennes ? Au cabaret du Chat noir…

Autre "coïncidence", au sujet de peinture : Consuelo Fould, nièce de Léon, fille de Gustave Fould, est une peintre française célèbre, qui a d'ailleurs créé le musée Roybet-Fould. Or… elle est présente au sommaire du numéro de novembre 1925 de la *Revue métapsychique*, revue au sommaire de laquelle, tu t'en doutes, Camille Flammarion est un grand habitué…

Allez, pour la forme, je te livre un dernier petit hasard amusant, encore que je ne sois pas sûre qu'il s'agisse bien d'un hasard…

Paul Helbronner, polytechnicien, alpiniste et géodésien français (1871-1938), a épousé Hélène Fould (branche Alphonse Fould, autre petit-fils d'Abraham, *cf.* tableau)… Et son cousin **André Helbronner** (1878-1944), célèbre physicien et résistant, est celui dont

Jacques Bergier dira dans *Le Matin des magiciens* qu'il
lui a présenté Fulcanelli.

Et ça continue, encore et encore… »

92.

Il y avait bien un âne à l'entrée, parqué dans un enclos.
Un grand âne gris, immobile, qui devait s'ennuyer ferme sur
son petit carré d'herbe. Son regard, en tout cas, n'avait pas
l'air des plus épanouis.

C'était une petite maison de pierre ocre, et si Faudère avait
loué celle-là en particulier, c'était que le carnet avait dû lui
permettre de trouver des informations plus précises quant à
l'endroit où était enterré le coffre de Fulcanelli. Près d'ici,
sans doute. L'éditeur avait un coup d'avance, et ce qui ne
rassura pas Mackenzie fut l'absence de la Ford Fiesta dans
l'allée de terre. Faudère était-il en train de creuser quelque
part ? Ou bien était-il déjà reparti, la besace pleine ?

Ou peut-être n'était-ce tout simplement pas sa maison…

Ari, pour ne prendre aucun risque, préféra ne pas s'arrêter
tout de suite et alla garer la MG-B plus loin, à l'abri derrière
un bosquet de chênes.

Il revint à pied jusqu'à la maison, qu'il contourna afin d'y
pénétrer par le jardin. Par chance – ou sans doute à dessein
– elle était isolée, et il y avait peu de risque que quiconque
le voie passer par-dessus le mur de pierre.

Quand il fut de l'autre côté, il resta un instant derrière
les arbres, pour s'assurer qu'il ne voyait aucun mouvement
à l'intérieur de la maison. Après un long moment de parfait
silence, il n'avait toujours rien vu bouger derrière les fenêtres.
Aucune lumière allumée. Avec prudence, il traversa le jardin
jusqu'à la porte vitrée qui donnait sur la terrasse.

D'abord, il inspecta les lieux à la recherche d'un éventuel
système d'alarme. Rien. Visiblement, on ne craignait pas les
voleurs, dans ce petit village.

Grossière erreur.

Sur une chaise de jardin, Ari prit un coussin qu'il posa contre l'un des carreaux de la porte, juste à côté de la poignée. D'un coup de coude sec et violent, il brisa le verre. La mâchoire serrée, il glissa sa main à l'intérieur et parvint à ouvrir la porte.

Mackenzie, retrouvant ses vieux réflexes, dégaina son Manurhin et entra dans la maison comme on lui avait appris à le faire à l'époque de son engagement dans la Forpronu[1], près de vingt ans plus tôt. Canon pointé vers le sol, doigt le long de la détente, genoux fléchis...

C'était un intérieur typiquement anglais, feutré, cosy, canapés et fauteuils couverts de tissus aux motifs fleuris, dans le plus pur style *Liberty*, bibelots innombrables, vitrines à porcelaines, épais tapis, des couleurs pastel dégoulinant de partout, un véritable temple à la mémoire de Laura Ashley. Il ne manquait plus qu'une petite mamie aux cheveux blancs bouclés en train de servir des *short breads* et du thé avec son nuage de lait...

Plongée dans une douce pénombre, la pièce était bien rangée, comme si Faudère n'avait jamais pris possession des lieux. Seule la présence d'une petite valise à roulettes, de l'autre côté du salon, près de la porte d'entrée, laissait penser qu'il s'y était vraiment établi. Et qu'il était toujours sur l'île.

Ari, sur ses gardes, progressa dans la maison, cherchant tout ce qui aurait pu être des effets personnels de l'éditeur, mais, à part cette valise, il n'y avait rien au rez-de-chaussée. Visiblement, il ne s'était même pas servi de la cuisine.

Mackenzie revint vers l'entrée, s'agenouilla et ouvrit la valise.

À l'intérieur, des vêtements masculins et des livres qui ne laissaient plus de doute sur l'identité de leur propriétaire : non seulement ils étaient en français, mais en plus ils traitaient d'alchimie.

---

1. Force de protection des Nations unies.

Good afternoon, mister Sophronos, murmura l'ancien flic avec un sourire.

Il referma la valise et se dirigea vers l'escalier qui montait à l'étage. Son arme toujours au poing, il gravit les marches, épaules collées au mur. En haut, un couloir donnait sur quatre portes closes.

Avec la plus grande délicatesse, il les ouvrit les unes après les autres. Une buanderie, une salle de bains… Derrière la troisième se trouvait une chambre et, dans cette chambre, un grand bureau où Faudère avait laissé plusieurs affaires en vrac.

Ari sentit son pouls s'accélérer.

Là, à quelques pas de lui, au milieu de papiers noircis de notes et de livres entassés, son regard s'immobilisa sur un petit carnet relié et recouvert de cuir marron.

Le carnet de Fulcanelli.

93.

Les pleurs de Maxime sortirent Lola de sa frénésie documentaire. À contrecœur, elle dut interrompre ses recherches de plus en plus passionnantes et aller s'occuper de son fils, de l'autre côté de l'appartement de Mackenzie.

Alors qu'elle le nourrissait, elle se rendit compte qu'elle n'arrivait plus à penser à autre chose qu'à Léon Fould, excitée par les découvertes successives qui ne cessaient de renforcer la thèse du généalogiste. Elle était peut-être plus exaltée encore qu'Ari ne l'aurait été lui-même. Quand elle voyait la foule de documentation, la quantité de livres qui avaient été écrits sur le sujet depuis près d'un siècle, elle n'arrivait pas à croire qu'elle était sur le point, elle, de percer enfin le secret de Fulcanelli !

Se demandant si elle n'était pas en train de devenir une mauvaise mère, elle donna un bain à Maxime, à la hâte, et le coucha près du bureau afin de pouvoir reprendre son travail tout en gardant un œil sur lui…

Elle n'attendit d'ailleurs pas que le bébé s'endorme, et il était en train de jouer debout dans son lit parapluie, agrippé aux parois, quand elle se relança dans son investigation.

« Même si cela ne peut pas constituer une preuve en soi, il faut bien reconnaître que le patronyme de Léon Fould offre lui aussi quelques troublantes coïncidences (mais je sais déjà d'avance que ça va t'énerver, monsieur le grand sceptique…).

D'abord, bien sûr, Fould commence par un "F". Or, nombreux sont ceux qui pensent que si l'alchimiste s'appela Fulcanelli plutôt que Vulcanelli - qui eût été plus logique d'un point de vue étymologique -, c'était dans le souci de conserver sa véritable initiale (ce qui a d'ailleurs permis à certains de faire un rapprochement entre Flammarion et lui).

Ensuite, la société que Léon fonda avec son frère Henri-Jules - et qu'il dirigea seul après la mort de celui-ci - s'appelait Fould & Cie. Elle fut reconnue comme la plus importante société d'exportation de la place de Paris, associée à de nombreuses banques et institutions financières.

Fould & Cie !

En dehors du fait que, prononcé rapidement, Fould & Cie comporte de nombreuses consonances avec Fulcanelli et que, prononcé à l'italienne, Fulcanelli commence par la même syllabe "FOUL", les huit lettres qui composent le pseudonyme sont présentes dans **FoUL**d et Comp**AgNIE**, et que les six premières, **FULCAN**, y apparaissent même dans le bon ordre ! Certes, c'est un peu tiré par les cheveux (je t'entends soupirer d'ici…), mais quand on connaît la passion des alchimistes pour les jeux de mots et de lettres, on est en droit de relever la coïncidence.

Ensuite, sur le même registre, il y a un autre "hasard" que je ne peux pas m'empêcher d'indiquer.

La société Fould & Cie siège au numéro 30 du faubourg Poissonnière, Paris X^e, dans un hôtel particulier baptisé Benoît de Saint-Paulle. Or… l'un des mystères qui subsistent au sujet des livres de Fulcanelli est la présence d'un écusson sur la couverture originale des *Demeures philosophales*. Cet écusson représente… une cloche de Saint-Pol-de-Léon ! *Saint-Paulle* de *Léon* ? Encore une coïncidence ? Ça commence à faire beaucoup, non ?

Mais ce n'est pas tout.

Selon Canseliet, Fulcanelli habitait un bel hôtel particulier à Paris (détail biographique souvent négligé par les "chercheurs" de fulcanellisables, qui n'hésitent pas à s'interroger sur des suspects qui, pourtant, n'habitaient même pas la capitale).

En recoupant les informations tirées des registres d'état civil, mais aussi de coupures de presse numérisées sur le site de la Bibliothèque nationale et de bulletins d'inscription aux nombreuses sociétés dont Fould était membre, j'ai pu retracer une liste assez complète de ses différentes (et luxueuses) adresses. Et là, de nouveau, on trouve des coïncidences très, très troublantes.

Lieux de résidence connus :

— 32, boulevard Haussmann, Paris IXe (1875) ;

— 4, avenue Van-Dyck, Paris VIIIe (1883-1885) ;

— 38, cours la Reine, Paris VIIIe (1885-1891), le bel hôtel particulier décrit par Proust dans *Sodome et Gomorrhe* ;

— 36, cours Albert-Ier, Paris VIIIe (1891-1911), devenu hôtel de Brissac, il est à quelques pas à peine du 11, avenue Montaigne, hôtel particulier des de Lesseps où Fulcanelli se rendait si souvent… ;

— 17, place des États-Unis, Paris XVIe (1911-1917), toujours très proche des de Lesseps ;

— 18, rue Galilée, Paris XVIe (1917-1924). Galilée ! Ne m'as-tu pas dit que, selon Gabriella Mazzoleni, la signature de Fulcanelli sur son carnet portait la mention *"sous les auspices de Galilée"* ? En 1923, Fould habitait bien rue Galilée.

Autres lieux de résidence supposés :
— Versailles (dans une lettre, Thérèse Fould invite sa nièce à venir dans leur résidence de Versailles… Mais je n'ai pas trouvé l'adresse précise) ;
— Chantilly (villa naguère habitée par la baronne de Saint-Didier ; idem, il y est fait référence dans une lettre, mais je n'en sais pas plus).

Lieux de villégiature connus :
— Saint-Moritz (les villas Flugi, où Proust rencontre les Fould pour la première fois, puis où il viendra ensuite souvent passer des vacances avec eux). Saint-Moritz ! C'est là que se trouve la station Suhalia de Schwaller de Lubicz et de son groupe des Veilleurs ! Coïncidence ?
— Nice (hôtel Bernascon) et Marseille… Marseille ? N'est-ce pas là que Canseliet affirme avoir rencontré Fulcanelli pour la première fois ? Malheureusement, là non plus, je n'ai pas pu trouver précisément où se rendaient les Fould à Marseille… À fouiller ;
— Palais abbatial de Royaumont, Asnières-sur-Oise (propriété de son fils Eugène Fould-Springer depuis 1923, Léon y séjourne de nombreuses fois les deux dernières années de sa vie).

Bureaux :
Fould & Cie, hôtel Benoît de Saint-Paulle, 30, faubourg Poissonnière, Paris IX{{e}}.

Autre :
Au numéro 13 du quai de Conti, Paris VI{{e}}, Fould fait une demande de permis pour des travaux, le 20 novembre

1880. Or c'est à cinq cents mètres à peine du temple de l'Amitié, et Canseliet a affirmé que la maison et le laboratoire de Fulcanelli se trouvaient dans ces parages !

À cette adresse se trouve l'hôtel Sillery-Genlis, construit par François Mansart en 1658, classé aux Monuments historiques. Se peut-il que ce soit la maison de Fulcanelli dont parle Canseliet ? Je n'ai trouvé nulle part la preuve que Fould y ait quotidiennement habité, mais le permis pour les travaux est bien à son nom…

Dans le numéro 7 de la revue *La Tourbe des philosophes*, Canseliet livre, dans ses *Alchimiques Mémoires*, une description de la maison où il visitait Fulcanelli : "qui comportait huit grandes pièces éclairées d'abondance par douze fenêtres, et harmonieusement réparties entre le rez-de-chaussée en surélévation et le premier étage. Le laboratoire était installé dans le sous-sol. Si l'on recherchait bien, avec un peu de chance, on découvrirait la demeure, non loin, du temple de l'Amitié". La description des lieux est très proche de l'hôtel Sillery-Genlis.

Dans ton exemplaire des *Anciennes maisons de Paris sous Napoléon III*, on peut lire au sujet de cet hôtel qu'il resta en possession de la famille de Genlis jusqu'en 1806, avant d'être racheté par la librairie Maire-Nyon, déjà établie sur le quai de Conti. Puis il fut occupé, sous la Restauration, par le baron Larrey, chirurgien en chef de l'armée d'Égypte.

Dans ton *Guide pratique à travers le Vieux-Paris*, il est aussi désigné sous le nom de "petit hôtel de Guénégaud", et on y précise que le baron Larrey y séjourna en effet jusqu'en 1832. De même, on y découvre que l'hôtel dispose bien d'un jardin avec des arbres. Or, dans un autre article de *La Tourbe des philosophes*, Canseliet mentionne le fait qu'on pouvait voir les arbres du jardin depuis les fenêtres de Fulcanelli…

Je ne peux pas affirmer que Fould résida bien à cette adresse, mais il semble en être propriétaire en 1880, et il faut reconnaître qu'elle ressemble beaucoup, tant physiquement que géographiquement, à la demeure de Fulcanelli décrite par Canseliet ! À un détail près, toutefois : il a deux étages, et non pas un, mais il faut que j'aille vérifier sur place, car peut-être ce qui semble être le premier étage côté rue n'est, côté impasse (où se trouve l'entrée), que le fameux rez-de-chaussée en surélévation. L'étage inférieur était peut-être réservé à la librairie Maire-Nyon. À vérifier.

Après tout, si notre richissime Léon Fould avait effectivement été alchimiste, peut-être serait-il venu se cacher là, loin de son domicile conjugal du VIIIᵉ arrondissement, pour faire ses trucs bizarres dans sa cave, non ? »

94.

Ari, les doigts tremblants, s'assit au bureau de Pierre-Yves Faudère et ouvrit délicatement le vieux carnet de cuir devant lui. Bien malgré lui, il éprouva une vive émotion devant ce bloc-notes surgi du passé. C'était comme un retour soudain à son adolescence, à ce jour où, fébrile, il avait ouvert pour la première fois une vieille édition du *Mystère des cathédrales*, prêtée par cet étrange jardinier dans le square Louise-Michel, au pied de la butte Montmartre.

Une chose, toutefois, l'intriguait : comment Faudère avait-il pu laisser le carnet derrière lui, sans surveillance ? Un bien si précieux à ses yeux ! Un bien pour lequel il avait été prêt à tuer !

Il n'y avait, malheureusement, qu'une seule explication possible : si ce carnet n'avait plus autant d'importance pour l'éditeur, c'était sans doute qu'il en avait percé le secret.

Ari serra les poings. Était-il arrivé trop tard ?

Peut-être était-il encore temps. S'il faisait vite.

D'emblée, il reconnut la première page. Mais la voir en vrai, pouvoir la sentir, toucher l'encre, c'était tout de même autre chose que de la voir reproduite sur l'écran d'un ordinateur ! Avec une infinie attention, il caressa la pulpe du papier jauni. Il avait si peu cru à l'existence de ce carnet qu'il éprouvait presque quelque honte à s'émouvoir à présent devant lui. « *En écrivant ces quelques lignes, persuadé que mon incarnation terrestre connaîtra bientôt sa fin...* »

S'il n'avait pas les compétences suffisantes pour l'affirmer sans conteste, il lui sembla malgré tout que le document était authentique. L'écriture, fort élégante, ne paraissait pas imitée. Elle était naturelle, fluide, imparfaite, humaine. Et le papier comme l'encre avaient un aspect qui pouvait laisser penser que ce carnet datait bien du début du XXᵉ siècle.

Fébrilement, il tourna la feuille.

Seules les pages de droite avaient été remplies.

La deuxième, il la reconnut aussi aisément, elle se terminait par le fameux cryptage : « *AD DOMINVM -15+1+2+3-7-1* »

Il ne s'y attarda pas et la tourna.

Un sourire se dessina sur son visage quand, au bas de la troisième, il vit la signature de Fulcanelli. Pas du tout celle qu'avait imitée Julien Champagne. Non. Celle qu'il avait devant lui était peut-être – il commençait vraiment à y croire – la véritable signature de Fulcanelli.

La marque du maître. Le sceau de l'Adepte.

Le texte qui la précédait était encore plus court que celui de la deuxième page.

Le cœur battant, Ari lut les quelques lignes.

« *3 – Visita interiorem terrae rectificando invenies occultum lapidem* :

Là, il faudra au fils de science encore un peu de sagacité pour trouver le coffre. Pour le guider vers cette dernière demeure, celle d'un initié, il conviendrait que je me retire dans le phénol.

> A. H. S. *Fulcanelli*
> *1923, Paris, sous les auspices de Galilée »*

Ari, aussi amusé que surpris, relut le texte une deuxième fois. Le titre de cette troisième page, surtout, lui tira un sourire. C'était un classique, pour ne pas dire un poncif, de la littérature alchimique. Cette phrase, sur laquelle Mackenzie était tombé de nombreuses fois dans sa carrière, et qui signifiait « Visite l'intérieur de la terre et, en rectifiant, tu trouveras la pierre cachée », avait pour acronyme Vitriol. Appelé aussi « Lion vert » ou « Émeraude des sages » par les alchimistes, le vitriol était le minéral qui, selon les anciens, permettait de réaliser la pierre philosophale, essentielle à la transmutation…

Mais ici, Fulcanelli s'était amusé avec cette phrase qui prenait un sens différent : la « pierre cachée », c'était son coffre, et pour le trouver il fallait effectivement « visiter l'intérieur de la terre ». Creuser, en d'autres termes.

Restait à savoir où !

Pour le guider vers cette dernière demeure, celle d'un initié, il conviendrait que je me retire dans le phénol.

Était-ce un nouveau cryptage complexe ? Ou bien une énigme reposant sur la simple logique ?

Ce n'était certainement pas le meilleur moment ni le meilleur endroit pour la résoudre. Inutile de se faire prendre par surprise par Faudère, s'il venait à rentrer.

Ari, à contrecœur, referma le carnet, le glissa dans sa veste et sortit de la maison par le même chemin. Dans le jardin, toujours aucun bruit, aucune présence, en dehors de celle, pathétique, de ce pauvre âne gris qui semblait attendre, lui aussi, le retour de l'éditeur.

D'un pas vif, Mackenzie repassa à travers la végétation, retourna à sa voiture, puis la déplaça de façon à avoir une vue sur l'entrée de la maison, au cas où Faudère revenait.

Rabattant la capote du cabriolet pour s'offrir un peu plus d'intimité, il ouvrit de nouveau le carnet sur ses genoux.

S'arrêtant sur chaque mot, il relut la troisième page avec attention, voulant s'assurer de ne rien laisser passer. La signature, si elle était authentique, était réellement émouvante, parce qu'elle était peut-être la seule de Fulcanelli qui existât sur toute la planète.

« *A. H. S. Fulcanelli* »

A.H.S. pour *Apostolus hermeticæ scientiae*, l'acronyme qui figurait aussi sur la pierre tombale de Julien Champagne. « Apôtre des sciences hermétiques », et non pas le F. C. H. – frère chevalier d'Héliopolis – d'Eugène Canseliet... Était-ce un indice ? Un signe ?

Ari était en train de se triturer le cerveau quand son téléphone se mit à sonner.

— Tiens ! Le moustachu ! dit-il en décrochant. T'en es où ?

— Je viens de débarquer à Saint-Hélier, répliqua Radenac.

— Déjà ?

— Avoir encore sa carte de police, et valide qui plus est, accorde quelques privilèges. Tu peux pas comprendre. J'ai eu le droit à une traversée avec les collègues de la gendarmerie maritime.

— Petit veinard.

— Tu es où ?

Ari ricana.

— Devant le carnet de Fulcanelli, mon pote.

Un moment de silencieuse stupéfaction passa.

— Tu déconnes ?

— Non. Il est là, sur mes genoux.

Ari, sans masquer son autosatisfaction, lui résuma la situation en quelques mots.

— OK, lâcha finalement Radenac. Je préviens le juge Sargiano pour voir si on peut obtenir la collaboration de la police locale pour trouver Faudère, et j'arrive. J'espère que tu n'as pas foutu tes sales pattes partout sur le carnet.

— Euh…

Il y eut un soupir de l'autre côté de la ligne.

— Tu fais chier, Ari. N'y touche plus, je dois le mettre sous scellé !

Ari grimaça.

— OK… Tu peux au moins me laisser le privilège de prévenir Gabriella Mazzoleni ? J'ai un deuxième chèque à toucher…

— Vas-y. Mais dis-lui bien qu'elle ne risque pas de le récupérer tout de suite, le carnet de papa. Et t'as intérêt à me payer le champagne, enfoiré !

— Eh, oh, je l'ai trouvé tout seul, ce foutu carnet ! Tu auras des Dragibus, et puis c'est tout.

— Crevard !

— Je t'attends, mon biquet.

Mackenzie, tout en gardant un œil sur l'entrée de la maison, appela aussitôt la galeriste et lui annonça qu'il avait donc retrouvé le carnet de son défunt père. Mme Mazzoleni ne cacha pas son enthousiasme et ne fut pas avare en félicitations.

— Je vous fais un virement de suite ! Oh ! Ari ! J'étais sûre que je pouvais compter sur vous ! Papa serait si content !

— Merci. Mais je vous préviens… Vous n'allez pas le récupérer tout de suite. Il se peut même qu'il aille directement aux Archives nationales quand l'affaire sera classée.

— Je vous ai dit que cela n'avait aucune importance, monsieur Mackenzie ! Je sais bien que, depuis le début, vous refusez de me croire, mais je suis simplement heureuse que vous l'ayez retrouvé ! C'est symbolique, pour moi. La mémoire de mon père est sauve.

— C'est tout à votre honneur. Je vous rappelle à mon retour à Paris.

— Oui ! Je vous offre un bon dîner, Ari !

— Pas sûr de rentrer tout de suite. Ce n'est pas tout à fait fini, de notre côté : on a encore un coupable à arrêter…

Il se garda bien d'ajouter qu'il avait surtout un coffre à trouver... et que peut-être, cette possible découverte l'excitait bien plus que le virement qu'il allait recevoir.

95.

« Ari, plus j'avance dans mes recherches, plus je trouve de coïncidences en ce qui concerne notre cher Léon Fould...

Seul bémol, rien ne le rapproche de l'alchimie pour l'instant, et rien ne permet de penser qu'il se soit en effet intéressé à l'art d'Hermès. Et je dois bien avouer que c'est un peu ennuyeux...

Néanmoins, je ne résiste pas à l'envie, mon cher Mackenzie, de te faire part de certaines de ces savoureuses coïncidences que j'ai découvertes pendant que tu te dores la pilule sur les plages de Jersey.

— En 1889, Léon est témoin du mariage de sa nièce Jeanne Fould, qui épouse Edgard Calley Saint-Paul de Sinçay, mariage de raison sans doute, la famille de Sinçay étant liée depuis longtemps à celle des Fould. Ladite famille de Sinçay est cousine de la famille Caillard. Or... le 15 janvier 1921, ton ami le préfacier Eugène Canseliet épouse une certaine Raymonde Élisabeth Caillard, sa première femme (registre de Paris Xᵉ, trouvé sur le site des archives municipales). Eugène Canseliet ayant visiblement rencontré son épouse chez Fulcanelli, on est en droit de trouver l'anecdote intéressante...

— De même... Ladite Raymonde, avant d'épouser Eugène Canseliet, vivait chez sa mère au 12 de la rue d'Enghien, à Paris Xᵉ. Le mariage fut célébré lui aussi dans le Xᵉ arrondissement... Le couple Canseliet fréquente donc régulièrement ce quartier de Paris. Or, on l'a vu, les bureaux de Léon Fould se trouvent faubourg Poissonnière... dans le Xᵉ arrondissement. Tu me diras, le Xe arrondissement, c'est grand. Bon, OK, alors je continue.

— Léon Fould était membre fondateur de la Société française de reproduction de manuscrits, dont l'objet, à la suite de l'incendie qui avait ravagé la Biblioteca nazionale de Turin en janvier 1904, était de photographier les manuscrits les plus précieux afin qu'ils soient préservés. Preuve de plus, s'il en fallait, que Fould, tout comme Fulcanelli, était un grand bibliophile.

— Une anecdote intéressante : Léon Fould, parmi ses nombreux projets, finança les recherches de Paul Jablochkoff, électrotechnicien qui mit au point les fameuses bougies qui portent son nom. Celles-ci furent les premières à éclairer Paris par le biais de l'électricité. Ainsi, Léon Fould lui-même, en grandes pompes, participa très officiellement au premier éclairage électrique de la capitale, place de l'Opéra, lors de l'Exposition universelle de 1878 ! Il en fera de même l'année suivante à Bogotá, puis le système sera acheté par de nombreuses capitales du monde entier. À noter que Jablochkoff était passionné… par l'alchimie.

— Petite maline que je suis, je t'ai gardé le meilleur pour la fin : tout comme Fulcanelli, Léon Fould a été fait chevalier de la Légion d'honneur, sous le matricule 113319. Son dossier est consultable sur le site des Archives nationales. Et, ô surprise ! Dans ce même dossier, on découvre que Léon est également titulaire de la médaille commémorative de 1870-1871, pour services rendus à l'armement dans le cadre de la défense de Paris ! Comme Fulcanelli ! Pas mal, hein ?

— J'ai retrouvé la copie d'une sorte de grande carte de visite présentant la société Fould & Cie. On peut y lire : "Président : M. Léon Fould, négociant-commissionnaire ; vice-président de la Chambre syndicale du commerce d'exportation ; administrateur de la Compagnie des chargeurs réunis." À côté de cette présentation se trouve une photo de Léon Fould. Ari ! Me crois-tu si je te dis qu'il est fort bel homme, qu'il a un regard perçant, et qu'il porte… une barbe blanche ?

— Léon Fould est membre du jury du prix Louis-Fould, créé par son oncle Louis - collectionneur d'art et frère d'Achille - "en faveur de l'auteur du meilleur ouvrage sur l'histoire des arts du dessin". Voici trois exemples d'ouvrages récompensés par le prix Fould à l'époque où Léon en fait partie : en 1890, *Histoire de l'art dans l'Antiquité* de Charles Chipiez et Georges Perrot, en 1892, *L'Art gothique* de Louis Gonse, et en 1904, *Monographie de la cathédrale d'Amiens* de Georges Durand. Une nouvelle fois, Ari, me croiras-tu si je te dis que ce dernier comptabilise trois entrées dans ton *Index général de l'œuvre de Fulcanelli*, l'alchimiste citant précisément cet ouvrage dans *Le Mystère des cathédrales* ?

Je ne sais pas ce que tu penseras de tout ça, mais, une chose est sûre, les coïncidences s'accumulent et, à ce jour, Léon Fould est certainement le meilleur ful-canellisable que nous ayons pu trouver !

— Naissance en 1839 : oui ;

— Mort entre octobre 1924 et octobre 1925 : oui ;

— Résidant à Paris : oui ;

— Personnage mondain : très, et connaît toutes les personnes présentées comme des fréquentations de Fulca-nelli. Il fréquente même assidûment le cabaret du Chat noir avec Renoir…

— Bel et grand homme, peut-être avec barbe blanche : oui ;

— Médaille militaire de 1870 : oui ;

— Légion d'honneur : oui.

Jusque-là, c'est un sans faute, ce qui n'est le cas pour AUCUN autre fulcanellisable, que je sache (du moins ceux dont tu m'as parlé).

Il me reste à trouver le lien avec l'alchimie et
l'ésotérisme…

Comme j'aimerais que tu sois là avec moi ! »

96.

— C'est… Je dois reconnaître que c'est… troublant, balbutia Ari quand Lola eut fini son exposé à l'autre bout du fil.

La jeune femme, quasi hystérique, venait de lui lire au téléphone les passages les plus intéressants des notes qu'elle avait prises au fur et à mesure de ses recherches, et il fallait bien reconnaître que l'hypothèse Léon Fould comportait bien plus de coïncidences que n'importe quelle autre théorie jusqu'ici défendue. Une à une, les pièces du puzzle semblaient se mettre en place pour dessiner le portrait de l'alchimiste, et c'était comme si près d'un siècle de recherche allait enfin s'achever ici, sur cette petite île anglo-normande.

— Ari… C'est lui. J'en suis quasi certaine. C'est Léon Fould.

— Disons que c'est crédible, Lola, mais ce n'est pas avéré. Il manque quand même un élément capital : l'alchimie.

Ari jeta un coup d'œil en direction de la maison louée par Faudère. Personne. Pas un bruit.

— Il faut que je te laisse. Continue tes recherches et tiens-moi au courant. De mon côté, j'avance aussi…

— OK. Sois prudent.

Mackenzie raccrocha, puis il regarda de nouveau le carnet sur ses genoux.

« *A. H. S. Fulcanelli*

1923, Paris, sous les auspices de Galilée ».

Galilée ? Était-ce bien, comme l'affirmait Lola, une simple référence à l'adresse où Fulcanelli avait écrit ces quelques lignes ? La rue Galilée ? Et dans ce cas, Fulcanelli était-il bien Léon Fould ? Il fallait bien reconnaître que la piste était, de toutes, la plus crédible.

Pour l'instant, cela ne changeait rien pour lui : ce qui comptait, c'était trouver le coffre, et non pas l'identité du maître. À condition que le coffre fût bien enterré ici, quelque part, sur l'île de Jersey.

Ari y croyait de plus en plus, même si y croire signifiait remettre en question l'interprétation qu'il avait eue de l'affaire Fulcanelli depuis des décennies.

Il leva encore les yeux en direction de la petite maison en pierre, de l'autre côté de la route. Toujours pas de Faudère en vue, toujours pas de policiers, et toujours pas de Radenac. Alors qu'une intrigue complexe était en train de s'y nouer, le village de Sainte-Marie était d'un calme olympien, aussi calme que Junon devant les infidélités de Jupiter…

Ari – qui n'était pas mécontent de pouvoir encore profiter d'un peu de répit – relut une nouvelle fois l'énigmatique phrase de la troisième page.

« *Là, il faudra au fils de science encore un peu de sagacité pour trouver le coffre. Pour le guider vers cette dernière demeure, celle d'un initié, il conviendrait que je me retire dans le phénol.* »

Cette « *dernière demeure, celle d'un initié* », s'agissait-il de la dernière adresse connue de l'initié en question ou bien de sa sépulture ? Ari penchait plutôt pour la seconde solution. Enterrer un trésor dans une tombe, c'était de circonstance ! Le tableau du *Finis Gloriae Mundi* ne représentait-il pas lui-même des cercueils ? Et puis, un cimetière, cela s'accordait bien avec le titre de la deuxième page : « *Terribilis est locus iste* ». Ce lieu est terrible.

Mais peut-être était-ce justement un piège. Dans le discours d'un alchimiste, chaque mot avait son importance et aucune interprétation ne devait être écartée. Les bougres avaient de l'imagination !

Le plus obscur, néanmoins, restait la fin de la phrase : « *Il conviendrait que je me retire dans le phénol.* »

En dehors du fait qu'il s'agissait d'un composé chimique, Ari ne savait pas grand-chose au sujet du phénol. Maudissant l'absence de documentation autour de lui – pourquoi diable n'avait-il pas une bibliothèque dans son cabriolet ? –, il se résolut, piteux, à faire une recherche sur son téléphone portable, à la manière des autres habitants de la planète. Si Lola avait été là, sans doute se serait-elle moquée de lui. Non. Si Lola avait été là, elle se serait chargée elle-même d'effectuer la recherche, et Ari aurait fait semblant de trouver cela lamentable…

Il survola rapidement la définition qu'en livrait le site Wikipédia. « *Le phénol, appelé aussi hydroxybenzène, acide phénique, ou encore acide carbolique, est composé d'un cycle aromatique benzénique et d'une fonction hydroxyle. C'est la plus simple molécule de la famille des phénols.*

Le phénol est fortement corrosif pour les organismes vivants. Une solution aqueuse à 1 % suffit à provoquer des irritations sévères.

Les brûlures au phénol sont très douloureuses et longues à guérir. De plus, elles peuvent être suivies de complications graves pouvant mener à la mort de par la toxicité de ce composé et sa capacité à pénétrer dans l'organisme en traversant la peau.

Durant la Seconde Guerre mondiale, des prisonniers d'Auschwitz ont été exécutés par une piqûre de phénol dans le cœur…»

Charmant, songea Ari.

Plus loin, l'article listait les différentes utilisations qui pouvaient être faites du phénol. Il servait en pharmaceutique, en parfumerie, en médecine, en biologie moléculaire…

Mackenzie grimaça. Certes, il n'était pas étonnant qu'un alchimiste s'intéressât à un tel composé, mais quel était le rapport avec la phrase énigmatique de Fulcanelli ?

« Que je me retire dans le phénol. »

Cela n'avait pas beaucoup de sens. Fulcanelli voulait-il se dissoudre lui-même dans du phénol ? S'était-il suicidé en s'injectant ce produit ? Ou bien peut-être parlait-il de sa signature, plutôt que de sa personne. Par quelque mystérieux procédé chimique un texte apparaîtrait-il dans la pulpe du papier si l'on appliquait du phénol sur le mot « Fulcanelli » ?

Peu probable. Faudère – puisqu'il était parti en ayant visiblement résolu l'énigme – n'avait rien fait de la sorte. Le papier était immaculé.

Mais alors quoi ?

« Que je me retire dans le phénol »… Mackenzie fronça les sourcils. Et s'il s'agissait d'un simple jeu de mot ? D'une anagramme ?

« Retirer » les lettres de Fulcanelli du mot phénol ? Cela ne semblait pas très logique. Il y avait bien plus de lettres dans un mot que dans l'autre.

Soudain, un sourire se dessina sur son visage.

Léon Fould.

Léon.

Si la piste que suivait Lola s'avérait exacte, les quatre lettres du prénom supposé de Fulcanelli se trouvaient dans le mot « phénol ». C'était même les quatre dernières. Et si on les ôtait, il restait « PH ».

Le cœur d'Ari se mit à battre plus fort. Il avait le sentiment, inexplicable, instinctif, d'être sur la bonne voie.

Les lettres « PH » pouvaient-elles être la solution de l'énigme ? Fallait-il encore prendre ceci au sens chimique de *pH*, indice de l'acidité ou de la basicité d'une solution ? Ou bien fallait-il s'intéresser exclusivement à ces deux lettres ?

Mackenzie poussa un soupir et, de plus en plus tendu, jeta un nouveau coup d'œil vers la maison de Faudère. Toujours aucun signe de vie. Il semblait improbable que l'éditeur ait quitté l'île en abandonnant sa valise et le carnet derrière lui. Mais alors, où était-il ? En train de creuser ?

Quoi qu'il en fût, le temps pressait. Mackenzie n'avait d'autre solution que de résoudre cette énigme au plus vite. Il se plongea de nouveau dans ses recherches.

« PH ». Deux lettres. Des initiales ? Celles du fameux « initié » ? Ari fit confiance à son instinct et privilégia d'abord cette hypothèse.

Il prit aussitôt son téléphone et appela Iris Michotte.

— Est-ce qu'un jour tu m'appelleras juste pour me proposer de boire un verre, de manière totalement désintéressée ? l'accueillit son ancienne collègue d'une voix pleine d'ironie.

— Ce jour-là, tu pourras t'inquiéter. C'est que quelque chose ira vraiment mal.

— Tu es un mufle.

— Ce n'est pas tout à fait faux. Est-ce que tu peux me faire une recherche sur les initiales « PH », liées à l'île de Jersey ?

— C'est-à-dire ?

— Est-ce qu'un homme plus ou moins célèbre, ou un « initié » qui porterait les initiales « PH » aurait vécu ici ? Quelque chose comme ça ?

— Hein ? C'est quoi, cette question ?

— Pas le temps de t'expliquer. C'est urgent, Iris. Très urgent.

— Qu'est-ce que tu entends par un « initié » ?

— J'en sais rien ! Un type qui appartient à une société secrète, un hermétiste, un alchimiste… J'en sais rien !

Elle soupira.

— Comme d'habitude. Bon. Je te rappelle.

Et, de fait, deux ou trois minutes plus tard, alors que le village de Sainte-Marie était toujours plongé dans un silence ténébreux, l'agent de la DCRI revint au bout du fil.

— Avec les initiales « PH », je n'ai rien trouvé de probant, expliqua-t-elle. Mais est-ce que quelqu'un qui a les initiales « PHH », ça t'irait quand même ?

— Dis toujours.

— Paul Harro Harring, un peintre et écrivain allemand révolutionnaire du XIXe siècle, qui a fini exilé à Jersey, comme Hugo. Et il était franc-maçon, membre de la loge Apollo, à Leipzig… Je ne sais pas si ça fait de lui un « initié », ni si c'est l'homme que tu cherches, mais c'est tout ce que j'ai trouvé pour l'instant.

— Il est mort à Jersey ? la pressa Mackenzie.

— Oui. Il est mort en 1870, à Saint-Hélier.

— Où est-il enterré ?

Il songeait à l'expression « dernière demeure » employée par Fulcanelli.

— Hmmm… Attends, je regarde… Il est enterré au cimetière de Macpéla.

— Macpéla ? s'exclama Ari, dubitatif. Le cimetière des Patriarches, à Hébron, en Cisjordanie ? Là où sont censés être enterrés Adam et Ève ? Tu te moques de moi ?

— Non, imbécile ! Le cimetière de Macpéla à Jersey.

— Il y a un cimetière Macpéla à Jersey ?

— Oui. À Saint John, au nord de l'île.

Ari resta bouche bée.

Saint John.

C'était à trois kilomètres d'ici, à peine.

97.

— J'ai vraiment l'impression d'abuser, avoua Lola d'un air gêné, alors que Krysztov venait d'entrer dans l'appartement d'Ari. Tu me loges chez toi, tu me trouves une nounou, je décide finalement de venir m'installer ici et je te demande ensuite de venir garder mon fils… Mais je ne sais pas comment faire autrement. J'ai honte… Je dois rendre un service à Ari, c'est très important !

— Ah, toi et Ari, vous êtes vraiment faits l'un pour l'autre, hein ? soupira Krysztov en lâchant un semblant de sourire.

Il jeta sa veste sur le porte-manteau et partit directement dans la cuisine pour se servir un verre.

— Dis donc, on voit qu'une femme est entrée dans la maison. J'ai jamais vu le frigo aussi plein. Il dort, ton fils ?

— Oui. Et je t'ai préparé un biberon s'il se réveille. T'as plus qu'à le réchauffer.

— Je te préviens, si t'es pas rentrée d'ici deux heures, je le refile à la Dass.

Lola sourit et se hissa sur la pointe des pieds pour embrasser le Polonais sur le front, à l'endroit même où elle avait soigné sa blessure quelques jours plus tôt.

— Promis, je fais vite. Tu es un ange.

La libraire enfila un gilet à la hâte et sortit de l'appartement comme si elle était en retard à un examen.

Une heure plus tôt, elle était tombée sur un vieil article en ligne qui avait particulièrement attiré son attention : le 21 septembre 2011, une vente des biens de la famille Fould-Springer avait été organisée par Christie's au palais abbatial de Royaumont (luxueuse résidence où Léon Fould avait passé, auprès de son fils, la plupart de ses tous derniers jours). À l'initiative des héritiers d'Eugène Fould-Springer, tous les biens de celui-ci – qui avaient été conservés pendant près d'un siècle dans ce somptueux palais d'Asnières-sur-Oise – avaient donc fait l'objet d'une vente aux enchères pour collectionneurs avertis. « *Pas moins de trois jours ont été nécessaires pour la vente de la collection Fould-Springer provenant du palais abbatial de Royaumont, qui comprenait 834 lots. Ce remarquable ensemble d'œuvres néoclassiques a recueilli 7 562 300 euros, doublant l'estimation globale. 99 % des lots ont trouvé preneur* », disait l'article en question. Or, parmi ces lots, en dehors des nombreux objets et mobiliers d'art se trouvait également… la bibliothèque de la famille Fould.

Lola, aussitôt, s'était demandé si le contenu de cette bibliothèque ne pourrait lui en apprendre davantage sur Léon Fould – respectant le fameux principe cher aux libraires et repris par François Mauriac : « Dis-moi ce que tu lis, je te dirai qui tu es. »

Une certaine Chantal Praline, libraire éclairée, spécialisée dans les livres anciens, s'était chargée de l'inventaire, et c'était avec elle que Lola avait obtenu un rendez-vous.

La Librairie des Gorgones se nichait au fond d'une cour du VIᵉ arrondissement, à quelques pas de la fontaine Saint-Sulpice. N'ayant pas pignon sur rue, elle était donc réservée aux connaisseurs, aux vrais amateurs de livres anciens, si bien qu'on avait le sentiment, dès lors qu'on en franchissait le seuil, d'appartenir à quelque cercle de privilégiés.

C'était une petite mais haute pièce, dont les quatre murs, du sol au plafond, étaient couverts de vieux et beaux ouvrages, rares pour la plupart, de magnifiques éditions originales aux reliures de cuir, dorures sur tranches, et de cette familière odeur de papier se dégageait une atmosphère de sagesse et de sérénité.

Assise derrière un élégant bureau de bois planté au beau milieu de la pièce, la libraire – une petite femme d'une cinquantaine d'années, au visage aimable et aux courts cheveux blancs – releva la tête en ôtant ses lunettes.

— Bonjour, mademoiselle.

— Lola Azillanet, dit la jeune femme en lui tendant poliment la main. C'est vraiment gentil de votre part de me recevoir si vite.

— Oh, entre libraires, il faut se serrer les coudes, n'est-ce pas ?

— C'est vrai. Surtout par les temps qui courent.

— Alors, qu'est-ce qui vous amène ici ?

— Eh bien, comme je vous le disais au téléphone, je m'intéresse à Léon Fould...

— Ah ! Léon ! *Bon papa*, comme l'appelaient ses enfants et petits-enfants ! Avec Eugène, son fils, c'est mon préféré de la famille Fould !

Lola fronça les sourcils.

— Vous... Vous connaissez la famille Fould ?

— Oui, enfin, façon de parler ! Disons que j'ai passé tellement de temps à faire des recherches à leur sujet que j'ai l'impression de bien les connaître ! Les héritiers m'ont chargée de dresser le catalogue de la bibliothèque d'Eugène Fould-Springer, et comme celle-ci m'a plu, je ne me suis pas contentée d'établir une liste, j'ai aussi tenu à présenter la famille, pour expliquer l'intérêt de leur collection...

— C'était une grosse bibliothèque ?

— Il devait y avoir quatre mille livres, ce qui n'est pas énorme, dans ce contexte. Mais c'était surtout une bibliothèque étonnante, et en très bon état. Asseyez-vous, je vais vous raconter.

Lola prit place au milieu de cette forêt de livres et sortit notes et stylo.

— Imaginez un peu : il y a quelques années, on me demande de venir au palais abbatial de Royaumont, somptueuse demeure d'Eugène Fould-Springer, fils de votre cher Léon. On me charge alors de faire l'inventaire d'une bibliothèque centenaire. Je m'attends à voir des rangées de vélins dorés, de maroquins, de percalines, de reliures mosaïquées… Et là, surprise : je ne découvre pas la bibliothèque d'un bibliophile s'attachant plus à la valeur marchande ou à la rareté des livres qu'à leur contenu, mais bien celle d'un lecteur compulsif, amoureux des textes. Certes, il y avait de très beaux et de précieux ouvrages dans cette bibliothèque, mais je soupçonne les Fould d'avoir préféré les éditions modestes, ce qui les autorisait à les annoter et à les malmener sans scrupule ! Les Fould étaient des lecteurs avant tout.

— Il y a deux façons d'aimer les livres, acquiesça Lola. Soit on les enferme précautionneusement derrière une vitrine comme des reliques, en n'osant à peine y toucher, soit on les dévore… Je fais plutôt partie de la seconde catégorie. Je crois que quand on les aime vraiment, on n'a pas peur de prendre les livres à pleines mains.

Chantal Praline opina du chef en souriant.

— Il en est de même avec les femmes, n'est-ce pas ?

— Euh… Oui…

— Bref… je me suis vite passionnée pour ce travail d'inventaire, car j'avais le sentiment de pouvoir deviner à travers lui une personnalité représentative de son temps, certes, mais aussi singulière : celle d'Eugène Fould-Springer.

— Tous les livres lui appartenaient ? Ou bien y en avait-il qui venaient de son père ?

— À ce que je sache, tous les livres de Léon, ou de *bon papa*, devrais-je dire, ont fini dans la bibliothèque de son fils. La bibliothèque de Royaumont est autant celle de Léon Fould que celle de son fils Eugène, et même de son petit-fils Max, qui vécut toute sa vie au palais abbatial de Royaumont.

— Je vois. Et de quoi est-elle essentiellement constituée ? demanda Lola, qui peinait à masquer son impatiente curiosité.

— Oh ! Les Fould étaient visiblement curieux de tout ! Ils étaient érudits, amateurs d'art, lettrés et n'avaient pas peur d'explorer parfois des champs singuliers de la connaissance.

— C'est-à-dire ?

— Eh bien, regardez : j'ai fait un classement thématique de la bibliothèque.

Chantal Praline fouilla dans son bureau et en sortit un petit catalogue qui portait l'ex-libris du palais abbatial de Royaumont, une élégante gravure représentant le bâtiment au milieu d'une lucarne de pierre et de feuillage.

— D'abord, il y a les ouvrages concernant les Fould euxmêmes, ainsi que leurs proches, certains écrits par des membres de la famille, comme Achille Fould ou Charles Ephrussi, le neveu de Léon.

— Le directeur de la *Gazette des beaux-arts* ?

— Absolument ! Celui dont Proust s'inspira pour créer Swann dans *À la recherche du temps perdu*. Je vois que vous connaissez un peu le sujet !

— Un peu.

— Ensuite, il y a les ouvrages qui concernent la société parisienne. Léon et sa femme Thérèse étaient très mondains, ils recevaient beaucoup dans leurs hôtels particuliers parisiens successifs, comme le raconte Proust également.

Tout en parlant, la libraire montrait son petit fascicule à Lola, qui, émerveillée, regardait cette liste impressionnante, illustrée ici et là de gravures ou de photos des différents ouvrages.

— Viennent les livres sur la vie de château, puis ceux sur le judaïsme et sur l'antisémitisme. Les Fould n'étaient pas des juifs très pratiquants — certains se sont même convertis au protestantisme, comme Achille, l'oncle de Léon —, mais l'affaire Dreyfus les avait profondément marqués. On trouve également des ouvrages sur l'architecture, les beaux-arts, les arts décoratifs, et là, si vous connaissez un peu les Fould, vous vous doutez qu'il y avait de la matière ! Léon et son fils étaient de grands amateurs d'art et des collectionneurs avertis.

Elle montra de fait les nombreuses pages de son inventaire consacrées au sujet.

— J'ai répertorié les livres sur l'Orient, un sujet qui semblait intéresser surtout Max, le petit-fils de Léon. Puis nous arrivons à la partie la plus importante de la bibliothèque du palais abbatial, celle consacrée à l'Histoire. Il y a ensuite la littérature, évidemment. Les Fould sont de grands lecteurs, tous les classiques sont présents, en plusieurs langues, souvent dans des éditions rares, et de nombreux ouvrages sont dédicacés.

— Par les auteurs ?

— Pas uniquement. Les Fould étaient très en vue, nombreux écrivains ou éditeurs leur envoyèrent eux-mêmes leurs romans.

— Il y a des romans d'Anatole France ?

— Presque tous. Viennent ensuite les ouvrages sur le régionalisme, où l'on découvre l'histoire et les traditions des principales régions de France ainsi que de Paris. Enfin, les ouvrages sur la spiritualité et l'ésotérisme.

Lola pencha la tête.

— L'ésotérisme ? Les Fould s'y intéressaient ? demanda-t-elle, incrédule.

— Oh oui ! Il semble même qu'ils s'y intéressaient énormément. Ils avaient en tout cas dans leur bibliothèque des ouvrages très pointus sur le sujet...

Lola resta bouche bée un instant, avant de se rendre compte que la libraire la dévisageait.

— C'est ce qui vous intéresse ? demanda Chantal Praline avec un petit sourire en coin.

— Euh... Oui... En quelque sorte...

— Dans ce cas, je vais vous faire une confidence : je ne crois pas que la famille en serait fière, mais j'ai de bonnes raisons de penser qu'Eugène était franc-maçon. J'ai retrouvé des publications issues directement de plusieurs loges françaises dans ses affaires... Des documents qui ne se trouvent pas normalement entre les mains d'un profane. Je vais même vous dire, et là, je crois que la famille apprécierait encore moins : je pense qu'il était homo ! Ce qui me le rend éminemment sympathique, d'ailleurs. Pensez donc ! Un pédé franc-mac dans la haute bourgeoisie juive industrielle du début du XXᵉ siècle ! C'est savoureux ! Mais je m'égare...

Lola hocha lentement la tête.

— Une chose est sûre, il y avait beaucoup d'ouvrages consacrés à l'ésotérisme en général dans la bibliothèque de Royaumont.

— Je... Je peux voir ? demanda Lola en tendant la main vers le petit fascicule.

— Oh ! Tout n'est pas là ! Ce n'est qu'un catalogue non exhaustif pour la vente chez Christie's. Vous ne trouverez ici qu'une sélection des ouvrages les plus intéressants.

Lola sentit son cœur battre, se félicitant d'avoir suivi son instinct jusqu'ici.

— Mais vous avez l'inventaire complet quelque part ?

— Bien sûr ! Vous voulez que je vous en donne une copie ?

Les yeux de la jeune femme s'illuminèrent.

— Ce serait vraiment très aimable de votre part...

98.

La petite route sinueuse qui menait au cimetière de Macpéla était éclairée par les derniers rayons du soleil couchant et, au nord de l'île, la mer scintillait de mille feux orangés qui formaient comme une nuée de lucioles volant au-dessus des flots. La vieille cabriolet verte filait entre les rangées d'arbres et Ari, le visage caressé par l'air du soir, éprouva quelque émotion en songeant qu'il se dirigeait sans doute vers l'ultime étape de son périple.

À cet instant, comme porté par une vague de mélancolie, il se remémora le visage de ce mystérieux jardinier qui, le premier, l'avait mis sur la piste de Fulcanelli, une vingtaine d'années plus tôt, dans un square de la butte Montmartre… C'était comme s'il avait commencé, à l'époque, un voyage et qu'il allait le terminer aujourd'hui. Tout cartésien qu'il fût, Mackenzie ne pouvait s'empêcher d'y voir une symbolique initiatique, dont il espérait qu'elle annonçait une sorte de renaissance attendue.

Alors que le ciel se colorait de rouge, comme le verre broyé dans le mortier d'un faiseur d'or, Ari pensa à la vie qu'il menait, à la place que le cynisme et la rancœur y avaient pris, à la peine que — s'enfonçant dans une orgueilleuse dépression — il infligeait à ses trop rares amis ; il songea qu'au midi de son existence, l'heure était peut-être venue de retrouver la paix et, bien sûr, comme à une évidence, il songea à Lola. À quel jeu jouait-il dans ses bras ? Qu'avait-il à lui offrir, au fond ? À elle et à son fils ? Était-il vraiment l'homme providentiel dont la libraire avait besoin ?

Il en était de moins en moins convaincu. Et le sentiment de ne satisfaire qu'un besoin égoïste en prenant de nouveau quelque place dans la vie de Lola allait grandissant.

Au fond, le vrai courage, la vraie dignité ne consistaient-ils pas à s'effacer plutôt qu'à profiter de la fragilité momentanée de la jeune femme ?

Les doigts crispés sur le volant, Ari poussa un long soupir.

Bientôt, le profil crénelé d'un vieux mur de pierre se dessina sur la gauche du capot et dans la pénombre colorée apparurent les premières tombes du cimetière de Macpéla.

Chassant ses mauvaises pensées, Mackenzie leva le pied de l'accélérateur et longea lentement la paroi. Il éteignit ses phares, coupa le moteur, et se laissa aller en roue libre pour s'arrêter doucement près d'une grille noire qui, en demi-cercle, marquait l'entrée des lieux.

À quelques mètres de là, garée le long du mur, une Ford Fiesta bleu foncé.

Ari frissonna.

Un cimetière. Quel meilleur endroit pour terminer le chemin qu'il avait accompli ?

En sortant sans bruit de sa voiture, Ari dégaina son arme. La grille était grande ouverte. Le cœur battant, il s'engagea prudemment sur l'étroite allée de cailloux et, aux aguets, il chercha alentour le moindre signe d'une présence humaine.

Faudère était là, quelque part, en train de creuser peut-être…

Ari sentit le sang battre contre ses tempes. Les deux poings serrés sur la crosse de son Manurhin, il progressa à pas de loup, marchant à l'extérieur du chemin pour ne pas faire de bruit.

C'était un petit cimetière, parfaitement bien entretenu, où les tombes se répartissaient par carrés sur des parcelles d'une herbe lumineuse. Toute une partie de l'espace était encore vide, prête à recevoir des générations d'insulaires sous ce parterre de verdure. Si quelques croix se dressaient ici et là, la plupart des pierres tombales étaient de hautes stèles arrondies, d'une grande sobriété.

Plus Ari s'enfonçait dans le cimetière, plus la pierre était ancienne, marquée par le temps : les plus vieilles parcelles se nichaient sans doute tout au fond du terrain, sous la ligne d'arbres qui se dressaient au loin comme autant de croque-morts silencieux.

De plus en plus tendu, Mackenzie continua sa progression au milieu des sépultures, déchiffrant sur chacune d'elle le patronyme de ceux qui y étaient enterrés. Le nom de Paul Harro Harring et les initiales « PH » résonnaient dans sa tête comme une incantation, une prière. Mais « l'initié » évoqué dans l'énigme de Fulcanelli avait sans doute été inhumé dans une partie du cimetière réservée aux proscrits. Restait à trouver celle-ci. Faudère, sans doute, y était déjà, une pelle à la main ou un coffre, même, posé sur ses genoux. Ari, la mâchoire serrée, caressa la pierre d'une vieille croix celtique et se remit en route.

Il venait d'entrer dans la partie la plus occidentale du cimetière de Macpéla quand, soudain, il s'immobilisa.

À quelques mètres à peine, tout juste visible dans l'ombre des grands arbres, il lui sembla distinguer un corps étendu dans l'herbe, le long d'une tombe. Ari posa son doigt sur la détente de son Manurhin et s'avança prudemment.

Au même instant, une déflagration déchira l'air.

99.

Quand elle fut rentrée chez elle, que Krysztov fut parti et que Maxime se fut enfin endormi, Lola, de plus en plus animée, s'installa derrière le bureau de Mackenzie et reprit le cours de ses notes. Ses doigts tremblaient à chaque mot.

« Ari... Oh, Ari ! J'aimerais tant que tu sois là pour partager avec moi ce que je suis en train de vivre ! Je peine moi-même à y croire, mais j'ai l'impression que j'ai sous les yeux la dernière pièce qui me manquait pour pouvoir affirmer que Léon Fould était bien Fulcanelli. C'est... C'est tout simplement incroyable !

Comme je te le disais tout à l'heure au téléphone, ce cher Léon réunit à lui tout seul plus de critères positifs que tous les autres fulcanellisables réunis, mais il nous manquait l'essentiel : un lien avec l'alchimie. Or, vois-tu, Ari, non seulement j'ai trouvé ce lien, mais j'ai même trouvé bien mieux que ça !

J'ai, sous les yeux, l'inventaire complet de la bibliothèque de la famille Fould, réunie par Léon et son fils Eugène, et je tremble en écrivant ces lignes, car, comme tu vas le voir, les coïncidences que l'on peut y trouver sont si nombreuses et si parlantes qu'elles ne peuvent plus être considérées comme de simples coïncidences.

Il faudra ultérieurement, sans doute, le travail d'un historien pour donner toutes les preuves historiques à notre hypothèse, l'étayer, mais, de façon officieuse, comme tu vas le voir, je crois que nous pouvons affirmer que Léon Fould était bel et bien Fulcanelli.

En vrac, je te livre ici les découvertes que j'ai faites dans cet inventaire, allant de surprises en surprises.

D'abord - et ceci n'est pas vraiment essentiel, mais je tenais tout de même à le préciser - il y a, dans cette bibliothèque, plusieurs ouvrages parus chez Jean Schemit, l'éditeur de Fulcanelli. Sachant qu'il s'agissait tout de même d'un éditeur assez confidentiel, la probabilité pour que plusieurs de ses productions se trouvent dans une telle bibliothèque était assez faible.

Ensuite, j'ai trouvé dans ce catalogue plusieurs ouvrages en rapport avec l'entourage supposé de Fulcanelli :

— De très nombreux livres d'Anatole France, dont, évidemment, la *Rôtisserie de la reine Pédauque* (dont on dit qu'il a été inspiré à Anatole France par Fulcanelli lui-même...) ;

— Gaston Leroux, *Le Mystère de la chambre jaune* (Lafitte, 1908), édition originale. Leroux est souvent associé à l'entourage de Fulcanelli et du cabaret parisien du Chat noir... ;

— De très nombreux ouvrages de Joséphin Péladan, et notamment *La Chaîne des traditions. Introduction aux sciences occultes* (Sansot, 1905-1914). Péladan, écrivain occultiste contemporain de Fulcanelli, habitué lui aussi du Chat noir, était, dit-on, un proche de notre cher alchimiste, qui le cite d'ailleurs dans *Le Mystère des cathédrales* ;

— Eugène Viollet-le-Duc, *Dictionnaire raisonné de l'architecture française du xie au xvie siècle* (Bance, 1854), etc.

Viennent ensuite les auteurs qui sont directement cités par Fulcanelli dans ses deux livres… Ils sont si nombreux à être présents dans la bibliothèque Fould que, tu en conviendras, on peut aisément penser que celle-ci aurait pu servir de base documentaire à ses ouvrages. Je te donne quelques exemples :

— Comtesse de Caithness, *Une visite à Holyrood* (Paris, 1884), édition originale… L'auteur y décrit le palais de Holyrood, qui n'est autre que l'une des "demeures" étudiées dans le second tome des *Demeures philosophales*, où Fulcanelli s'arrête plus particulièrement sur son cadran solaire !

— Jacques-Bénigne Bossuet, *Discours sur l'Histoire universelle* et *Oraisons funèbres* (1681), auteur cité dans les *Demeures philosophales* ;

— Gustave Brunet, *La Papesse Jeanne* (1862), auteur cité lui aussi dans les *Demeures philosophales* ;

— Vincent Lombard de Langres, *Des sociétés secrètes en Allemagne et en d'autres contrées, de la secte des Illuminés…* (Paris, 1819). Édition originale, auteur cité dans *Le Mystère des cathédrales* ;

— À noter que Fould possédait également une édition limitée datée de 1913 de *L'Art d'aimer*, d'Ovide, or celui-ci est cité plusieurs fois dans les *Demeures philosophales*, et Fulcanelli le considérait comme "un grand initié".

Pour l'instant, j'en conviens, tout cela ne constitue pas vraiment une preuve… Mais sois patient, Ari, et regarde plutôt la suite… »

100.

Ari entendit très clairement la balle siffler à quelques centimètres de son crâne. Par pur réflexe, il se jeta aussitôt sur le sol, non loin du cadavre étendu devant lui. Un deuxième coup de feu retentit et une motte de terre se souleva près de la tombe. Visant dans la direction d'où les tirs semblaient partir, Mackenzie riposta deux fois pour se couvrir, puis il rampa sur les coudes et chercha refuge derrière la stèle la plus proche. Malheureusement, celle-ci était fort étroite, basse, et n'offrait pas une couverture exceptionnelle. Mais c'était toujours mieux que de rester exposé au feu ennemi.

Mackenzie grinça des dents en découvrant la longue inscription gravée sur la pierre, juste devant son nez.

« PAUL HARRO HARRING
BORN AT IBENSHOF
AUGUST 28 1798,
DIED MAY 15 1870,
A POLITICAL EXILE,
MAN OF LETTERS
AND PAINTER
WHO FOUGHT FOR
FREEDOM,
HE WAS A DANE
AND A FRIEND OF
BYRON
GARIBALDI
AND MAZZINI[1] »

C'était la tombe qu'il cherchait ! À peine l'avait-il trouvée qu'on lui tirait déjà dessus ! Quant au cadavre qui gisait à ses pieds, c'était – sans aucun doute possible – celui de Pierre-Yves Faudère, l'éditeur à la grande barbe rousse. Malgré le trou ensanglanté qu'il avait au milieu du front, on reconnaissait aisément le frère d'Héliopolis.

---

1. « Paul Harro Harring, né à Ibenshof le 28 août 1798, mort le 15 mai 1870. Exilé politique, homme de lettres et peintre qui se battit pour la liberté, il était danois et ami de Byron, de Garibaldi et de Mazzini. »

Mais alors, si Faudère était mort, qui donc lui tirait dessus ?

Un nouveau coup de feu retentit, et la balle, heurtant la tombe voisine, emporta avec elle quelques éclats de pierre.

Il sembla à Ari que la déflagration était venue de plus loin, cette fois. Le tireur était en train de prendre la fuite. Il ne fallait pas le laisser filer.

Mackenzie, retenant son souffle, se risqua à regarder de l'autre côté de la stèle. Il aperçut alors la silhouette d'un homme qui, le dos courbé, partait vers la grille du cimetière, sautant de caveau en caveau sous le manteau de la nuit tombante. Mackenzie ajusta son tir et fit feu, mais manqua sa cible. L'homme répliqua instantanément et Ari, trop exposé, dut se cacher de nouveau.

Le dos plaqué à la pierre tombale de Paul Harro Harring, il resta ainsi un instant aux aguets, l'oreille tendue. Sa poitrine se soulevait rapidement au rythme de sa respiration saccadée. Le bruit du vent se mêlait à celui de la mer et couvrirait sans doute les bruits de pas de son adversaire. Ari n'avait pas le choix : il devait sortir de son abri pour avoir une chance de l'intercepter avant qu'il soit trop tard.

Rassemblant son courage, il inspira un grand coup et se précipita vers sa gauche pour tenter de contourner le cimetière et prendre le fuyard à revers.

Poussant de toutes ses forces sur ses cuisses, il sautait pardessus les pierres tombales, traversant le cimetière comme un feu follet chassé par le vent.

Soudain, alors qu'il approchait du muret au nord, une nouvelle détonation résonna et, quand Ari sentit sa jambe plier sous son propre poids, il comprit qu'il avait été touché.

Il s'écroula avant même d'éprouver la douleur de ses muscles déchirés. Dans son élan, il roula au sol sur plusieurs mètres avant de s'immobiliser le long d'une tombe, le nez tourné vers le ciel étoilé.

L'instant d'après, le bruit grave et profond d'une moto qu'on démarre se souleva de l'autre côté du cimetière.

Quand il entendit s'éloigner le vrombissement sourd au cœur de la nuit, Ari sut qu'il avait encore échoué. De nouveau, il était arrivé trop tard. Et cette fois, les conséquences seraient plus dramatiques : le coffre, sans aucun doute, venait de lui échapper.

101.

« Il y a ensuite les ouvrages qui sont en rapport avec les thématiques de notre bon vieux Fulcanelli. Dans la bibliothèque Fould, toute une documentation pourrait avoir servi à rédiger les livres de l'alchimiste. Je ne t'en livre que quelques-uns, mais tu tomberas sans doute des nues quand tu verras la liste complète… Une telle quantité de livres liés à l'ésotérisme et à la spiritualité ne peut relever de la simple curiosité.

— *Apocalypse du bienheureux Jean dévoilée ou divulgation de la doctrine secrète du christianisme*, Adolphe Bertet (Chambéry, 1870). Bertet (1812-1875) est un disciple d'Eliphas Lévi. Cet ouvrage où il dévoile la doctrine secrète du christianisme par une nouvelle lecture de l'Apocalypse ne détonnerait pas dans la bibliographie du *Finis Gloriae Mundi* !

— *Les Illuminés de Bavière et la franc-maçonnerie allemande*, Le Forestier (Hachette, 1914), édition originale ;

— *Le Latin mystique. Les poètes de l'antiphonaire et la symbolique au Moyen Âge*, Remy de Gourmont (Crès, 1913). Là, on est plus proche des thèmes de prédilection d'un Dujols !

— *La Vie au temps des trouvères, croyances, usages et mœurs intimes des XIe, XIIe & XIIIe siècles d'après les lais, chroniques, dits et fabliaux*, Antony Méray (Paris, 1873), édition originale. Méray, né en 1817, collaborateur de Viollet-le-Duc, a contribué à faire connaître le passé médiéval, ses coutumes, son folklore…

Très proche de la première partie du *Mystère des cathédrales* ;

— De nombreux ouvrages régionalistes très… orientés. Par exemple, *La Champagne encore inconnue*, d'Alexandre Assier, avec des informations sur les fêtes de l'âne, les foires, les fêtes des fous, ou *Chroniques et traditions surnaturelles de la Flandre* de Berthoud. Là aussi, on est proche de l'introduction du *Mystère des cathédrales* ;

— *La Mort du cygne*, Carlos Reyles (Grasset, 1911). Ouvrage sur la métaphysique de l'or !

— *Allégories et symboles. Énigmes, oracles, fables, apologues, paraboles, devises, hiéroglyphes, talismans, chiffres, monogrammes, emblèmes, armoiries*, Marc de Vissac (Aubry, 1872), édition originale ;

— *Histoire ancienne de l'Église*, l'abbé Duchesne (De Boccard, 1910-1923) ;

— *La Faillite des religions*, abbé Jules Claraz (Herblay). Ce thème, cher à Canseliet, est proche de celui du *Finis Gloriae Mundi*…

— *Curiosités théologiques*, par un bibliophile, sans doute P. L. Jacob (Garnier) ;

— *Les Mystères païens et le mystère chrétien*, Loisy.

— *Légendes des origines*, Collin de Plancy ;

— *Mystères égyptiens*, Moret.

J'arrête ici cette liste qui, tu en conviendras, est assez parlante, et je garde le meilleur pour la fin, avec deux ouvrages qui devraient achever de te convaincre.

D'abord, il y a dans la bibliothèque Fould un livre intitulé *La Puissance vitale considérée dans ses fonctions physiologiques chez l'homme et tous les êtres organisés* ; avec des recherches sur les forces médicatrices et les moyens de prolonger l'existence de J.-J. Virey (Paris, 1823) !

En dehors du fait que cet ouvrage est consacré à ce que les alchimistes appellent la "médecine universelle", ne trouves-tu pas que ce titre ressemble étrangement à *La Vie minérale*, le livre de Julien Champagne que tu as chez toi ?

Enfin, la pièce maîtresse de ma démonstration bibliographique…

Dans l'inventaire de la bibliothèque Fould, un ouvrage porte le numéro 296.

Et ce n'est pas n'importe lequel, Ari : il s'agit ni plus ni moins de la très rarissime édition originale de l'*Hermès dévoilé*, traité d'alchimie de Cyliani (Paris, 1832).

Oui ! Le livre culte de Fulcanelli (et de ses adeptes), celui le plus souvent cité par lui, sans doute, qui est présent tant dans *Le Mystère des cathédrales* que dans les deux volumes des *Demeures philosophales*, et dont Canseliet lui-même dira qu'il fut le point de départ de sa rencontre avec l'alchimiste ! L'édition originale de l'*Hermès dévoilé* est présente dans la bibliothèque Fould ! Et là, pardon, mais ça ne peut pas être une simple coïncidence, Ari.

Au minimum, au strict minimum, cela atteste du dernier élément dont nous avions besoin pour obtenir un sans faute dans la liste des critères d'un fulcanellisable : Léon Fould s'intéressait de près à l'alchimie. Il possédait même le livre culte de Fulcanelli ! Celui par lequel tout a commencé. »

102.

— L'ambulance ne va pas tarder, Ari, ne bouge pas.

Le brigadier-chef Radenac était arrivé quelques minutes à peine après la fusillade, avec une équipe de la police locale, laquelle, pour l'instant, semblait davantage intéressée par le cadavre de Pierre-Yves Faudère à quelques mètres de là que par la blessure d'Ari.

Mackenzie s'était péniblement traîné jusqu'à une tombe sur laquelle il avait pu s'adosser, et avec sa veste il essayait à présent de ralentir le saignement de sa jambe droite. La balle l'avait traversée de part en part.

— Je suis désolé, répéta Radenac. Je suis arrivé trop tard. Mais tu avais promis de m'attendre.

— Je ne voulais pas prendre le risque de laisser Faudère nous échapper. Et je suis arrivé trop tard moi aussi. Ces types qui tuent et se font tuer en cascade, les uns à la suite des autres... Ça commence à ressembler à une mise en scène. Pour peu, je croirais qu'ils ne sont pas vraiment morts...

— Et pourtant, tous les protagonistes de cette pièce de théâtre sont bel et bien morts, Ari... Tous, sauf un.

— Eichendorff ? fit Mackenzie en relevant la tête.

— Qui d'autre ?

— Je croyais que ton collègue tatoué était allé le trouver ?

— Il n'était pas chez lui.

— Merde.

De fait, Mickaël Eichendorff, alias Orthon, l'homme qu'Ari avait vu en séance de dédicace dans cette petite librairie parisienne, était le dernier survivant de la Fraternité d'Héliopolis. Le dernier encore debout.

Ari désigna le cadavre de Faudère.

— Le meurtre remonte à une ou deux heures, maximum. Si c'est Eichendorff, il est forcément encore sur l'île ! Et puis... Un type qui s'enfuit à moto, sur une île de cette taille, ça ne devrait pas être trop difficile à repérer.

— La moto vient d'être retrouvée, expliqua Radenac en montrant ses homologues derrière lui. Mais pas le pilote.

— Comme par hasard.

— Ne t'en fais pas, je m'en charge, Ari. Si Eichendorff est sur cette île, il ne pourra pas nous échapper. Pour toi, l'affaire est bouclée, je te rappelle. On a retrouvé le carnet de Mazzoleni, sa fille est contente, tu vas recevoir ton gros virement, prendre quelques jours de convalescence au soleil, fin de l'histoire.

— Et le coffre ? Je veux savoir ce qu'il y avait dans ce putain de coffre !

De fait, un trou avait été creusé près de la tombe de Paul Harro Harring, mais il n'y avait plus rien au fond.

Radenac sourit.

— Même avec une balle dans la jambe, tu ne perds pas le nord, toi, hein ? Moi aussi, j'ai très envie de savoir ce qu'il y a dans ce coffre. Et on va sûrement mettre la main dessus quand on attrapera Eichendorff. Je te promets de te tenir au courant.

Ari soupira. Il aurait aimé partager l'assurance de son ami. Mais quelque chose lui disait que le profanateur de tombe ne serait pas si facile que ça à appréhender.

Une ambulance s'avançait dans l'allée du cimetière quand l'un des policiers de Jersey vint s'agenouiller près de Mackenzie.

— *We're gonna need your statement, sir*[1].

Ari soupira. La nuit allait être longue.

103.

« Ari, je ne peux, à ce jour, réunir plus d'éléments concernant l'hypothèse Léon Fould, et il faudra sans doute le travail d'un véritable historien pour terminer ce qui n'est qu'un début de démonstration. Certes, les correspondances entre le carnet de Mazzoleni et l'identité de Fould sont justes et parfaites, et elles tendraient à prouver que ce dernier était bien le véritable Fulcanelli… Toutefois, on ne peut écarter l'hypothèse, comme tu me l'as dit si bien toi-même, que tout ceci fût un canular, orchestré par Julien Champagne

---

1. « Nous allons avoir besoin de votre déposition, monsieur. »

par exemple. Après tout, peut-être est-ce l'illustrateur farceur qui a caché le coffre, qui a écrit le carnet et qui a tout fait pour que l'on croie à l'identité Léon Fould... La blague serait bonne et ce serait un beau pied de nez à tous les chercheurs : vous ne saurez jamais qui était Fulcanelli et, avec un peu de malice, on pourra aisément vous faire croire, longtemps, à de nouvelles théories... Cela me semble néanmoins improbable et les éléments de la vie de Léon Fould pointant vers celle de l'Adepte sont bien réels, qu'on le veuille ou non.

Cependant, il reste une question toute simple. Une dernière question que je suis bien obligée de me poser. Nous avons vu que de nombreux éléments biographiques reliaient Fould à Fulcanelli, mais ce grand financier parisien *pouvait-il* être le mystérieux alchimiste ? Je veux dire : la chose est-elle crédible ?

Premier point d'achoppement : Léon Fould était juif ; or, *a priori*, l'œuvre de Fulcanelli est celle d'un chrétien. Les références, le propos, le sujet même (les cathédrales) pointent plutôt vers un auteur chrétien... Et l'environnement Champagne-Canseliet respire davantage le bon vieux traditionalisme chrétien que le judaïsme.

Mais... en est-on si sûr ?

D'abord, ce ne serait pas la première fois qu'un auteur juif - fort heureusement - s'intéresse à des sujets supposés propres à la chrétienté, telle que la construction des cathédrales et leur symbolisme. Après tout, quand une famille comme celle de Léon Fould a passé tant de temps en France, dans la société française, dans les écoles françaises, elle est forcément imprégnée, comme n'importe quel citoyen, de culture chrétienne.

Ensuite, quand on y regarde de plus près, il y a en réalité, dans les deux livres de Fulcanelli, de nombreuses références à la kabbale, au judaïsme… Sujets que l'auteur semble maîtriser au moins aussi bien que ceux de l'histoire chrétienne, secrète ou non. L'histoire regorge d'alchimistes juifs, tels Benjamin Mussafia ou le mystérieux Baalshemtob, Fould ne serait donc pas le premier, et les liens entre alchimie et kabbale, la "doctrine secrète des Hébreux", sont nombreux.

Enfin, on pourrait aussi souligner le fait qu'une grande importance est donnée à l'étoile de David ou sceau de Salomon dans *Le Mystère des cathédrales*. "Ce signe est du plus haut intérêt pour l'alchimiste — n'est-ce point l'astre qui le guide et lui annonce la naissance du Sauveur ?", explique Fulcanelli et, plus loin : "La convallaire polygonée, vulgairement sceau de Salomon, doit son appellation à sa tige, dont la section est étoilée comme le signe magique attribué au roi des Israélites, fils de David."

Une chose est sûre, les milieux ésotéristes du début du xxe siècle fourmillaient d'antisémites, et certains - Canseliet lui-même, peut-être - auraient crié au scandale si on leur avait affirmé que Fulcanelli était juif. Je t'avoue que cela me ferait bien plaisir de leur clouer le bec, et que si l'hypothèse se confirmait absolument, ce pied de nez aurait quelque chose de savoureux, n'est-ce pas ?

Léon Fould était un homme riche, cultivé et curieux ; on a vu qu'il était aussi intéressé par l'alchimie. Il est donc tout à fait crédible (et matériellement possible) qu'il ait consacré une partie de sa fortune, de son temps et de son érudition à la recherche de la pierre philosophale.

J'imagine sans peine cet homme mondain, ami des de Lesseps, des France et des Chevreul, grand voyageur, s'étant sans doute initié aux sagesses des nombreux pays qu'il a visités, construire, en cachette de sa famille, un laboratoire alchimique dans l'une de ses

nombreuses demeures parisiennes pour s'y livrer discrètement à la science d'Hermès. Je l'imagine aussi sans
peine endosser un pseudonyme et faire promettre à son
jeune apprenti de ne jamais révéler son identité
réelle, car, à l'époque, pour un homme comme Fould,
avouer que l'on était alchimiste, cela ne faisait sans
doute pas très sérieux…

Pour moi, cela ne fait plus aucun doute : Fould
était Fulcanelli. Mais je te laisserai le soin d'en
donner un jour l'ultime preuve…

Mon travail, ici, est terminé. »

Épilogue

VANITAS

104.

Trois jours avaient passé et Ari, rapatrié à Paris, allait devoir rester encore à l'hôpital jusqu'à dix-huit heures avant de pouvoir rentrer chez lui avec la bénédiction du corps médical.

— Dis-moi que tu m'as apporté une bouteille de whisky ! lança-t-il, le regard suppliant, quand il vit la courte chevelure rousse d'Iris Michotte apparaître à l'entrée de sa petite chambre désespérément blanche.

— Certainement pas !

Elle referma la porte derrière elle et s'approcha du lit où Ari était piteusement allongé.

— J'en peux plus ! hurla Mackenzie d'un air abattu. Je veux un whisky !

— Eh bien ! Je ne pensais pas que tu en étais à ce point-là, mon pauvre vieux ! Ça ne te fait pas de mal, une petite cure de désintox en milieu hospitalier.

— En milieu inhospitalier, tu veux dire ! J'ai même pas droit à un misérable verre de vin !

— Tu vas sortir dans quelques heures à peine. Tu peux attendre encore un peu, non ?

Ari soupira.

— Tu as fait tout ce que je t'ai demandé ? demanda-t-il d'un ton las.

— Oui. Comme toujours. Je suis une mère pour toi.

Elle lui tendit une grande enveloppe kraft.

— Et pour ton information, continua-t-elle, Lola a trouvé un appartement en sous-location, près de Bastille. Elle est partie de chez toi et elle est en train d'emménager avec l'aide de Krysztov. Elle est furieuse que tu ne répondes pas à ses appels.

— Tu ne lui as pas dit où j'étais, hein ?

— Non. Mais je ne te comprends vraiment plus, Ari. Je trouve ça parfaitement injuste de ta part. Ce n'est pas bien ce que tu fais vivre à cette gamine.

— Ce n'est plus une gamine. Et c'est pour son bien.

— Vraiment ? Je finis par me demander si tu es capable de faire du bien aux gens, Ari. Tu ne penses qu'à toi !

— Alors pourquoi tu m'aimes, Iris ?

— Ça fait dix ans que je me pose la question.

Ari hocha la tête d'un air amusé.

— Finalement, c'est peut-être bien avec toi que j'aurais dû passer le reste de ma vie.

— J'en ai rêvé pendant des années. Mais aujourd'hui, il faudrait me payer pour que je passe ne serait-ce qu'une semaine avec toi.

— Tu vois ? Je fais donc bien de ne pas donner de nouvelles à Lola. Tu le dis toi-même : je suis invivable.

Iris secoua la tête.

— Tu as toujours raison, de toute façon.

Dépitée, elle alla se chercher un verre d'eau dans la salle de bains et se laissa tomber sur un fauteuil, face au lit de Mackenzie.

— Tu as des nouvelles de Radenac ? demanda celui-ci en se redressant sur son oreiller.

— Oui. Visiblement, ils ont retrouvé la trace d'Eichendorff, dans les Vosges. Ils vont l'interpeller dans la journée. C'est peut-être déjà fait.

— Dans les Vosges ? Qu'est-ce qu'il fout dans les Vosges ?

— Comment veux-tu que je le sache ?

Ari soupesa l'enveloppe kraft que son amie lui avait apportée.

— J'espère que ça en valait la peine, fit Iris dans un soupir, parce que je n'ai absolument pas le droit de te donner ça,

Ari. Je ne sais pas ce que tu as derrière la tête. Je n'aime pas quand tu fais ça.

— Quand je fais quoi ?

— Quand tu fais tes petites affaires dans le dos des gens, en te moquant des conséquences... Si Radenac apprend que je te file encore des coups de main, il va nous en vouloir à tous les deux. Et il aura bien raison.

— Tu ne comprends rien, Iris. Je resterai à jamais un éternel incompris.

— Pauvre chou ! ironisa-t-elle. Bon, tu ne veux vraiment pas appeler Lola ? Tu lui dois au moins ça, non ?

— Non. Crois-moi : je fais le bon choix.

— Si seulement j'arrivais encore à te croire...

105.

Une voiture banalisée et un *soum*[1] s'étaient garés à proximité du chalet où Mickaël Eichendorff était soupçonné de se cacher, sur les hauteurs du village de Xonrupt-Longemer, au pied du col de la Schlucht.

À l'écart du quartier résidentiel, la bâtisse en bois se nichait au milieu des pins, derrière un grand jardin fleuri de jonquilles. Tout autour, les montagnes des Vosges s'étaient drapées de leur couleur estivale, une gamme de verts d'une infinie variété.

À l'intérieur de la voiture banalisée, le brigadier-chef Radenac, son émetteur à la main, s'apprêtait à donner à tout moment le top départ de l'interpellation, dès que ses collègues auraient confirmé l'identité de la cible.

Il y avait bien quelqu'un à l'intérieur du chalet, mais s'ils intervenaient maintenant et que ce n'était pas Eichendorff, toute l'opération risquait de capoter. Alors ils devaient

---

1. Jargon policier, abréviation de « sous-marin », fourgonnette aux vitres teintées depuis laquelle la police peut surveiller le quartier.

attendre, aussi longtemps qu'il le faudrait, jusqu'à ce que les observateurs cachés dans le soum l'identifient formellement. Pour ça, il fallait qu'il s'approche d'une fenêtre, par exemple.

L'écrivain hermétiste – qui faisait l'objet d'un mandat de recherche depuis quarante-huit heures – avait été repéré la veille par un officier de la gendarmerie locale. N'ayant pas eu le réflexe de prendre une photo, le gendarme n'avait pu apporter la preuve absolue qu'il s'agissait bien du suspect, mais une recherche rapide avait permis de trouver un lien direct entre le chalet et Eichendorff : il appartenait à l'un de ses cousins. *A priori*, le type était cuit. Restait à savoir ce qu'il faisait là.

La frontière allemande était à moins de soixante-dix kilomètres. Sans doute était-il en train de préparer sa fuite à l'étranger...

Radenac, les pieds posés sur la console centrale de la voiture, remuait nerveusement sa cuisse en équilibre au-dessus du levier de vitesse, tout en ouvrant sa troisième canette de Red Bull de la journée.

— Dis donc, mon furieux, l'interpella Jacquet, derrière le volant, tu vas t'en enfiler encore beaucoup de cette mouscaille ?

— Tu crois que t'es mieux, avec tes Gitanes sans filtre ?

— Oh... Tu vois, t'es tendu comme un string, mon pépère ! On n'est pas bien, là, en pleine cambrousse, à reluquer les cornantes qui bouffent le gazon ? Délatte un peu, Radenac, délatte un peu !

Pour toute réponse, le brigadier-chef se contenta d'avaler une gorgée de sa boisson énergisante. Cela faisait plus d'une heure qu'ils attendaient dans la voiture, et le suspense, pour lui, était insoutenable.

Cette enquête – qui s'était avérée la plus longue et la plus passionnante de sa carrière – allait sans doute se terminer ici, au pied des montagnes vosgiennes. Sa hiérarchie, peut-être, serait satisfaite et fière de lui. Mais ce n'était pas ce qui le motivait le plus. D'abord parce qu'il savait combien les moments de gloire sont éphémères au sein de la police, qui a la mémoire courte, mais surtout parce que la chose qui l'intéressait le plus se trouvait plutôt à l'intérieur du chalet : le coffre de Fulcanelli. Pouvoir toucher cette relique était devenu à ses yeux une récompense bien plus grande que n'importe quelle promotion.

Soudain, la voix d'un collègue grésilla enfin dans le récepteur.

— 4M pour 5R, parlez !

Radenac, les nerfs à vif, répondit aussitôt d'un ton pressant.

— Reçu 4M, parlez !

— La porte du chalet vient de s'ouvrir. Le type est en train de sortir. À vous.

— C'est lui ? Est-ce que c'est lui ? répéta Radenac, quasi hystérique.

— Difficile à dire. Pas de visu sur le suspect pour l'instant. Attendez 5R.

Radenac s'agita sur le siège passager. De là où était garée la voiture — à l'abri des regards —, il ne pouvait voir l'entrée du chalet. Il n'y avait rien de plus frustrant que de devoir compter sur ses collègues sans pouvoir rien faire d'autre qu'attendre.

Après quelques secondes qui lui parurent une éternité, la voix grésilla de nouveau dans le récepteur.

— Identité de la cible confirmée. Je répète, identité de la cible confirmée. Le suspect est en train de fermer la porte du chalet. Parlez.

Le brigadier-chef n'attendit pas un instant de plus.

— Top intervention ! cracha-t-il dans son émetteur.

Puis il sortit de la voiture en même temps que Jacquet et ils se mirent tous deux à courir vers le chalet tout en dégainant leurs armes.

Mickaël Eichendorff, crâne dégarni, lunettes de soleil, venait tout juste de ranger ses clefs dans la poche de sa veste quand il vit, perplexe, quatre hommes débarquer depuis deux coins différents du jardin, arme au poing et qui hurlaient « Police ! Police ! »

L'hermétiste, visiblement pris de court, n'opposa aucune résistance. L'air hagard, il leva les deux mains en l'air dans un signe de totale soumission aux forces de l'ordre.

Radenac arriva le premier près de lui et, se glissant dans son dos, lui passa les menottes d'un air réjoui.

— Vous êtes bien Mickaël Eichendorff ?

— Euh… Oui… balbutia le chauve en grimaçant alors que l'autre lui tordait le bras derrière le dos.

— Parfait. Je vous informe que vous êtes placé en garde à vue à compter de maintenant, vendredi 13 juin, à quinze heures dix-huit, pour une durée minimum de vingt-quatre heures, avec possibilité d'une prolongation de vingt-quatre heures supplémentaires.

— Mais… Mais… Pour quel motif ? demanda le petit homme replet alors que les trois autres policiers l'entouraient maintenant d'un air à la fois ravi et menaçant.

— Vous êtes soupçonné du meurtre de M. Pierre-Yves Faudère, en date du mardi 11 juin dernier, à Jersey.

— Quoi ?

— Vous pouvez faire prévenir un proche ou votre employeur si vous le désirez, être examiné par un médecin et faire appel à un avocat pour vous assister. Vous avez le droit de faire des déclarations, de répondre aux questions qui vous seront posées ou de vous taire.

Eichendorff, abasourdi, se tourna vers le brigadier-chef d'un air totalement sidéré.

— Le… Le meurtre de Faudère ? À Jersey ? Mardi ? Mais… Vous plaisantez ou quoi ?

— Vous aurez l'occasion de vous expliquer pendant votre garde à vue, monsieur Eichendorff. Nous allons d'abord procéder à la perquisition de votre chalet.

— Je… Je veux bien, faites ce que vous avez à faire… mais… Je… Vous faites une erreur, je vous assure… Une erreur grossière.

— C'est toujours ce que disent les gens qui se font arrêter, monsieur Eichendorff. Allez, pas de manière.

— Peut-être, mais moi, je suis ici depuis lundi soir… Je ne risque pas d'avoir tué qui que ce soit à Jersey mardi ! Je participe à un colloque sur l'alchimie à Gérardmer, je… J'ai donné des conférences tous les soirs ! Je n'ai jamais mis les pieds à Jersey ! Il doit y avoir une erreur. Des dizaines de personnes peuvent en témoigner… Enfin ! Même le maire était là ! Vous n'avez qu'à lui demander. C'est ridicule ! Ça a même été filmé !

— Nous verrons tout ça au commissariat, répliqua Radenac, mais, au fond de lui, il dut bien reconnaître que le doute commençait à s'installer.

Et, de fait, une heure plus tard, l'hypothèse de la culpabilité d'Eichendorff s'écroula comme un château de cartes. Le pauvre homme n'avait rien à voir avec le meurtre de Faudère. Il avait un alibi en béton armé. Et le moral de Cédric Radenac, lui, tomba plus bas que terre.

106.

L'homme qui, à la tombée du soir, monta lentement les marches de l'escalier de ce vieil immeuble parisien, avait un casque de moto sous un bras et, sous l'autre, un petit coffre en bois ancien, marqué par les années qu'il avait passées plusieurs pieds sous terre.

Sur ses lèvres s'affichait un sourire satisfait, car il le savait : le trésor qu'il avait avec lui était d'une valeur inestimable. Depuis près d'un siècle, des milliers de chercheurs, de par le monde, avaient essayé, en vain, d'en percer le secret. C'était, sans conteste, le plus précieux héritage de l'alchimie moderne aux générations futures, et il contenait certainement des réponses attendues depuis très longtemps. Des réponses étonnantes.

Par précaution, et par respect aussi, il avait résisté, pendant trois jours, à l'envie pressante d'ouvrir cette mystérieuse boîte.

Mais, dans un instant, il pourrait enfin assouvir sa curiosité. Il serait le premier à savoir. Le premier à comprendre. Et cette seule récompense justifiait tout ce qu'il avait dû faire pour obtenir ce trésor.

Arrivé au premier étage, il s'arrêta devant la lourde porte blindée. Là, il déposa son casque de moto sur le plancher et sonna à la porte.

Le plaisir de la découverte, il le partagerait avec la femme qu'il aimait. Et avec elle, il récolterait les fruits de cette chasse au trésor.

Aucune réponse.

L'homme fronça les sourcils. Il attendit encore quelques secondes, sonna une seconde fois, puis, comme il n'y avait toujours aucun mouvement de l'autre côté, il plongea la main dans la poche de son jean et en sortit une clef avec laquelle il ouvrit lui-même la porte.

Ramassant son casque, il se glissa à l'intérieur et referma sans bruit derrière lui.

L'appartement, volets fermés, était plongé dans la pénombre. Il sut aussitôt qu'il y avait quelque chose d'anormal.

L'homme, sur ses gardes, sortit son arme et traversa l'entrée.

— Gabriella ? lança-t-il en se dirigeant tout doucement vers le salon. Tu es là ?

Quand il pénétra dans le luxueux séjour de l'appartement de Mme Mazzoleni, il s'immobilisa, interdit.

Devant lui, dans l'ombre, ligotée sur une chaise et bâillonnée, la galeriste le regardait fixement, les paupières écarquillées.

Il eut à peine le temps de comprendre ce qu'il se passait qu'il sentit le contact glacial d'un canon contre sa nuque.

— Bonjour Jacob, murmura derrière lui une voix masculine. Auriez-vous l'amabilité de lâcher votre arme, s'il vous plaît ?

Du coin de l'œil, il reconnut sans peine le visage de l'homme qui le braquait.

Ari Mackenzie.

Ce maudit Ari Mackenzie en personne.

Encore et toujours lui.

107.

Il était près d'une heure du matin quand le brigadier-chef Radenac, épuisé et perplexe, arriva devant l'appartement de Gabriella Mazzoleni, après avoir fait plus de quatre cents kilomètres bien au-delà des vitesses autorisées aux simples civils.

Le SMS d'Ari avait été des plus énigmatiques. Du pur style Mackenzie.

« Ta copine italienne t'attend dans son appartement, la clef est sous le paillasson. Fais-toi plaisir, mon biquet. »

Avec le message, Ari avait envoyé une photo de la galeriste ligotée sur un fauteuil – celui, précisément, où son père avait été retrouvé mort quelques jours plus tôt – et, à côté d'elle, on distinguait un autre homme, solidement attaché lui aussi. Radenac n'avait pu s'empêcher de penser que cela ressemblait à un cliché sinistre de demande de rançon. Si c'était une blague, elle était du pire mauvais goût.

Ne sachant sur quel pied danser, le policier – motivé sans doute par l'échec cuisant qu'il venait d'essuyer – avait pris le risque de venir d'abord voir par lui-même, plutôt que de prévenir sa hiérarchie. Il ne savait pas quelle folie Mackenzie avait encore bien pu faire. Mais quelque chose lui disait qu'une fois de plus Ari avait résolu le mystère avant lui... et qu'il allait passer pour un imbécile.

L'arme au poing, s'attendant à tout, il ouvrit lentement la porte blindée de l'appartement à l'aide de la clef qu'il avait effectivement trouvée sous le paillasson.

Sur ses gardes, il pénétra à l'intérieur et traversa le couloir. Il entendit alors les geignements suppliants de deux personnes bâillonnées.

Cherchant l'interrupteur à tâtons, il alluma la lumière.

Les silhouettes de Gabriella Mazzoleni et d'un homme apparurent aussitôt au beau milieu du salon, qui se débattaient en vain sur leurs fauteuils crapauds.

Radenac, sidéré, resta un moment sans bouger, à les regarder, se demandant où Ari avait bien pu passer et ce que signifiait cette irréaliste mise en scène.

Au pied de l'homme, il vit le casque de moto. Il releva les yeux. Rapidement, il se souvint avoir déjà vu ce visage. Ici même. Le jour où il était venu avec Ari. Il se souvint que cet homme – que Gabriella avait appelé « Jacob » – leur avait ouvert la porte avant de quitter l'appartement. Et, peu à peu, les pièces du puzzle commencèrent à trouver leur place.

Le casque de moto posé aux pieds de l'homme laissait peu de doute. C'était bien le casque qui apparaissait sur la vidéo de surveillance, le soir du meurtre de Dominique Audéon. Et c'était aussi celui que portait l'homme qui s'était enfui en Ducati à Saint-Lambert-des-Bois…

Radenac n'en revenait pas.

Et ces deux ligotés qui le regardaient fixement, d'un air accablé ! On eût dit deux otages terrifiés qui s'attendaient à se faire abattre sur place.

Devant eux, posé sur la table basse, le policier vit une enveloppe kraft sur laquelle était inscrit : « pour Freddie Mercury ». L'écriture était d'Ari. L'humour aussi.

Radenac s'avança sous le regard des deux otages et ouvrit maladroitement l'enveloppe d'une main, toujours pas décidé à lâcher son arme.

À l'intérieur, il découvrit des relevés de banque de la galerie Mazzoleni. L'une des transactions était entourée au feutre rouge. Elle datait d'une semaine avant la mort de Mazzoleni père. Et il s'agissait d'un virement. Un gros virement effectué sur le compte de Jacques Caillol.

Radenac poussa un long soupir, comme s'il était simplement déçu.

Les comptes de la galerie, depuis longtemps, étaient tenus par Gabriella. Tout s'éclairait. Et le scénario était pathétique. Tristement pathétique.

Le brigadier-chef élabora facilement la suite logique des événements.

Gabriella Mazzoleni, à qui son père refusait sans doute l'accès de sa bibliothèque, avait payé Jacques Caillol pour venir subtiliser le carnet de Fulcanelli au vieil homme. Peut-être parce qu'elle venait d'apprendre qu'elle n'en serait pas l'héritière…

Avait-elle payé Caillol pour tuer son propre père ? Ou bien celui-ci l'avait-il doublée ? C'était plus probable. Quoi qu'il en fût, l'homme avait empoisonné le vieux galeriste et s'était enfui à Séville avec le carnet. Furieuse, Gabriella avait tout fait pour remettre la main dessus. Elle avait payé Mackenzie, tout en le faisant suivre par Jacob, pour garder toujours un train d'avance. En gros, Ari, sans le savoir, avait fait le sale boulot pour elle, et Jacob l'avait suivi de près, pour tenir sa complice informée. Grâce à Mackenzie, Mme Mazzoleni avait pu suivre la trace du carnet : Nivède avait tué Caillol pour récupérer les précieux écrits de l'alchimiste, puis Faudère avait tué Nivède… et, enfin, Jacob avait tué Faudère et récupéré le trésor au bout de cette macabre chaîne.

Le flic arrivait à peine à y croire. Pourtant, c'était l'explication la plus crédible, à présent. Depuis le début, la galeriste les avait menés en bateau ! Le carnet, en effet, elle s'en moquait : ce qui comptait pour elle, c'était le secret qu'il renfermait. L'identité de Fulcanelli et le lieu où le coffre était caché.

Il restait évidemment de nombreuses zones d'ombre. Était-ce Jacob qui avait tué Dominique Audéon ? Et si oui, pourquoi ? Pour l'empêcher de parler à Ari et lui permettre de trouver le coffre ? Et, dans ce cas, comment Jacob avait-il su que le généalogiste connaissait l'identité réelle de Fulcanelli ? Avait-il placé Radenac sur écoute ? C'était possible. Incroyable, mais possible.

Radenac secoua la tête. Toutes ces questions finiraient sans doute par trouver une réponse, quand ces deux-là seraient derrière les verrous.

Il jeta un coup d'œil alentour. Car, malgré tout, une autre question subsistait. La plus importante de toutes.

Si ce scénario était bien réel, où donc était passé le coffre de Fulcanelli ?

Malheureusement, il avait peur de connaître la réponse…

108.

Confortablement installé sur le canapé de son père, dans le petit appartement de la porte de Bagnolet, Ari referma cérémonieusement le manuscrit du *Finis Gloriae Mundi* sur ses genoux.

Il entra alors dans un long moment d'hébétude, à ne savoir que penser.

Quand bien même il ne s'agissait pas là d'une œuvre magistrale, il devait bien reconnaître qu'elle le troublait. Pas seulement à cause du parcours incroyable qu'elle avait effectué à travers le temps et l'espace pour arriver jusqu'à lui, mais aussi, tout simplement, pour la morale qu'elle livrait.

La vision apocalyptique de Fulcanelli, une fois qu'on l'avait dépouillée de tous ses poncifs ésotérico-mystiques, était d'une authentique et touchante humanité. On y trouvait la peinture à la fois maladroite mais malheureusement fort juste d'une civilisation qui, au lieu de s'élever, de se purifier, de transformer en matière noble ce qu'elle avait en elle de plus vile, s'abîmait lentement. L'Homme, dans un déni autosatisfait, glissait allègrement vers sa perte, disait Fulcanelli. Et Ari ne pouvait s'empêcher de voir dans ce sombre tableau un miroir d'une terrible froideur, qui lui renvoyait les images de sa propre vie. L'Homme, c'était lui. Cette déchéance, c'était la sienne. Cet abandon motivé par une crainte inavouée de l'avenir, c'était celui qu'il avait adopté depuis des années en s'enfonçant dans l'ironie, le nihilisme et l'alcool. Et le déluge, Ari ne le voyait que trop bien venir.

Toute sa vie, il s'était présenté comme un progressiste convaincu, un optimiste, avec une foi absolue dans la perfectibilité de l'homme, non pas par naïveté, mais parce que c'était, pour lui, le sens même de l'existence. Demain serait toujours meilleur qu'hier. L'humanité, malgré les accidents qui la ralentissaient, à travers les épreuves, allait toujours de l'avant. L'homme s'améliorait... Et puis, ces dernières années, la vie avait commencé à ébranler les belles convictions d'Ari.

Les trahisons, les déceptions, la solitude et l'approche, toujours plus rapide, du jour dernier avaient peu à peu transformé son optimisme en un cynisme mondain. Ari s'était mis à ne plus y croire. Ni en l'Homme ni en lui-même. La peur de mourir, toujours elle, si présente, si forte, avait fini par l'éreinter, par l'abîmer. La fin de la gloire du monde, au fond, n'était qu'une pompeuse façon de désigner la mort, mais toutes deux avaient bien une chose en commun : elles étaient inéluctables.

— Tu as fini ton bouquin ? demanda soudain Jack Mackenzie sans quitter l'écran des yeux.

Il était deux heures du matin et le vieil homme, assis près de son fils, regardait encore la télévision en silence, le visage totalement inexpressif.

— Oui, papa.

— C'était bien ?

Ari hésita.

— C'était triste.

Il se leva et partit vers la commode du vieillard, de l'autre côté du salon, s'agenouilla et ouvrit le tiroir du bas. Là, à côté d'un autre cahier bien plus ancien encore[1], il déposa précautionneusement le manuscrit de Fulcanelli. À l'abri des regards et des convoitises.

---

1. *Cf. Les Cathédrales du vide.*

Après tout, l'Adepte n'avait pas souhaité que son livre fût connu du grand public. Pourquoi trahir les dernières volontés d'un brave homme ? Le *Finis Gloriae Mundi* resterait inédit. Une seule personne, peut-être, aurait le droit de venir le voir un jour. Radenac. Il lui devait bien ça.

Ari, le regard brillant, referma lentement le tiroir. Puis il se releva et partit s'asseoir de nouveau près de son père. Tendrement, il lui posa la main sur l'avant-bras.

— Dis-moi, papa, tu crois que la gloire du monde est finie ?

Jack, une grimace aux lèvres, tourna vers son fils ses yeux rouges, alourdis par le poids des ans.

— Oui, répondit-il sur un ton monocorde. Bien sûr. Depuis longtemps.

— Ah. Et qu'est-ce qu'on doit faire, alors ?

Le vieil homme haussa les épaules, comme si la réponse était évidente.

— Continuer.

Ari fronça les sourcils.

— Continuer à faire quoi ?

— Eh bien, l'amour ! Quoi d'autre ?

109.

Lola, assise derrière la petite caisse enregistreuse de la librairie, regarda le client sortir d'un air dépité. Encore un type qui repartait avec une maudite carte postale de la tour Eiffel. Un jour, elle finirait par en égorger un.

Cela faisait près d'une semaine qu'elle avait emménagé dans son minuscule appartement miteux, à deux pas de la Bastille, et Ari n'avait toujours pas donné le moindre signe de vie. Il avait disparu de sa vie aussi vite qu'il y était revenu. Au bout d'un moment, de guerre lasse, elle avait cessé de l'appeler. À quoi bon ?

Au fond, peut-être Mackenzie faisait-il le bon choix. Le seul choix raisonnable. Pendant un moment, elle avait cru à la possibilité qu'ils se remettent vraiment ensemble. Elle avait même commencé à envisager leur vie commune. Elle s'était amusée à imaginer Ari regardant Maxime grandir sous le même toit que lui. Parler avec elle du *papier bleu d'azur que revêtiraient les murs de leur chambre à coucher...*

Mais tout cela n'avait aucun sens. Les choses ne pouvaient pas être aussi simples. La vie n'était jamais aussi simple. La vie n'était qu'une succession d'emmerdes entrecoupée de trop rares moments de grâce.

— Tu aurais pu faire un effort, *mi pequeñita.*

Lola releva les yeux vers Marcelo, encore occupé à ranger les cartons de l'autre côté du Passe-Muraille. Cela faisait deux jours que le vieux libraire classait les rayonnages, et elle commençait à regretter l'époque où il ne venait qu'une seule fois par semaine.

— Un effort ? Pourquoi ?

Le Bolivien s'approcha d'elle d'un air offensé.

— Eh bien ! Je t'ai dit que mon acheteur allait passer aujourd'hui, Lolita. Tu aurais pu t'habiller un peu mieux ! Regarde, moi j'ai mis un costume au moins !

La jeune femme écarquilla les paupières, incrédule.

— Je peux admettre que tu veuilles vendre la librairie, c'est la tienne, tu fais ce que tu veux, mais ne me demande pas de dérouler le tapis rouge au type qui la rachète pour la transformer en boutique de téléphonie mobile !

— Oh ! *Mi pequeñita !* Tu m'en veux encore ?

— Ce n'est pas à toi que j'en veux. C'est... C'est... Remarque, si. C'est à toi que j'en veux.

Marcelo secoua la tête et retourna de l'autre côté de la librairie en marmonnant.

Lola, vexée, se replongea dans le livre qu'elle avait posé à l'envers devant elle. Mais elle était tellement énervée qu'elle ne parvint pas à entrer dans ce gros roman. Tout l'agaçait. Marcelo, Thomas, Ari, la vie. Sa vie.

Soudain, le vieux Bolivien écarta les bras d'un air ravi et se précipita vers la porte de la librairie.

— Le voilà !

— Super ! ironisa Lola.

La porte vitrée s'ouvrit dans un tintement aigu.

En voyant l'homme entrer dans la boutique, Lola n'en crut pas ses yeux. Son regard fit des allers et retours entre Marcelo et le nouvel arrivant.

— Ari ? balbutia-t-elle.

En face d'elle, Marcelo, qui tenait encore la porte grande ouverte, étouffa un rire espiègle.

— Quoi ? J'ai pas le droit de venir visiter ma nouvelle librairie ? demanda Mackenzie d'un air faussement blessé.

— *Ta* librairie ? Qu'est-ce que tu racontes ?

— Dites donc, mademoiselle, c'est comme ça que vous parlez à votre nouveau patron ?

Ari s'approcha d'elle, un sourire malicieux tout au fond des yeux. Il posa doucement sa main sur les épaules de la jeune femme.

— J'ai touché pas mal d'argent, tu sais… Alors, je me suis dit : pourquoi ne pas faire une contre-proposition au vieux Marcelo ? On s'en fout des téléphones portables !

Lola eut un geste de recul. Elle dévisagea Ari, perplexe.

— Tu… Tu as racheté la librairie ?

Mackenzie haussa les épaules.

— Eh bien, oui ! D'ailleurs, je cherche une jeune libraire pour l'embaucher dès la rentrée. Tu ne connaîtrais pas quelqu'un, par hasard ? Si possible assez jolie…

— Tu as racheté la librairie ! répéta-t-elle, mais, cette fois, ce n'était plus une question, c'était un cri de joie.

— Je te dis que oui ! Et je compte bien faire quelques changements pour dynamiser un peu tout ce bordel.

Lola, les joues rouges, passa à son tour les mains derrière la nuque d'Ari.

— Ah oui ? Et tu vas l'appeler comment, ta librairie ?

Mackenzie fit un large sourire.

— Au début, j'ai envisagé de l'appeler *Gloria Mundi*. Et puis, je me suis dit : oh, et puis merde ! Appelons-ça Le Cabaret !

— Le Cabaret ? Comme dans « la vie est un cabaret »,
c'est ça ?

— Précisément.

Et il l'embrassa.

Pendant les quelques secondes que dura ce baiser, Ari
oublia toutes ses questions sur la gloire du monde ; il oublia
même jusqu'à sa propre finitude.

Et quelques secondes, c'était déjà beaucoup.

FIN

Chronologie historique

1672 : Juan de Valdés Leal livre sa peinture *Finis Gloriae Mundi* à l'église de l'hôpital de la Sainte-Charité, à Séville.

1802 : Naissance de Victor Hugo.

1831 : Victor Hugo publie *Notre-Dame de Paris*, son quatrième roman.

1839 : Naissance supposée de Fulcanelli.

1842 : Naissance de Camille Flammarion, le 26 février, à quarante ans d'écart, jour pour jour, de Victor Hugo !

1851 : Victor Hugo s'exile à Jersey. Il se passionne pour le spiritisme.

1862 : Naissance de Pierre Dujols.

1865 : Camille Flammarion publie, sous le pseudonyme d'Hermès, *Des forces naturelles inconnues*.

1870-1971 : Fulcanelli aurait participé, sous les ordres de Viollet-le-Duc, aux combats pour la défense de Paris contre les troupes prussiennes.

1877 : Naissance de Julien Champagne.

1884 : Entrée de Ferdinand de Lesseps à l'Académie française, parrainé par... Victor Hugo.

1885 : Mort de Victor Hugo.

1894 : Mort de Ferdinand de Lesseps.

1899 : Naissance d'Eugène Canseliet.

1905 : Rencontre supposée entre Julien Champagne et Fulcanelli.

1915 : Rencontre supposée entre Champagne et Canseliet.

1916 : Rencontre supposée entre Eugène Canseliet, seize ans, et Fulcanelli, à Marseille... Jusqu'en 1922, Eugène Canseliet dit continuer à fréquenter Fulcanelli à Paris, notamment chez la famille de Lesseps.

1922 : Canseliet dit opérer une transmutation à Sarcelles, sous la direction de Fulcanelli et en présence de Julien Champagne.

1922 : Date à laquelle (selon la deuxième préface de Canseliet) Fulcanelli est supposé avoir confié à son disciple Eugène Canseliet des notes, avec mission de transformer ces notes en trois ouvrages et de les publier. Plus tard, il lui aurait demandé finalement de ne pas publier le troisième, *Finis Gloriae Mundi*.

1925 : Mort de Camille Flammarion.

1926 : Publication du *Mystère des cathédrales*, premier ouvrage de Fulcanelli.

1926 : Mort de Pierre Dujols.

1930 : Publication des *Demeures philosophales*.

1932 : Mort de Julien Champagne.

1952 ou 1954 : Eugène Canseliet va près de Séville où il dit avoir revu Fulcanelli, qui aurait eu alors cent treize ans…

1982 : Mort d'Eugène Canseliet.

Bibliographie

Je tiens à donner ici une liste non exhaustive des principaux ouvrages qui m'ont permis d'établir la base documentaire nécessaire à la rédaction du *Mystère Fulcanelli* :

Au palais des délices, la bibliothèque d'Eugène Fould-Springer, Chantal Bigot (Paris, Librairie les Amazones, 2011)

Alchimie. Études diverses de symbolisme hermétique et de pratique philosophale, Eugène Canseliet (Paris, Pauvert, 1978)

L'Alchimie expliquée sur ses textes classiques, Eugène Canseliet (Paris, Pauvert, 1972)

Bibliothèque des philosophes chimiques, tomes I à IV, Jean Mangin de Richebourg, d'après William Salmon (Paris, André Cailleau, 1740)

Bibliothèque des sciences ésotériques, Pierre Dujols (Paris, Librairie du merveilleux, 1912)

Camille Flammarion, Ph. de la Cotardière et P. Fuentes (Paris, Flammarion, 1994)

Chez Victor Hugo. Les Tables tournantes de Jersey, procès-verbaux des séances présentés et commentés par Gustave Simon, Gustave Simon (Paris, Louis Conard, 1923)

Correspondances, tomes I à III, Victor Hugo (Paris, Calmann-Lévy, 1896)

Les Demeures philosophales et le symbolisme hermétique dans ses rapports avec l'art sacré et l'ésotérisme du grand œuvre, Fulcanelli (Paris, Jean Schemit, 1930, et édition augmentée, Paris, Pauvert, 1964)

Ferdinand de Lesseps, sa vie, son œuvre, A. Bertrand & E. Ferrier (Paris, G. Charpentier, 1887)

Les Forces naturelles inconnues, Camille Flammarion (Paris, Flammarion, 1907)

Fulcanelli, Patrick Rivière (Paris, De Vecchi, 2000)

Fulcanelli dévoilé, Geneviève Dubois (Paris, Dervy, 1992)

Fulcanelli, une identité révélée, Frédéric Courjeaud (Paris, Vigne Claire, 1996)

Les Grands Livres mystérieux, Guy Bechtel (Paris, Culture Arts Loisirs, 1974)

Hermès dévoilé, Cyliani (Paris, Bibliothèque Chacornac, 1915)

Histoire philosophique et politique de l'occulte, Félix Fabart, avec une préface de Camille Flammarion (Paris, C. Marpon et E. Flammarion, 1885)

Index général de l'œuvre de Fulcanelli, B. Allieu & B. Lonzième (B. Allieu, 1992)

Juan de Valdés Leal, essai sur sa vie et sur son œuvre, Paul Lafond (Paris, E. Sansot, 1914)

Mémoires biographiques et philosophiques d'un astronome, Camille Flammarion (Paris, Flammarion, 1911)

Le Mystère des cathédrales et l'interprétation ésotérique des symboles hermétiques du Grand-Œuvre, Fulcanelli (Paris, Jean Schemit et édition augmentée, 1926, Paris, Pauvert, 1965)

Origine de tous les cultes, ou Religion universelle, Charles-François Dupuis (Paris, Émile Babeuf, 1822)

Présence de Fulcanelli, Jean Artero (Marseille, Arqa, 2008)

Le Puzzle Fulcanelli, Walter Grosse (Hyères, La Pierre philosophale, 2011)

Qu'est-ce que l'alchimie ?, André Savoret (Paris, Heugel, 1947)

La Vie de Victor Hugo, Alfred Barbou, (Paris, E. Fasquelle, 1902)

La Vie minérale, Julien Champagne, avec une préface de Jean Artero (Le Mesnil-Saint-Denis, Les trois R, 2011)

J'ai également consulté de nombreux numéros de plusieurs revues, dont *Atlantis* (Paul Le Cour, depuis 1926), *Les Cahiers de la tour Saint-Jacques* (Robert Amadou, 1960-1963), *La Tourbe des philosophes* (La Table d'Émeraude, 1977 à 1995) et *Les Annales politiques et littéraires* (Brisson, 1883 à 1939).

Remerciements

J'ai écrit *Le Mystère Fulcanelli* de février 2012 à juin 2013, entre Paris et les terres rouges du Minervois. Comme toujours, je tiens à remercier ici les personnes qui m'ont apporté leur aide ou leur soutien dans cette... transmutation littéraire.

En premier lieu, il y a mon frère de cœur et de lettres, Fabrice Mazza, qui, une fois encore, m'a offert son aide précieuse pour l'élaboration de certaines énigmes.

Le docteur Philippe Pichon, fidèle conseiller sur les questions médicales, ainsi que Fabienne Foulon et Olivier Boguais, sur les questions policières.

Les nombreux spécialistes de Fulcanelli qui ont bien voulu me recevoir et me livrer, avec patience, une partie de leur savoir : Jean Artero, Bernard Renaud de la Faverie, Guy Bechtel, Jean-Luc Rivera, Frédéric Courjeaud, et ceux qui m'ont demandé de ne pas les citer...

Chantal Bigot, de la librairie Les Amazones, Éric De Cathieu et David Pryce-Jones, qui m'ont confié si gentiment leurs connaissances au sujet de la famille Fould.

Charles-Henri et Jean-Noël Flammarion, qui m'ont guidé dans mes recherches sur Camille, leur arrière-grand-oncle.

Il y a aussi ces professionnels qui m'ont aidé à ne pas me perdre dans le dédale de la documentation : Philippe Henrat et Marie-Françoise Limon-Bonnet, de la direction des Archives de France, Alison Vermelle, historienne, et Pierre Mollier, directeur des archives et du musée du Grand Orient de France.

Merci aussi à Sandrine Pineaud, qui a décrypté pour moi un message devenu illisible sur une photo de l'église de la Santa Caridad... et à Alberto Belòn et Elena Bernardo Gil pour leur aide sur Séville.

Enfin, il y a ceux qui me soutiennent (ou me supportent) depuis des années :

Teresa Cremisi, Gilles Haéri, Patrice Hoffman, Anna Pavlowitch, Caroline Lamoulie, Virginie Plantard, Tatiana Seniavine, Soizic Molkhou, Sandie Rigolt, Silvana Bergonzi, François Durkheim et toutes les « petites mains » si chaleureuses et si discrètes des éditions Flammarion et J'ai Lu, qui me pardonneront de ne pas toutes les nommer. Une pensée éternellement reconnaissante et admirative pour Stéphanie Chevrier, qui fut, avec Charles-Henri Flammarion, ma première éditrice en ces lieux et qui me fit accoucher d'Ari Mackenzie.

Mes parents, Christine et Jean-Pierre, qui sont un exemple de tolérance et de générosité, et mon ex-épouse, Delphine, qui m'a tant soutenu quand rien n'était acquis.

Les vrais amis : Yves Ragazzoli et sa bande, la Ligue de l'imaginaire, les fous furieux de Cinémalt, mes frères du SRHDC et les musiciens de TRTF, ainsi que tous les fidèles de ma page Facebook.

Un grand merci à mademoiselle Scheuer, à qui il faut tant de patience pour me soutenir.

Mes plus tendres pensées, enfin, vont à ma princesse Zoé et à mon dragon, Elliott, qui sont chaque jour un émerveillement et un réconfort.

Composition et mise en page

NORD COMPO
m u l t i m é d i a

CET OUVRAGE
A ÉTÉ ACHEVÉ D'IMPRIMER
SUR ROTO-PAGE
PAR L'IMPRIMERIE FLOCH
À MAYENNE EN SEPTEMBRE 2013

N° d'édition : L.01ELJN000349.N001. N° d'impression : 85454
Dépôt légal : octobre 2013
Imprimé en France